ULLSTEIN

Das Buch

Andy Carpenter, vor kurzem noch Verteidiger mittelloser Kleinkrimineller und plötzlich zum millionenschweren Staranwalt avanciert, leidet an einer »Verteidigungsblockade«. Für keinen Fall kann er sich so recht erwärmen.
Als er erfährt, dass ein korrupter Polizist enthauptet aufgefunden wurde, kümmert ihn das zunächst nicht weiter. Doch dann marschiert ein Mann in sein Büro und gesteht Andy freimütig den Mord – wohl wissend, dass dieser an die Schweigepflicht gebunden ist. Kurz darauf wird ein anderer Mann des Mordes angeklagt. Andy sieht darin die ersehnte Herausforderung und übernimmt dessen Verteidigung. Aber plötzlich gerät seine Freundin, die Detektivin Laurie, ins Visier der Ermittler. Andy wird klar: alles war von Anfang an ein abgekartetes Spiel …

Der Autor

David Rosenfelt arbeitete als Marketingchef einer großen amerikanischen Filmproduktionsfirma, bevor er sich als Drehbuchautor selbständig machte. *Klarer Fall*, sein Debütroman mit dem etwas anderen Rechtsanwalt Andy Carpenter, wurde für den Edgar-Allan-Poe-Award nominiert und erntete begeisterte Kritiken. Der Autor lebt mit seiner Frau in New Jersey.

Von David Rosenfelt ist in unserm Hause bereits erschienen:

Klarer Fall

David Rosenfelt

Kopf ab

Krimi

Aus dem Englischen
von Antje Kaiser

Ullstein

Besuchen Sie uns im Internet:
www.ullstein-taschenbuch.de

Umwelthinweis:
Dieses Buch wurde auf chlor- und säurefreiem Papier gedruckt.

Ullstein Verlag
Ullstein ist ein Verlag der Ullstein Buchverlage GmbH.
Deutsche Erstausgabe
1. Auflage Juni 2004

Dieses Werk wurde vermittelt durch die Literarische Agentur
Thomas Schlück GmbH, Garbsen.
Titel der amerikanischen Originalausgabe: *First Degree*
(Mysterious Press/Warner Books, Inc., New York)
Übersetzung: Antje Kaiser
Redaktion: Edigna Hackelsberger
Umschlaggestaltung und Illustration: Thomas Jarzina, Köln
Gesetzt aus der Minion
Satz: Buch-Werkstatt GmbH, Bad Aibling
Druck und Bindearbeiten: Ebner & Spiegel, Ulm
Printed in Germany
ISBN 3-548-25853-0

Für Doris und Obby Rosenfelt,
Herb Jaffe und David Laser.

Diese Menschen zu kennen
würde Ihr Leben bereichern.

Saisonbeginn.

Eigentlich setzt sich dieser Begriff nur aus zwei ganz gewöhnlichen Wörter zusammen.

»Saison« und »Beginn«. Nichts Besonderes.

Aber wenn man sie zusammensetzt und großzügig die Erinnerungen von dreißig Jahren darüber verteilt, dann nehmen sie eine Bedeutung an, die zugleich für einen Begeisterungsrausch wie einen Tränenausbruch sorgen kann. Jedenfalls bei mir.

»Saisonbeginn«. Vor meinem geistigen Auge laufen Männer in Nadelstreifentrikots auf ein saftig grünes Spielfeld, während der Stadionsprecher lautstark ankündigt: »Meine Damen und Herren, die New York Yankees!« Dieses Spielfeld ist noch jungfräulich unberührt; keiner von den Spielern hat bisher einen Fehler begangen, hat der gegnerischen Mannschaft noch kein Double Play beschert und auch vor Wut noch keinen Schläger durch die Gegend geschleudert. Das hat auch keiner vor.

Das Gefühl, das mich am Tag des Saisonbeginns erfüllt, habe ich mit meinem Vater geteilt, so wie er es zuvor mit seinem Vater geteilt hat. Am heutigen Tag bekommt es eine zusätzliche Bedeutung, da ich dieses Erbe fortführen werde. Die Erfahrung wird der früheren nicht ganz entsprechen, aber wir Carpenters sind alles andere als unflexibel.

Ich sollte allerdings gewisse Unterschiede erwähnen, auch wenn sie noch so geringfügig sind. Zum einen habe ich keine Kinder, daher gebe ich die heilige Tradition an meine Nachkommenschaft, meinen Golden Retriever Tara, weiter. Und zum anderen beginnt die Baseball-Saison erst in einem Monat, also gehen wir nicht ins Yankee Stadium, und ein Baseballspiel sehen wir uns auch nicht an. Dieser heutige Auftakt ist der Eröffnungstag des allerersten Hundeparks in Paterson, New Jersey.

Ich bin eigentlich noch nie in einem Hundepark gewesen; ich weiß nicht einmal, was das sein soll. Tara war auch noch nie in einem, es sei denn in ihren ersten beiden Lebensjahren, bevor ich sie kennen gelernt habe. Wenn sie schon mal in einem gewesen sein sollte, dann kann das keine allzu aufregende Erfahrung gewesen sein, denn ich habe ihr gestern erzählt, wohin wir gehen würden, und sie hat keinesfalls die Nacht in freudiger Erwartung wach gelegen.

Dieser Hundepark soll eine ziemlich tolle Sache sein. Bei der kürzlich abgehaltenen Bürgermeisterwahl war er sogar zum Wahlkampfthema erkoren worden. Jeder Kandidat versprach einen Hundepark, woraus sich schließen lässt, dass es in Paterson wohl eine Menge Leute gibt wie mich: besorgte Bürger, die zum Wohle ihrer Hunde wählen gehen.

Als Tara und ich dort ankommen, habe ich nicht das Gefühl, dass sie sich der Atmosphäre hingibt. Sie sitzt auf dem Beifahrersitz, kaut auf einem ledernen Kauknochen herum und zeigt nicht das geringste Interesse an unserem Ausflugsziel. Selbst als wir schon fast da sind und das Bellen hören, macht sie sich nicht die Mühe aufzuschauen, sondern kaut einfach weiter vor sich hin. Jetzt weiß ich, warum mir mein Vater auf dem Weg zu den Spielen der Yankees nie Kaugummis gegeben hat.

Der eigentliche Park ist nichts weiter als ein sehr großer staubiger Platz, in etwa so groß wie ein Spielfeld in einem Football-Stadion, der an allen Seiten eingezäunt ist. Um die hundert Hunde laufen herum, lernen sich kennen, trinken an den zahlreichen und gut platzierten Wasserstellen. Quasi eine Singlebar für Hunde. Vielleicht halb so viele Menschen, fast ausschließlich Frauen, stehen an der Seite, unterhalten sich und werfen gelegentlich einen Tennisball weg, worauf die Hunde mit heller Aufregung reagieren.

Als wir uns dem Eingangstor nähern, scheint Tara die Szenerie mit einem gewissen Entsetzen zu betrachten, etwa so, wie ich mich der Tanzfläche einer Heavy-Metal-Disco nähern würde. Aber sie ist keine Spielverderberin; sie reißt sich zusammen und betritt mit mir den Platz. Ich gehe auf die Menschen zu und sie begleitet mich. Sie tut es mir zuliebe, aber sie wird sich nicht wie ein Tier um einen Tennisball streiten.

Die Unterhaltung dreht sich, wie erwartet, ziemlich ausschließlich um Hundeangelegenheiten. Um den Hundepark, um Hunde an sich, Hundefutter, Hundespielzeug … Das alles klingt faszinierend, nur dass ich als Mann nicht einbezogen werde. Tara lehnt sich die ganze Zeit gegen mein Bein, um mir unauffällig zu verstehen zu geben, dass wir uns doch vom Acker machen sollten. Genau das habe ich gerade vor, als sich eine Frau gnädig herablässt, mich anzusprechen.

»Ihr Hund scheint nicht sehr gesellig zu sein.« Sie redet von Tara, und wenn sie es nicht mit einem Lächeln gesagt hätte, sprächen jetzt die Fäuste.

Ich entschließe mich, mit verbaler Schlagfertigkeit zu kontern. »Das hier entspricht nicht gerade ihrem gewohnten Umfeld. Sie ist eine Intellektuelle. Wenn man sie zu einer Lyriklesung mitnimmt, kommt sie voll aus sich heraus.«

Die Frau, die trotz ihres Stirnbandes mit dem kleinen Hund vorne drauf recht nett aussieht, kommt aus irgendeinem Grund zu dem Schluss, dass es sich lohnen könnte, diese Unterhaltung fortzusetzen. »Eine Freundin von mir sucht einen Golden-Retriever-Welpen. Von welchem Züchter haben Sie Ihre Hündin?«

Ich schüttle den Kopf. »Von keinem. Sie war im Tierheim.«

Das erstaunt sie, ebenso wie es mich erstaunt hat und jeden anderen normalen Menschen erstaunen würde. »Wollen Sie damit sagen, jemand hat diese Hündin abgegeben? Und sie wäre vielleicht …«

Sie möchte »getötet« oder »eingeschläfert« nicht aussprechen, also erlöse ich sie mit einem Nicken. »Es hätte ihr letzter Tag sein sollen, als ich sie rausgeholt habe.«

Die entsetzte Frau ruft einige ihrer Freundinnen herbei, um ihnen diese Geschichte zu erzählen, und bevor ich mich's versehe, halte ich eine Audienz inmitten von vielleicht zwanzig Frauen ab, die sich allesamt verzückt über meine Sensibilität äußern, die ich bei der Rettung dieses Hundes unter Beweis gestellt habe. Der Hund, um den es geht, Tara, steht gehorsam neben mir, lässt die peinliche Situation über sich ergehen und ist scheinbar gewillt, mich die Lorbeeren einheimsen zu lassen, obwohl sie doch diejenige war, die man in diesem Tierheim eingelocht hatte.

Nachdem ich einige Minuten lang die Geschichte über das Tierheim, das ich mittlerweile »Todestrakt« nenne, ausgeschmückt habe, initiiere ich gewandt einen allgemeinen Smalltalk. Der wird von einer etwas weiter hinten stehenden Frau unterbrochen.

»Hey, sind Sie nicht dieser Anwalt, der diesen großen Fall gewonnen hat? Ich hab Sie im Fernsehen gesehen. Andy Carpenter, oder?«

Ich nicke so bescheiden wie möglich. Sie meint den Fall Willie Miller, in dem ich in einem Wiederaufnahmeverfahren die Unschuld von Willie bewiesen habe, nachdem er sieben Jahre mit Aussicht auf die Todesstrafe in Haft gesessen hatte. Die Frauen kombinieren scharfsinnig, und schon wird ihnen klar, dass ich jener seltene Mensch bin, der sowohl Hunde als auch Menschen überall aus den Todeszellen rettet, und die Haltung der Gruppe geht schnell in Heldenverehrung über. Es ist beängstigend, doch diesen Preis muss ich nun mal zahlen als Held.

Plötzlich lässt Tara Lebenszeichen und ein erwachtes Interesse erkennen: Sie rennt auf eine Frau zu, die sich unserer Gruppe nähert. Die Neue ist zu meiner Überraschung Laurie Collins, die wichtigste (und einzige) Ermittlerin meiner Anwaltskanzlei und die wichtigste (und einzige) Frau, die ich liebe. Hätte ich mir jemanden aussuchen können, der meinen Sensibilitätskurs für Frauen unterbricht, dann wäre meine Wahl nicht unbedingt auf sie gefallen. Andererseits sieht sie so gut aus, dass es mir eigentlich nichts ausmacht.

Als sich Laurie nähert, merke ich, dass sie nicht nur gut, sondern auch angespannt aussieht. Sie beugt sich nicht einmal hinunter, um Tara zu streicheln – eine untypische Nachlässigkeit, die mich überrascht und Tara eindeutig schockiert. Laurie kommt direkt auf mich zu, und meine mir ergebenen Fans gehen ein wenig und widerwillig beiseite, um sie durchzulassen.

»Alex Dorsey ist tot«, sagt sie.

»Was?« Eine reflexartige Frage. Ich habe sie nicht gestellt, um gleich an Ort und Stelle mehr Informationen zu bekommen, doch genau die bekomme ich.

»Jemand hat ihn enthauptet, dann seinen Körper mit Benzin übergossen und angezündet.«

Wenn Sie jemals zwanzig bewundernde Frauen loswerden wollen, dann kenne ich einen nützlichen Satz. Meine Fans machen sich so schnell aus dem Staub, dass man auf den Gedanken kommen könnte, im Tierfachgeschäft gäbe es siebzig Prozent Rabatt. Wenn man von dem Funkeln in Lauries Augen ausgeht, dann hat sie genau das erwartet. Sekunden später sind nur noch Laurie, Tara und ich übrig.

»Tut mir Leid, dass ich störe, Andy«, sagt sie. »Zuerst war ich mir nicht sicher, ob du es bist. Ich dachte, es sei vielleicht ein Popstar.«

Ich setze meinen wehmütigsten Blick auf. »Einen Moment lang war ich es.«

»Hast du Lust auf ein Frühstück bei Charlie's? Ich möchte gern mit dir über Dorsey reden.«

»In Ordnung«, antworte ich. »Wir treffen uns dort.«

Sie nickt und geht zu ihrem Auto. Ich werde Tara zu Hause absetzen und dann zu Charlie's gehen, das nur fünf Minuten von meinem Haus entfernt liegt.

Auf dem Weg dorthin denke ich über Dorseys Tod und seine mögliche Bedeutung für mich nach. Die Antwort ist, dass er überhaupt keine Bedeutung für mich hat, bis auf seine Auswirkungen auf Laurie. Die allerdings werden beträchtlich sein.

Alex Dorsey war Lieutenant im Paterson Police Department, als Laurie gerade Detective wurde, und nach ihrer Beförderung wurde sie ihm unterstellt. Sie merkte ziemlich schnell, dass er – was immer er auch einmal gewesen sein mochte – kein guter Polizist mehr war. Wenn es eine einfache Möglichkeit gab, sich vor der Arbeit zu drücken, dann fand er eine noch einfachere. Er war ein wandelndes Werbeplakat für den vorzeitigen Ruhestand, obwohl er sich offensichtlich für den Ruhestand im Dienst entschieden hatte.

Nicht ganz so schnell stellte Laurie fest, dass Faulheit nicht das größte Laster von Alex Dorsey war. Wie die meisten ihrer Kollegen kannte sie die Gerüchte, Dorsey ließe sich gern schmieren, doch sie kam zu dem Schluss, dass die Wahrheit sogar noch schlimmer aussah. Dorsey spielte ein doppeltes Spiel: Er arbeitete mit den Verbrechern zusammen, gegen die er ermitteln sollte. Und er war ein so hartgesottener, einfallsreicher Mistkerl, dass er damit seit langem durchgekommen war.

Laurie zerbrach sich den Kopf darüber, was sie tun sollte, doch gefühlsmäßig hatte sie eigentlich keine Wahl. Ihr Vater und ihr Onkel waren Polizisten gewesen, gute Polizisten, und sie hatte von klein auf gelernt, dass das, was Dorsey da tat, der schlimmste Betrug an der Gesellschaft war.

Laurie sammelte einige Beweise gegen ihn, Indizienbeweise zwar, aber ein vielversprechender Anfang, und legte diese der Abteilung für innere Angelegenheiten vor. Es war nicht ihre Aufgabe, die Sache zu beweisen, und außerdem wusste sie, dass ihre Kollegen das mit den vorliegenden Informationen leicht selbst erledigen konnten. Es würde nicht schwer werden, eindeutige Beweise zu finden, und schon bald würde Dorsey für seine Sünden bezahlen.

Doch dass Dorsey nicht so leicht unterging, zeigte sich bereits, als im Nu alle wussten, dass Laurie diejenige gewesen war, die ihn gemeldet hatte. Mit dieser undichten Stelle war gegen die allgemeine Regel der Dienststelle verstoßen worden, die jedem Anonymität zusichert, der Beweise für krumme Touren von Kollegen vorlegt. Lauries Verhalten wurde von einigen dann auch als Verstoß gegen den lächerlichen inoffiziellen Schweigekodex gesehen, demzufolge kein Polizist einen anderen meldet, egal wie fies dieser andere auch sein mag.

Der Konflikt bescherte der Polizei von Paterson Chaos und Verbitterung. Dorsey hatte sich im Laufe der Jahre eine recht solide Machtbasis aufgebaut, und er wusste von Leichen im Keller, während die meisten noch nicht einmal eine Ahnung hatten, dass es da überhaupt einen Keller gab. Die meisten Kollegen und vermutlich auch die Führungsriege standen jeweils auf der einen oder anderen Seite, und die Angelegenheit wurde als Sache Alex Dorsey versus Laurie Collins angesehen. Seine Anhänger sahen in ihr eine Feindin, oder, noch schlimmer, eine Verräterin.

Für Laurie wurde es offensichtlich, dass die Ermittlungen, die in politische Machenschaften der Polizei und sogar des Bürgermeisters eingebettet waren, weder vollständig noch ergiebig sein würden. Als dann schließlich bekannt wurde, dass Dorsey lediglich wegen »ungebührlichen Benehmens« gerügt wurde, anstatt entlassen und wegen der Verbrechen angeklagt zu werden, war Laurie vollends enttäuscht, und angewidert kündigte sie. Sie machte ihre eigene Detektei auf und ich wurde einer ihrer Kunden. Zum Glück wurde ich später noch viel mehr.

Vor einer Woche sickerte durch, dass neue Informationen ans Tageslicht gekommen seien und dass die Verhaftung von Dorsey bevorstünde. Unglücklicherweise musste diese Nachricht auch zu Dorsey durchgedrungen sein, denn daraufhin verschwand er. Laurie gestand offenherzig, dass sie eine gewisse Genugtuung angesichts der Entwicklung der Ereignisse empfand, nach denen wir nichts mehr von Dorsey hörten – bis zu dem heutigen grausigen Fund.

Ich setze Tara ab, gebe ihr einen Keks und mache mich auf den Weg zu Charlie's. Charlie's ist im Grunde genommen eine Sportbar mit Restaurant, das seit neuestem ein großartiges Frühstücksmenü anbietet. Eines der Dinge, die ich an

Laurie liebe, ist, dass sie Charlie's so gern mag wie ich, und mehr kann man ein Restaurant eigentlich nicht mögen. Selbst am Sonntagmorgen, wenn auf den zehn Fernsehbildschirmen keine Spiele laufen, ist es dort großartig.

Ich bestelle mir einen Obstteller, Bratkartoffeln und schwarzen Kaffee, lehne mich dann zurück und bereite mich aufs Zuhören vor. Ich kenne Laurie gut genug, um zu wissen, dass sie es nicht unbedingt ganz genau so meint, wenn sie sagt, sie müsse mit mir reden. Sie muss sich jetzt etwas von der Seele reden – Punkt. Und sie kommt sich etwas albern vor, wenn niemand in der Nähe ist, der ihr zuhört. Also bin ich zum Zuhörer ernannt worden.

Laurie beginnt einen fünfminütigen Monolog über Dorsey, in dem sie noch einmal einen Teil ihrer gemeinsamen Geschichte durchkaut. Nichts davon ist mir wirklich neu, und sie weiß, dass mir nichts davon wirklich neu ist. Sie fasst es zusammen: »Er war ein Schuft. Ein richtiger Schuft. Das weißt du.«

Da mir klar ist, dass ich jetzt an der Reihe bin, erwidere ich nickend: »Ja, das weiß ich. Er war ein Schuft. Absolut. Ein richtiger Schuft.«

Laurie schweigt einen Moment lang und sagt dann leise: »Am meisten stört mich an der Sache, Andy, dass ich mich über seinen Tod freue. Als ich davon erfuhr, hab ich mich gefreut.«

Das ist ein bedeutendes Geständnis für jemanden, der eine Fliege fängt und sie dann nach draußen bringt, um sie freizulassen. »Das ist normal«, antworte ich.

Sie schüttelt den Kopf und lässt mich nicht so leicht vom Haken. »Nein, für mich nicht.«

»Er war ein gemeiner Bulle, der es nicht anders gewollt hat.« Ich zwirble meinen imaginären Schnurrbart und würze das Ganze noch mit einem Scherz. »Sagte der Liberale zum Konservativen.«

Das scheint sie überhaupt nicht zu amüsieren, was – wie ich annehmen muss – eher auf ihre gefühlsmäßige Verfassung als auf die Qualität meines Witzes zurückzuführen ist. Ich versuche es noch einmal und bleibe beim Thema. »In der heutigen Vorstellung wird der stramme Befürworter von Recht und Ordnung von Andy Carpenter gespielt und die Verteidigerin der aussichtslosen Fälle von Laurie Collins.«

Auch diesen Scherz ignoriert sie; ich sollte sie alle aufschreiben, um sie an einem geeigneteren Publikum auszuprobieren. Tatsache ist, dass mich Dorseys Tod einfach nicht besonders aufregt; die Erde ist nach seinem Dahinscheiden ein besserer Planet. Er steht für ein schrecklich unangenehmes Kapitel in Lauries Leben, war eine Art emotionaler Zahnschmerz, und ich hoffe, dass sie das Kapitel nun für sich abschließen kann.

Aber sie lässt nicht locker, also lenke ich das Gespräch auf die Fakten hinter der heutigen Neuigkeit. »Haben sie irgendwelche Tatverdächtigen?«, frage ich.

»Sieht nicht so aus. Petes Theorie zufolge haben ihn seine Verbrecherfreunde sich vorgeknöpft, nachdem er für sie ausgedient hatte.«

»Pete« ist Lieutenant Pete Stanton, mein engster – und einziger – Freund bei der Polizei und einer der wenigen Beamten, die Laurie in der schwierigen Zeit unverhohlen beigestanden haben. Es überrascht mich nicht, dass er derjenige war, der ihr die Informationen über Dorseys Tod zugeschanzt hat.

»Wo wurde er gefunden?«, will ich wissen.

»In einem Lagergebäude am McLean Boulevard. Jugendliche haben Alarm geschlagen, als sie Rauch sahen. Wie sich herausstellte, war es Dorsey, der da brannte.«

Sie atmet tief durch und erzählt weiter. »Sie glauben, dass sein Kopf abgetrennt wurde, vielleicht mit einer Machete. Wer auch immer das war, er muss ihn als Souvenir behalten haben. Und der Körper wurde bis zur Unkenntlichkeit verbrannt. Sie haben ihn nur aufgrund irgendeines ungewöhnlichen Fingerrings identifiziert.«

Bei mir läuten die Alarmglocken. »Das ist alles?«

Sie nickt. »Aber sie führen noch einen DNA-Test durch, um sicherzugehen.«

Das freut mich. Ich würde es Dorsey durchaus zutrauen, jemand anderen umzubringen, um das Ganze vorzutäuschen. Auf beiden Seiten des Gesetzes neigen die Leute dazu, jemanden nicht mehr zu suchen, wenn sie ihn für tot halten.

Wir unterhalten uns noch ein wenig über Dorsey, bis es nichts mehr zu sagen gibt.

»Gehst du morgen ins Büro?«, fragt sie.

Ich nicke. »Wahrscheinlich am späten Vormittag. Ich hab um halb zehn eine Besprechung mit Holbrook wegen des Falls Danny Rollins.«

»Mann, in deiner Kanzlei geht's wirklich ab, oder?«

Laurie macht sich sowohl darüber lustig, dass ich Danny Rollins vertrete, der zufällig mein Buchmacher ist, als auch über die Tatsache, dass ich ansonsten überhaupt nichts zu tun habe. In den sechs Monaten seit dem Fall Willie Miller habe ich keinen bedeutenden Mandanten angenommen. Nicht dass ich nicht die Gelegenheit gehabt hätte. So, wie das Verfahren ausgegangen war, mit dem Freispruch von Willie und der Überführung der wahren Mörder, wurde ich zum Liebling der Medien und zu Patersons Antwort auf Perry Mason. Seitdem stehe ich ganz oben auf der Wunschliste eines jeden Verbrechers.

Aber ich habe sie alle abgelehnt. Für jedes Nein gab es eine eigene plausible Erklärung. Entweder schien mir der potentielle Mandant schuldig und damit meiner Verteidigung nicht würdig, oder der Fall war keine Herausforderung, war weder interessant noch bedeutend. In meinem Innersten kommt es mir vor, als hätte ich Gründe erfunden, um diese Fälle abzulehnen, aber ich weiß wahrhaftig nicht, warum ich das tun sollte.

Ich glaube, ich leide unter einer Verteidigungsblockade.

An Reichtum muss man sich erst gewöhnen.

Wenn man plötzlich so richtig reich wird, so wie es bei mir der Fall war, kommt einem das alles andere als natürlich vor. Irgendwie so, als würde man seit Jahren einen alten, verbeulten Dodge Dart fahren, und dann gibt dir jemand einen Ferrari. Man sagt sich zwar, dass man deshalb sein Leben nicht verändern wird, aber man überlegt sich schon genau, ob man ihn vor einer 7-Eleven-Filiale parkt.

Mein Vater Nelson Carpenter hat mir zweiundzwanzig Millionen Dollar hinterlassen. Das Geld hat er unehrenhaft erworben, indem er eine Zahlung dafür akzeptierte, dass er ein Verbrechen deckte, welches sein ältester Freund begangen hatte, der mittlerweile mein Schwiegervater geworden war. Mein Vater war ein angesehener Bezirksstaatsanwalt, und meines Wissens war es die einzige unehrenhafte Tat, die er je begangen hat. Sie setzte eine Kettenreaktion in Gang, und als Resultat sitzt mein jetziger Ex-Schwiegervater hinter Gittern und ich schwimme in Geld. Klar, es hätte schlimmer kommen können. Mein Vater hätte etwas Böses tun und mich dann arm zurücklassen können, doch stattdessen schockierte er mich mit all diesem Geld, von dem ich nicht einmal wusste, dass er es besaß, und das er nie angerührt hatte, während es fünfunddreißig Jahre lang Zinsen anhäufte. Die letzten sechs Monate habe ich nun überlegt, was ich damit tun soll.

Ich habe wirklich die Absicht, regelmäßig für wohltätige Zwecke zu spenden, und ich habe dahingehend auch schon sporadische Versuche unternommen. Aber ich möchte unbedingt eine Sache, eine Wohltätigkeitsorganisation finden, mit der ich mich identifizieren kann und die ich mir zu Eigen machen kann. Das hört sich einfach an, war es aber bisher ganz und gar nicht.

Zum Beispiel habe ich zu viel darüber geredet, es hat sich herumgesprochen, und die Wohltätigkeitsorganisationen haben mich wie Freiwild behandelt. War ich auch. Bin ich auch.

Der Tiefpunkt wurde vor einigen Tagen erreicht, als mich die Vorsitzende des Komitees zur Rettung der Otter von Guatemala Bay besuchte. Sie war recht nett, aber es war vermutlich das zehnte Gesuch dieser Art, das ich letzte Woche über mich ergehen lassen musste, und ich fürchte, ich habe mich nicht von meiner höflichsten Seite gezeigt.

»Wen haben Sie geschlagen?«, fragte ich sie.

»Wie bitte?«

»Bei der Wahl zur Vorsitzenden des Komitees zur Rettung der Otter von Guatemala Bay … gegen wen haben Sie da kandidiert?«

»Wir sind keine politische Organisation«, erwiderte sie abwehrend. »Unsere gemeinsamen organisierten Bemühungen zielen darauf ab, ein schreckliches Unrecht zu bekämpfen. Guatemala Bay wird systematisch verseucht und die Otter haben keinen Schutz.«

»Sie hatten also keinen Gegenkandidaten?«, beharrte ich.

»Wenn Sie so wollen.« Ihr Ärger über mich wurde deutlich. »Mr Carpenter, wenn wir zu dem eigentlichen Grund meines Besuches kommen könnten.«

»Tut mir Leid, aber bisher wusste ich nicht einmal, dass es

eine Bucht namens Guatemala Bay gibt. Ich dachte, Guantánamo wäre die einzige, die mit ›Gua‹ anfängt.«

»Wenn Leute wie Sie nicht einschreiten, dann wird es auch bald so sein.«

»Welches Ausmaß soll dieses Einschreiten denn Ihrer Ansicht nach annehmen?«, wollte ich wissen.

»Zehntausend Dollar.«

Ich schritt mit eintausend ein und hoffe nun, dass es für ein süßes Foto des von mir adoptierten Otters reicht, vielleicht noch für einen oder zwei Briefe über sein weiteres Schicksal.

Da Sonntag ist, wird ein solcher Brief heute nicht kommen, also muss ich mich damit zufrieden geben, mit Tara auf dem Sofa zu sitzen und Basketball zu schauen. Ich fühle mich jetzt ziemlich wohl zu Hause. Vor einigen Monaten habe ich mein Haus in einem der vermeintlich schwer angesagten Vororte verkauft und bin wieder in das Haus gezogen, in dem ich aufgewachsen bin. Es liegt in einer entschieden weniger angesagten Gegend von Paterson, ist aber das einzige Haus, an dem ich je hängen werde. Als mein Vater starb, wollte ich es zunächst verkaufen, brachte es aber nicht übers Herz. Laurie machte den Vorschlag, dass ich doch selbst dort einziehen solle, und seit ich das getan habe, weiß ich, dass ich nach Hause gekommen bin.

Verändert habe ich das Haus nur durch einen neuen Fernseher mit großem Bildschirm, den ich heute gut nutzen werde. Die Knicks sind um ein Uhr dran, dann spielen die Lakers um vier gegen Utah, dann Nets-Sacramento um sechs, was sich ab sieben mit dem Spiel Marquette-Cincinnati überschneidet, und zum Schluss UNLV-Utah um neun. Wenn ich es richtig plane, dann kann ich mir die Pizza rechtzeitig zum Anstoß der Lakers liefern lassen, genau zu dem

Zeitpunkt, an dem ich dann auch mein drittes Bier aufmachen werde.

Wäre dies ein Film, hieße er *Der perfekte Tag.*

Als Erstes gebe ich telefonisch eine Wette auf die Knicks ab, drei Punkte Rückstand gegen Toronto. Der Buchmacher Danny Rollins wünscht mir Glück, sowohl für das Spiel als auch für meine morgige Besprechung mit dem Stellvertretenden Staatsanwalt, der die Unverschämtheit besitzt, Danny der Buchmacherei anzuklagen. Offensichtlich eine an den Haaren herbeigezogene Anklage gegen einen gesetzestreuen Bürger.

Tara klettert aufs Sofa und nimmt ihre Lieblingsposition ein: auf der Seite liegend, mit dem Kopf genau über meinem Knie. So bin ich nahezu gezwungen, sie jedes Mal zu streicheln, wenn ich nach meinem Bier greife, doch das ist für mich wie auch für sie vollkommen in Ordnung. Falls es einen besseren Hund, ein besseres Lebewesen auf unserem Planeten geben sollte, dann ist es ein großartiger Planet, und es muss ein wirklich erstaunliches Lebewesen sein.

Die Knicks führen mit vier Punkten und es ist noch eine Minute zu spielen, als mir wieder einmal schmerzhaft die Kehrseite großen Reichtums bewusst wird. Ich habe zweihundert Dollar auf das Spiel gesetzt, und mir wird klar, dass mir das Geld überhaupt nichts bedeutet. Wetten bringen nur Spaß, wenn man sich Sorgen macht, sie zu verlieren. Wenn die Möglichkeit der qualvollen Niederlage gar nicht gegeben ist, dann kann ein Sieg auch kein Glücksgefühl hervorrufen. Da hole ich mir lieber noch ein Bier.

Es ist zehn Uhr, als mich das Telefon mitten im Spiel der UNLV weckt. Ich bin mit dreihundert Mäusen im Plus, und ich wünsche mir, ich könnte mich darüber freuen.

»Hallo?«

»Tut mir Leid, dass ich dich geweckt habe, aber du solltest sowieso nicht auf dem Sofa schlafen«, sagt Laurie. Woher weiß sie das? Klar, sie ist Privatdetektivin; ich muss bei Gelegenheit mal das Haus nach versteckten Kameras durchsuchen.

Ich stehe sofort auf. »Ich liege nicht auf dem Sofa.«

»Mhm, klar«, sagt sie mit einem Tonfall, der so viel bedeutet wie: »Du bist ein Spinner, aber was soll's?«

»Jedenfalls habe ich gerade mit Pete gesprochen.«

»Und?«

»Der vorläufige Bericht kam gerade herein. Die DNA stimmt überein. Es handelt sich definitiv um Dorseys Leiche.«

»Alles in Ordnung mit dir?«, will ich wissen.

»Mir geht's gut. Ich bin froh, dass es vorüber ist«, sagt sie. »Leg dich wieder schlafen.«

Ich unterdrücke ein Gähnen. »So müde bin ich gar nicht. Ich glaube, ich schau noch mal, ob da gerade ein Basketballspiel läuft.«

»Wie zum Beispiel das Spiel der UNLV, das ich da im Hintergrund höre?«

»Ach, was du nicht alles weißt.«

»Gute Nacht, Andy. Ich liebe dich.«

»Gute Nacht, Laurie.« Wir benutzen das L-Wort jetzt seit einigen Monaten, aber wir sind uns beide darin einig, dass es an Bedeutung verliert, wenn es immer ein automatisches »Ich liebe dich auch« als Antwort nach sich zieht. Also gestatten wir uns, die Entscheidung je nach Situation zu fällen, so wie es sich gerade ergibt. Wir machen bahnbrechende Dinge in dieser Beziehung.

Ich schaue mir das Spiel noch weitere drei oder vier Sekunden an, bevor ich wieder einschlafe. Irgendwann gegen drei Uhr morgens stehe ich auf und gehe ins Schlafzimmer, das ich vor halb acht nicht wieder verlasse. Ich gehe eine

Runde mit Tara, ziehe mich dann um und fahre ins Büro von John Holbrook.

Holbrook ist seit etwa sechs Jahren für das Büro des Bezirksstaatsanwalts tätig, und das heißt, dass er sich wahrscheinlich darauf vorbereitet, bald auf die Seite des besser verdienenden Verteidigers zu wechseln. Er ist gewissenhaft, fleißig und relativ fair – ein guter, wenn auch kein außergewöhnlicher Staatsanwalt. Selbst in Fällen wie diesem, von dem sowohl er als auch ich wissen, dass er von keiner größeren Bedeutung für die Gesellschaft ist, bereitet er sich gründlich vor.

Danny Rollins' einzige Rolle in meinem Leben ist die des Buchmachers, aber bei unseren zahlreichen Telefonaten habe ich so einiges über ihn erfahren. Seine Frau arbeitet als Physiotherapeutin und seine beiden Kinder sind auf der Highschool. Er fährt Ski, wählt die Republikaner, versucht sich an jeder Modediät, die ihm über den Weg läuft, und man kann sich ebenso darauf verlassen, dass er eine gewonnene Wette auszahlt, wie man sich darauf verlassen kann, dass er sein Geld eintreibt.

Dannys Art und Weise, sich seinen Lebensunterhalt zu verdienen, wird nur aufgrund der merkwürdigen Beschaffenheit unseres Strafrechts als illegal angesehen. Man darf das Haushaltsgeld der Familie für Lotteriescheine hinauswerfen, aber nicht für die Knicks. Man darf Vermögen beim Kauf von Yahoo!- oder IBM-Aktien verdienen oder verlieren, aber wenn man mal auf die Giants setzt, kann man sich vor Gericht wiederfinden.

Ich weiß, dass Danny über gewisse Beziehungen zu New Jerseys Version des organisierten Verbrechens verfügt, denn diese Leute teilen ihm das Territorium zu, über das er verfügen kann. Trotz alldem halte ich ihn für einen anständigen und ehrenwerten Mann, der es mit Sicherheit verdient, aus dieser lächerlichen juristischen Falle befreit zu werden.

Holbrook beendet gerade eine Besprechung im Konferenzsaal, als ich eintreffe, und seine Sekretärin lässt mich in seinem Büro auf ihn warten. Wenige Minuten später kommt er und scheint überrascht zu sein, mich zu sehen.

»Andy, was machen Sie denn hier?«

»Wir haben einen Termin wegen der Sache Danny Rollins.«

Er nickt. »Ich weiß, aber ich habe nicht erwartet, dass Sie persönlich erscheinen. Ein so reicher Kerl wie Sie?« Er schaut auf die Uhr. »Und dazu noch während der Börsenöffnungszeiten? Ich hätte gedacht, dass Sie einen Ihrer Leute schicken.«

Falls Sie zu Hause eine Liste führen, dann können Sie »neidvolle Spötteleien« als weiteren Nachteil plötzlichen Reichtums darauf vermerken. »Meine Leute hatten zu tun. Abgesehen davon mögen die Sie nicht. Also lassen Sie die Anklage fallen, dann kann ich zurück an die Börse gehen.«

Er lacht und klappt den Ordner auf. »Die Anklage fallen lassen? Das ist eine so eindeutige Angelegenheit, dass Ihr Mandant keine Wette dagegen annehmen würde.«

Er geht mit mir die Akte durch und zeigt mir die konfiszierten Wettscheine, die Bücher und die Liste der geführten Telefonate. Sein Büro hat mir das alles bereits im Vorfeld zur Information zugeschickt und ich bin es durchgegangen, doch das erzähle ich ihm nicht.

Er beendet seine Ausführungen mit einem zufriedenen Grinsen. »Wie stehen Sie dazu, Herr Anwalt?«

»Wenn Sie die Anklage nach Beendigung dieses Satzes fallen lassen, dann werde ich meinen Mandanten wohl davon überzeugen können, Sie nicht wegen fälschlicher Verhaftung zu belangen.«

»Kommen Sie, Andy. Ich hab zu tun. Wollen Sie nun eine Vereinbarung treffen oder nicht?«

Ich schüttle den Kopf. »Nein. Wir beabsichtigen, eine energische Verteidigung zu präsentieren.«

Er lacht; es ist anzunehmen, dass er von einigen meiner früheren Fälle von energischer Verteidigung gehört hat. »Und die wird sich worauf stützen?«, will er wissen.

»Auf Leumundszeugen.«

»Bitte?«

»Leumundszeugen«, wiederhole ich. »Sie werden Zeugnis über den Leumund meines Mandanten ablegen, welcher übrigens hervorragend ist.«

»Da bin ich mir sicher. Und wer sollen diese Zeugen sein?«

»Ach, wissen Sie, die üblichen angesehenen, über jeglichen Zweifel erhabenen Stützen der Gesellschaft. Solche Leute eben. Soll ich Ihnen ein Beispiel nennen?«

Er zuckt mit den Schultern, was ich als Zustimmung interpretiere. Ich schlage den Ordner auf und nehme die Liste mit den geführten Telefonaten heraus.

Ich zeige auf die erste Seite mit den Nummern. »Wenn ich mich richtig an Ihre bewegende Darstellung erinnere, dann stehen hinter diesen Nummern angeblich die Leute, die meinen Mandanten angerufen haben, um illegale Wetten abzuschließen. Sie haben natürlich keine Beweise dafür vorgelegt, aber …«

Er unterbricht mich: »Mit welcher Absicht wurden denn Ihrer Meinung nach diese Hunderte von Anrufen innerhalb eines Monats *getätigt*?«

»Ich kann nicht für alle sprechen, aber ich nehme an, dass hinter den meisten Nummern Freunde stecken, die nur über aktuelle Begebenheiten plaudern oder Rezepte austauschen wollten.«

Er verliert die Geduld. »Kommen Sie, Andy, können wir die Sache jetzt etwas vorantreiben?«

»In Ordnung. Wir suchen mal eine Nummer heraus, irgendeine.« Ich deute auf eine Stelle auf dem Blatt. »Wie wär's mit dieser?«

Holbrook schaut auf die entsprechende Nummer. »Was ist damit?«

»Rufen Sie da mal an. Über die Freisprechanlage.«

Er will etwas entgegnen, zuckt dann aber mit der Schulter und geht hinüber zum Telefon, denn zweifellos denkt er sich, dass er mich damit umso schneller los wird. Während er zu seinem Schreibtisch zurückgeht, hören wir beide über den Lautsprecher, wie am anderen Ende der Leitung das Telefon klingelt.

Eine weibliche Stimme ertönt: »Hier bei Carmichael.«

Ein besorgter Blick huscht über Holbrooks Gesicht, als ich zum Telefon gehe. »Ist der Bürgermeister zu sprechen?«, erkundige ich mich.

»Wer möchte ihn sprechen?«

Ich lächle Holbrook gütig zu und antworte: »Sagen Sie ihm, der Stellvertretende Bezirksstaatsanwalt John …«

Mit einer katzenähnlichen Behändigkeit, die ich ihm nicht zugetraut hätte, springt Holbrook von seinem Stuhl auf, läuft um den Tisch herum, stürzt sich aufs Telefon und unterbricht die Leitung, bevor ich seinen vollständigen Namen nennen kann. Wenn er am Barren und auf dem Pferd ebenso gut ist wie gerade am Boden, dann hat er gute Chancen für den Einzelwettbewerb im Turnen.

Nachdem er das Telefonat erfolgreich abgebrochen hat, dreht er sich zu mir um. »Wollen Sie mir etwa erzählen, dass der Bürgermeister bei diesem Typen Wetten abgibt? Sollte diese Aktion mir das beweisen?«

Ich zucke mit den Schultern. »Es sei denn, er tauscht gern Rezepte aus. Ich werde meinen Mandanten fragen, wenn ich ihn in den Zeugenstand rufe.«

Holbrook ist stinksauer. »Glauben Sie, dass Sie mich mit so etwas aufhalten können? Ich hab diesen Mistkerl ja nicht einmal gewählt.«

»Andererseits hat er aber Ihren Chef berufen.« Ich deute auf die Liste. »Wollen Sie noch eine Nummer ausprobieren?«

»Wer ist denn noch darauf? Der Papst?«

»Mein Mandant ist ein wirklich freundlicher Kerl, der einfach gern plaudert. Sie kennen diese Art von Menschen, oder?«

»Ja, die kenne ich genau«, sagt er. »Jetzt sehen Sie zu, dass Sie aus meinem Büro verschwinden.«

Und genau das mache ich auch. Ich verlasse sein Büro und gehe in mein eigenes. Auf dem Weg dorthin rufe ich Danny an und erzähle ihm, dass die Gerechtigkeit siegen wird. Er freut sich aufrichtig und will wissen, wie viel er mir schuldet. Fünfhundert, sage ich ihm, und die setze ich gleich auf die 76er heute Abend. Vielleicht gewinne ich, vielleicht auch nicht. Mal sehen.

In meiner Kanzlei herrscht dieser Tage nicht gerade emsiges Treiben. Edna, meine langjährige Sekretärin, schaut nicht einmal von ihrem *Times*-Kreuzworträtsel auf, als ich das Büro betrete. Allerdings würde Edna nicht einmal aufschauen, wenn Abraham Lincoln persönlich hereinkäme. Edna ist die unangefochtene Kreuzworträtselkönigin der westlichen Hemisphäre, und sie führt diese erstaunliche Begabung zum großen Teil auf ihre besondere Konzentrationsfähigkeit zurück: Sie lässt sich durch mein Eintreten kein bisschen ablenken.

Auf meiner Anruferliste stehen drei Wohltätigkeitsorganisationen und ein Möchtegernmandant, den ich bereits abgelehnt habe, der jedoch hartnäckig bleibt. Es handelt sich um einen Fall von Trunkenheit am Steuer, der zu einem beinahe tödlichen Unfall eines Fußgängers führte. Als mich der potentielle Mandant das erste Mal aufsuchte, roch man seine Alkoholfahne drei Meilen gegen den Wind. Der Entschluss, den Fall abzulehnen, fiel mir nicht schwer.

Eine Zeit lang sitze ich an meinem Schreibtisch und schiebe die Unterlagen von der rechten Seite des Tisches auf die linke. Der Schreibtisch wirkt jetzt etwas linkslastig, also schiebe ich die Hälfte der Unterlagen wieder nach rechts. Nun, da die Unterlagen auf beiden Seiten liegen, habe ich allerdings das Problem, dass ich nicht weiß, wo ich meine Füße hinlegen soll. Sie müssen also unbequem auf dem Boden stehen bleiben, während ich die Zeitung zur Hand nehme und lese, was über den Fund von Alex Dorseys kopfloser Leiche berichtet wird. Um ihre Zeitungen zu verkaufen, versucht die Presse für gewöhnlich, Morde blutrünstig und ekelerregend darzustellen. Da im vorliegenden Fall diese Prädikate ohnehin angebracht sind, geben sie sich den Anschein, als wäre es ihnen unangenehm, sich an der Verbreitung solcher Informationen beteiligen zu müssen.

Die Besprechung an diesem Vormittag mit Holbrook ist zwar nicht unbedingt mit einem Plädoyer vor dem Supreme Court zu vergleichen, hat aber eine gewisse Wirkung auf mich nicht verfehlt. Mir wird klar, dass ich wieder in Aktion treten möchte, dass ich einen Fall haben will, an dem ich mich festbeißen kann.

Da ich im Moment gerade keinen habe und mich Edna überhaupt nicht beachtet, stehe ich auf und gehe den Flur entlang bis zum Büro von Sam Willis. Sam ist mein Buchhalter, seit ich hier meine Kanzlei habe.

Genau genommen haben Sam und ich wechselseitig von unseren beruflichen Diensten profitiert. Sam ist auf zwei Gebieten – ohne Übertreibung – brillant. Zum einen ist er von allen Leuten, die ich kenne, derjenige, den man am ehesten als Finanzgenie bezeichnen kann. Er weiß alles, was man über Geld wissen muss, und er kennt die Regeln des Umgangs damit. Und zum anderen verfügt er über erstaunliche Kenntnisse in Sachen Computer, zumindest soweit sie mit Finanzangelegenheiten in Verbindung stehen. Setzt man ihn an eine Tastatur, wird er zum wahren Meister.

Nur etwa einen Monat nach unserer ersten Begegnung wurde Sam des illegalen Hackens angeklagt – eines Verbrechens, dessen er schuldig war. Die mildernden Umstände, zumindest in meinen Augen, lagen darin, dass er im Namen eines Kunden, dem von einem großen Unternehmen ein Unrecht angetan worden war, Vergeltung geübt hatte. Ich habe dank einer formalen Spitzfindigkeit seinen Freispruch erwirkt, und seitdem sind wir Freunde.

Worüber ich mich bei Sam so wundere, ist die Tatsache, dass er zwar eine beträchtliche Menge an Arbeit und Energie in das Erlangen seines Wissens gesteckt haben muss, dass er es aber nie geschafft hat, diese Energie für seinen eigenen finanziellen Erfolg zu nutzen. Er müsste eigentlich als Finanzguru für alle möglichen Firmenriesen tätig sein, doch stattdessen liest sich seine Kundenkartei wie das Who's who der Verlierer. Als ehemaliger unbedeutender Geringverdiener passte ich da genau hinein. Als mir das ganze Geld in den Schoß fiel, war Sam so aufgeregt, dass ich fürchtete, er bekäme einen Herzinfarkt.

Sam sitzt in seinem Büro zusammen mit Barry Leiter, einem dreiundzwanzigjährigen jungen Mann, den Sam direkt von der Highschool weg eingestellt hat. Barry hat sich durch die Arbeit für Sam die Abendschule der Universität in Newark finanziert, und sein Chef behauptet, Barry sei am Computer sogar noch besser als er selbst. Die Vorstellung, einen Protegé zu haben, gefällt Sam wirklich sehr.

Sam und ich erfreuen uns immer wieder an unserem Wettstreit, dem »Songreden«. Es geht dabei darum, Liedtexte in ein Gespräch einzubauen. Das allein bringt schon Spaß; wenn der andere es jedoch nicht einmal merkt, genießt man den perfekten Sieg.

»Hey, Sam«, sage ich, »what good is sitting alone in your room? Come hear the music play.«

Ich gehe davon aus, dass er sich über meinen kläglichen Versuch mit dem Lied aus »Cabaret« lustig macht, aber er scheint dem überhaupt keine Beachtung zu schenken. Der Blick in seinen Augen ist der eines wirklich betrübten Mannes. »Hallo, Andy«, entgegnet er vollkommen teilnahmslos. Dann wirft er Barry einen kurzen Blick zu, der dies als Aufforderung zum Gehen versteht und genau das auch tut.

»Was ist los?«, will ich wissen.

Sam seufzt. »Alles.«

»Was heißt das?«

Er nimmt seine Brille ab und reibt sich die Augen. »Hast du jemals meinen kleinen Bruder Billy kennen gelernt? Als er mich besucht hat?«

Ich nicke. Billy wohnt in Pittsburgh, hat Sam aber im letzten Jahr besucht, und bei dieser Gelegenheit habe ich ihn kennen gelernt.

»Er war krank, weißt du?« Das wusste ich nicht, aber ich nicke, und Sam erzählt weiter. »Zuerst hat es niemand gemerkt, nicht einmal er selbst, aber dann fühlte er sich immer etwas schwach, und egal, wie viel er aß, er nahm immer mehr ab.«

»Wie viel hat er abgenommen?«

»Ich dachte, es wären nur ein paar Kilo, vielleicht drei oder fünf. Wir haben miteinander telefoniert, ein paarmal in der Woche, und er hörte sich nicht besonders gut an, doch er meinte nur zu mir, er sei wohl etwas wetterfühlig. Genau so hat er sich ausgedrückt: etwas wetterfühlig.« Sam schüttelt traurig den Kopf. Ich meine, Tränen in seinen Augen zu entdecken. Das kann nichts Gutes bedeuten.

Er erzählt weiter: »Ich fahre also letztes Wochenende hin, zum Geburtstag meiner Mutter, und frage, wo Billy ist. Daraufhin antwortet mir Mom: ›Oben in seinem Zimmer, er ist wohl etwas wetterfühlig.‹ Plötzlich habe ich lauter Meteorologen in meiner Familie, weißt du? Also gehe ich hoch in sein Zimmer … Mann, das werde ich mein Lebtag nicht vergessen.«

»Was?«, frage ich unvermittelt, obwohl mir vor der Antwort graut.

Er muss sich zusammenreißen, bevor er weiterreden kann. »Billy … der … der siecht quasi vor sich hin, Andy. Genau vor meinen Augen. Er war doch so ein kräftig gebauter Kerl, weißt du noch? Fast so um die neunzig Kilo. Und weißt du, wie viel der jetzt wiegt? Fünfundfünfzig. Fünfundfünfzig. Nur noch Haut und Knochen, wartet förmlich auf seinen Tod.«

Ich schüttle den Kopf; viel kann man nicht sagen.

»Also schaue ich ihn an, und ich werd wütend, weißt du? Die ganzen letzten Monate über hat er mich angelogen, hat mir nicht gesagt, wie krank er ist. Ich war so sauer, ich wäre am liebsten aus dem Zimmer gegangen und nie wiedergekommen.«

»Und was hast du gemacht?«

Er zuckt mit den Schultern. »Was sollte ich schon machen? Ich mein, Billy, wie er so da herumlag, nur noch Haut und Knochen … da dachte ich mir: ›He ain't heavy, he's my brother.‹«

Sam fängt an zu gackern, denn er ist sich voll darüber im Klaren, dass er unser Songreden auf ein neues Niveau gehoben hat. Die Tatsache, dass er gewillt war, sich für seinen eigenen Bruder eine quälende, tödliche Krankheit auszudenken, beeinträchtigt seine Freude nicht im Geringsten.

Ich bleibe noch eine Zeit lang in seinem Büro, aber egal was ich sage, er behält sein selbstzufriedenes Grinsen, das mir allmählich auf die Nerven geht. Da mir die Gesellschaft der in ihre Kreuzworträtsel vertieften Edna dann doch lieber ist, gehe ich zurück in mein Büro.

Edna ist nicht allein, als ich zurückkomme. Gemeinsam mit ihr wartet ein großer Mann, knapp einsneunzig vielleicht, mit kurzen, nach hinten gegelten Haaren auf mich. Er trägt eine Lederjacke, die zweifellos mehr Geld gekostet hat, als man für die Adoption einer guatemaltekischen Otterfamilie braucht. Er ist vermutlich Mitte vierzig und scheint schwer daran zu arbeiten, dass er kultivierter wirkt, als er von Natur aus ist.

Zweifellos ist Edna schwer von ihm beeindruckt. Sie hat ihr Kreuzworträtsel beiseite gelegt und ihm bereits eine Tasse Kaffee serviert. Bei Edna steht das für unsterbliche Bewunderung.

»Andrew, darf ich vorstellen, das ist Geoffrey Stynes. Mr Stynes, das ist Andrew Carpenter.« Damit hat mich Edna in unserer ganzen gemeinsamen Zeit nun insgesamt genau einmal mit »Andrew« angesprochen. Ganz offensichtlich versucht sie, Stynes' Vornehmheit nachzuahmen.

Stynes lächelt und streckt mir die Hand entgegen. »Freut mich.«

Ich gebe ihm die Hand. »Ebenfalls. Was kann ich für Sie tun?«

»Sie können mein Anwalt sein«, sagt er, ohne dass das Lächeln aus seinem Gesicht verschwindet.

»Kommen Sie herein«, entgegne ich und führe ihn in mein Büro. Während er hineingeht, blicke ich zurück und sehe Ednas gehobenen Daumen, womit sie ihn wohl als Mandanten gutheißen will. Ich schließe die Tür hinter uns, obwohl ich Edna mit Sicherheit dadurch verärgere, aber so ist »Andrew« nun einmal.

Die meisten Leute, die mein Büro betreten, setzen sich auf den Stuhl gegenüber von meinem Schreibtisch, Stynes jedoch nimmt auf dem Sofa Platz. Während wir uns unterhalten, rücke ich meinen Stuhl näher zu ihm hin. Er wirkt vollkommen entspannt und selbstsicher – ein Verhalten, das mögliche Mandanten normalerweise nicht an den Tag legen. Leute, die einen Strafverteidiger brauchen, stehen per definitionem unter Druck, doch falls Stynes überhaupt Stress empfindet, dann verbirgt er das außerordentlich gut.

»Wer hat mich Ihnen empfohlen?«, frage ich.

»Ach kommen Sie, seit dem Fall Miller sind Sie berühmt. Aber ich habe Ihre berufliche Laufbahn auch so schon seit langem verfolgt«, antwortet er.

Ich bin verwirrt und ein wenig beunruhigt. »Warum haben Sie meine berufliche Laufbahn verfolgt?«

Das selbstsichere Lächeln macht sich wieder in seinem Gesicht breit. »Um auf genau die Situation vorbereitet zu sein, in der ich mich heute befinde.«

Bevor wir uns darüber unterhalten, über was für eine Situation er wohl redet, erkläre ich ihm einige der Grundlagen, über die man Bescheid wissen muss, wenn man sich einen Anwalt nimmt. Dazu gehört eine standardisierte Vereinbarung zur Übernahme eines Mandats, die Edna vorbereitet und die Stynes unterzeichnet. Obwohl diese Vereinbarung keinesfalls garantiert, dass ich sein Mandat letztendlich übernehme, stellt sie offiziell ein vertrauliches Verhältnis zwischen Anwalt und Mandant her und erlaubt es somit Stynes, offen über seine Gründe zu sprechen, weshalb er mich zum Anwalt nehmen will.

Dies alles nimmt etwa zehn Minuten in Anspruch, nach denen Stynes offiziell mein Mandant ist, wenn auch nur für die Dauer dieses Gesprächs. Ich werde entscheiden, ob ich seinen Fall übernehme, nachdem ich gehört habe, worum es überhaupt geht.

»Also«, sage ich, »erzählen Sie mir, warum Sie meine Dienste in Anspruch nehmen wollen.«

»Es besteht die geringe, wenn auch realistische Möglichkeit, dass ich wegen eines Verbrechens angeklagt werde«, antwortet er, ohne auch nur im Geringsten besorgt zu wirken.

»Eines bestimmten Verbrechens?«

Sein Lächeln kehrt zurück, nun noch gönnerhafter als vorher. »Mhm, eines ganz bestimmten.«

»Und welches Verbrechen wäre das?«

»Der Mord an Alex Dorsey.«

Da ich bei weitem nicht der undurchschaubarste Mensch in diesem Raum bin, sieht man mir meine Überraschung sicher an.

»Hat sich die Polizei bei Ihnen gemeldet?«, will ich wissen.

»Nein.«

»Verfügen Sie über Informationen, die Sie zu dem Glauben veranlassen, dass sie es tun wird?«

»Nein.«

»Warum glauben Sie dann, gegenwärtig ein Verdächtiger zu sein?«

Noch ein Lächeln, verhaltener dieses Mal. »Im Moment bin ich das, glaube ich, nicht. Aber als ich ihn umgebracht habe, spritzte etwas von seinem Blut auf meine Kleidung. Ich habe sie und das Messer, das ich benutzt habe, in ein Gestrüpp hinter dem Hinchcliffe Stadium geworfen. Ich hätte es in den Wasserfall werfen sollen, aber ich hatte es eilig. Sie verstehen schon.«

Das Hinchcliffe Stadium ist ein riesiges Baseballfeld, ehemals ein Stadion der unteren Spielklasse, das genau neben den Passaic Falls, einem der größeren Wasserfälle des Landes, liegt. Wenn Stynes die Sachen dort hineingeworfen hätte, wäre die Sache gegessen gewesen.

»Dorsey wurde nicht hinter dem Hinchcliffe Stadium ermordet«, merke ich an.

Er lächelt. »Verwechseln Sie nicht den Fundort mit dem Tatort. Er wurde in einem Lagergebäude am McLean Boulevard *gefunden.*«

Ich habe mich schon so ziemlich entschieden, diesen Fall nicht zu übernehmen, doch aus irgendeinem Grunde – vielleicht aus morbider Neugier – frage ich weiter: »Warum gehen Sie nicht einfach hin und holen das Zeug?«

»Falls mich die Polizei aus irgendeinem Grunde dabei beobachten sollte, würde sie mich festnageln. Doch jetzt, selbst wenn die Sachen gefunden werden, besteht noch die Chance, dass man sie nicht mit mir in Verbindung bringt.«

Er hat gerade einen brutalen Mord mit einem Maß an Emotionen gestanden, das ich aufbringe, wenn ich eine Pizza bestelle. Plötzlich überkommt mich das unbändige Verlangen, über die Sprechanlage bei Edna eine Bestellung aufzugeben: »Edna, hier ist Andrew. Könnten Sie uns eine Machete, einen Kanister Benzin und ein paar Streichhölzer bringen? Mr Super-Mandant möchte uns zeigen, wie er letzte Woche einen Polizisten enthauptet und gegrillt hat.«

»Warum haben Sie ihn umgebracht?«, will ich wissen.

Er lacht und macht damit weiterhin jegliche Chance zunichte, dass ich es mir noch einmal überlegen und seinen Fall doch übernehmen könnte. »Wenn Sie Dorsey gekannt hätten, müsste die logischere Frage eher lauten: Warum hat ihn vorher niemand umgebracht?«

»Was haben Sie mit seinem Kopf gemacht?«

Er lächelt und setzt zu einer Antwort an, trifft dann jedoch eine andere Entscheidung: »Ich glaube, das werde ich Ihnen nicht anvertrauen. Außerdem ist es irrelevant dafür, ob Sie meinen Fall übernehmen oder nicht.«

Er glaubt anscheinend, ich zweifle an seiner Wahrheitsliebe, also erzählt er – ohne dass ich ihn dazu ansporne muss – weiter, welche Mixtur aus Benzin und Propan er benutzt hat, um Dorseys Körper anzuzünden. Sie entspricht genau dem, was Pete Laurie gegenüber erwähnt hat, worüber jedoch nichts in den Medien berichtet wurde.

Ich würde gern noch mehr wissen, doch dieser Wunsch tritt schon bald hinter einem größeren, einem sogar noch sehnlicheren Wunsch zurück. Ich will diesen Typen aus meinem Büro haben. Und zwar jetzt gleich.

Ich stehe auf. »Passen Sie gut auf, dass Sie einen Durchschlag unserer Vereinbarung behalten. Sie schützt Sie davor, dass ich irgendetwas von dem, was Sie mir heute erzählt haben, an Dritte weitergebe. Ich werde Sie nicht vertreten.«

Er steht ebenfalls auf. Wenn er enttäuscht ist, dann ist er ein hervorragender Schauspieler. »Sie sind der Ansicht, dass ich keine gute Verteidigung verdiene, nur weil ich schuldig bin?«, fragt er anscheinend amüsiert.

Ich schüttle den Kopf. »Ich bin der Ansicht, dass jeder ein

Recht auf die bestmögliche Verteidigung hat. Die Schuldigen brauchen sie in der Regel am meisten.«

»Warum nehmen Sie mich dann nicht an? Ich kann bezahlen, was immer Sie verlangen.«

Ich entschließe mich zu einer ehrlichen Antwort. »Mr Stynes, wenn ich einen Mandanten vertrete, dann unternehme ich alles im Rahmen des Systems Mögliche, um zu gewinnen. Ich möchte es nicht bereuen, wenn ich erfolgreich bin.«

»Sie wollen also, dass ich ins Gefängnis komme?«, fragt er.

»Nicht so sehr, wie ich will, dass Sie mein Büro verlassen. Ich versichere Ihnen, dass es eine Menge kompetenter Anwälte gibt, die Ihren Fall übernehmen werden, wenn es denn ein Fall werden sollte.«

»In Ordnung«, erwidert er, »wie Sie meinen.«

Dann geht er aus meinem Büro, und ich höre noch einen höflichen Abschiedsgruß an die Adresse von Edna, bevor er hinausgeht. Die Unterredung hat mich etwas aufgewühlt, was ich auf die lässige, nüchterne Art und Weise zurückführen kann, mit der er sein überaus grausames Verbrechen beschrieben hat.

Ich verstehe nur nicht ganz, warum ich mir Sorgen mache.

Der Montagabend gehört zusammen mit Mittwoch und Freitag zu den schönsten Abenden meiner Woche. Diese Abende verbringen Laurie und ich zusammen. Wir gehen nicht oft aus; eigentlich bleiben wir sogar öfter zu Hause, bei ihr oder bei mir, und kochen oder bestellen uns etwas. Wir haben jeder ein paar Klamotten im Haus des anderen, aber da Tara bei mir ist, schlafen wir auch fast immer hier.

Zugegeben, diese Regelung hat nichts Spontanes an sich, aber uns gefällt es ziemlich gut so. Wir leben in einer festen Beziehung, mit allem, was dazugehört, aber wir sind nicht bereit zusammenzuziehen. So ist zwischen uns alles klar und es gibt keine enttäuschten Erwartungen. Wir haben uns entschlossen, den Samstagabend nicht auf unsere Liste zu setzen, denn aus irgendeinem Grund genießen wir beide die Einsamkeit am Sonntagmorgen.

Heute Abend sind wir bei mir, aber Laurie ist an der Reihe, für das Essen zu sorgen. Während ich es kaum schaffe, per Telefon etwas Essbares zu bestellen, ist Laurie das absolute Genie in der Küche. Ganz gleich, was sie im Kühlschrank findet, vollkommen egal, es kann Bestandteil eines herrlichen Pastagerichts werden.

Laurie hat in der hinteren Ecke meines Gartens ein Gemüsebeet angelegt – ein Zeugnis für die Unterschiede zwischen uns. Für sie ist es eine lohnende Aufgabe, ihre Zeit damit zu verbringen, Dinge anzupflanzen, die es im Supermarkt bereits in Hülle und Fülle gibt. Anscheinend meint sie, wir müssten auf Salat verzichten, wenn es ihr nicht gelingt, ihn aus dem Boden sprießen zu lassen. Sie hat sogar Basilikum angepflanzt, und in dem armseligen Versuch, mich bei ihr lieb Kind zu machen, habe ich dem gekauften Basilikum auf ewig abgeschworen.

Wir essen heute Abend Pasta mit irgendeiner roten Sauce aus irgendwelchen Zutaten. Ich frage nicht, welche Zutaten genau darin sind, denn ich fürchte, es könnte so gesund klingen, dass ich nichts mehr davon essen will. Es schmeckt köstlich, und zusammen mit der Musik, den Kerzen und Lauries Gesellschaft müsste alles perfekt sein. Ist es aber nicht, denn ich denke immer noch über Geoffrey Stynes und sein schauriges Geständnis vom Nachmittag nach.

Ich verdränge es teilweise aus meinen Gedanken, bis Laurie erwähnt, sie hätte noch im Büro vorbeigeschaut, nachdem ich gegangen war. »Edna erzählte mir, dass heute jemand versucht hat, dich zu engagieren, dass du ihn aber abgelehnt hast.«

Ich versuche es mit einem Lächeln abzutun: »Du kennst doch Edna.«

Sie kennt Edna, aber irgendwie scheint das nicht auszureichen, um sie vom Thema abzubringen. »Sie meinte, du wirktest aufgewühlt.«

Ich entschließe mich, es mit Ehrlichkeit zu versuchen. Wer weiß, vielleicht funktioniert es. »Ich mochte ihn nicht. Ich mochte den Fall nicht.«

»Warum?«

Ich schüttle den Kopf. »Vertraulich.«

Sie nickt, versteht und respektiert die Bedeutung dieser Weigerung voll und ganz. Es stört mich zwar, dass ich ihr nicht das erzählen kann, was sie unbedingt wissen möchte, aber ich habe aus berufsethischer Sicht keine andere Wahl.

Es gibt wenige Dinge – wenn überhaupt –, die in unserem Rechtssystem wesentlicher für den Schutz des Angeklagten sind als das Vertrauen zwischen Anwalt und Mandant. Wenn ein Beschuldigter seinem Anwalt gegenüber nicht ehrlich sein könnte, weil er Angst hat, seine Äußerungen würden öffentlich, dann würde das seine Chancen auf eine angemessene Verteidigung stark beeinträchtigen. Ich habe mein Lebtag nicht das Vertrauen zwischen Anwalt und Mandant verletzt und werde es auch nie tun.

Hätte ich allerdings Stynes als Mandanten akzeptiert, dann hätte ich Laurie als Ermittlerin für den Fall engagieren und ihr alles erzählen können, was Stynes mir berichtet hat. Nachdem ich ihn aber abgewiesen habe, ist die moralische Rechtfertigung, eine Ermittlerin hinzuzuziehen, eindeutig nicht mehr gegeben.

Außerdem gibt es wirklich keine vollkommene Garantie dafür, dass Stynes Dorsey tatsächlich umgebracht hat. Falsche Geständnisse werden erstaunlich häufig gemacht. Natürlich werden sie für gewöhnlich bei der Polizei abgelegt und nicht in Anwaltskanzleien. Und die Geständigen sind meistens Verlierertypen und/oder Spinner. Zumindest auf den ersten Blick passt Stynes nicht in dieses Bild. Wichtiger noch ist die Tatsache, dass er die Zusammensetzung der brennbaren Lösung kannte, und das sagt so ziemlich alles.

Der Typ war's.

Laurie lässt das Thema fallen, obwohl sie genau merkt, dass mich etwas beunruhigt. Leidenschaftlich und verrückt, wie wir nun mal sind, entschließen wir uns, das zu tun, was wir oft nach dem Abendessen tun: Wir spielen Scrabble.

Mit Laurie Scrabble zu spielen ist für mich ziemlich

schwer. Wir nehmen unsere Weingläser mit, setzen uns auf den Boden, und fast sogleich merke ich, dass ich die Augen nicht von ihr lassen kann. Sie ist auf eine ungezwungene, bescheidene Art schön, so als koste es sie keine Mühe. Und in ihrem Fall ist das auch so. Ich habe sie nach einem auslaugenden Sprint gesehen, nach einer Dusche, nach dem Sex, nach dem Aufwachen, nach einer tränenreichen Unterhaltung, nach einem langen Tag im Büro oder gar nach einer körperlichen Auseinandersetzung mit einem gewalttätigen Verdächtigen. Diese Beobachtungen haben mich davon überzeugt, dass dieses »Nach« noch nicht erfunden wurde, das Lauries Schönheit beeinträchtigen könnte.

Wenn ich aber meine Aufmerksamkeit auf Laurie richte, dann kann ich nicht gleichzeitig auf meine Scrabblesteine achten. Das ist ein wirksamer Bestandteil ihres Plans, aber keinesfalls der beängstigendste Aspekt ihrer Spieltaktik. Diese Frau hat absolut keine Scrabblemoral; sie tut alles, um zu gewinnen, und die Regeln gelten allein für ihre Gegner.

Normalerweise verliere ich mit ungefähr fünfzig Punkten Rückstand, doch heute Abend liege ich tatsächlich mit siebzehn in Führung. Wir haben etwa drei Viertel des Spiels hinter uns, und das bedeutet, dass sie erst legt, sobald sie ein großartiges Wort entdeckt hat. Wenn nötig, denkt und grübelt sie bis zum nächsten August über ihre Entscheidung nach, doch unter keinen Umständen wird sie etwas anderes als den perfekten Zug durchführen.

Zehn Minuten sind in etwa vergangen und ich döse gerade weg, als sie schließlich ihr Wort legt. Sie erlangt die dreifache Punktzahl, insgesamt achtundvierzig Punkte, und wenn ich dem nichts entgegenzusetzen habe, liegt sie weit in Führung.

Das Wort heißt – »klepten«.

Es besteht überhaupt kein Grund, weshalb ich ihr das durchgehen lassen sollte. Na ja, einen gibt's schon. Sie wird wirklich aggressiv, wenn ich irgendeine Form des Widerstandes an den Tag lege.

»Klepten?«, frage ich ganz sanftmütig. »Ich glaube nicht, dass das ein Wort ist, Laurie-Schatz.«

»Natürlich ist das ein Wort. Klepten. So nennt man das, was Kleptomanen machen.«

»Ein Kleptomane stiehlt, Liebling«, erwidere ich.

Laurie setzt sich etwas höher auf, angriffslustig und bereit, sich auf mich zu stürzen. »Die heruntergekommenen Loser, die du vertrittst, die *stehlen*. Die wirklich Kranken *klepten*.«

Ich suche nach dem Wörterbuch, das wir zusammen mit dem Spiel in dem Karton aufbewahren. Es ist nirgends zu finden.

»Weißt du, wo das Wörterbuch ist, mein kleines Schmusekätzchen?«, frage ich.

»Ich hab auch schon danach gesucht, aber es ist weg«, antwortet sie mit einem spitzen Unterton in der Stimme. »Das muss wohl jemand geklept haben.«

Danach geht das Spiel in null Komma nichts den Bach runter. Ich fange an, zu schnell zu legen, sie wird sogar noch langsamer und schlägt mich letztendlich um siebenundsechzig Punkte.

So weit die schlechte Nachricht. Die gute Nachricht ist, dass wir jetzt ins Bett gehen können, und mit Laurie ins Bett zu gehen ist wesentlich besser, als mit Laurie Scrabble zu spielen. Mit Laurie ins Bett zu gehen ist besser, als mit allen anderen Scrabble zu spielen. Auch wenn ich nur auf einen sehr begrenzten Datensatz zurückgreifen kann, halte ich es für sehr wahrscheinlich, dass mit Laurie ins Bett zu gehen besser ist, als mit allen anderen ins Bett zu gehen.

Am nächsten Morgen wache ich um halb sieben auf und schalte die Regionalnachrichten im Fernsehen ein. Laurie schläft noch, doch sie wacht von dem Geräusch nicht auf. Der Lärm eines Asteroiden, der im Nachbarort einschlägt, würde sie nicht aufwecken.

In den Nachrichten wird fast nichts von Bedeutung gemeldet. Verkehrsnachrichten, Wetter, langweiliges Geplauder, oberflächliche Berichte und dann zurück zum Verkehr und zum Wetter. Heute ist es nicht anders. Es regnet, also haben sie den armen Wetteransager nach draußen an eine Straßenecke gestellt, um seine Vorhersage unter einem Regenschirm von sich zu geben. Er sagt voraus, dass es regnen wird. Das ganze Geld für sein Meteorologiestudium war anscheinend gut angelegt.

Laurie wacht um sieben auf und sagt etwas, was mir einen schmerzhaften Hieb versetzt. »Wolltest du heute Morgen nicht ins Fitnessstudio?«

Ich habe in letzter Zeit ein paar Kilo zugenommen und mir einen leichten Bauchansatz zugelegt. Und was noch schlimmer ist: Laurie hat es bemerkt. Eisern habe ich verkündet, von nun an in ein Fitnessstudio zu gehen, und Laurie hat sich nicht die Mühe gemacht, mir das auszureden. Heute sollte mein erster Tag dort sein. Ich hatte es wirklich vergessen, doch ich hätte sicherlich auch vorgegeben, es vergessen zu haben, wenn ich gedacht hätte, damit durchkommen zu können.

Ich stehe auf, mache eine Runde mit Tara, werfe dann ein paar Sachen in eine Tasche und gehe. Ich selbst bin noch in keinem Studio Mitglied, also habe ich mich für diesen ersten Vorgeschmack auf meine zukünftige Fitness zum Gast von Vince Sanders gemacht. Wenn ich mit Vince nicht mithalten kann, dann werde ich mich auf dem Heimweg selbst ins Beerdigungsinstitut einweisen.

Vince leitet die Lokalredaktion des *Bergen Record*; Willie Miller war damals angeklagt gewesen, eine für Sanders arbeitende junge Reporterin getötet zu haben. Vince war mir bei dem Fall behilflich und seitdem haben wir uns etwas angefreundet. Er ist mit Abstand New Jerseys größter Konsument von gefüllten Donuts und sein Bauch beweist es.

Ich bin zehn Minuten zu spät dran; es wären noch mehr geworden, hätte es nicht einen Parkplatzservice gegeben. Vince ist aufgrund meiner Verspätung leicht angesäuert.

»Bist du hier, um zu trainieren oder um zu spät zu kommen?«, fährt er mich an.

Da es nicht die logischste aller Fragen ist, gebe ich nur achselzuckend eine Entschuldigung von mir, er zückt seinen Gästeausweis und nimmt mich mit hinein. Es ist ein irrsinnig modernes Studio mit den neuesten Trainingsgeräten, einer Boutique mit modischen Sportklamotten, einem schicken Friseursalon und einer Ebene für Restaurant und Imbiss, auf der man einen Debütantenball veranstalten könnte.

Ausgerechnet im Restaurant machen wir auch unseren ersten Stopp. Vince bestellt sich einen großen Smoothie, einen Bananen-Nuss-Muffin und einen Obstsalat. Ich nehme einen Orangensaft, und als ich den gerade mal ausgetrunken habe, hat er sein Tablett bereits leer gegessen. Er bestellt sich noch einen Rosinenkuchen und einen weiteren Smoothie zum Mitnehmen, dann machen wir uns auf zu unserem Training.

»Womit fangen wir an?«, frage ich.

»Mit dem Laufband. Bestes Training überhaupt.«

»Wieso?«

Er seufzt, so als könne er kaum glauben, dass ihm dieser Fitness-Novize aufgebürdet wurde. »Weil es dem Alltag am nächsten kommt. Ich laufe im realen Leben, also laufe ich auch auf dem Laufband.«

Ich nicke. »Wenn es darum geht, das reale Leben zu imitieren, wieso gehst du dann nicht zu dem Donuts-Ess-Gerät?«

Er setzt zu einem wütenden Spruch an, muss dann aber doch lachen. »Glaub mir, wenn sie das hätten, ich wär der Erste dort.«

Wir kommen zum Laufband, wo ich schon bald feststelle, dass Vorbereitung alles ist. Vince bereitet sich vor, indem er seinen Stereo-Kopfhörer in eine Buchse steckt, die ihn mit dem Ton aus den Fernsehern mit riesigen Bildschirmen versorgt. Dann rückt er diesen Kopfhörer zurecht, damit er ihm nicht vom Kopf rutscht, sollte er tatsächlich noch richtig anfangen zu trainieren. Anschließend stellt er die richtige Geschwindigkeit und Steigung des Laufbandes ein, die man am besten mit »langsam« und »keine« wiedergibt. Anschließend hängt er sein Handtuch fein säuberlich über das Geländer – nur für den Fall, dass er ins Schwitzen geraten sollte, was ich nicht für eine reale Möglichkeit halte.

Ich stelle mein Gerät schneller und steiler ein, nicht zu anstrengend, aber genug, um überhaupt eine Wirkung zu erzielen. Fünf Minuten später steigt Vince vom Laufband und erklärt: »Dieser Aerobic-Mist ist gut, aber man soll es ja nicht übertreiben.« Als gefälliger Gast, der ich nun mal bin, folge ich ihm in die Umkleidekabine und dann in den Whirlpool, wo wir unseren strapazierten Muskeln etwas Gutes tun.

Man kann Vince wohl nicht als Fitnessguru bezeichnen, doch er ist der beste Zeitungsmann überhaupt. Seine wertvollste Eigenschaft ist sein erstaunliches Wissen über alles, was in dem von ihm abgedeckten lokalen Bereich vor sich geht. Sobald sich etwas im nördlichen Teil von New Jersey ereignet, kennt er das Geschehen, den Verursacher des Geschehenen und die Person, der es geschieht.

»Kennst du einen Typen namens Geoffrey Stynes?«, frage ich ihn.

Keine Regung in seinem Gesicht. »Nee«, antwortet er. »Wer ist das?«

Ich zucke mit den Schultern. »Nur so ein Typ.«

»Ach, nur so ein Typ? Bist du sicher? Ich dachte schon, das wäre nur so ein Fisch oder nur so ein Tennisschläger. Du hast nach ihm gefragt, also wer zum Teufel ist er?«

Mir tut es schon Leid, dass ich das Thema angesprochen habe, aber meine Neugier war stärker. »Ist vertraulich«, sage ich.

Vince schaut mich ungläubig an. »Er ist dein Mandant? Er ist dein Mandant, und du fragst mich, wer er ist?«

»Vergiss, dass ich gefragt habe.«

Er nickt und genießt weiter das um seinen wabbeligen Körper herumblubbernde Wasser. Nach einigen Minuten des Schweigens fragt er: »Ich soll mal gucken, was ich über ihn herausfinde?«

»Ja.«

»Was springt für mich dabei heraus?«, will er wissen.

»Ich verspreche, niemandem zu erzählen, dass ich mit meiner Fernbedienung mehr Training absolviere als du während eines ganzen Vormittags im Fitnessstudio.«

Er denkt kurz nach. »Abgemacht«, antwortet er.

Wir gehen zurück in die Umkleidekabine, duschen und ziehen uns an. Den Spiegeln zufolge habe ich durch das Training kein einziges Gramm verloren, obwohl ich mir sicher bin, mindestens acht oder neun Kalorien verbrannt zu haben.

Die Umkleidekabine ist ebenso schick wie die übrige Einrichtung, und die drei oder vier Fernseher sind so platziert, dass man sie von überall sehen kann. Die Lokalnachrichten sind eingeschaltet, und als ich an einem Gerät vorbeilaufe, höre ich den Namen Alex Dorsey.

Ich schaue auf und sehe einen Nachrichtensprecher an seinem Pult. Hinter ihm wird das Bild eines Mannes gezeigt, und darunter steht: »Im Mordfall Dorsey verhaftet.«

Ich weiß nicht, wer der Mann ist, aber Geoffrey Stynes ist es mit Sicherheit nicht.

Laurie erwartet mich, als ich in der Kanzlei eintreffe. Es überrascht mich nicht, dass sie die Berichterstattung über den Fall Dorsey verfolgt hat; wenn es um Alex Dorsey geht, ist sie in Alarmbereitschaft.

Der Verhaftete heißt Oscar Garcia, ein siebenundzwanzigjähriger Immigrant aus Puerto Rico, der jetzt in Passaic lebt. Von Beruf ist er laut Medienberichten sozusagen Mädchen für alles, und in seiner anscheinend wenig glanzvollen Biographie hat es wohl einige Verhaftungen wegen Drogendelikten gegeben, wenn auch nie eine Verurteilung stattgefunden hat.

Lauries Interesse für die Nachricht war zu erwarten gewesen, nicht jedoch ihre Reaktion darauf. »Garcia kann es auf keinen Fall gewesen sein, Andy«, sagt sie. »Ich kenne den Kerl.«

»Wirklich?«

Sie nickt. »Er ist ein Freizeit-Dealer, der im Pennington Park rumhängt und die Kids in die schöne Welt des Kokains einweiht. Ich hab ihn mal eingebuchtet.«

»Im Radio wurde gemeldet, dass er zwar verhaftet, nicht aber verurteilt wurde.«

Sie nickt unglücklich bei der Erinnerung daran. »Das war einer meiner Tiefpunkte.«

»Was war passiert?«, frage ich sie.

»Eine Freundin von mir, Nina Alvarez … ich bin mit ihr

zur Highschool gegangen. Garcia hat ihre vierzehnjährige Tochter zuerst mit Gras bekannt gemacht und ist dann schnell zu Crack übergegangen. Nina hat alles versucht, hat sie sogar eine Zeit lang in eine geschlossene Anstalt gesteckt. Schließlich hat sie den Entschluss gefasst, das Übel an der Wurzel zu packen, und kam zu mir.«

»Um Garcia zu überführen?«

Sie nickt. »Genau. Es dauerte eine Weile … der Mistkerl war ziemlich vorsichtig. Eines Tages war ich gerade als Zeugin in einem Fall vor Gericht geladen, als mein Partner ihn mit Stoff erwischte. Wir haben ihn verhaftet, und ich dachte, das wär's.«

»War es aber nicht«, sage ich und erfülle damit meine Funktion, auf Erden herumzuwandeln und das Offensichtliche von mir zu geben.

»Zwei Tage später kam er frei. Sein Anwalt überzeugte den Richter, dass kein hinreichender Grund für seine Durchsuchung bestanden hatte.«

»Und danach hast du ihn nie wieder geschnappt?«

»Nein«, antwortet sie. »Die Sache mit Dorsey kam dazwischen und ich hab den Polizeidienst quittiert.«

»Was ist aus der Tochter deiner Freundin geworden?«

»Sie ist ein paar Monate später abgehauen und hat anscheinend nie wieder zurückgeblickt. Hat wahrscheinlich die Freuden des Lebens auf der Straße kennen gelernt. Vierzehn Jahre alt …« Sie kämpft mit den Tränen und der schmerzerfüllte Blick ist nicht zu übersehen. In gewisser Weise fühlt sie sich dafür verantwortlich, dass die Freundin ihr Kind auf so grausame Weise verloren hat.

Dieser Vorfall ist für sie offensichtlich von gewaltiger emotionaler Bedeutung, und doch wusste ich bisher absolut gar nichts davon. Was gibt es sonst noch in ihrem Leben, von dem ich nichts weiß, welche verborgenen persönlichen schmerzhaften Erfahrungen, die sie mir an unseren Montag-, Mittwoch- oder Freitagabenden nicht anvertrauen konnte? Doch warum soll ich mich ausgeschlossen fühlen, bloß weil sie mir bisher etwas nicht erzählt hat, was sie mir gerade eben erzählt hat?

Ich lenke das Thema zurück auf das aktuelle Geschehen. »Warum kannst du dir Garcia nicht als Mörder von Dorsey vorstellen?«

»Dorsey hat fünfzehn Jahre lang verdeckt ermittelt, Andy. Ich hab erst in der Zeit danach mit ihm zu tun gehabt, aber ich hab ihn dabei ziemlich gut kennen gelernt. Er war ein hartgesottener, gefährlicher Typ, der jede Art von Ärger meilenweit vorhergesehen hat. Ich kann mir niemanden vorstellen, der es geschafft haben könnte, Dorsey umzulegen, und schon gar nicht so eine kleine Niete wie Garcia. Selbst wenn man Dorsey an einen Baum binden und Garcia eine Bazooka und einen Panzer geben würde, hätte Dorsey ihm innerhalb von dreißig Sekunden bei lebendigem Leib das Fell über die Ohren gezogen.«

Am liebsten möchte ich sagen: »Glückwunsch, die Kandidatin hat hundert Punkte! Du hast schon wieder mal Recht, Laurie! Der wirklich Schuldige saß nämlich gestern hier auf diesem Sofa!« Dass ich es nicht sagen darf, ist zwar frustrierend, aber offensichtlich muss ich mich langsam daran gewöhnen.

»Die Polizei weiß das sicher auch«, sage ich, »aber irgendwas müssen sie wohl gegen ihn in der Hand haben, sonst wäre er nicht angeklagt worden. Vielleicht ist er seit damals, als du hinter ihm her warst, in die obere Liga aufgestiegen.«

Sie schüttelt den Kopf. »Ist er nicht.«

Die Überzeugung in ihrer Stimme überrascht mich. »Das *weißt* du?«

Sie schaut mir in die Augen und sagt leise: »Ich *weiß* es.«

Es gibt Anzeichen dafür, dass ich jetzt besser nicht weiter nachfrage. Unsere Unterhaltung endet schließlich aufgrund fehlender neuer Informationen, daher macht sich Laurie auf den Weg, neue zu ergattern. Ich bleibe allein und nachdenklich zurück, was in dieser Situation nicht besonders hilfreich ist.

Um ein Mandat zu übernehmen, muss ich den Mandanten zumindest als unschuldig ansehen. Diese starre Haltung führt zu einer eher eingeschränkten Auftragslage, aber ich habe diese Realität akzeptiert. Natürlich kann ich fast nie mit Gewissheit sagen, dass ein Mandant unschuldig ist. Ich berufe mich lediglich auf mein Misstrauen gegenüber den von der Anklage präsentierten Fakten und auf einen Glauben daran, dass mir der Mandant die Wahrheit erzählt. Und wenn ich selbst mit den besten Argumenten – der Fall Willie Miller war die besondere Ausnahme – die Unschuld nicht beweisen kann, hoffe ich einfach, begründete Zweifel an der Schuld zu wecken.

Die jetzige Situation ist vollkommen anders. Ich kann mir absolut sicher sein, dass Garcia unschuldig ist, weil ich den wahren Schuldigen kenne. Somit habe ich eine Menge Stoff zum Nachdenken, und das geht am besten bei einem Spaziergang mit Tara am Ententeich. Ich will gerade aufbrechen, als mir Edna sagt, dass mein Elf-Uhr-fünfzehn-Termin eingetroffen ist. Da ich keine Mandanten habe, ist ihre Bezeichnung »Elf-Uhr-fünfzehn-Termin« etwas zu viel des Guten. »Termin« hätte gereicht. Jedenfalls wusste ich gar nicht, dass ich überhaupt einen Termin hatte, ganz zu schweigen von einem Elf-Uhr-fünfzehn-Termin.

Wie sich herausstellt, findet mein Elf-Uhr-fünfzehn-Termin mit Ednas Cousin Fred, dem Börsenmakler, statt. Mich mit Cousin Fred zu treffen ist eines jener Dinge, mit denen ich mich einverstanden erkläre, solange sie in ferner Zukunft liegen, und dann gehe ich aus irgendeinem Grund davon aus, dass es nie dazu kommen wird. Doch jetzt ist es so weit, und ich überlege gerade krampfhaft, ob ich mich durchs Fenster verdünnisiere, als Edna mein Büro betritt, zusammen mit dem Mann, den sie für den perfekten Verwalter meiner zweiundzwanzig Millionen hält: Cousin Fred.

Es überrascht mich nicht, dass Edna einen Cousin mit dieser Profession hat. Sie scheint der am weitesten verzweigten Familie der westlichen Hemisphäre anzugehören; ihre Verwandten decken jeden je erfundenen Beruf ab und haben es doch irgendwie geschafft, keinen Job doppelt zu besetzen. Cousin Fred kümmert sich um die Finanzmärkte.

Fred ist ungefähr in meinem Alter und mit einem Dreiteiler herausgeputzt. Er gibt mir die Hand, und ich habe die Szene aus Woody Allens Film *Woody, der Unglücksrabe* vor Augen, in dem der Sträfling beim Ausbruchsversuch ertappt wird. Zur Strafe wird er mit einem Versicherungsvertreter in einen Keller gesperrt, und sie geben sich die Hand, bevor sie ins Loch hinabsteigen.

Dieser Termin wäre an sich schon eine Art Folter gewesen, doch im Moment möchte ich einfach nur noch weg, um diese Angelegenheit mit Dorsey zu überdenken, und es wird schwierig werden, das zu tun, während ich mich mit Cousin Fred über Stellagegeschäfte unterhalte.

Zu meiner großen Überraschung erweist sich Fred als normaler Mensch, noch dazu als einer, der mein allgemeines Misstrauen gegenüber Leuten teilt, die vorgeben, die Börse zu verstehen. Ich bin der Ansicht, dass niemand auch nur die geringste Ahnung hat, ob die Kurse nach oben oder nach unten gehen. Kommentatoren präsentieren am Ende des Tages verständliche, logische Gründe für das Verhalten der Kurse; nur die Vorhersagen am Morgen vor der Börseneröffnung sind eine Spur weniger zuverlässig.

Fred und ich sprechen die gleiche Sprache. So gern ich in Sachen Football und Basketball spiele und etwas riskiere, an der Börse möchte ich vorsichtig sein und mich gegen Katastrophen absichern. Fred vertritt genau die gleiche Strategie, und was noch wichtiger ist: Er bringt diese Meinung noch vor mir zum Ausdruck. Und so weiß ich, dass er mir nicht nur einfach das erzählt, was ich seiner Ansicht nach hören will.

Auch wenn ich hinsichtlich dieser finanziellen Entscheidungen konservativ eingestellt bin, so bin ich doch auch recht impulsiv. Fred scheint mir ebenso gut wie jeder andere zu sein, den ich bisher getroffen habe, also erkläre ich mich einverstanden, elf Millionen meines Vermögens von ihm verwalten zu lassen. Ich gehe davon aus, dass er sich an mein Bein klammern und ergriffen seinen Dank stottern wird, doch er reagiert darauf, als sei es eine gute Nachricht, jedoch nichts, was er nicht erwartet hätte. Ich sage ihm noch, dass er alles mit Sam Willis koordinieren soll, und dann rufe ich Sam an, um ihm zu sagen, dass Fred noch bei ihm vorbeikommt. Wenige Augenblicke nachdem Fred mein Büro verlassen hat, höre ich Edna erfreut aufkreischen; sie ist nicht ganz so zurückhaltend wie ihr Cousin.

Endlich kann ich gehen, und so hole ich Tara ab und fahre mit ihr an den Ententeich in Ridgewood. Es ist ein herrlich friedvoller Ort, besonders da es noch recht kühl ist und die Eltern mit ihren schreienden Kindern noch nicht angerückt sind. Tara ist von den Enten immer fasziniert; sie kann still dasitzen und sie stundenlang beobachten. Wir nehmen Brot mit, um sie zu füttern, und Tara weiß genau, dass es für die Enten ist, und macht ihnen das Futter nicht streitig. Tara und mir kommen hier die besten Gedanken.

Ich habe das Gefühl, einem Dilemma ausgeliefert zu sein, das jedoch nur meiner eigenen Phantasie entspringt. Moralisch gesehen muss ich nichts machen; eigentlich gibt es nur wenig, wenn überhaupt, was ich machen dürfte. Die Regeln meines Berufes verlangen von mir, dass ich so tue, als habe Stynes nie in meinem Büro gesessen und ein Geständnis abgelegt. Ich sollte einfach nur die Enten füttern, Tara streicheln und mir überlegen, für welche Wohltätigkeitsorganisation ich spenden will, für den Fall, dass Cousin Fred nicht mein ganzes Geld verliert.

Garcia ist ein Widerling. Laurie hat das gesagt und ich vertraue ihrem Urteilsvermögen voll und ganz. Das Problem ist nur, dass unser Rechtssystem keinen unschuldigen Angeklagten wegen irgendeines Verbrechens verurteilt und es auch nicht tun sollte, nur weil er vermutlich andere Verbrechen begangen hat, die man ihm nicht nachweisen kann.

Also wird vielleicht Unrecht gesprochen. Ja und? Ständig begegne ich Unrecht, gegen das ich nichts unternehmen kann. Auf Erden wimmelt es davon; Garcia wegzusperren wäre da noch ein ziemlich harmloses Beispiel.

Und wer sagt überhaupt, dass er weggesperrt wird? Wenn er es nicht war, und er war es nicht, wie stark können dann die Beweise sein? Die Anklage wird ihm nichts nachweisen können, er wird freigesprochen, sie fangen den wahren Mörder und alles wird gut auf Erden. Meine Aufgabe ist es, ein paar Dutzend Enten zu füttern und einen netten Nachmittag mit Tara zu verbringen.

Ich muss diese Sache mit Garcia einfach nur vergessen. Sie einfach aus meinem Kopf streichen.

Kann ich aber nicht.

Ich setze Tara zu Hause ab und gehe ins Gericht. Die Leiterin der Geschäftsstelle, Rita Golden, ist gerade in der Mittagspause, die laut ihrer Sekretärin in zehn Minuten zu Ende sein müsste. Ich beziehe auf dem Flur vor ihrem Büro Stellung, bis sie zwei Minuten früher als geplant zurückkommt.

Ich mag Rita. Sie sagt einem geradeheraus, wo man steht, während sie ihre Arbeit absolut effektiv erledigt. Ihre Arbeit besteht darin, für die reibungslose Durchführung des Gerichtsplans zu sorgen und die Richter vor solch nervigen Anwälten wie mir zu schützen.

Rita redet über zwei Themen: über das Gericht und über Sex. Sie tut das gleichzeitig, voller Kreativität und bezieht mich mit ein. Als sie mich zum Beispiel vor ihrer Bürotür stehen sieht, sagt sie: »Andy, ist das ein Hammer in Ihrer Hosentasche, oder freuen Sie sich, mich zu sehen?«

»Ich freue mich immer, Sie zu sehen, Sie scharfe kleine Geschäftsstellenleiterin.« Sie kann das eindeutig besser als ich.

»Warum kommen Sie dann nicht mit in mein Büro, und ich führe eine genaue Untersuchung durch?«, fragt sie. »Ich bin die aggressive Anklägerin und Sie sind der gegnerische Zeuge. Es ist niemand in der Nähe, der Einspruch erheben könnte.«

»Ach! Mein Herz gehört einer anderen. Aber Sie können den ganzen Rest haben.«

Sie lacht und kommt dann zum Geschäftlichen. »Was gibt's?«

»Ich möchte wissen, ob Garcia einen Verteidiger hat«, sage ich.

Sie betritt das Büro und ich folge ihr.

»Das hängt davon ab, welchen Garcia Sie meinen«, merkt sie korrekterweise an.

»Den Kerl, der wegen Dorsey verhaftet wurde«, antworte ich.

»Ach, richtig, noch einer von den zu Unrecht Angeklagten.« Sie ist an ihrem Schreibtisch angelangt und schlägt in ihrer Liste die gewünschte Information nach. »Pflichtverteidigung«, sagt sie, was bedeutet, dass der Fall an einen vom Gericht bestellten Verteidiger übergeben wurde.

»Danke, Rita«, sage ich und will gehen.

»Erzählen Sie mir nicht, dass Sie Mandanten schnorren müssen«, sagt sie. »Doch nicht mit all Ihrem Geld.«

»Geld ist nicht alles.«

Sie nickt. »Stimmt, Sex ist alles. Und wenn das Geld stimmt, beweise ich's Ihnen.«

Ich schaffe es gerade noch, meine männliche Ehre unversehrt hinauszubefördern, und gehe hinunter zum Büro der Pflichtverteidiger. In Filmen werden Pflichtverteidiger meist auf eine von zwei gegensätzlichen Arten dargestellt. Eine Version sieht sie als mutige Verfechter unserer kostbaren Rechte, die ihren Kampf fortsetzen, obwohl sie hoffnungslos überarbeitet sind, mit einem erbärmlichen Budget zurechtkommen müssen und unter Arbeitsbedingungen à la *Oliver Twist* zu leiden haben. Die andere Version stellt sie als inkompetente Winkeladvokaten dar, die es nirgends sonst geschafft haben und die ihrem Mandanten aufgrund einer miserablen Verteidigung ein Leben hinter Gittern garantieren.

An diesem Gericht ist keine der beiden Darstellungen zutreffend. Die meisten Pflichtverteidiger sind zähe, kompetente Anwälte, die ihre Arbeit verdammt gut machen. Sie sind in der Tat überarbeitet, aber sie verfügen über ein angemessenes Budget, um ihre Mandanten zu verteidigen. Das Dreamteam könnte man nicht damit finanzieren, aber wenn ein Sachverständiger benötigt wird, steht das Geld dafür zur Verfügung. Was die Büroräume betrifft, die sind um einiges netter als meine. Aber – wie Edna sagen würde – das sacht natürlich nix.

Die Abteilung der Pflichtverteidiger wird von Billy Cameron geleitet, der auf den Spitznamen Bulldogge hört – nicht aufgrund seiner beträchtlichen Hartnäckigkeit im Namen seiner Mandanten, sondern weil er als Wide Receiver für die University of Georgia gespielt hat. Einer Legende zufolge hat er elf Pässe für vier Touchdowns gefangen, dank derer Auburn besiegt wurde. Ich muss damals ungefähr fünf Jahre alt gewesen sein, also erinnere ich mich natürlich nicht an das Spiel, aber vermutlich habe ich auf Auburn gesetzt.

»Also, Andy«, sagt er, als ich das Büro betrete, »soweit ich gehört habe, hast du drei Dollar mehr als Gott.«

»Aber nur, weil er in letzter Zeit ein paar schlechte Investitionen getätigt hat.«

Er nickt und hat seine ohnehin sehr geringe Smalltalk-Toleranz bereits überschritten. »Was zum Teufel machst du hier?«

»Ich bin gekommen, um meine bescheidenen Dienste als Anwalt anzubieten«, erkläre ich ihm.

Sofort ist sein Misstrauen geweckt. »Warum?«

»Warum? Sagt dir das Wort von den ›bürgerlichen Pflichten‹ denn gar nichts?«

»Das sind zwei Wörter«, merkt er an.

»Noch ein Grund mehr für dich, mein großzügiges Angebot anzunehmen.«

Er sieht mich zweifelnd an, also bearbeite ich ihn weiter. »Komm schon, Billy, die großen Kanzleien schicken dir ihre unerfahrenen Loser für kostnix und du machst einen Kniefall vor denen. Ich gebe dir die Möglichkeit, den einzigartigen Andy Carpenter zu bekommen. Wo ist dein Problem?«

»Weil die Kanzleien das machen, um in der Öffentlichkeit gut dazustehen, indem sie sich als anständige Menschen ausgeben. Dein Motiv ist nicht ganz so klar.«

»Du hast einen Mandanten, den ich für unschuldig halte«, sage ich, »und ich dachte, es wäre für alle Beteiligten nett, wenn ich das beweisen könnte.«

»Und dieser Mandant ist ...?«

»Oscar Garcia.«

Er schaut mich forschend an. »Oscar Garcia?«

»Genau der.« Ich sehe, wie es in Billys Hirn arbeitet. Kein Anwalt mit funktionierendem Verstand würde Oscar als Mandant haben wollen, und doch bewerbe ich mich hier um den Job. Billy weiß, dass ich so viele Mandanten haben könnte, wie ich wollte. Wenn ich also Garcia will, so denkt er, dann müsste er ihn auch wollen, nur hat er keine Ahnung, warum.

»Und du hältst ihn für unschuldig?«, will er wissen. »Wie kommst du zu dieser Theorie?«

»Mir hat jemand erzählt, dass er es unter keinen Umständen gewesen sein kann«, erkläre ich. »Dass er es niemals mit Dorsey hätte aufnehmen können.«

Billy lacht kurz auf. »Und das ist alles? Das ist dein Beweis? Wer hat dir das erzählt?«

»Laurie Collins.«

Billys Lachen verstummt. Er kennt Laurie sehr gut und ist sich vollkommen darüber im Klaren, dass ihre Meinung in solchen Angelegenheiten sehr ernst zu nehmen ist. Doch er muss seinen Standpunkt behaupten. »Ich glaube nicht, dass die ›Laurie-Strategie‹ vor Gericht Bestand haben wird.«

»Ich versuche, mir für den Fall der Fälle noch etwas anderes zu überlegen«, sage ich.

Offensichtlich gerät er ins Wanken, also dränge ich noch

ein bisschen mehr. »Komm schon, Billy, du weißt, dass sich alle deine Anwälte im Schrank verstecken, wenn du vorbeiläufst, nur damit du ihnen diesen Fall nicht aufbrummst. Außerdem werde ich deine Mittel nicht in Anspruch nehmen. Meine Kanzlei übernimmt alle Kosten.«

Ihm fällt kein Grund ein, mir die Bitte abzuschlagen, also tut er es auch nicht. »Und du hältst mich auf dem Laufenden?«

»Über jeden einzelnen Schritt«, erwidere ich.

»Andy, weißt du, wie viele solche Fälle ich schon gesehen habe? Glaub nicht, dass das hier noch mal so wird wie bei Willie Miller.«

»Glaub ich auch nicht«, sage ich. »Es geht einzig und allein um Oscar Garcia.«

Er greift nach einer Akte auf seinem Schreibtisch und gibt sie mir. »Hier ist alles, was wir bisher wissen. Lies es dir durch und dann geh zu deinem Mandanten.«

Ich nehme die Akte mit in mein Büro und lese, was Billy in den Polizeiberichten gefunden hat. Die Polizei wurde in einem anonymen Telefonanruf von einer Frau darauf hingewiesen, dass Garcia etwas mit der Sache zu tun habe. Daraufhin konnten sie seine Fingerabdrücke mit denen an der Tür des Lagerhauses vergleichen, in dem Dorseys Leiche gefunden wurde, und sie stimmten überein. Außerdem behaupteten Zeugen, Garcia mehrere Male, einschließlich des Morgens, an dem der Mord stattgefunden hatte, in der Nähe dieses Lagerhauses gesehen zu haben.

Ich bin mir sicher, dass die Beweislast noch stärker ist, daher muss ich meine Bemühungen darauf konzentrieren, herauszufinden, was sie sonst noch haben. Der anonyme Anruf ist äußerst interessant, da die Information eindeutig falsch war. Es könnte sich einfach um einen Irrtum handeln, aber es scheint eher ein Hinweis darauf zu sein, dass irgendjemand, wahrscheinlich Stynes, versucht, Garcia den Mord anzuhängen.

Ich will gerade meinen potentiellen Mandanten aufsuchen, als Laurie hereinkommt. Sie ist offensichtlich wütend, und ich brauche nur den Bruchteil einer Sekunde, um den Grund dafür zu erfahren.

»Stimmt es, dass du das Mandat für Oscar Garcia übernimmst?« Die Frage gleicht einer Anschuldigung.

»Ich hab mich noch nicht mit ihm getroffen«, erwidere ich recht kraftlos.

»Du triffst dich also mit ihm? Du willst seinen Fall übernehmen?«

Ich nicke. »Ich bin gerade auf dem Weg zu ihm.«

»Ungläubig« reicht nicht ganz, um ihre Reaktion zu beschreiben. »Mal sehen, ob ich das verstehe«, sagt sie. »Du hast also sechs Monate lang jeden Mandanten in der Stadt abgelehnt, damit du jetzt Zeit hast für Oscar Garcia?«

»Laurie, ich bin spät dran. Können wir darüber reden, wenn er mich engagiert? Vielleicht will er ja einen anderen Anwalt.« Denn Tatsache ist, dass ich darauf hoffe, dass er mich ablehnt. Dann wäre mein Gewissen rein.

Sie lacht höhnisch. »Er ist ja auch ein richtiger Hauptgewinn. Ein ganzer Haufen von Anwälten wird sich drauf stürzen, ihn zu kriegen. Andy, wie zum Teufel konntest du mir das antun?«

»Ich tue dir nichts an, Laurie.«

»Du weißt, wie ich zu ihm stehe, du weißt, was er meiner Freundin angetan hat, und doch entscheidest du dich von allen möglichen Mandanten ausgerechnet für ihn.«

»Laurie, ich weiß, wie das für dich aussehen muss. Aber glaub mir, es geht nicht um dich. Es hat überhaupt nichts mit dir zu tun.«

Offensichtlich ist sie alles andere als überzeugt. »Warum machst du es dann? Sag mir einfach nur, warum?«

»Es gibt Gründe, die ich dir nicht näher erläutern kann, wirklich nicht.«

»Ja, klar.«

Ich versuche es auf eine andere Art, denn diese scheint eindeutig nicht zu funktionieren. »Okay, dann sag du mir, warum ich einen Mandanten übernehmen sollte, um dir wehzutun. Ich liebe dich, du bist mir unglaublich wichtig, und dennoch tue ich das hier, um dich zu strafen? Um dich zu verletzen? Ergibt das einen Sinn? Hatten wir einen Streit, den ich vergessen habe?«

Sie denkt einen Augenblick lang über mein Argument nach, und ich habe das Gefühl, eine Chance zu haben, bis ich die Alarmlampe in ihrem Kopf rot aufleuchten sehe.

»Tu es nicht, Andy.« Es ist eine Mischung aus Flehen und Befehl.

»Tut mir Leid, aber ich muss.«

Sie schüttelt den Kopf. »Nein, du willst es.«

Sie dreht sich um und geht. Es tut mir Leid, dass sie verletzt ist, aber noch schlimmer finde ich, dass sie glaubt, ich würde sie absichtlich verletzen.

Die Überführung ins Bezirksgefängnis gleicht einer Unterschrift unter den ersten Baseballvertrag und dem Vorspielen bei der Mannschaft in der untersten Liga, der man zugewiesen wird. Man ist jetzt zwar im Profi-Baseball, und obwohl man hofft, dass man irgendwann mal in den oberen Ligen mitspielen wird, kommt einem das hier schon ziemlich bedeutend vor. Klar, wenn man es eines Tages dann tatsächlich in die erste Liga schafft, wird einem klar, wie unbedeutend die unteren Ligen tatsächlich waren.

Mit dem Bezirksgefängnis ist es genau andersherum. Wenn man dorthin geschickt wird, weiß man, dass man im Falle einer Verurteilung vielleicht im Staatsgefängnis landet, aber im Moment kommt einem das hier schon ziemlich schrecklich vor. Klar, wenn man dann wirklich dort oder in einem Bundesgefängnis endet, wird einem bewusst, wie einfach man es doch damals im Bezirksgefängnis hatte.

Es ist nämlich so, dass im Bezirksgefängnis zumindest noch etwas passiert. Der Stand der Dinge wird einem erklärt, man sieht seinen Anwalt, bereitet den Prozess vor … alles neue Erfahrungen. Wird man verurteilt und ins Staatsgefängnis geschickt, hat man das Gefühl, das System hätte einen vergessen, und in der Tat ist das auch so. Dein Leben ist nicht nur erbärmlich, es ist auch langweilig, und es ist kein Ende in Sicht.

Ich will damit sagen, dass es sich im Bezirksgefängnis alles in allem ziemlich bombig leben lässt. Aber aus irgendeinem Grunde sieht Oscar Garcia das nicht so. Oscar hält es für eine Unverschämtheit – für einen verdammten Scheißwitz, wie er es schlicht und einfach ausdrückt –, dass er sich in dieser Situation befindet.

Er tobt und wütet zwei oder drei Minuten lang, bis ihm dann endlich aufgeht, dass ich – da ich schließlich bei ihm herumsitze – vielleicht eine Rolle in dem Ganzen spielen könnte. »Wer zum Teufel sind Sie?«, will er wissen.

»Mein Name ist Andy Carpenter. Ich bin als Anwalt in Ihrem Fall für das Büro der Pflichtverteidiger tätig.«

Er starrt mich eine Zeit lang an, so als versuche er, sich an etwas zu erinnern. »Kenne ich Sie nicht von irgendwoher?«

Ich zucke mit den Schultern. »Vielleicht. Ich war auf der New York University. Welcher Studentenverbindung haben Sie angehört?«

Oscars Sinn für Ironie scheint nicht besonders ausgeprägt, und ich werde das Gefühl nicht los, dass er auch nicht gern über sich selbst lacht. Er ignoriert meine Bemerkung, vor allem, weil ihm gerade eingefallen ist, wo er mich gesehen hat.

»Sie sind doch dieser Anwalt, oder?« Er zeigt auf mich, zweifellos, damit ich wirklich merke, dass er nicht mit dem Tisch redet.

»Genau das habe ich Ihnen gerade erzählt.«

Er schüttelt den Kopf. »Nein, ich meine, Sie sind der Typ, der im Fernsehen war.«

Ich nicke. »Genau das bin ich, der Fernsehanwalt.«

Er beäugt mich prüfend. »Und was wollen Sie bei mir?«

Er ist misstrauisch, das erste Anzeichen von Intelligenz, das sich mir offenbart. Ich entschließe mich, ihm einen Teil der Wahrheit zu sagen, denn mehr schaffe ich in letzter Zeit anscheinend ohnehin nicht. »Ich dachte, Sie könnten meine Hilfe gebrauchen.«

»Ich brauche von niemandem Hilfe.«

»Dann suche ich mir jemand anderen, der sie braucht.« Ich stehe auf. »Wir sehen uns auf dem Campus.«

Ich erreiche die Tür und bin schon halb draußen, als ich höre: »Warten Sie kurz, Mann.« Ich kann so tun, als höre ich es nicht, und einfach weitergehen, oder ich kann mich umdrehen und mit diesem selbstzerstörerischen Wahnsinn weitermachen. Ich drehe mich um.

»Was ist, Oscar?«

»Ich war's nicht, Mann. Ich hab ein paar üble Sachen gedreht, aber nicht so was.«

»Kannten Sie Dorsey?«, frage ich ihn.

»Ein bisschen, nicht besonders gut. Er hat mich ein paarmal drangsaliert. Nichts, was ich nicht in den Griff gekriegt hätte.«

»Wie haben Sie das in den Griff gekriegt?«, will ich wissen.

»Hab's einfach laufen lassen, hab mich um meine Angelegenheiten gekümmert.«

»Und was genau sind Ihre Angelegenheiten?«, frage ich.

»Wen zum Teufel interessiert das? Hier geht's nicht um meine Angelegenheiten. Meine Angelegenheiten sind meine Angelegenheit.«

Ich nehme mir einen Stuhl und setze mich kaum dreißig Zentimeter von ihm entfernt. »Hören Sie mir mal gut zu, Oscar, denn ich sage es nur ein Mal. Ihre Angelegenheiten sind meine Angelegenheit. Alles, was Sie betrifft, ist meine Angelegenheit. Und jede Frage, die ich Ihnen stelle, jede einzelne, werden Sie so gut wie möglich beantworten.«

Er merkt, dass ich sauer bin, und er hat Angst, dass ich

mich aus dem Staub machen könnte. »Okay, Mann«, sagt er. »Aber Sie dürfen niemandem davon erzählen, stimmt's? Das bleibt unter uns?«

Ich nicke. »Das nennt sich Vertraulichkeit zwischen Anwalt und Mandant, und Sie können sich nicht vorstellen, was ich alles auf mich nehme, um sie zu gewährleisten.«

Er erzählt mir von seinen Aktivitäten in Sachen Drogenhandel und Prostitution. Sie sind ziemlich unbedeutend, aber wie Danny Rollins, so wurde auch ihm sein kleines Revier zugewiesen, und einen beträchtlichen Anteil seiner Einkünfte muss er an seine Chefs abgeben. Die Tage Al Capones sind vorüber, aber der Einfluss der kriminellen Banden ist, zumindest in dieser Gegend, erstaunlich groß.

Oscar weigert sich vehement, über die Leute zu sprechen, mit denen er Geschäfte macht. Er bezeichnet sich großspurig als »stark eingebunden«, auch wenn die Realität eher so aussieht, dass die einzigen Leute, die in der Nahrungskette der Bande noch unter ihm stehen, die Opfer selbst sind. Ich bohre nicht weiter nach, da es wenig wahrscheinlich ist, dass seine Beziehungen irgendetwas mit dem Verdacht zu tun haben, der nun gegen ihn erhoben wird.

Stattdessen komme ich auf die Einzelheiten des Falls Dorsey zu sprechen, auch wenn ich im Moment noch nicht zu viele Fragen stellen will; das hebe ich mir für später auf, wenn ich mehr über die Beweise der Polizei weiß. Ich konzentriere mich auf das Lagergebäude, in dem die Leiche gefunden wurde.

»Natürlich gab es dort Fingerabdrücke von mir«, gesteht er ein. »Ich operiere von dort aus.«

Es folgt die Erklärung, dass das Lagerhaus neben dem Park liegt und er gelegentlich den Stoff dort versteckt und sich mit einigen Kunden getroffen hat, wenn die Polizei in der Gegend war. Er betrachtete das Lagerhaus als seine Firmenzentrale.

Und außerdem – wie er sich so gewählt ausdrückt: »Fingerabdrücke beweisen sowieso nix, nicht die Bohne.«

»Schreiben Sie mir diesen Satz auf. Den kann ich in meinem Abschlussplädoyer sicher gut brauchen.«

Er erwidert nichts; es gibt wahrscheinlich keine größere Zeitverschwendung als Sarkasmus bei jemandem, der absolut keine Ader dafür hat. »Das hier ist jetzt wichtig«, fahre ich fort. »Jemand hat die Polizei angerufen, eine Frau, und denen erzählt, Sie hätten Dorsey ermordet. Haben Sie irgendeine Ahnung, wer das gewesen sein könnte?«

»Mensch, nein, Mann!«

»Was ist mit Ihren Mädchen auf der Straße?«

Er schüttelt heftig den Kopf. Da ist er sich sicher. »Auf keinen Fall. Nie und nimmer. Die wissen, was passieren würde.«

Jedes Mal, wenn er den Mund aufmacht, wächst meine Abneigung gegen ihn. »Fällt Ihnen niemand ein, der Ihnen vielleicht was anhängen will?«, frage ich. »Niemand, der Ihnen etwas heimzahlen will?«

»Ich hab ein paar Feinde, meine Konkurrenten, wissen Sie? Das gehört zum Geschäft.«

Klar, es herrscht Konkurrenz wie zwischen Macy's und Bloomindale's. »Machen Sie mir eine Liste mit allen, die Sie nicht mögen«, sage ich.

Er nickt. »Okay.«

»Wie viele Papierblöcke brauchen Sie?«

»Der Aufseher besorgt mir das Papier schon.«

Ich denke mir, sage es allerdings nicht: »Oscar, ich beleidige dich. Ich bin dein Anwalt und beleidige dich! Feuere mich gefälligst!« Stattdessen lege ich insgeheim den feierlichen Eid ab, mir für die Dauer dieses Falls jeglichen Sarkasmus zu verkneifen. Ich weiß nicht, ob ich das schaffe; meine Abhängigkeit besteht schon zu lange. Vielleicht gibt es ja Sarkasmuspflaster, die ich mir zum Entwöhnen aufkleben kann.

Im Moment kann ich nur festhalten, dass Oscar sich nicht schuldig bekennt, und sage ihm, dass ich ihn dann morgen beim ersten Gerichtstermin wiedersehe.

Ich drehe mich um und lasse ihn zurück. Gelernt habe ich bei diesem Besuch eigentlich nur, dass es einem äußerst leicht fällt, Oscar zurückzulassen.

Während ich zum Auto gehe, denke ich darüber nach, wie deprimierend diese Situation ist. Die Beziehung zwischen Anwalt und Mandant ist, besonders in einem Mordprozess, eng und oft sehr intensiv. Leider würde ich mir lieber am ganzen Körper operativ Warzen einpflanzen lassen, als eine enge und intensive Beziehung zu Oscar Garcia zu pflegen. Aber er wurde zu Unrecht angeklagt, und da ich nicht bereit bin, meine juristische Karriere aufs Spiel zu setzen, indem ich die Vertraulichkeit des Geständnisses von Stynes verletze, kann ich dieses Unrecht nur dadurch wieder gutmachen, indem ich Garcia vor Gericht vertrete.

Nachdem ich ins Auto gestiegen bin, führe ich noch ein paar Telefonate, um herauszufinden, wo ich als Nächstes am besten hinfahre. Dabei bringe ich zwei bedeutende Dinge in Erfahrung, zum einen, dass die Reinigung um sechs Uhr schließt. Das ist eine gute Nachricht, denn ich habe nur drei Anzüge, die allesamt seit Wochen dort hängen, zweifellos in Plastik eingehüllt, einsam und verlassen. Bis sechs Uhr schaffe ich es leicht, und das bedeutet, dass ich zu der Anhörung morgen nicht in Jogginghose erscheinen muss.

Zum anderen erfahre ich, dass es sich bei dem Stellvertretenden Bezirksstaatsanwalt, der mit dem Fall Dorsey betraut wurde, um Dylan Campbell handelt. Das wiederum vertreibt mir die gute Laune, für die die Reinigung gesorgt hatte. Dylan wäre in diesem Fall meine letzte Wahl als Gegner gewesen, sicher ein Grund dafür, warum man die Verteidiger nicht die Staatsanwälte aussuchen lässt.

Ich kenne jeden einzelnen Stellvertretenden Bezirksstaatsanwalt im County; mehr als die Hälfte von ihnen wurden von meinem Vater ausgewählt, als er das Büro leitete. Im Allgemeinen sind es zähe, ausgekochte Staatsanwälte, die ich im Gerichtssaal nicht ausstehen kann, mit denen ich aber hinterher gerne ein Bier trinken gehe.

Dylan Campbell fällt nicht in diese Kategorie. Während seine Kollegen und ich die juristischen Regeln bis aufs Äußerste verbiegen und dem anderen dabei zusehen, wie er sie zurückbiegt, verbiegt Dylan sie, bis sie zerbrechen, und wirft sie dann dem anderen vor die Füße. Er ist klug, aber unangenehm, und ich würde viel lieber gegen einen dummen, aber umgänglichen Staatsanwalt antreten.

Ich rufe Dylan an, und er ist einverstanden, sich sofort mit mir zu unterhalten, was bedeutet, dass er vermutlich eine Absprache treffen will. Meiner Ansicht nach werden Absprachen über das Schuldeingeständnis am ehesten ganz zu Anfang der Ermittlungen oder kurz vor dem Prozess getroffen. Ganz zu Anfang ist der Angeklagte oft noch ganz verängstigt und durcheinander, während der Staatsanwalt vor einem riesigen Berg von Arbeit steht, den die Prozessvorbereitung mit sich bringt. Das ist eine günstige Zeit für Kompromisse.

Kurz vor dem Prozess steigt die Chance für eine Absprache erneut, hauptsächlich, weil beide Seiten wissen, dass die Entscheidung bald nicht mehr in ihrer, sondern in der Hand der Geschworenen liegt. Die drohende Zurückweisung der eigenen Position stellt eine bedeutende Motivation für eine Absprache dar.

Als ich Dylans Büro betrete, katapultiert er sich aus seinem Stuhl und eilt mir mit ausgestreckter Hand entgegen. Diese untypische und durchschaubare Freundlichkeit ist ein weiteres Anzeichen dafür, dass er eine Absprache treffen will. »Andy, schön, Sie zu sehen. Schön, Sie zu sehen. Hier, setzen Sie sich doch. Setzen Sie sich.«

Ich weiß nicht genau, warum er alles zweimal sagt, aber vermutlich, um seine Aufrichtigkeit zu unterstreichen. »Danke, Dylan. Danke, Dylan.«

Nachdem ich Platz genommen habe, besteht Dylans nächste Tat als perfekter Gastgeber darin, zu seinem kleinen Kühlschrank zu gehen und sich danach zu erkundigen, was ich denn gerne trinken möchte. Er ist so ein kleiner Gesundheitsfanatiker, also läuft es im Grunde genommen darauf hinaus, ob ich amerikanisches, schwedisches oder belgisches Mineralwasser möchte. Ich zucke mit den Schultern und bekomme schwedisches vorgesetzt.

Er setzt sich hinter seinen Schreibtisch und lächelt. »Ich muss Ihnen eine Frage stellen«, sagt er. »Alle hier im Büro fragen sich – ich meine, das ist jetzt nicht böse gemeint –, aber wie in Gottes Namen sind Sie an so einen widerlichen Loser wie Oscar Garcia geraten? Haben Sie eine Wette verloren oder so?«

»Oscar Garcia ist der Patenonkel meiner Kinder.« Ich sage das ganz ruhig – mein Blick so neutral wie möglich –, und einen Moment lang, während er über diese Möglichkeit nachdenkt, sehe ich kurz Angst in Dylans Augen aufblitzen. Drei oder vier lange Sekunden dauert es, bevor sein Gesichtsausdruck nervöse Erleichterung kundtut, nachdem ihm klar geworden ist, dass das einfach nicht sein kann.

»Hey, Kumpel, eine Sekunde lang haben Sie mich reingelegt. Aber nur eine Sekunde lang.«

Ich grinse. »Sie führt man nicht so leicht hinters Licht, Sie alter Halunke, Sie.«

Die Bemerkung ist ihm nicht ganz geheuer, und so entschließt er sich, auf sicheres Terrain zurückzukehren, das ihm sein Fall zu meinem Leidwesen bietet. »Sie sind also hier, um ein kleines Geschäft abzuschließen?«, fragt er.

»Nun, ich hatte gehofft, Sie könnten mich ein wenig auf den neuesten Stand bringen. Ich habe den Fall erst vor wenigen Minuten offiziell übernommen.«

»Ich soll Ihre Hausaufgaben für Sie erledigen?«

»Das müssen Sie nicht. Ich kann den Richter einfach um einen Aufschub bitten.« Einen Aufschub will er mit Sicherheit nicht. Die Rechtsprechung gleicht dem Förderband in einer Fabrik, und der Staatsanwalt ist der Vorarbeiter, der die Aufgabe hat, es am Laufen zu halten. Aufschübe sind wie Kaffeepausen: Das Förderband hält an und die gesamte Maschinerie kommt mühsam zum Stehen.

Dylan wägt einen Moment lang seine Möglichkeiten ab. »Sind Sie hier, um eine Absprache zu treffen?«

Bin ich natürlich nicht, aber ich möchte vermeiden, dass er das merkt. »Ich empfinde es mitunter als hilfreich zu wissen, was gegen meinen Mandanten vorliegt, bevor ich ihm rate, was er tun soll.«

Er seufzt; es gibt keinen Ausweg. »In Ordnung. Ich lasse die Akte kopieren und schicke sie Ihnen dann zusammen mit den Polizeiberichten.«

»Gut. Ich hätte es gern noch heute. Können Sie mir das Ganze vorher noch mal in Kurzversion erzählen?«, erkundige ich mich.

»Was wissen Sie bisher?«

»Von dem anonymen Anruf und den Fingerabdrücken im Lagergebäude. Wenn das alles ist, was Sie haben ...«

»Kommen Sie, Andy, wenn das alles wäre, was wir haben, würde Ihr kleiner Oscar draußen im Park weiter seinen Stoff verticken, und Sie säßen nicht hier. Dorseys Waffe wurde in der Wohnung von Garcia gefunden.«

Das überrascht mich, aber nur, weil ich weiß, dass Oscar unschuldig ist. »Sie glauben, Garcia hätte Dorsey umgebracht und dann seine Waffe mit nach Hause genommen?«, frage ich und versuche, meine Ungläubigkeit angesichts der Dummheit eines solchen Verhaltens übertrieben deutlich zu machen.

Er zuckt mit den Schultern. »Sie haben bereits mit Garcia gesprochen, richtig?«, fragt er. »Haben Sie irgendwelche Diplome an der Wand in seiner Zelle hängen sehen?«

Diese Bemerkung ignoriere ich. »Wie sieht's mit dem Motiv aus? Daran scheint's zu hapern.«

»So weit sind wir noch nicht. Dorsey war in ein paar üble Sachen verwickelt, vielleicht war Garcia ein Partner oder ein Konkurrent. Das Motiv finden wir schon noch, und wenn nicht?« Er hebt bedauernd die Hände. »Was soll's? Wir müssen kein Motiv nachweisen. Das wissen selbst Sie als Pflichtverteidiger.«

Dylan ist auf ein Thema zu sprechen gekommen, das ich ohnehin angeschnitten hätte: Dorseys illegale Geschäfte. Ich nicke und sage so beiläufig wie möglich: »Ich würde mir auch gern anschauen, was die Polizei über Dorsey hat.«

Die falsche Freundlichkeit schwindet unmittelbar. Er schüttelt unerbittlich den Kopf. »Unmöglich.«

»Warum?«, will ich wissen.

»Weil ich selbst nichts darüber habe«, sagt er. »Mir wurde erzählt, das hätte mit unserem Fall überhaupt nichts zu tun.«

»Mal sehen, ob ich das verstehe«, sage ich. »Dorsey taucht ab, weil die Polizei etwas gegen ihn in der Hand hat, eine Woche später wird er dann ermordet, und was die haben, ist nicht relevant? Erde an Staatsanwalt, bitte melden, bitte melden.«

Sein Blick wird kalt und er wechselt das Thema. »Es wird Zeit, die Sache zum Abschluss zu bringen, Andy. Fünfundzwanzig bis lebenslänglich, dann kann Garcia in zehn Jahren draußen sein.«

»Er kann aber auch fünfzig Jahre drinnen bleiben.« Ich schüttle den Kopf. »Ich werde mit meinem Mandanten reden, Dylan, aber die Antwort wird negativ sein.«

»Ich kann vielleicht noch nachlegen«. Als er jedoch meinen überraschten Gesichtsausdruck sieht, erklärt er: »Dorsey ist keiner, über den die hohen Tiere der Polizei täglich etwas in der Zeitung lesen wollen.«

Bei mir schrillen die Alarmglocken. Das Angebot von fünfundzwanzig Jahren bis lebenslang für den brutalen Mord an einem Polizisten war seinerseits schon sehr großzügig bemessen. Wenn er versuchen will, noch nachzulegen, dann steckt mehr dahinter als der Wunsch, das Förderband nicht ins Stocken geraten zu lassen oder die Polizeibosse bei Laune zu halten. Irgendetwas an der Sache ist interessant und wartet darauf, entdeckt zu werden.

»Geben Sie Ihr Bestes«, sage ich. »Aber mein Gefühl sagt mir, dass Garcia an dem Tag auf freien Fuß kommt, an dem die Geschworenen von ihrer Beratung zurückkehren.«

Er zuckt enttäuscht mit den Schultern. »Dann können wir das Gespräch an dieser Stelle wohl als beendet betrachten.«

»Dem Siebenten Bundesberufungsgericht zufolge nicht«, sage ich.

»Was soll das denn heißen?«, will er wissen.

Es heißt gar nichts; es ist einfach nur eine von diesen wichtig klingenden unsinnigen Bemerkungen, wie ich sie gelegentlich von mir gebe, um mein Gegenüber zu verwirren.

»Soll ich etwa Ihre Hausaufgaben für Sie erledigen?«, frage ich, drehe mich um und gehe zur Tür. Er steht nicht auf, als ich den Raum verlasse. Freundlich zu tun kann einen Menschen anscheinend ziemlich ermüden.

Auf dem Weg nach Hause rufe ich Edna an, die sich immer noch in einer Art Schockzustand befindet, da ich es gewagt habe, einen Lottogewinn wie Stynes abzuweisen und stattdessen das Mandat für einen Loser wie Garcia zu übernehmen. Ich bitte sie, Kevin Randall anzurufen, der im Fall Willie Miller meine rechte Hand gewesen war; er solle mich gleich am nächsten Morgen in der Kanzlei aufsuchen. Dann frage ich Edna, ob Laurie angerufen hat, und die Antwort lautet nein. Das ist nicht die Antwort, die ich mir erhofft hatte.

Anschließend rufe ich Lieutenant Pete Stanton an und frage, ob ich ihn heute Abend zum Essen einladen darf. Er ist einverstanden, solange er das Restaurant aussuchen darf. Ich stimme zu, und er teilt mir mit, er werde seine Wahl auf meinem Anrufbeantworter hinterlassen, nachdem er die Preise von einigen Lokalen verglichen und das teuerste herausgesucht habe.

Als ich nach Hause komme, hat er mir bereits den Namen eines französischen Restaurants hinterlassen, das sich bei seinem gequälten Versuch, den Namen richtig auszusprechen, wie La Dus-Fass anhört. Von Laurie ist keine Nachricht auf dem Anrufbeantworter. Ich rufe sie an, aber sie ist entweder nicht zu Hause oder sie nimmt meinen Anruf absichtlich nicht an, also hinterlasse ich ihr die Nachricht, dass ich sie gern sprechen würde. Seit unserer letzten Unterhaltung leide ich unter einem pochenden Herzschmerz, über den mir auch meine beruflichen Aktivitäten nicht hinweghelfen konnten.

Das von Pete gewählte Restaurant sieht aus wie eine französische Villa, und als ich eintreffe, sitzt er bereits an der Bar und trinkt Wein aus einer alten und zweifellos sehr teuren Flasche. Pete ist für gewöhnlich ein genügsamer Typ für Fleisch und Kartoffeln und kommt leicht mit dem Gehalt eines Lieutenants zurecht. Importiertes Bier ist meist schon zu extravagant für Petes Geschmack, daher ist es offensichtlich, dass er meinen finanziellen Status seinem eigenen angleichen will.

Pete und ich sind ziemlich gute Freunde geworden. Die Beziehung begann, als ich seinen Bruder aus einer juristischen Zwangslage infolge seines Drogenkonsums herausboxte und er anschließend sein Leben umkrempelte. Pete und ich fingen an, gelegentlich Rakettball zu spielen, obwohl wir seit einiger Zeit nicht mehr dazu gekommen sind. Wir bezeichnen uns immer noch als Rakettballpartner, aber nur, um den Anschein von trainierten Sportlern zu wahren.

Unsere Freundschaft wird gelegentlich in Mitleidenschaft gezogen, insbesondere wenn wir auf gegensätzlichen Seiten eines Falls engagiert sind, aber wir meistern diese Situationen anscheinend immer. Der Fall Garcia stellt keine solche Gefahr dar, da Pete nicht direkt mit den Ermittlungen zu tun hat.

Wir bekommen die Speisekarten, und nach einem kurzen Blick gelange ich zu der Erkenntnis, dass die Preise hier nicht nur für das Essen gelten, sondern auch gleich noch eine Anzahlung auf das Grundstück beinhalten. Oder vielleicht verlangen sie so viel, weil sie die zwölf verschiedenen Gabeln abbezahlen müssen, die für jeden von uns bereitgelegt sind.

Die Speisekarte ist auf Französisch, aber das tangiert Pete gar nicht so sehr, weil er nur an den Zahlen auf der rechten Seite interessiert ist. Pete zeigt auf das, was er haben möchte, und als er zum Chateaubriand kommt, weist der Kellner darauf hin, dass es für zwei Personen gedacht ist. Pete zuckt mit den Schultern und sagt: »Kein Problem, was ich nicht esse, nehme ich meinem Hund mit.«

Nachdem der Kellner gegangen ist, verschwende ich meine Zeit mit der Bemerkung: »Du hast doch gar keinen Hund.«

Er nickt angesichts dieser Wahrheit. »Vielleicht wäre das ein Anreiz, mir einen zuzulegen.« Er schaut sich um. »Ich glaube, wir brauchen noch eine Flasche Wein.«

»Da komme ich billiger weg, wenn ich mir meine Informationen von bezahlten Informanten besorge«, beschwere ich mich.

Er schaut überrascht auf. »Du willst Informationen haben?«

»Ich war bereit, hierher zu gehen. Was glaubst du denn, was ich wollte? Um deine Hand anhalten?«, frage ich.

»Informationen worüber?«

»Alex Dorsey.«

Er lacht. »Ich hab mit dem Fall nichts zu tun, Arschloch. Das hättest du auch bei Burger King herausfinden können.«

»Ich rede nicht vom Fall Garcia. Ich rede von Alex Dorsey. Ich rede davon, was er auf dem Kerbholz hat und warum er damals, als Laurie ihn angezeigt hat, nicht hinter Gitter kam. Und warum er jetzt hätte verhaftet werden sollen.«

»Weiß ich nicht«, sagt er.

»Was soll das heißen, du weißt es nicht? Du bist ein bedeutender Lieutenant und noch dazu ein neugieriger Mistkerl. Du weißt alles, was da bei euch abgeht.«

Er schüttelt den Kopf. »Nicht so was, das ist ganz tief vergraben.« Dann fügt er hinzu: »Außerdem ist ›bei uns‹ vielleicht nicht der richtige Ort, auch wenn du das vermutest oder es gern hättest.«

»Was zum Teufel soll das denn heißen?«

Er legt eine seiner Gabeln beiseite, ich glaube, die drittkleinste, und blickt mich unnachgiebig an. Es ist einer dieser Blicke, die in den vergangenen zwanzig Jahren auch Verbrecher zum Plaudern gebracht haben. »Ich werde dir etwas erzählen, aber wenn irgendjemand davon Wind bekommt, dass du es von mir hast, dann werde ich dich mit deiner dicken Brieftasche zu Tode prügeln.«

»Vertrau mir. Wenn ich in dieser Woche eines gelernt habe, dann, dass ich ein Geheimnis wahren kann.«

Pete nickt. Er weiß es auch, ohne dass ich es ihm sagen muss. »Die Bundesbehörde hat mit der Sache zu tun.«

Das überrascht mich. »Das FBI?«

»Nein, die Bundesbehörde für Schnarchnasen, du Dummkopf.«

Die Beleidigung beachte ich gar nicht; diese Neuigkeit ist zu bedeutsam. »Was ist an Dorsey dran, dass er zu einer FBI-Angelegenheit wurde?«

»Ich habe keine Ahnung«, behauptet er, und ich bin mir sicher, dass er die Wahrheit sagt. »Ich weiß nur, dass Gerüchten zufolge die Leute vom FBI der Polizei gesagt haben, die sollten die Finger davon lassen. Ich nehme an, die haben eigene Ermittlungen im gleichen Revier durchgeführt.«

»Und was hat sich dann auf einmal daran geändert? Warum musste Dorsey plötzlich abhauen?«

Pete weiß darauf keine Antwort, also frage ich ihn, ob er je von Geoffrey Stynes gehört hat. Hat er nicht, erklärt sich aber bereit, ihn zu überprüfen. Ich habe noch nichts von Vince gehört, also ist es wohl sinnvoll, Pete ebenfalls darauf anzusetzen.

Ich würde gern gehen, aber Pete lässt mich noch warten und probiert sowohl die Crème Brulée als auch noch die Cherries Jubilées. Beides findet seine Anerkennung, auch wenn er die Crème Brulée »einen Hauch zu klumpig« findet.

Ich mache ihm klar, falls er je wieder ein solches Restaurant auswählen sollte, werde ich ihm mal zeigen, wer hier »klumpig« sein kann.

Auf dem Weg nach Hause überlege ich mir ein paar taktische Schritte. Wichtig ist in diesem Fall, dass ich versuchen muss, so zu tun, als wüsste ich nicht, dass Garcia unschuldig ist, und das bedeutet, dass ich so viel wie möglich über das Opfer, Dorsey, herausfinden muss. Wenn Pete mit seiner Vermutung, dass das FBI involviert ist, Recht hat – und er irrt sich in solchen Dingen selten –, dann gibt es eine Menge herauszufinden, und dieses Wissen wird mich höchstwahrscheinlich wesentlich weiterbringen.

Als ich nach Hause komme, wird mir ein so schöner Anblick gewährt, wie ich ihn schon lange nicht genießen konnte. Laurie sitzt zusammen mit Tara auf der Veranda, wobei Laurie die Rolle der Streichelnden und Tara die der Gestreichelten übernommen hat. Ich stelle das Auto ab und gehe auf sie zu, und im gleichen Moment kommen sie von der Veranda herunter und mir entgegen.

Laurie umarmt mich, und Tara setzt sich daneben und wartet, bis sie dran ist. Die Umarmung dauert eine Weile, und das ist gut. Ich hab's nicht eilig. Schließlich löst sich Laurie von mir und schaut mir in die Augen.

»Ich weiß, dass du diesen Fall nicht übernehmen würdest, nur um mich zu verletzen«, sagt sie.

»Niemals.«

»Ich weiß, dass du einen guten Grund dafür hast, ihn zu übernehmen«, sagt sie.

»Natürlich.«

»Ich weiß, dass du mir nicht erzählen kannst, welcher Grund dahinter steckt«, sagt sie.

»Keinesfalls.«

»Ich weiß, dass du mich liebst«, sagt sie.

»Sehr.«

»Ich weiß, dass du möchtest, dass ich heute Nacht bei dir bleibe, auch wenn es nicht Montag, Mittwoch oder Freitag ist«, sagt sie.

»Unbedingt.«

»Ich weiß, wenn du mir noch einmal mit nur einem Wort antwortest, dass ich dann nach Hause gehe und du folglich ein lauschiges, liebevolles, unheimlich erregendes sexuelles Erlebnis verpasst«, sagt sie.

»Das verstehe ich vollkommen, und ich garantiere dir, dass ich keinesfalls die Absicht habe, dir jemals wieder nur mit einem Wort zu antworten. Ich weiß, dass dir lange Antworten wichtig sind, und da ich dich abgöttisch liebe und dich verehre, werde ich weiterreden, bis du mir sagst, dass ich den Mund halten soll.«

»Halt den Mund«, sagt sie.

Ich treffe lange vor dem eigentlichen Termin der Vorverhandlung im Gericht ein. Furcht vor der Aufgabe, diesen Fall zu vertreten, bestimmt mich ebenso wie die Aufregung darüber, wieder hier zu sein und überhaupt einen Fall zu vertreten. Die Aufregung scheint zu überwiegen, denn für gewöhnlich schaffe ich es gerade noch rechtzeitig ins Gericht, und heute bin ich so früh dran, dass ich auf dem Parkplatz noch Slalom fahren könnte.

Oscar ist noch nicht hier, also rufe ich Kevin Randall in der Kanzlei an und entschuldige mich dafür, dass ich mich dort nicht mit ihm treffen kann. Ich mache Kevin rasch mit dem neuesten Stand der Dinge vertraut, und er besitzt den Anstand, seiner Verwunderung darüber, dass ich den Fall überhaupt übernommen habe, keinen Ausdruck zu verleihen. Ich beauftrage ihn mit einem Besuch beim amtlichen Gerichtsmediziner, der Dorseys Leiche begutachtet hat, um alle relevanten Einzelheiten, einschließlich der geschätzten Todeszeit, in Erfahrung zu bringen.

Kevin hat einen Haufen positiver Eigenschaften, aber die von mir am meisten geschätzte ist seine absolute Verlässlichkeit. Wenn er eine Aufgabe übernimmt, kann ich sie von meiner Liste streichen; er wird sie erledigen und er wird sie gut erledigen.

Kevin ist ein erstklassiger Anwalt mit einer Menge Erfahrung sowohl auf der Seite des Verteidigers als auch auf der des Anklägers. Leider brachten ihm beide Seiten Gewissenskonflikte ein. Als Ankläger befürchtete er, seine beträchtlichen Qualitäten könnten eine unschuldige Person ins Gefängnis bringen. Als Verteidiger hatte er Angst, er könne gefährlichen Verbrechern bei der Rückkehr in ihre Freiheit behilflich sein.

Er beendete seinen Konflikt schließlich dadurch, dass er die Rechtsprechung hinter sich ließ und einen »Law-dro-mat« eröffnete, einen Waschsalon, in dem Kunden ihre Wäsche waschen und gleichzeitig kostenlosen juristischen Rat bekommen können. Laurie kennt Kevin sehr gut, und auf ihren Rat hin nahm ich ihn als rechte Hand im Fall Willie Miller an Bord. Seitdem kommt er an ein paar Tagen in der Woche ins Büro, da wir übereingekommen waren, dass er mir bei zukünftigen Fällen ebenfalls unter die Arme greifen könnte – vorausgesetzt, es gibt keine Weichspülerkrise, die seine Zeit in Anspruch nimmt.

Ich treffe mich mit Oscar in einem Vorzimmer, um das Prozedere zu erklären. Er verfügt über einige Erfahrungen auf diesem Gebiet, kapiert das alles also recht schnell. Diese Anhörung ist im Grunde genommen eine Formalität, die nur dazu dient, ihn über die Vorwürfe zu informieren, seine Klagebeantwortung festzuhalten und die Frage der Kaution zu diskutieren. Dylan hat bereits eine Grand Jury zusammengestellt, die formal Anklage gegen Oscar erheben soll, und die Grand Jury wird – wie immer – dem Geheiß des Staatsanwaltes nachkommen. Oscars einzige Aufgabe bei dieser Anhörung besteht darin, gerade dazusitzen, ehrbar auszusehen und entschieden und deutlich »nicht schuldig« zu sagen, wenn er um seine Klagebeantwortung gebeten wird.

Als die Wärter kommen, um Oscar in den Gerichtssaal zu

führen, begleite ich ihn. Wir sind fast am Tisch der Verteidigung angelangt, als er – zu sich selbst, glaube ich – sagt: »Was zum Teufel macht denn diese Schlampe hier?«

Ich schaue in die gleiche Richtung wie Oscar, und er starrt anscheinend zu Laurie hinüber, die hinten im Saal steht. »Von wem reden Sie?«, frage ich, während wir weitergehen.

»Die Schlampe da in dem blauen Kleid.« Tatsächlich, er redet von Laurie.

»Passen Sie auf, was Sie sagen, wenn Sie von ihr reden«, sage ich. Ein alberner, unnötiger, aber unwillkürlicher Akt verbaler Ritterlichkeit.

Wir erreichen den Tisch der Verteidigung und setzen uns. »Soll das heißen, Sie kennen sie?«

»Und ob.«

»Na, dann lassen Sie sich mal eines gesagt sein, Mann. Sie wissen doch, diese Liste, die Sie von mir haben wollten, von meinen Feinden? Leute, die mir vielleicht was in die Schuhe schieben wollen? Tja, sie ist Nummer eins, steht ganz oben auf der Liste.«

»Sie träumen, Oscar.«

»Na ja, sie ist mir gefolgt, hat mich die ganze Zeit beobachtet. Werd sie irgendwie gar nicht mehr los. Und ein Freund von mir hat erzählt, dass sie neulich in der Nähe von meiner Wohnung herumgelungert hat, als ich nicht da war.«

Ich vertraue Oscar in etwa so weit, wie ich Mount Rushmore werfen könnte, aber instinktiv weiß ich, dass er in dieser Sache die Wahrheit sagt. Er hätte keinen triftigen Grund zu lügen, und es passt zu Lauries rätselhafter Bemerkung, sie sei über Oscars kriminelle Fortschritte auf dem Laufenden, seit sie den Polizeidienst quittiert hat.

Ich habe keine Zeit, über die mögliche Bedeutung von Oscars Bemerkung nachzudenken, weil ich plötzlich die

Schweißhand von Dylan Campbell vor mir sehe, der mir angesichts der versammelten Pressevertreter Glück wünschen möchte.

Das heutige Ereignis bringt nicht gerade einen großen Presserummel mit sich; es sind zwar wesentlich mehr Reporter hier als üblich, aber der Ansturm ist alles andere als überwältigend. Der Grund für den Nachrichtenwert der Anhörung liegt einzig und allein darin, dass das Opfer ein Polizist war, wenn auch diskreditiert, und dass es sich um ein äußerst brutales Verbrechen handelt.

Die Richterin Susan Timmerman betritt den Saal und der Gerichtsdiener bittet um Ruhe. Richterin Timmerman wird nur dieser Anhörung vorsitzen; der Fall wurde noch niemandem zugewiesen. Zu schade, denn sie ist eine faire Richterin, die keinerlei Voreingenommenheit an den Tag legt, und wir sind in der Vergangenheit immer recht gut miteinander ausgekommen.

Die Anklage im Fall New Jersey vs. Oscar Garcia wird verlesen und die Verteidigung vorgestellt. Oscar wird gefragt, was er auf die Klage erwidere, woraufhin er seine Aufgabe korrekt erfüllt, indem er mit Überzeugung und einer Spur von Empörung »nicht schuldig« sagt. In Oscars Fall wäre mehr als eine Spur von Empörung auch nicht zu verdauen gewesen.

Weil er auf nicht schuldig plädiert hat, wird ein Prozess nötig, und den muss das Gericht als Nächstes erörtern. Timmerman hat nicht die Terminpläne von allen Richtern vorliegen und weiß ohnehin nicht, wer der vorsitzende Richter sein wird, aber sie kann zumindest einen voraussichtlichen Termin festlegen. Wir einigen uns auf den 14. Juli, in etwa vier Monaten, und dann fragt Richterin Timmerman, ob es noch etwas anderes zu besprechen gäbe.

Ich springe auf. »Die Auskunftspflicht, Euer Ehren.«

»Was ist damit?«, will sie wissen.

»Ich habe gemerkt, dass die Anklagevertretung sie für entbehrlich hält. Ich habe Berichte angefordert, die mir noch nicht ausgehändigt wurden.«

Dylan sieht tödlich verletzt aus. »Euer Ehren«, beschwert er sich, »die Unterlagen wurden erst gestern angefordert.«

Damit lasse ich mich nicht abspeisen. »Tut mir Leid, Euer Ehren, aber wir reden hier vom Kopieren der Berichte. Dazu braucht man Minuten, keine Tage. Ich bin gern bereit, mit Mr Campbell in sein Büro zu gehen und es selbst zu machen. Außerdem ist der Zeitpunkt der Anforderung unerheblich; sie ist nicht einmal nötig. Die Anklage sollte sich ihrer Auskunftspflicht bewusst sein, mit oder ohne Anforderung. Unterlagen sollten kopiert und ausgehändigt werden, sobald sie vorliegen, ohne Zensur.«

Die Richterin nickt und erteilt die Anordnung. »Die Staatsanwaltschaft wird bis zum Ende des heutigen Arbeitstages Kopien von allen ihr vorliegenden Berichten aushändigen.«

Sie haut mit ihrem Hammer auf den Tisch und schließt damit die Anhörung. Der Gerichtssaal leert sich rasch, und da die Pressevertreter schon verschwunden sind, vergisst auch Dylan, mit mir freundliche Worte zum Abschied auszutauschen.

Ich verabrede für später ein Treffen mit Oscar, um den Fall mit ihm zum ersten Mal in allen Einzelheiten durchzusprechen. Besonders interessiert mich, wo er in der Mordnacht gewesen ist. Ich hoffe, er hat sich mit dem Außenminister zum Essen getroffen oder sich von Ted Koppel in *Nightline* interviewen lassen.

Laurie wartet hinten im Gerichtssaal auf mich, und Oscar

lässt sie, während er abgeführt wird, keine Sekunde aus den Augen. Das ist kein schmachtender Blick, sondern ein hassender und angsterfüllter.

Sobald Oscar außer Sichtweite ist, gehe ich zu Laurie zurück.

»Dylan ist jetzt stinksauer auf dich«, bemerkt sie.

Ich nicke. »Das musste früher oder später kommen.«

»Das war früher. Hör zu, Andy, ich möchte an diesem Fall mitarbeiten.«

Ihr Anliegen überrascht mich. »Das brauchst du nicht. Ich weiß, was du von Oscar hältst.«

»Das spielt keine Rolle. Ich bin Profi und hab mich auch so zu verhalten«, erwidert sie.

In Gedanken sage ich: »Ich bin mir nicht sicher, ob das so eine gute Idee ist.« Zu Laurie aber sage ich: »Großartig.«

»Fangen wir jetzt gleich an?«, fragt sie.

»Nee, morgen.« Ich schaue auf die Uhr. »Ich muss in zwanzig Minuten wieder in der Highschool sein.«

Paterson Eastside ist die Highschool, auf der ich meinen Abschluss gemacht habe. Der Ruhm der Schule beruht auf der Tatsache, dass sie Thema und Schauplatz des Films *Der knallharte Prinzipal* mit Morgan Freeman in der Hauptrolle war. Darin wird die Geschichte des damaligen Direktors Joe Clark und seiner unbeholfenen Methode, die chaotische Schule im Stadtzentrum unter Kontrolle zu bekommen, erzählt.

Meine Karriere auf der Highschool kann man bestenfalls als durchschnittlich bezeichnen, zumindest in den Dingen, die mir wichtig waren: Mädchen und Sport. Meine Mittelmäßigkeit im Sport war die schmerzvollere Erfahrung von beiden, weil ich zumindest in Sachen Mädchen den Verstand besaß, frühzeitig aufzugeben. In Sachen Sport hatte ich Ausdauer, eine Eigenschaft, die nicht immer so von Vorteil ist, wie stets behauptet wird.

Das Footballfeld von Eastside, das neben der Schule liegt, wurde ursprünglich auf einem alten Friedhof angelegt, nachdem die Gräber angeblich verlegt worden waren. Daher hatte die Schule ihre zwei Spitznamen: Man nannte uns die Gespenster und die Leichenbestatter. Auf diesem Spielfeld erlitt ich meine größte Schmach. Während ich auf der Bank saß, machte die Startaufstellung draußen auf dem Feld einen miserablen Spielzug nach dem anderen. Der Trainer drehte sich zu mir um und sagte: »Kannst du dir vorstellen, wie schlecht du bist, wenn du noch nach denen drankommst?«

Aber heute kehre ich triumphierend nach Eastside zurück. Ich stifte der Schule ein jährliches Stipendium im Namen meines Vaters. Eine Versammlung ist einberufen worden, um das Ereignis zu würdigen, und der Direktor erzählt mir, dass meine Medienpräsenz in der letzten Zeit tatsächlich für ein gewisses Interesse der Schüler gesorgt hat. Meine Rede ist eine Mischung aus Selbstironie und einer aufrichtigen Ermahnung an die Adresse der Schüler, ihr Leben produktiv zu gestalten. Mich selbst stelle ich nicht allzu groß heraus, denn auch wenn ich ein ziemlich guter Anwalt bin, so ist mir doch bewusst, dass ich heute nur aus dem einzigen Grund hier stehe, weil mein Vater gestorben ist und mir einen Haufen Geld hinterlassen hat.

Als ich den nicht-finanziellen Einfluss meines Vaters auf mich erwähne, gerate ich ein wenig ins Stocken. Das passiert mir in letzter Zeit häufig. Mir ist aufgefallen, dass ich immer stärker zur Sentimentalität neige, je älter ich werde. Einige andere Dinge sind mir auch noch aufgefallen, wie zum Beispiel ein paar Haare, die auf meinen Ohren wachsen. Wenn ich so darüber nachdenke, könnte da vielleicht ein gewisser Zusammenhang zwischen Ursache und Wirkung bestehen. Vielleicht sollte ich eine wissenschaftliche Untersuchung sponsern, welche die Auswirkung von Ohrhaaren auf die emotionalen Reaktionen des Menschen erforscht.

Das Frage-und-Antwort-Spiel im Anschluss ist überraschend lebendig. Die meisten Schüler wollen etwas über den Fall Willie Miller wissen, auch wenn ihr Interesse sich anscheinend darauf konzentriert, wie es war, Willie in der Todeszelle zu besuchen.

Der Fall Garcia stößt auf geringeres Interesse. Einige von ihnen kennen Oscar oder haben von ihm gehört, und wenn man Oscar kennt, heißt das, dass einem dessen Schicksal egal ist.

Ein anständiger Applaus verabschiedet mich, woraufhin ich ins Gefängnis fahre und mich mit meinem Mandanten treffe. Er ist aufgeregt und irgendwie verängstigt; aus irgendeinem Grund hat ihm sein Erscheinen vor Gericht an diesem Morgen einen Sinn für die Realität seiner aktuellen Situation beschert, was die Festnahme und die Inhaftierung bisher nicht vermochten.

Oscar ist nicht die Art von Mensch, mit der man Smalltalk betreibt, also frage ich ihn, ob er zu den Geschehnissen vor Gericht heute irgendwelche Fragen hat.

»Dieser Kerl, Campbell, der scheint es auf mich abgesehen zu haben.«

Das war zwar keine Frage, aber na ja. »Er will Sie für den Rest Ihres Lebens hinter Gittern sehen.«

»Mistkerl …«

»Anscheinend kennen Sie ihn schon ganz gut«, sage ich. »Jetzt erzählen Sie mir alles, was Sie in der Mordnacht gemacht haben, Minute für Minute, so gut Sie sich erinnern können. Lassen Sie nichts aus, egal wie unbedeutend es Ihnen vorkommen mag.«

Der verdrossene Oscar wird noch verdrossener. »Ich war unterwegs«, murmelt er.

»Das sind nicht unbedingt die Einzelheiten, die ich brauche.«

»Mann, was soll ich Ihnen denn sonst erzählen?«, fragt er und ist von meiner Beharrlichkeit eindeutig genervt.

»Sie sollen mir erzählen, wo Sie in jener Nacht waren. Denn wenn Sie nicht mit mir zusammenarbeiten, kann ich Ihnen erzählen, wo Sie jede einzelne Nacht Ihres restlichen Lebens sein werden.«

»Ich hab Geschäfte gemacht«, murmelt er.

»Wo? Im Park?«

»Nein.«

Jetzt bin ich aber genervt. »Verdammt, Oscar, wo zum Teufel waren Sie?«

Er erzählt mir dann eine recht ereignislose Geschichte von kleinen Drogengeschäften im und am Park, gemischt mit ein bisschen Zuhälterei. All dies fand bis etwa ein Uhr morgens statt, und er behauptet, dass einige der erwähnten Personen aussagen würden, wenn man sie darum bäte, aber selbst ohne sie kennen gelernt zu haben, kann ich davon ausgehen, dass niemand von ihnen von den Geschworenen als besonders glaubwürdig eingeschätzt würde. Nach ein Uhr wird der Bericht unklar. Nur durch wiederholtes Fragen kann ich mir zusammenreimen, dass er eine Zahlung an die Instanz geleistet hat, die ihm die Erlaubnis für seine Existenz erteilt. Mit anderen Worten: Er musste seinen Bandenbossen ihren üblichen Anteil an den Geschäften zahlen.

»Ich brauche Namen, Oscar. Von den Leuten, die Sie getroffen haben, während Sie diese Zahlung geleistet haben.«

Oscar lacht tatsächlich angesichts der Absurdität dieser Bitte. »Vergessen Sie's. Auf keinen Fall. Wenn ich Ihnen die Namen gebe, verteidigen Sie einen Toten.«

Ich könnte ihm noch einmal eine Lektion über das Vertrauen zwischen Anwalt und Mandant erteilen und ihm erzählen, wie sicher die Informationen bei mir aufgehoben wären, aber ich weiß, dass es sinnlos wäre. Also versuche ich, sie auf andere Art zu bekommen. Ich frage ihn, in welcher Gegend, welcher Straße er diese geschäftliche Transaktion durchgeführt hat. Das beantwortet er mir schließlich, auch wenn er kein Risiko eingehen will und die Angaben auf einen Radius von zwei Straßen beschränkt. Von der Gegend dort weiß sogar ich, dass das organisierte Verbrechen sie als ihr Hoheitsgebiet ansieht.

»Wie lange waren Sie dort?«, will ich wissen.

»Etwa drei Stunden.«

»Um eine einzige Zahlung zu leisten?« Das kommt mir außergewöhnlich lange vor.

»Sie hatten zu tun«, erklärt er. »Die haben mich warten lassen.«

»Ist das ungewöhnlich?«

»Normalerweise dauert es nicht so lange«, sagt er und ergänzt dann, »wenn *ich* zu *denen* gehe.«

»Sie meinen, dass die manchmal zu Ihnen kommen?«

Ich merke, dass er wieder ein gewisses Maß an Stolz zurückgewinnt. »Klar, meistens.«

Ich gehe mit ihm die drei Stunden durch, die er in der fraglichen Gegend verbracht hat. Im Großen und Ganzen lungerte er in dem Keller des Hauses herum, in dem er zu Besuch war, abgesehen von einer halben Stunde, in der er sich etwas zu essen holte.

»Haben Sie in einem Restaurant gegessen?«, frage ich.

»Nee, ich war in einem dieser großen Supermärkte, Food Fair hieß der, glaube ich. Die machen da diese richtig guten Sandwiches.«

»Haben Sie mit Kreditkarte bezahlt?«

»Mit Kreditkarte?«, fragt er und weist mich so wieder auf die Absurdität dieser Frage hin. Ich hätte genauso gut fragen können, ob er mit einem Walross bezahlt hat.

Er glaubt nicht, dass sich jemand in dem Laden an ihn erinnert, und die Wahrheit ist nun mal, dass sich nicht Brad Pitt in jener Nacht ein Sandwich dort gekauft hat. Oscar ist eine Menge, aber erinnerungswürdig gehört mit Sicherheit nicht dazu. Ich lasse ihn vom Haken, da ich im Moment keine Fragen mehr habe, und erzähle ihm, dass wir uns in ein oder zwei Tagen wiedersehen werden.

Als ich gehe, fragt er noch: »Mann, ich hab Dinge zu erledigen. Sitze ich hier noch lange fest?«

»Ich glaube, es wäre sinnvoll, sich Möbel und Vorhänge zu bestellen, wenn es das ist, was Sie wissen wollen.«

Wie sich herausstellt, wollte er das nicht wissen.

Geoffrey Stynes ist nirgends zu finden.

Nicht dass ich allzu viel Zeit mit der Suche nach ihm verbringe. Aber ich habe doch mehr als nur ein bisschen damit gerechnet, dass er mich aufsucht, um sich darüber zu beschweren, dass ich das Mandat für Garcia übernehme und damit irgendwie gegen die anwaltliche Schweigepflicht verstoße oder mich zumindest in einen Interessenkonflikt begebe. Ich glaube nicht, dass solche Behauptungen berechtigt wären, aber ich habe damit gerechnet, dass er sie aufstellt.

Solche Gedanken gehen mir durch den Kopf, während Laurie und ich bei mir zu Hause essen. Sie meint, ich sei recht still, bedrängt mich aber nicht weiter, um herauszufinden, was mir im Kopf herumspukt.

Wir sind gerade mit dem Essen fertig, als Vince Sanders anruft. »Ich hab Geoffrey Stynes überprüft«, sagt er.

»Und?«, frage ich.

»Ich hab auch die Zahnfee, Rumpelstilzchen und Tinker Bell überprüft. Die gibt es in Wirklichkeit auch nicht.«

»Da komm ich nicht mehr mit.«

»Das scheint dir oft zu passieren«, sagt er. »Vielleicht sollte dir mal jemand in den Hintern treten.«

»Wovon zum Teufel redest du?« Manchmal ist es etwas schwierig, sich mit Vince zu unterhalten.

»Es gibt zwei registrierte Geoffrey Stynes, die so geschrieben werden«, erklärt er. »Der eine wurde Mittwoch vor vier Wochen geboren, und der andere ist zweiundneunzig Jahre alt und lebt in einem Altersheim. Davon abgesehen hat keine der Quellen, die ich angezapft habe – und ich habe einen Haufen Quellen angezapft –, je von ihm gehört. Damit gelange ich zu der Frage, warum zum Teufel du meine Zeit verschwendest.«

Ich kann nicht allzu viel sagen, weil Laurie direkt hinter mir sitzt, und viele Fragen will ich nicht stellen. »Interessant« ist alles, was ich laut hervorbringen kann.

»Bist du sicher, dass du mir eine derart wichtige Erkenntnis wirklich anvertrauen willst?«, fragt Vince. »Und wenn man mich nun fängt und foltert? Die könnten ja aus mir herausprügeln, dass Andy Carpenter das alles für interessant hielt.«

»Halt so lange durch, wie es geht. Dein Land braucht dich noch.«

»Und nicht vergessen«, ermahnt er mich, »wenn eine Story dahinter steckt, dann ist es meine.«

»Weißt du, für manche Leute ist es Bezahlung genug, einem Freund einfach einen Gefallen getan zu haben.«

»Dann hättest du *die* fragen sollen«, schnaubt er mich an, bevor er auflegt.

Der Rest des Abends verläuft in aller Stille. Laurie liest, und ich gebe vor zu lesen, während ich die ganze Zeit über den Fall nachdenke. Mir ist nicht wohl dabei, dass ich über so vieles nicht mit ihr reden kann; es ist das erste Mal, dass ich diese Erfahrung mache. Außerdem habe ich das Gefühl, dass es Dinge gibt, über die sie auch nicht mit mir redet und die größtenteils mit Oscar Garcia zu tun haben.

Was weiß ich, vielleicht gibt sie ja ebenfalls nur vor zu lesen. Wenn ja, dann ist sie intellektueller als ich; sie schauspielert mit anspruchsvollerer Lektüre. Tara ist ehrlicher als wir beide; sie gibt nicht nur vor, auf einem Spielzeug herumzukauen, sie kaut tatsächlich darauf herum.

Gegen elf Uhr bin ich es leid, so zu tun, als ob ich lese, also gehen Laurie und ich zu Bett. Als wir uns im Bett befinden, legen wir uns schlafen. Wir haben den Punkt in unserer Beziehung hinter uns, an dem wir bei jeder Gelegenheit miteinander Sex hatten. Wir liegen immer noch bei achtzig Prozent, aber manchmal sehne ich mich nach der guten alten Zeit zurück.

Ich stehe früher auf als Laurie, weil ich vereinbart hatte, mich um acht Uhr mit Kevin in der Kanzlei zu treffen. Als ich dort ankomme, verputzt er gerade sein übliches Frühstück: einen Bagel, getoastet, mit Frischkäse und einen Bagel, nicht getoastet, mit Butter. Es gibt Leute, die können sich voll stopfen und nehmen kein einziges Pfund zu; Kevin gehört eindeutig nicht zu diesen Leuten. Der Hauptunterschied im Essverhalten zwischen Kevin und Vince Sanders ist, dass Vince nur zu viel fette, ungesunde Nahrung zu sich nimmt. Kevin dagegen isst alles: Würde man eine Tonne mit Weizenkörnern vor ihn hinstellen, würde er glatt den Inhalt in sich aufsaugen.

Kevin und ich sind allein; Edna ist noch nicht da. Wir hätten uns um zehn Uhr treffen können und wären dann immer noch allein gewesen. Da Edna keine richtige Arbeit verrichtet, sieht sie nicht die Notwendigkeit, viele Stunden hier zu verbringen. Das ist eine unwiderlegbare Logik, und ich habe den Versuch aufgegeben, sie zu widerlegen.

Kevin hat sich gestern mit dem Gerichtsmediziner getroffen, und auch wenn er nicht viele wertvolle Informationen erhalten hat, so ist er sich doch sicher, dass er alles bekommen hat, was es gab. Der Zustand des Leichnams macht es unmöglich, sichere Erkenntnisse zu gewinnen, aber es scheint, als sei die Enthauptung die Todesursache gewesen, als sei Dorsey vorher noch am Leben gewesen. Die Überreste der Leiche und die Auswirkungen des Feuers lassen den Gerichtsmediziner mit relativer Sicherheit sagen, dass der Tod innerhalb einer Stunde vor der Verbrennung eingetreten ist. Das passt genau zu meinem Wissen, dass der Mord hinter dem Hinchcliffe Stadium verübt wurde, das etwa fünfundvierzig Minuten vom Lagergebäude entfernt liegt.

Da die Polizei weiß, wann das Feuer gelegt wurde, kann der geschätzte Todeszeitpunkt ungewöhnlich präzise festgelegt werden: Dorsey wurde zwischen halb drei und drei Uhr morgens getötet. Genau in der Zeit, in der Oscar behauptet, auf der anderen Seite der Stadt gewesen zu sein, um seine wöchentliche Zahlung an die Bandenchefs zu leisten.

Dort treffe ich mich auch mit Laurie, um den Prozess zu eröffnen. Ich bin der Anwalt und Laurie ist die Ermittlerin; über unsere Rollen hege ich keine Illusionen und habe auch nicht den geringsten Wunsch, sie zu tauschen. Aber am Anfang der Ermittlungen bin ich gern vor Ort; das stellt für mich eine Verbindung zu dem Fall her, die ich als hilfreich empfinde.

Die Gegend selbst erinnert an das frühere Paterson. Die Häuser sind bescheiden und sehr gepflegt, und in den Straßen herrscht noch die Atmosphäre einer guten Nachbarschaft. Kinder spielen sorglos auf der Straße; bei jedem Verbrecher, der hier sein Gewerbe ausüben wollte, indem er die Leute auf diesen Straßen zu Opfern macht, würde man als Verteidiger automatisch auf Unzurechnungsfähigkeit plädieren müssen.

Der Kopf dessen, was man vielleicht noch die »Familie«

des Nordens von New Jersey nennen könnte, ist Dominic Petrone. Ich habe Petrone anlässlich verschiedener langweiliger städtischer Feierlichkeiten getroffen, denen ich gezwungenermaßen beiwohnte. Er ist ein grauhaariger, wohlerzogener und offensichtlich intelligenter Mann, der aussieht wie der typische Vorstandsvorsitzende eines großen Unternehmens – und genau das ist er ja auch. Zu den Produkten und Dienstleistungen seines Unternehmens gehören Drogen, Prostitution, Kreditwucher, Geldwäsche und hier und da ein Mord. Keine leichte Arbeit, aber Mann, irgendjemand muss sie ja machen.

Ich habe ein Foto von Oscar mitgenommen und zeige es einigen Leuten auf der Straße mit der Frage, ob sie ihn wiedererkennen. Die Aktion ist kontraproduktiv; sie denken, wir seien von der Polizei, und damit sind wir anti-Petrone, und damit sind wir der Feind. Diese Leute brauchen und nutzen die Polizei nicht; der Schutz, den sie brauchen, wohnt direkt neben ihnen. Die würden eher Gott als Dominic Petrone verpfeifen, und sobald wir ihnen Fragen stellen, beäugen sie uns nur noch misstrauisch.

Es steht natürlich außer Frage, dass es sich bei der Person, die Oscar hier aufgesucht hat, nicht um Petrone selbst handeln kann. Petrone ist ein viel zu hohes Tier dafür; er hätte seine Leute, die ihre Leute hätten, die ihre Leute hätten, die ihre Leute hätten, um sich mit so einer Kakerlake wie Oscar abzugeben. Und selbst die wären nicht begeistert.

Da wir nicht wissen, in welchem Haus Oscar war, und wir niemanden auftreiben können, der sich daran erinnert, ihn gesehen zu haben, laufen wir im Grunde genommen nur ziellos umher und erreichen nichts. Die Ermittlungen laufen wirklich auf Hochtouren.

Wir wollen gerade aufgeben, als wir den Supermarkt

Food Fair entdecken, von dem Oscar behauptet, er wäre dort gewesen. Als Erstes lassen wir uns bestätigen, dass in jener Nacht die Schicht mit anderen Angestellten besetzt war, so dass sich niemand von der jetzigen Besetzung an ihn erinnern kann. Laurie wird nachts zurückkommen müssen, um das abzuklären.

Wir bitten um ein Gespräch mit dem Manager, um herauszufinden, ob die fragliche Nacht eventuell von Überwachungskameras festgehalten wurde. Wenn Oscar in jener Nacht hier war, könnte er vielleicht gefilmt worden sein.

Der Manager macht gerade Kaffeepause, so dass Laurie sich die Wartezeit mit ein paar Einkäufen verkürzt. Sie macht sich auf den Weg, während ich hinüber zum Geldautomaten gehe, um zumindest anbieten zu können, die Einkäufe zu bezahlen. Hier befindet sich tatsächlich direkt im Supermarkt eine kleine Bankfiliale mit drei Automaten als zusätzlicher Service für die Kunden.

Von einer ähnlichen Situation in einem anderen Fall weiß ich, dass unsere Chancen, etwas auf den Filmen des Überwachungssystems im Supermarkt zu finden, äußerst gering sind. Die meisten Geschäfte lassen die Bänder einfach vierundzwanzig oder achtundvierzig Stunden laufen und überspielen sie dann. Aber es ist einen Versuch wert, und als der Manager Wally zurückkommt, fragen wir ihn danach. Ich weiß, dass er Wally heißt, und ich weiß, dass er der Manager ist, weil über der Brusttasche auf seinem Hemd »Wally« und genau darunter »Manager« steht. Solche Tricks habe ich durch aufmerksames Beobachten von Lauries Ermittlungstätigkeit aufgeschnappt.

»Wie lange bewahren Sie die Aufnahmen der Überwachungskameras auf?«, frage ich.

»Sind Sie von der Polizei?«, fragt Wally.

Seine Antwort ist nicht gerade passend, und er sagt »Polizei« so, als würde er – wären wir tatsächlich von der Polizei – versuchen, unserem Leben in der Pestizidabteilung ein Ende zu bereiten. Ich habe das Gefühl, ihm hat jemand gesteckt, dass wir herumschnüffeln und Fragen stellen.

»Nein«, sage ich.

»Was dann?«

»Was, was dann?«, entgegne ich. Diese schlagfertige Antwort ist ziemlich niveauvoll; ich hoffe, Laurie kann ihr folgen. Eine Kassiererin in Hörweite gähnt; das Gespräch übersteigt offensichtlich ihren Verstand.

»Was sind Sie?«, will er wissen.

»Dieses Gespräch leid«, erwidere ich, kurz bevor Laurie laut seufzt und einschreitet.

»Er ist Anwalt und ich bin Detektivin. Wir können uns eine Vorladung besorgen, und Sie können einen ganzen Tag bei einer Befragung verbringen, oder Sie können ein paar einfache Fragen beantworten und dann weiter Ihre Dosen in Gang sieben stapeln. Sie entscheiden.«

»Genau«, füge ich noch hinzu, aber ich kann es mir verkneifen, ihm die Zunge herauszustrecken.

Er ist sauer, erkennt aber die Sinnlosigkeit, sich einer derart geballten Ladung an Durchsetzungskraft wie der meinen zu widersetzen. »Wir lassen die Bänder vierundzwanzig Stunden laufen und überspielen sie dann.«

Ich zeige ihm ein Bild von Oscar. »Haben Sie den jemals gesehen?«

»Nein«, antwortet er sofort. Er gibt sich auch keinerlei Mühe. Hätte ich ihm Fotos von Michael Jordan, George Bush und Heather Locklear gezeigt, sein »Nein« wäre genauso schnell gekommen.

»Sicher wünschen Sie sich, uns mehr helfen zu können,

denn als guter Bürger ist es Ihnen doch wichtig, dass das Recht obsiegt, oder?«, möchte ich wissen.

Laurie zerrt mich hinaus, noch bevor er antworten kann, was zu schade ist, denn ich habe genau gesehen, dass er kurz davor war, weich zu werden.

Auf dem Weg nach draußen komme ich meiner wohltätigen Ader nach und werfe einen Zwanzig-Dollar-Schein in die Dose der Gesundheitsstiftung March of Dimes, und dann gehen Laurie und ich getrennte Wege. Sie wird sich in Oscars Nachbarschaft noch etwas umsehen, während ich zurück in meine Kanzlei zu einer Besprechung gehe. Laurie fragt nicht nach Oscars Adresse, also weiß sie, wo er wohnt. Merkwürdig, denn aus den Polizeiberichten weiß ich, dass er erst seit zwei Monaten dort lebt. Somit kann Lauries Wissen nicht aus der Zeit stammen, als sie noch selbst bei der Polizei war. Oscar hat im Gericht erwähnt, dass sie sich in der Nähe seiner Wohnung aufgehalten und ihn beobachtet hat. Ich frage sie nicht danach, und ich frage mich auch nicht, warum ich sie nicht danach frage.

Die Besprechung, die in meinem Büro stattfinden soll, ist eine, auf die ich mich tatsächlich freue. Willie Miller und ich werden die Klage besprechen, die ich in seinem Namen gegen meinen ehemaligen Schwiegervater Philip Gant und den Nachlass von Victor Markham eingereicht habe.

Victor und Philip hatten fünfunddreißig Jahre zuvor einen Mord begangen und töteten dann lange danach noch einmal, um die erste Tat zu vertuschen. Sie schafften es, Willie den zweiten Mord anzuhängen, und er verbrachte sieben Jahre in der Todeszelle, bevor er im Wiederaufnahmeverfahren freigesprochen wurde. Philip landete im Gefängnis und Victor beging Selbstmord. Es war für alle Beteiligten eine schreckliche Tragödie, besonders für Willie, aber heute hat die Angelegenheit einen positiven Aspekt: Sowohl Philip als auch Victor waren unglaublich reich.

Die Frage, ob wir den Prozess gewinnen oder verlieren, stellt sich nicht – wir werden gewinnen. Die Sache ist eindeutig, und beide Seiten wissen das. Fraglich ist nur, wie viel Geld Willie bekommen wird, und die andere Seite macht sich anscheinend große Sorgen, wie sich eine Jury in dieser Angelegenheit verhalten wird, denn wir wurden um ein Gespräch über einen möglichen Vergleich gebeten. Heute werden Willie und ich im Vorfeld dieses Gesprächs über unsere Haltung reden.

In den Monaten, die seit seinem Prozess vergangen sind, und besonders in den ersten Wochen ist Willie zu so etwas wie einem Medienstar geworden. Er hat alle Talkshows abgeklappert und sie bereichert. Als cleverer Junge von der Straße, der die Innenstadt nie verlassen hat, hatte Willie keine Gelegenheit, jenen Filter zu entwickeln, durch den die meisten Leute mit den Medien reden. Also war er in diesen Sendungen immer nur Willie Miller, und er sprach mit den Interviewern genauso, wie er mit Freunden auf der Straße sprach.

Das Ergebnis war meist sowohl erfrischend als auch amüsant. Willie unterbrach ein Interview mit der Frage: »Hey, bekomme ich das hier bezahlt?« Einen anderen Gastgeber fragte er nach einer Kamerafrau, und als er erfuhr, dass sie Single war, bat er sie vor laufender Kamera um ein Date. Sie lehnte ab, änderte dann aber ihre Meinung und sagte nach der Sendung zu.

Peinliche Augenblicke gab es ebenfalls, auch wenn Willie die nie zu bemerken schien. Als er gebeten wurde, die gegenwärtige Welt mit der zu vergleichen, die er sieben Jahre zuvor verlassen hatte, beklagte er die überhöhten Preise von »Benzin und Nutten«.

Als ich ins Büro komme, werde ich gerade noch Zeuge einer unbezahlbaren Unterhaltung zwischen Willie und Edna. Das Gespräch ist in vollem Gange, doch es wird sofort klar, dass Willie Edna mit der Offenbarung schockiert hat, dass er Kreuzworträtsel bisher weder gesehen noch davon gehört hat. Sie war davon ausgegangen, dass es in weit entlegenen Ländern, in Höhlen oder auf Bäumen lebende Menschen gab, die derlei Entbehrungen ertragen mussten. Aber hier, jemand in unserer Kanzlei? Unmöglich.

Willie scheint sein Eingeständnis kein bisschen unangenehm zu sein, vermutlich, weil Willie nichts wirklich unangenehm ist. Widerwillig lässt er Edna den Versuch starten, ihm die Grundlagen beizubringen, wodurch die offensichtliche kulturelle Kluft nur noch vergrößert wird.

»Unparteiisch«, sagt sie, den Blick in die Zeitung gerichtet. »Sieben Buchstaben.«

Willie ist beleidigt. »Ich weiß, wie viele Buchstaben ›unpa‹-sonst was hat.«

Edna schüttelt den Kopf. »Ich brauche ein anderes Wort für ›unparteiisch‹. Es hat sieben Buchstaben, und der dritte ist ein ›u‹.«

»Warum zum Teufel brauchen Sie das?«, will er wissen. »Sie haben doch schon dieses ›unpa‹-Wort. Suchen Sie eins, das Sie noch nicht haben.«

»Das Wort ist ›neutral‹.«

»Ich dachte, Sie sagten, das Wort hätte sieben Buchstaben.« Willie zählt mit den Fingern nach, während er flüsternd ein paar Buchstaben nennt. Als er fertig ist, wirft er ihr einen triumphierenden Blick zu. »Niemals.«

Wie ein Alptraum übermannt mich die Vorstellung von Willie, der mit Laurie Scrabble spielt, und dann mache ich dieser Sitzung ein Ende und nehme Willie mit in mein Büro. Willie hat den schwarzen Gürtel in Karate, aber ich glaube, Edna hätte ihn umgebracht, wenn ich nicht aufgetaucht wäre.

Gerade als Willie und ich unser Gespräch beginnen wollen, ruft Pete Stanton an. Er ist bei seiner Suche nach Geoffrey Stynes ebenso erfolglos geblieben wie Vince Sanders. Aber er versichert mir, dass er alles überprüft hat, was es zu überprüfen gibt, womit wir zu dem unausweichlichen Schluss kommen, dass Stynes unter falschem Namen in meiner Kanzlei war.

Dies kompliziert die Sache gehörig. Wenn er die Vereinbarung mit falschem Namen unterzeichnet hat, dann hat diese Vereinbarung juristisch keinen Bestand. Noch verworrener ist die Frage, ob mich das von meiner Schweigepflicht enthebt. Ich könnte mich dahingehend schlau machen, was ich allerdings bleiben lasse, denn im Moment passt mir verworren ganz gut, solange ich mir noch überlegen muss, wie ich mich hinsichtlich der Schweigepflicht im Fall Stynes verhalten will.

Ich entscheide mich für einen Kompromiss. Ohne Auskunft über das wenige zu geben, was ich über Stynes Identität weiß, werde ich einige der von ihm erhaltenen Informationen nutzen, um meinem Mandanten zu helfen. Ich bewege mich auf dünnem juristischen Eis, aber diese Eisscholle werde ich notfalls verteidigen.

Ich rufe Laurie an und erzähle ihr vorsichtig, ich hätte Informationen über mögliches Beweismaterial im Mordfall Dorsey erhalten. Ebenso wie Stynes mir die Gegend hinter dem Hinchcliffe Stadium beschrieben hatte, beschreibe ich sie auch Laurie und bitte sie, dort mal etwas herumzustöbern. Außerdem sage ich ihr, dass sie nichts anfassen und sofort die Polizei anrufen soll, falls sie etwas findet.

Mein Gefühl sagt mir, dass das Beweismaterial hilfreich sein könnte, um die Unschuld Oscars zu belegen. Es wird die Behörden nicht auf die Spur von Stynes bringen, aber wenn sie von selbst dorthin kommen, kann ich damit leben.

Ich wende mich wieder Willie zu und bringe ihn kurz über die Fortschritte in der Klage auf den neuesten Stand. Beide gegnerischen Parteien haben sich einverstanden erklärt, vom selben Anwalt vertreten zu werden, mit dem wir beide uns im Verlauf der Woche treffen werden. Ich betone nochmals, was ich ihm bereits fünfmal gesagt habe: Alles, was er von Philip Gant erhalten wird, verringert letztendlich das Erbe meiner Ex-Frau Nicole. Nicole und ich haben seit der Verhaftung ihres Vaters nicht miteinander gesprochen, aber die Klage bringt für mich doch noch irgendwie einen Konflikt mit sich. Einen Konflikt, der Willie aber weiterhin unberührt lässt.

Ich habe bislang noch nicht über die Summe gesprochen, die Willie möglicherweise erhalten könnte, und die Entscheidung einer Jury in solchen Fällen ist besonders schwer vorherzusagen. Ausgehend von meinen ersten Vergleichsgesprächen jedoch glaube ich, mit einem Angebot von fünf Millionen Dollar rechnen zu können, und diese Zahl nenne ich nun auch Willie.

Willie gibt ein Geräusch von sich, das irgendwo zwischen Gurgeln und Heulen anzusiedeln ist. Aber was er auch macht, es lässt sich nicht mit dem Atmen in Einklang bringen, so dass ich einen kurzen Moment lang überlege, ob ich einen Krankenwagen rufen soll. Schließlich erholt er sich jedoch so weit, dass er wieder nach Luft schnappen kann.

»Fünf Millionen Dollar?«, sind die ersten Worte, zu denen er fähig ist.

Ich nicke. »Aber ich empfehle dir, sie abzulehnen.«

»Ich soll sie ablehnen?« Nur unter großen Problemen bringt er die Worte heraus. »Du meinst, ich soll sie nicht annehmen? Fünf Millionen Dollar nicht annehmen?«

»Ja. Ich denke, du solltest mehr als zehn anpeilen, nach meiner Provision.«

»Zehn was? Millionen?«

Ich nicke. »Millionen. Wir reden hier über fast sieben Jahre. Ist dein Leben nicht mindestens anderthalb Millionen pro Jahr wert?«

Er wird nachdenklich, versucht seine Gedanken zu ordnen, um mit dem Gehörten fertig zu werden. »Verdammt richtig«, sagt er dann. »Wir reden hier schließlich über mein Leben.« Willie ist ein richtig guter »Gedankenordner«.

»Wir sind uns also einig?«, frage ich.

»Und ob. Wir stehen auf derselben Seite, Mann. Singen das gleiche Lied. Gehen den gleichen Weg. Bis ans Ende.«

»Gut«, sage ich. »Einer für alle, alle für einen.«

Er nickt zustimmend, fragt dann aber: »Und was ist, wenn sie uns die zehn nicht geben?«

»Dann sorgen wir dafür, dass eine Jury uns fünfzehn gibt.«

»Du bist mein Mann!«, ruft er begeistert und klatscht mich tatsächlich zweimal ab. Ein wenig später steht er auf, dreht sich aber an der Tür noch einmal um. »Du veräppelst mich doch nicht, oder? Ich mein', du würdest mich doch nie veräppeln?«

»Niemals.« Ich grinse, und dann grinst er noch viel breiter als ich.

Einige Minuten nachdem Willie gegangen ist, erreicht mich ein Anruf von Dylan Campbells Sekretärin, die mich bittet, Dylan so schnell wie möglich in seinem Büro zu treffen. Ich kann nur vermuten, dass die Polizei noch mehr Material gefunden hat, das Oscar belastet, aber es hat keinen

Sinn, die Sekretärin danach zu fragen. Dylan stellt sich in den Mittelpunkt, wann immer er kann; wenn es eine Bombe gibt, die vor meinen Füßen explodieren soll, dann will er sie persönlich werfen.

Ich werde sofort in Dylans Büro geführt, als ich eintreffe – noch ein Zeichen dafür, dass er etwas gegen mich in der Hand hat. Es ist sonst eher seine Art, Besucher im Empfangszimmer schmoren zu lassen, aber dieses Mal kann er es nicht abwarten.

In Dylans Büro werde ich ebenfalls von Lieutenant Nick Sabonis erwartet, dem leitenden Kriminalbeamten in Oscars Fall. Wenn er Dylans Freude über das Anzukündigende teilt, dann verbirgt er es gut. Nick steht am Ende seiner beruflichen Laufbahn und nähert sich dem Tag, an dem seine größte Sorge darin liegen wird, welche Angel er benutzt. Er mischt sich nicht in die privaten Fehden der Anwälte ein; er will einfach nur die bösen Kerle einsperren und zum nächsten Fall übergehen.

»Danke, dass Sie so schnell vorbeigekommen sind, Andy«, sagt Dylan. »Die Beweislage für Ihren Mandanten hat sich geändert.«

Ich warte einfach darauf, dass er weitererzählt; ihn zu drängen würde ihm nur eine Genugtuung verschaffen, die ich ihm nicht bieten möchte.

»Wir haben einen Anruf von Wallace Ferro erhalten, dem Manager vom Supermarkt Food Fair an der Riverside. Wie sich herausstellt, existiert dort eine Videoaufnahme, die belegt, dass Garcia zu genau der Zeit im Geschäft war, die der Gerichtsmediziner als Tatzeit festgelegt hat.«

Das freut mich, verwirrt mich aber auch. »Ich habe ihn nach den Bändern gefragt.«

Dylan nickt mit einem leichten Grinsen im Gesicht. »Ihm

zufolge waren Sie nicht allzu hartnäckig. Diese Aufnahme stammt von einer Kamera über den Geldautomaten der Bankfiliale im Supermarkt. Sie gehört zu einem anderen System und die Aufnahmen werden monatelang aufbewahrt. Aus irgendeinem Grund dachte er sich, wir wären mehr daran interessiert als Sie.«

Nur wenig von dem, was Dylan sagt, ergibt einen Sinn, aber Sorgen mache ich mir deshalb nicht unbedingt. Egal was Wally, der Supermarkt-Manager, von meinen Ermittlungsmethoden hält, mein Mandant steht vor der Freilassung und somit auch ich. Ich bin den Fall los und mein Gewissen ist rein. Ich kann mich wieder um die Rettung von Ottern kümmern.

»Weiß Oscar davon?«, frage ich.

»Ja, er wurde entlassen und hat sich einverstanden erklärt, freiwillig ein paar Fragen zu beantworten.«

Alarmglocken läuten in meinem Hirn. »Was für Fragen? Warum wurde ich nicht informiert?«

»Machen Sie sich keine Sorgen, Andy. Oscar hat auf sein Recht auf Verteidigung verzichtet.« Er lächelt. »Insbesondere auf Ihre Verteidigung.«

»Was zum Teufel geht hier vor sich, Dylan? Wozu befragen Sie Oscar?«

Meine böse Vorahnung verstärkt sich, als Nick, der bisher noch nichts gesagt hat, das Büro verlässt. Ich habe das Gefühl, dass er vielleicht auf Dylans Seite stehen mag, er aber nichts mit dieser Vorführung zu tun haben will.

Dylan scheint nicht einmal zu bemerken, dass Sabonis geht. Er lässt sich Zeit und genießt den Augenblick. »Wir haben in dem Fall eine weitere Verhaftung vorgenommen, Andy. Wir glauben, dass Oscar uns Informationen im Zusammenhang mit dieser Verhaftung liefern kann.«

»Wen haben Sie verhaftet?«, frage ich und weiß gleichzeitig, dass das der Grund dafür ist, dass Dylan mich hergebeten hat. Und mit noch größerer Sicherheit weiß ich, dass mir die Antwort absolut nicht gefallen wird.

»Es tut mir Leid, dass ausgerechnet ich derjenige bin, der Ihnen diese Mitteilung machen muss«, lügt er, »aber wir haben Laurie Collins verhaftet und sie wegen Mordes an Alex Dorsey angeklagt.«

Das volle Presseaufgebot drängt sich vor dem Gefängnis. Als Oscar Garcia angeklagt wurde, war die Story eher eine Randbemerkung in der Zeitung. Als Laurie Collins diejenige welche ist, eine ehemalige Polizistin und Todfeindin des Verstorbenen, steht es überall auf den Titelseiten.

Ich kämpfe mich durch die Reporter und Kamerateams hindurch, während ich gleichzeitig meine Kommentare abgebe. Für gewöhnlich spreche ich nicht gern mit der Presse, bis ich die Fakten kenne, also sage ich nur etwas, von dem ich weiß, dass es wahr ist.

»Was halten Sie von der Verhaftung?«, werde ich gefragt.

»Die ist vollkommen idiotisch«, antworte ich.

»Werden Sie sie verteidigen?«

»Die Fakten werden sie verteidigen«, sage ich. »Ich werde nur dafür sorgen, dass alle sie erfahren.«

Ich gelange ins Gefängnis und bitte darum, Laurie sehen zu dürfen. Der Hohlkopf am Empfang berichtet mir, dass sie gerade »abgefertigt« wird. Ich weiß, dass sie clever genug ist, in meiner Abwesenheit mit niemandem zu sprechen, aber mir gefällt die Tatsache nicht, dass sie allein ist. Nachdem ich fünf Minuten gewartet habe, sage ich ihm, dass er nach draußen gehen und den Presseleuten erzählen soll, dass mir der Zugang zu meiner Mandantin verweigert wird. Wie zufällig erhält er genau in dem Moment die telepathische Information, dass die Abfertigung soeben beendet wurde.

Ich werde in einen Vorraum gebracht, in dem ich weitere fünf Minuten warte, bis Laurie hereingeführt wird. Ihre Hände liegen vor dem Körper in Handschellen und sie trägt bereits die Gefängniskleidung. Ich hatte erwartet, Angst in ihren Augen zu sehen, aber das ist nicht der Fall. Ich sehe Wut. Und das ist gut so, denn meine Angst reicht für uns beide.

»Andy, was zum Teufel geht hier vor?«

»Ich weiß es nicht«, sage ich. »Ich habe noch niemanden um Informationen gebeten. Ich wollte zuerst mit dir reden.«

»Sie haben mich des Mordes an Dorsey angeklagt«, sagt sie völlig ungläubig.

Ich nicke. »Erzähl mir, was passiert ist. Lass nichts aus.«

Sie setzt sich und legt ihre Hände in den Handschellen ungelenk auf den Tisch. Die Handschellen sind mir so zuwider, dass ich sie mit meinen eigenen Zähnen durchbeißen möchte.

»Viel gibt es da nicht zu erzählen«, sagt sie. »Ich bin hinaus zum Stadion gefahren, wie du gesagt hast. Es hat eine Zeit lang gedauert, aber schließlich fiel mir etwas im Gebüsch ins Auge. Ich ging hin und sah es mir an, hab es aber nicht angerührt. Es sah aus wie ein Kleidungsstück mit Blut daran. Dann sah ich den Griff von einem großen Messer, so als hätte jemand versucht, es mit den Büschen zu verdecken.«

»Was hast du gemacht?«

»Nichts hab ich gemacht. Zehn Sekunden, nachdem ich das Zeugs entdeckt hab, schienen die Beamten von überall her zu kommen. Sieben oder acht müssen da gewesen sein, mit gezogenen Waffen. Sie haben mich über meine Rechte informiert und hierher gebracht.«

»Glaubst du, dass sie dir gefolgt sind oder eher dort auf dich gewartet haben?«

Sie schüttelt den Kopf. »Weiß ich nicht, vielleicht beides. Da waren so viele.« Sie schüttelt erneut den Kopf, dieses Mal noch trauriger. »Es war merkwürdig; zwei oder drei von ihnen habe ich mit ausgebildet.«

Einen Moment lang sage ich nichts und versuche, mir einen Reim auf all das zu machen. Kein einziges dieser Puzzlestücke passt zum anderen.

»Andy, warum hast du mich dahin geschickt?« Kein Vorwurf steckt in der Frage, nur das Bedürfnis, etwas zu verstehen.

»Ich hatte die Information, dass die Kleidung des Mörders dort sein könnte. Ich dachte mir, wenn es so ist, würde es Oscar entlasten. Dasselbe wird bei dir der Fall sein.«

Laurie spricht ganz leise, und zum ersten Mal höre ich, dass die Angst stärker wird als die Wut. »Andy, es war meine Kleidung.«

Sie kann nicht gesagt haben, was ich glaube, gehört zu haben. »Was?«

»Das Kleidungsstück mit den Blutflecken … es war meins. Ich weiß nicht, wie es dorthin gekommen ist … Ich hab nicht einmal gemerkt, dass es in meinem Schrank fehlte.«

Etwas, das sich genau wie Panik anfühlt, überfällt mich eine Sekunde lang, und mir wird klar, dass das Schlimmste eingetreten ist, was uns je passieren konnte. Wir sind einer Situation ausgesetzt, die überhaupt keinen Sinn ergibt und die doch eindeutig mit Präzision geplant und durchgeführt wurde.

»Laurie, wir stehen das durch.«

»Und wo werde ich sein, während wir das durchstehen?«, fragt sie.

Sie redet von der Möglichkeit der Kaution, über die ich auf dem Weg hierher schon nachgedacht habe. Doch das ist sehr problematisch. Oscar war des Mordes angeklagt, und es besteht kein Zweifel, dass es bei Laurie genauso aussehen wird. Es ist sehr schwer, unter diesen Umständen eine Freilassung auf Kaution zu erwirken, und ich rechne fest damit, dass Dylan dagegen sein wird.

»Kaution wird schwierig werden«, sage ich. Ich lüge meine Mandanten nicht an und ich werde sicher nicht bei Laurie damit anfangen.

Sie nickt, denn sie weiß sehr gut, wie das System funktioniert. »Wenn das nicht klappt, und selbst wenn, dann müssen wir so schnell wie möglich zum Prozess kommen.«

»Es ist noch viel zu früh, um über einen Prozess zu reden. Wir versuchen, dem hier ein Ende zu bereiten, bevor es überhaupt dazu kommt.«

»Ich kann nicht in einem Käfig sitzen, Andy.«

Wie gern würde ich ihr sagen, dass sie das nicht muss, aber es steht nicht in meiner Macht. Die Realität wird nur allzu deutlich, als der Aufseher den Raum betritt, um sie zurück in diesen Käfig zu führen.

Ich sage Laurie, dass ich morgen wiederkomme und ich bis dahin mehr über die Situation weiß und wir in allen Einzelheiten darüber reden können. Ich sage ihr noch einmal, dass wir das hier durchstehen werden, dass alles wieder in Ordnung kommt. Ich sage ihr, dass ich sie liebe und dass sie den Kopf hochhalten soll.

Womit ich bei den Dingen wäre, die ich ihr nicht sage. Ich sage ihr nicht, dass die Polizei bis jetzt nie und nimmer Zeit genug gehabt haben kann, um jetzt schon das Blut an den Kleidungsstücken zu überprüfen, und sie somit nicht sicher sein können, dass es Dorseys Blut ist. Ich sage ihr nicht, dass dies wiederum bedeutet, dass es weitere Beweise gegen sie geben muss – Beweise, die der Polizei unabhängig von dem Kleidungsstück für eine Verhaftung ausreichen. Ich sage ihr nicht, dass ich in meinem tiefsten Inneren weiß, dass noch mehr Katastrophen auf uns zukommen, dass alles noch schlimmer wird, bevor es wieder besser werden kann.

Ich sage ihr nicht, dass jede einzelne Faser meines Körpers eine Scheißangst hat.

Nachdem Laurie abgeführt wurde, gehe ich nach unten zu Sergeant Luther Dandridge, dem Leiter der Abteilung, die sich um die Gefangenen kümmert. Ich kenne ihn, allerdings nicht gut, und es besteht keine reelle Chance, dass er mir einen Gefallen erweisen könnte. Ich versuche es dennoch und bitte ihn, die Angelegenheit für Laurie so angenehm wie möglich zu gestalten.

Wie sich herausstellt, kennt und mag er Laurie, und so erzählt er mir, er habe bereits in die Wege geleitet, dass sie von den übrigen Insassen fern gehalten und so gut wie möglich behandelt wird. Als ich ihn das sagen höre, möchte ich ihn am liebsten küssen, umarmen und ihm vielleicht die elf Millionen geben, die ich Cousin Fred nicht gegeben habe.

Ich muss meine Gefühle unter Kontrolle bringen.

Es ist fast zwanzig Uhr, als ich das Gefängnis verlasse und im Büro von Dylan anrufe. Niemand geht ans Telefon, und das heißt, ich muss bis morgen früh warten, um irgendwelche Informationen zu erhalten. Ich höre den Anrufbeantworter meiner Kanzlei ab, auf dem ein Haufen Nachrichten hinterlassen worden ist, überwiegend von Freunden von Laurie und mir, die uns ihre Unterstützung zusagen. Kevin hat ebenfalls angerufen, um mir zu sagen, dass er sich noch heute Abend an die Arbeit machen kann.

Der letzte Anruf ist von Dylan, der mich auf die erste gerichtliche Anhörung am nächsten Morgen um elf Uhr hinweist. Sie arbeiten schnell, voller Zuversicht. Wir müssen es ihnen gleichtun, aber es ist schwer, schnell und voller Zuversicht zu arbeiten, wenn man nicht weiß, woran man arbeiten soll.

Ich rufe Kevin an und er geht nach dem ersten Klingeln ans Telefon. Die Unterhaltung verläuft genauso, wie ich es erwartet hatte. Obwohl ich weiß, dass er entsetzt und wütend ist, verleiht er keinem dieser Gefühle Ausdruck. Es wären überflüssige, unproduktive Worte; wir dagegen müssen jeden einzelnen Augenblick unserer Zeit und jeden einzelnen Gedanken darauf verwenden, Laurie zu helfen und nicht die Ungerechtigkeit ihres Schicksals zu bejammern. Ich bitte ihn, gleich zu mir zu kommen, damit wir uns an die Arbeit machen können.

Als ich nach Hause komme, gehe ich eine kleine Runde mit Tara, und als wir zurückkommen, ist Kevin bereits da. Ich koche Kaffee, und wir machen uns daran, zu planen und zu entscheiden, auch wenn wir angesichts der wenigen uns bisher vorliegenden Informationen kaum etwas tun können.

Unsere erste Priorität muss sein, eben diese Informationen zu bekommen, und da ich mich auf die Anhörung morgen vorbereiten muss, gebe ich diese Aufgabe an Kevin weiter. Er wird vor Dylans Büro warten, noch bevor es geöffnet wird, und wenn unsere Forderung nach unmittelbarer Aushändigung aller Berichte auf irgendwelchen Widerstand stößt, wird er mich noch vor der Anhörung davon in Kenntnis setzen. Dann werde ich Dylan erneut vor dem Richter bloßstellen. Ich bezweifle, dass Dylan es dazu kommen lassen will, und so wird er sich wohl im Großen und Ganzen widerwillig kooperativ zeigen.

Wir besprechen, wie wir unsere Forderung nach Freilassung auf Kaution verpacken sollen, und bereiten einen Antrag vor, der jegliche für uns günstige Rechtsprechung einbezieht. Kevin hält unsere Chancen für besser als ich, und das ist aufmunternd, denn er ist ein hervorragender Anwalt, der auf beiden Seiten des Systems gearbeitet hat.

Ich erzähle Kevin von Stynes; meine Skrupel hinsichtlich der Schweigepflicht sind längst verschwunden. Da Stynes wissen musste, dass hinter dem Stadion nicht seine Kleidung lag, war er eindeutig nur in meine Kanzlei gekommen, um Laurie die Tat anzuhängen. Er hat mich wie eine Marionette manipuliert, und es ihm heimzuzahlen wird ein Hauptbestandteil der Verteidigung von Laurie sein.

Kevin geht, und ich sitze noch ein paar Stunden herum und denke über den Fall nach. Intuitiv weiß ich, dass sich das Opfer als der Schlüssel zu allem herausstellen wird, und wir werden die Wahrheit über seinen Tod nur dann ans Tageslicht bringen, wenn wir alles über die letzten zwei Jahre von Alex Dorseys Leben erfahren.

Eines weiß ich mit Sicherheit: Laurie hat ihn nicht ermordet. Stynes' Auftritt beweist es, zumindest mir, aber ich wäre auch ohne ihn von ihrer Unschuld überzeugt. Sie hat Dorsey gehasst und sie mag ihm sehr wohl den Tod gewünscht haben. Ich könnte mir sogar vorstellen, dass sie ihn unter extremen Umständen umgebracht hätte, und sei es, um sich oder jemand anderen zu schützen. Aber die Brutalität des Mordes, die vollkommene Missachtung der Würde des menschlichen Lebens spricht Laurie ohne jeden Zweifel frei.

Ich gehe ins Bett, schlafe aber kaum. Immer wieder denke ich an Laurie in dieser Zelle, und irgendwie kommt es mir vor, als ließe ich sie im Stich, wenn ich in diesem bequemen Bett, das wir sonst teilen, einschlafe.

Um halb sechs sitze ich vor dem Fernseher und schaue

mir die Morgennachrichten an, aber erst eine Stunde später entdecke ich diesen Schwindel mit dem »Sonnenaufgang«. Der Wettermann hat verkündet, dass um sechs Uhr einunddreißig die Sonne aufgeht, doch jetzt kann ich die Tatsache bezeugen, dass es um genau diese Zeit draußen schon hell ist, und das schon seit einer Viertelstunde.

Überprüft denn niemand diese Sachen? Glauben die, dass das Licht von einer anderen Quelle stammt, dass es vielleicht unseren Augen dabei helfen soll, sich an das plötzliche Auftreten von Sonnenlicht zu gewöhnen? Oder werden wir von jemandem getäuscht, vielleicht von der Sonnencreme-Industrie?

Aber egal worin der Grund für die Täuschung liegt, was haben wir davon, wenn wir wissen, wann der exakte Zeitpunkt des Sonnenaufgangs eintritt? Wäre uns nicht mehr damit gedient, wenn wir wüssten, wann es hell wird? Und gibt es noch mehr solcher Idioten wie mich, die zu dieser Stunde wach sind und sich mit diesem Quatsch beschäftigen, nur um ihre Gedanken von etwas Wichtigem abzulenken, von etwas, was an ihrem Innersten nagt?

Wie zum Teufel soll ich Laurie helfen? Und was ist, wenn ich es gar nicht kann?

Ich stehe auf und gehe zwei Stunden mit Tara spazieren. Wie immer spürt sie meine Stimmung und geht darauf ein. Sie macht nichts, was mich von meinen Gedanken ablenken könnte; selbst wenn ein Eichhörnchen vorbeiläuft, versucht sie nicht, es zu jagen. Ich kann mich auf die bevorstehende Arbeit konzentrieren, und als wir wieder nach Hause kommen, bin ich bereit.

Ich gehe unter die Dusche und bin um halb zehn im Gerichtsgebäude. So wie ich es mit Oscar gemacht habe, so treffe ich auch Laurie in einem Vorzimmer und bereite sie auf die Anhörung vor. Ich erzähle ihr im Großen und Ganzen das Gleiche, aber ich umarme sie wesentlich mehr, als ich mich erinnere, Oscar umarmt zu haben.

Wir werden rechtzeitig in den Gerichtssaal geführt und Kevin wartet am Tisch der Verteidigung auf uns. Dylan und seine Kollegen haben auch bereits ihre Plätze eingenommen, nur dieses Mal vergisst er, mir viel Glück zu wünschen. Der Gerichtssaal ist mit vielleicht doppelt so vielen Zuschauern und Presseleuten gefüllt wie bei der Anhörung, in der Oscar die Hauptrolle spielte.

Wieder wird die Anhörung von Richterin Timmerman geleitet. Sie fragt, ob es irgendetwas zu besprechen gebe, bevor wir anfangen, und sofort demonstriert Dylan die Streitsüchtigkeit, die alldem hier zugrunde liegen wird.

»Ja, Euer Ehren«, sagt er, »wir glauben, dass es einen Konflikt für Mr Carpenter darstellt, wenn er diese Angeklagte vertritt, und wir beantragen, dass er als Verteidiger abgelehnt wird.«

»Mit welcher Begründung?«, fragt sie.

»Wie Sie wissen, vertrat er Oscar Garcia, als dieser desselben Verbrechens angeklagt wurde. Es ist sehr gut möglich, dass Mr Garcia in diesem Fall als Zeuge auftritt, und das würde eindeutig einen klaren Interessenkonflikt für Mr Carpenter darstellen.«

Aus Angst, sie könne mich als ihren Anwalt verlieren, zuckt Laurie neben mir spürbar zusammen, während Dylan spricht. Kevin schiebt mir einen Zettel hinüber, aber ich schaue nicht darauf, da ich mich zu sehr auf das konzentriere, was Dylan sagt. Auf keinen Fall lasse ich mir diesen Fall wegnehmen.

Die Richterin wendet sich an mich. »Mr Carpenter?«

Ich stehe auf. »Euer Ehren, erst vor drei Tagen stand Mr

Campbell vor Ihnen und erzählte Ihnen, Oscar Garcia sei ohne jeden begründeten Zweifel schuldig . Wir behaupteten, dass er sich irrt, und jetzt gesteht er es ein. Jetzt erzählt Ihnen Mr Campbell, dass Laurie Collins ohne jeden begründeten Zweifel schuldig ist. Und wieder irrt er sich. Ich weiß nicht, wo der Rekord für merkwürdige und falsche Anklagen im Zusammenhang mit einem einzigen Verbrechen liegt, aber der Herr Staatsanwalt ist mit Sicherheit auf dem besten Weg, ihn zu brechen.

Da er eindeutig beabsichtigt, weiterhin Leute anzuklagen, bis er schließlich auf den richtigen Schuldigen trifft, und da es in diesem Ort mehr Bürger als Anwälte gibt, werden einige von uns mehr als einmal die Verteidigung übernehmen müssen. Damit können wir genauso gut schon jetzt anfangen.«

»Euer Ehren«, erwidert Dylan, »ich erhebe Einspruch gegen die unseriöse Art und Weise dieser Antwort. Das hier ist eine ernste Angelegenheit.« Während Dylan redet, nehme ich mir die Zeit, auf den Zettel zu schauen, den Kevin mir herübergeschoben hat.

»Eine sehr ernste«, stimme ich ihm zu, »und sie war im Fall *New Jersey vs. Clampett* ebenso ernst, der mit unserem genau übereinstimmt und den Standpunkt der Verteidigung belegt.« Kevin hatte diese Möglichkeit erstaunlicherweise vorausgesehen und in der letzten Nacht noch einen entsprechenden Präzedenzfall ausgegraben.

»Aber weitaus ernster ist die Tatsache«, fahre ich fort, »dass dieser Staatsanwalt innerhalb einer Woche zwei unschuldige Menschen eines brutalen Verbrechens angeklagt hat. Er legt dabei eine alarmierende Bereitschaft zu voreiligen Schlüssen an den Tag, ohne die Fakten zu berücksichtigen, und jetzt macht er das schon wieder.« Ich mache es Dylan im Moment ziemlich schwer – nicht nur, weil sein Antrag ein billiges, unprofessionelles Vorgehen offenbart, sondern vor allem, weil die Presse sich darauf stürzen wird. Ich sehe, wie Dylan der Qualm aus den Ohren kommt, während ich fortfahre.

»Abgesehen davon vertrete ich Oscar Garcia nicht mehr, und ich weiß von keinerlei Verbindung, in der er weiterhin mit diesem Fall steht. Sollte es in dieser Angelegenheit jemals zum Prozess kommen und sollte er aussagen, wird mein Stellvertreter Kevin Randall die Befragung durchführen.«

Richterin Timmerman denkt einen Augenblick nach und sagt dann: »Da die Angelegenheit Garcia nur von so kurzer Dauer war, erkenne ich keinen eindeutigen Konflikt. Daher tendiere ich dazu, die Position der Verteidigung einzunehmen, und erlaube es Mr Carpenter, weiterhin als Verteidiger von Miss Collins zu fungieren. Mr Campbell, wenn Sie möchten, können Sie die Angelegenheit noch einmal vor dem Prozessrichter aufgreifen.«

Dylan nickt resigniert angesichts des – zumindest fürs Erste – abgelehnten Antrags. Ich höre Laurie erleichtert aufseufzen.

Die Erleichterung ist nur von kurzer Dauer, denn Dylan verkündet nun, dass der Staat New Jersey Laurie des Mordes anklagt. Einfacher ausgedrückt: Wenn Laurie verurteilt wird, erlebt sie keinen einzigen weiteren Tag in Freiheit.

Diese Tatsache würde jeden umhauen, aber als sie aufgefordert wird, ihre Klagebeantwortung vorzubringen, sagt sie: »Vollkommen unschuldig, Euer Ehren.« Sie sagt es mit Überzeugung, Kraft und Zuversicht. Noch ein Beleg dafür, dass diese Frau wirklich hart im Nehmen ist.

Die Richterin kommt dann auf das Thema Kaution zu sprechen, was Dylan heftig zurückweist. »Die Angeklagte ist finanziell unabhängig und als ehemalige Polizeibeamtin vertraut mit Mitteln und Wegen der Flucht. Abgesehen davon wiegt noch schwerer, dass angesichts der Brutalität des Verbrechens die Freilassung der Angeklagten eine ernsthafte Gefährdung der Bevölkerung bedeuten könnte. Sie unter diesen Umständen auf Kaution freizulassen wäre eine eindeutige Abkehr von der geltenden Rechtsprechung, und die Fakten würden eine solche Entscheidung einfach nicht stützen.«

»Mr Carpenter?«

Ich erhebe mich. »Danke, Euer Ehren. Laurie Collins war eine anerkannte Polizeibeamtin, die den Dienst freiwillig quittierte, als sie das Gefühl hatte, dass moralischen und ethischen Grundsätzen nicht genügend Geltung verschafft wurde. Sie hat sich seitdem als freiberufliche Detektivin profiliert und ich kann persönlich für ihr zukünftiges tadelloses Verhalten bürgen.

Ihr ganzes Leben war bis zu diesem Zeitpunkt darauf ausgerichtet, der Gemeinschaft zu dienen. Sie ist nie eines Verkehrsdelikts angeklagt worden, geschweige denn eines größeren Verbrechens. Nur weil sie unfreiwillig zur aktuellen Kandidatin in Mr Campbells Anklageshow *Verdächtige für einen Tag* auserkoren wurde, ist das noch lange kein Grund, sie ihrer Freiheit zu berauben.«

Dylan steht wieder. »Ich erhebe Einspruch gegen diese persönlichen Angriffe, Euer Ehren.«

»Stattgegeben. Bitte achten Sie auf Ihre Ausdrucksweise, Mr Carpenter«, sagt die Richterin.

»Es tut mir Leid, Euer Ehren. Aber Laurie Collins eine Fluchtabsicht zu unterstellen ist absolut absurd. Menschen mit ihrem Mut und Charakter laufen nicht vor derartigen unbegründeten Vorwürfen davon; sie bleiben hier und bekämpfen sie.«

Die Richterin wirkt nicht überzeugt. »Eine Freilassung auf Kaution ist in dieser Situation sehr ungewöhnlich, Mr Carpenter.«

Ich fürchte, sie zu verlieren. Kevin deutet ein Nicken an; wir haben eine Alternative, falls es so aussehen sollte, dass sich die Dinge nicht gut entwickeln, und jetzt sieht es so aus.

»Euer Ehren«, sage ich, »wir würden eine beträchtliche Kaution sowie Hausarrest vorschlagen. Miss Collins könnte, wenn nötig, elektronisch überwacht werden. Und wenn Sie dies für unzureichend erachten, könnte eine Polizeiwache vor dem Haus aufgestellt werden, deren Kosten, falls Sie es anordnen, von der Verteidigung übernommen würden.«

Die Richterin scheint beeindruckt, und ich kann förmlich sehen, wie sie vorsichtig Abstand nimmt von dem Entschluss, gegen uns zu entscheiden. »Mr Campbell«, sagt sie, »was haben Sie dem zu entgegnen? Diese Vorkehrungen scheinen mir sowohl die Fluchtgefahr als auch die Gefährdung der Bevölkerung auszuschließen.«

Es überrascht mich nicht, dass Dylan vollkommen anderer Meinung ist. »Euer Ehren, wir reden über ein niederträchtiges, geplantes Verbrechen an einem Polizeibeamten. Hausarrest ist einfach kein Ersatz für das Gefängnis. Und für solche Fälle gibt es nun einmal die Gefängnisse.«

Ich erhebe mich erneut. »Euer Ehren, ich kam heute ein paar Minuten später als Mr Campbell hierher. Habe ich einen Prozess und eine Verurteilung verpasst? Gefängnisse sind für Verbrecher. Mr Campbell muss immer noch beweisen, dass Laurie Collins eine Verbrecherin ist, und das wird ihm nicht im Entferntesten gelingen.«

Die Richterin nickt und verkündet ihre Entscheidung. »Die Kaution wird auf fünfhunderttausend Dollar festgesetzt. Die Angeklagte wird unter Hausarrest gestellt und elektronisch überwacht. Wenn die Staatsanwaltschaft einen Wachmann vor dem Haus postieren will, muss sie für die Kosten aufkommen.«

Ich beuge mich zu Laurie hinunter und flüstere: »Ist es in Ordnung, wenn es mein Haus ist?«

Sie lächelt ein wenig. »Nur montags, mittwochs und freitags.«

Ich zwinge mich, das Lächeln nicht zu erwidern, und bitte dann die Richterin um die Erlaubnis, den Hausarrest in meinem Haus durchzuführen. Erklärend füge ich hinzu, dass es die Möglichkeit für Laurie, bei ihrer eigenen Verteidigung zu helfen, beträchtlich erleichtern würde und dass ihre Hilfe als ehemalige Polizistin und als Detektivin von besonderem Wert sei. Die Richterin willigt ein, und Dylan versucht nicht einmal mehr, es zu verhindern.

»Regeln Sie die Zahlung der Kaution mit der Leiterin der Geschäftsstelle«, sagt die Richterin und beendet dann die Anhörung.

Sofort mache ich mich auf den Weg und komme dabei direkt an Dylan vorbei. »Dylan«, sage ich, »Sie sind doch ein Experte auf diesem Gebiet. Glauben Sie, dass die Bargeld oder einen Scheck haben wollen?«

Er gibt mir keine Antwort, also werde ich wohl die Geschäftsstellenleiterin fragen müssen.

Laurie wird erst drei Stunden nach der Anhörung aus der Haft entlassen. Verzögerungen in den bürokratischen Notwendigkeiten werden dafür verantwortlich gemacht, und ich bin kurz davor, den Kasten abzufackeln, als ich sie endlich sehe. Ein Aufseher wurde beauftragt, sie zu meinem Haus zu fahren, so dass sichergestellt ist, dass sie sich im Haus aufhält, wenn die elektronische Fußfessel anlegt wird.

Kevin will mit den Berichten, die ihm von Dylans Büro ausgehändigt wurden, gleich vorbeikommen, doch ich sage ihm, dass wir besser erst am nächsten Morgen damit anfangen. Der heutige Tag war für uns alle ziemlich aufreibend, und wir können eine Atempause gut vertragen, bevor wir uns in die Arbeit stürzen. Sobald wir damit angefangen haben, wird es auf der Welt nichts anderes mehr für uns geben.

Ich bitte Kevin, damit anzufangen, die Kanzlei in mein Haus zu verlegen; ich möchte, dass die Telefone umgeleitet und alle Akten hierher gebracht werden. Selbst Edna sollte darauf hingewiesen werden, dass sie ihr spätes morgendliches Ziel ändert, denn würden wir es ihr nicht sagen, säße sie in dem anderen Büro vielleicht monatelang, bevor sie merkt, dass wir nicht mehr da sind.

Laurie und ich essen früh und schweigsam zu Abend. Sie ist hart im Nehmen, aber ich merke ihr an, dass diese Erfahrung sie mitnimmt. Ich spüre, dass sie all ihre Kräfte sammelt und sich für die kommende schwere Zeit wappnet.

Um zehn Uhr sind wir im Bett, und ich halte sie in meinen Armen, bis sie eingeschlafen ist. Ich gestehe, dass ich bereit wäre, sie nicht nur zu halten, aber mein Gefühl sagt mir, dass es ein Zeichen mangelnder Sensibilität wäre, wenn man versucht, mit jemandem zu schlafen, der am gleichen Tag eines Enthauptungsmordes angeklagt wurde. Wenige Augenblicke nachdem Laurie eingeschlafen ist, fallen auch mir die Augen zu; es war für uns beide heute ein anstrengender Tag.

Wir schlafen noch beide am nächsten Morgen, als es um acht Uhr an der Tür klingelt, zu der ich mich mühsam hinunterschleppe. Doch dort erwartet mich einer dieser Anblicke, bei denen man sich die Augen reibt und sich fragt, ob man eine Fata Morgana sieht oder ob man vielleicht noch träumt.

Edna.

Hellwach und ganz wild darauf, sich an die Arbeit zu machen, und das um acht Uhr morgens. Edna! Ich bin platt.

»Wir haben eine Menge Arbeit, Andy!«, sagt sie und rauscht an mir vorbei ins Haus. Draußen auf der Straße sehe ich die bereits versammelten Presseleute; es würde mich nicht wundern, wenn sie auf Dauer dort Stellung beziehen, was mir jedoch ganz recht wäre. Laurie ist ohnehin im Haus, und in einem Fall wie diesem ist die Manipulation der Presse ein notwendiger Bestandteil der Arbeit eines Anwaltes. Sie direkt vor der Tür zu haben macht die Sache bequemer.

Edna macht sich sofort daran, in meinem Wohnzimmer ein provisorisches Büro einzurichten. Sie unterbricht ihre Tätigkeit nur, um in der Küche einen Kaffee zu machen. Edna kocht Kaffee! Da mein Fotoapparat oben ist, verpasse ich die Gelegenheit für ein einmaliges Foto.

Edna versucht mir zu erklären, wie bestürzt sie ist, dass

Laurie in diese Lage gebracht wurde. Ich muss ihr schwören, dass wir alles Nötige tun werden, um sie zu entlasten – ein Schwur, der mir sehr leicht fällt. Laurie kommt nach unten; ihre Fußfessel ist von der Hose bedeckt. Edna eilt zu ihr, um sie zu umarmen, sagt ihr etwas Nettes und erneuert ihren Schwur, alles in ihrer Macht Stehende zu tun. Ednas Reaktion auf diese Krise rührt mich, und ich sehe Laurie an, dass es ihr genauso geht.

Kevin taucht ein paar Minuten später auf und informiert uns, dass die Spedition die Akten und die Geräte aus der Kanzlei bis um elf Uhr bringen wird. Die Unterlagen von der Staatsanwaltschaft hat er bei sich, und wir richten uns im Wohnzimmer ein, um sie durchzuarbeiten.

Laurie erklärt sich bereit, Frühstück für uns zu machen, und als ich anmerke, dass wirklich nichts dafür im Haus sei, erwidert sie wie selbstverständlich, dann ginge sie eben kurz in den Supermarkt. Bevor ich etwas sagen kann, wird ihr klar, dass sie sich versprochen hat, dass sie die ganze Zeit im Haus bleiben muss. Es war nur eine Kleinigkeit, aber dennoch eine ernüchternde Erinnerung an ihre Situation.

Edna geht einkaufen, und beim Verlassen des Hauses höre ich sie lauthals über die »Schmarotzer« von der Presse schimpfen. Ich mache in Gedanken eine Notiz, dass ich ihr die Notwendigkeit einer guten Beziehung zur Presse erklären muss, doch das steht ziemlich weit unten auf meiner Liste.

Der Morgenzeitung und den Fernsehnachrichten zufolge sieht uns die Presse als Gewinner der gestrigen Anhörung. Es wird recht ausführlich beschrieben, wie ich Dylan lächerlich gemacht habe, und während ich so etwas normalerweise nicht gut fände, sehe ich es in diesem Fall anders. Dylan wird uns freiwillig sicher keinen einzigen Schritt entgegenkommen, und ich glaube, wenn ich ihn wütend mache, könnte ihn das zu Fehlern verleiten. Außerdem wirkt er dadurch vermutlich übermäßig aggressiv, was sich für einen Staatsanwalt nie gut macht.

Kevin und ich machen uns daran, die Unterlagen der Staatsanwaltschaft durchzupflügen, obwohl in diesem Fall ein Pflug den sprichwörtlichen Kanonen bei der Spatzenjagd gleichkommt. Die Akte ist ziemlich dürftig und bestätigt mich in meiner Annahme, dass es in einen permanenten Kampf ausarten wird, Informationen von einem unkooperativen Dylan zu bekommen. Und wenn uns dabei irgendetwas entgeht, kommt es unweigerlich zu einer Katastrophe vor Gericht.

Die Anklage gegen Laurie stützt sich den Unterlagen zufolge auf zwei bedeutende Pfeiler. Zum einen auf ihre Anwesenheit an dem – wie sich inzwischen herausgestellt hat – Tatort hinter dem Hinchcliffe Stadium und auf das, was die Polizei als ihren Versuch deutet, das Beweismaterial von dort an sich zu nehmen. Am stärksten belastet sie natürlich ihr blutiges Kleidungsstück, und ich habe keinerlei Zweifel, dass die DNA-Analyse ergeben wird, dass es sich bei dem Blut auf der Kleidung und an dem Messer um das von Alex Dorsey handelt.

Das zweite erdrückende Beweisstück wurde bei einer Durchsuchung von Lauries Haus entdeckt. In ihrer Garage befand sich ein leerer Kanister mit den Überresten einer benzinähnlichen Flüssigkeit; die Untersuchung ergab, dass es sich dabei um genau die gleiche Mixtur handelt, die benutzt wurde, um Dorseys Leiche in Brand zu setzen. Laurie ist entsetzt, als sie davon hört, und schwört, dass sie diesen Kanister noch nie im Leben gesehen hat.

Der Rest der Akte besteht aus Zeugenaussagen. Die Ermittlungen stehen noch am Anfang, aber die Polizei macht in dieser Hinsicht gewaltige Fortschritte. Oscar und andere aus der Gegend behaupten, dass sich Laurie häufig dort aufgehalten und Oscar anscheinend verfolgt habe. Ein Zeuge will Laurie sogar am Tag des Mordes in der Nähe des Lagerhauses gesehen haben.

Ein wichtiger Punkt, der in den Unterlagen der Staatsanwaltschaft fehlt, ist jeglicher Hinweis auf Tätigkeiten, Akteneinträge und Vergangenheit des Opfers. Über Dorsey muss es eine Akte so groß wie South Dakota geben, doch trotz unserer Anforderung wurde nichts dergleichen beigefügt. Nur wenn wir diese Berichte bekommen, wissen wir, warum sie nicht wollen, dass wir sie haben.

»Pfannkuchen?« Laurie steht in der Tür und der Geruch ihres vorbereiteten Frühstücks dringt ins Zimmer.

Ein wesentliches Kriterium, das von der National Football League bei der Auswahl neuer Talente benutzt wird, ist die Geschwindigkeit des Spielers beim 40-Yard-Sprint. Wenn sie stattdessen die Zeit vom Wohnzimmer in die Küche stoppen würden, stiege Kevin in das All-Pro-Team auf und wäre für die Hall of Fame vorgemerkt.

Edna und ich essen jeweils einen Pfannkuchen und Laurie nimmt sich zwei, und so essen wir zusammen mit Kevin insgesamt sechzehn. Als wir fertig sind, gehen wir zurück ins Wohnzimmer und planen unsere ersten Schritte. Kevin wird daran arbeiten, Zugang zu Dorseys Polizeiakte zu bekommen, zunächst, indem er unsere Forderung nach freiwilliger Aushändigung aller Informationen der Staatsanwaltschaft erneuert. Wir gehen davon aus, dass Dylan der Forderung erneut nicht nachkommen wird, und so wird Kevin gleichzeitig einen Antrag ausarbeiten, damit ihn das Gericht zur Kooperation zwingt.

Als Nächstes beauftrage ich Kevin noch damit, einen Detektiv ausfindig zu machen, der mit uns an dem Fall arbeiten kann. Ich befürchte, dass Laurie das Gefühl hat, ersetzt zu werden, und sie daher frustriert und wütend reagiert. Doch wieder einmal täusche ich mich, denn sie nennt uns sofort mehrere Leute, die wir vielleicht engagieren könnten.

Nachdem Kevin gegangen ist, führt mich Laurie ins Schlafzimmer, außer Hörweite von Edna. Als wir dort sind, sagt sie: »Andy, wir müssen übers Geld reden.«

»Was ist damit?«, frage ich.

»Ich hab zwölftausend Dollar auf der Bank«, sagt sie.

»Ist das alles? Ich hab zweiundzwanzig Millionen.«

»Andy, ich war finanziell immer unabhängig. So hab ich mich definiert. Aber im Moment kann ich nicht einmal annähernd für meine Verteidigung zahlen, und ich weiß nicht, was ich machen soll.«

»Du brauchst nichts zu machen. Ich bezahle dafür, aber zuerst werde ich mal mit mir darüber verhandeln, meinen Stundensatz zu senken.«

»Dieser Fall wird ein Vermögen kosten.«

»Dann haben wir ja wirklich Glück, denn ich habe zufällig ein Vermögen«, sage ich. »Hör mal, wir bringen verschiedene Dinge in unsere Beziehung, in unsere Freundschaft ein. Eines der Dinge, die ich einbringe, ist Geld. Es war für uns beide nie so wichtig, aber im Moment brauchen wir es, und es ist da. Und wenn wir jeden einzelnen Penny davon ausgeben, ist das auch in Ordnung.«

»Andy …«, setzt sie an, doch ich unterbreche sie.

»Ich weiß, wie du dich fühlst, Laurie, aber jede Minute, die wir darüber nachdenken, ist eine Minute, in der wir nicht über das nachdenken, was wirklich wichtig ist. Nämlich diesen Fall zu gewinnen.«

»Das ist also etwas, mit dem ich fertig werden muss?«, fragt sie.

Ich nicke, und obwohl sie anscheinend immer noch nicht

überzeugt ist, ob ihr das gelingen wird, umarmt sie mich. »Ich liebe dich«, sagt sie.

»Ich liebe dich auch.« Wie gesagt, diese Antwort folgt bei uns nicht automatisch, und es besteht keine Verpflichtung, sie zu geben, aber manchmal erscheint es einem eben richtig.

Ich gehe zurück ins Wohnzimmer, wo sich Edna bereits um die Telefonangelegenheiten gekümmert hat. Die Telefongesellschaft wird in der nächsten Stunde kommen, um unseren Kanzleianschluss getrennt von unserer privaten Leitung zu legen. Laurie will persönliche Anrufe auf ihrem Handy entgegennehmen, um uns nicht bei der Arbeit in die Quere zu kommen. Edna ist jetzt schon wieder mit einem anderen Projekt beschäftigt, auch wenn ich keine Ahnung habe, woran sie arbeiten könnte. Es ist möglich, dass irgendein arbeitender Geist letzte Nacht im Schlaf von Ednas Körper Besitz ergriffen hat. Da ich keinesfalls unterbrechen möchte, was immer dieser Edna-Geist gerade macht, und obwohl mich immer noch Pfannkuchenstücke vom Frühstück zwischen meinen Zähnen nerven, gehe ich zum Mittagessen.

Dieses Mittagessen findet mit Special Agent Robert Hastings vom FBI statt. Pete Stanton, der das Treffen arrangiert hat, erzählt mir, dass Hastings' Freunde ihn Robbie nennen, aber da ich Verteidigungsanwalt sei, sollte ich ihn Special Agent Hastings nennen. Pete kennt ihn von ein paar Fällen, bei denen sich ihre Wege gekreuzt haben , und er beschreibt ihn als aufrechten Kerl.

Der aufrechte Kerl sitzt bereits an einem Tisch, als ich eintreffe. Zumindest glaube ich, dass er sitzt. Im Moment ist er etwa fünfzehn Zentimeter größer als ich, der ich noch stehe. Ich hatte Pete gefragt, woran ich Hastings erkennen würde, und er beschrieb ihn als konservativ gekleideten Mann mit Geheimratsecken. Anscheinend hielt Pete diese

Merkmale für augenfälliger als die Tatsache, dass Hastings vielleicht zwei Meter fünf groß ist und hundertfünfzig Kilo wiegt.

Hastings schaut auf die Uhr, als ich eintreffe. Das Essen war für zwölf Uhr angesetzt, und ein rascher Blick auf meine eigene Uhr zeigt mir, dass es eine Minute nach ist.

Ich erreiche den Tisch, stelle mich vor und sage dann: »Ich bin doch nicht zu spät, oder?« Ich sage es mit dem absoluten Wissen, dass ich es nicht bin.

»Doch, sind Sie«, antwortet er.

»Sagten wir nicht zwölf Uhr?«, will ich wissen.

Ein kurzes Nicken seines gewaltigen Kopfes. »Mhm.«

Ich entschließe mich, das Thema nicht weiter zu vertiefen, und lasse ihn stillschweigend die Führung des Gesprächs übernehmen. Wie sich herausstellt, gehört Gesprächsführung nicht zu seinen Spezialitäten.

Nach etwa fünf schweigsamen und quälend unangenehmen Minuten sagt er: »Pete hat mir erzählt, Sie seien ein nerviges Arschloch.«

Ich lächle. »Ich wurde schon schlimmer betitelt.«

»Mhm«, sagt er. »Das glaube ich.«

Hastings fährt fort, Pete habe ihm außerdem mitgeteilt, ich sei zwar ein lächerlicher Zwerg, aber mir sei noch keine Restaurantrechnung je zu hoch gewesen. Er habe dieses wirklich teure Restaurant ausgesucht, um Petes Theorie zu überprüfen.

Er bestellt gerade genug Essen, um die Green Bay Packers durchzufüttern, als es mich wie ein Schlag trifft. »Hey, Sie sind doch nicht etwa Sackgassen-Hastings, oder?«

Wie sich herausstellt, ist er tatsächlich Sackgassen-Hastings, der zwei Jahre für die Denver Broncos gespielt hat und der so genannt wurde, weil die Runningbacks in eine ausweglose Sackgasse rannten, wenn sie sein Terrain betraten. Eine unglückliche Knieverletzung beendete eine sehr vielversprechende Karriere frühzeitig.

Die Wandlung erfolgt unmittelbar. Aus leise und mürrisch wird umgänglich und gesellig. Zum Glück ist sein Mund groß genug, dass ihm gleichzeitiges Reden und Essen keinerlei Schwierigkeiten bereiten. Er unterhält mich mit Geschichten aus seiner aktiven Spielerzeit und ist beeindruckt von meinem Wissen von eher unbekannten Anekdoten aus der Geschichte des Football. Ich habe schon immer gewusst, dass sich all die Sonntagnachmittage vor dem Fernseher irgendwann auszahlen würden.

Wir sind beim Nachtisch, als ich den Grund nenne, weshalb ich ihn überhaupt zum Essen treffen wollte. »Ich muss alles, was es gibt, über Alex Dorsey wissen. Ich vertrete die Frau, die des Mordes an ihm angeklagt ist.«

Sein Nicken bestätigt, dass Pete ihn zumindest allgemein auf dieses Thema vorbereitet hat. »Und warum genau sind Sie damit zu mir gekommen?«, will er wissen.

»Weil ich weiß, dass das FBI Ermittlungen durchgeführt hat, in die Dorsey irgendwie einbezogen war, und dass die Abteilung für Interne Angelegenheiten der Polizei ihn deshalb zumindest zeitweise vom Haken ließ. Das steht alles in den öffentlichen Berichten.«

Mit der Wahrheit nehme ich es da nicht so genau: Dass sich das FBI mit Dorsey beschäftigt hat, wurde öffentlich nie bestätigt. Hastings scheint das ohnehin nicht zu kümmern. »Das ist nicht mein Fall«, sagt er, »ich kann Ihnen also nur sagen, wer mit dem Fall betraut ist.«

»Immerhin ein Anfang«, sage ich.

»Darrin Hobbs. Er ist die Nummer zwei im Osten, auf dem Weg zur Nummer eins.«

»Danke«, sage ich. »Besteht die Möglichkeit, dass Sie für mich ein Treffen mit ihm arrangieren können?«

Er zuckt mit den Schultern. »Ich kann ihm erzählen, dass Sie mit ihm reden wollen. Aber machen Sie sich nicht allzu große Hoffnungen. Der Mann hat viel zu tun.«

»Ich verstehe«, sage ich. »Übrigens, Sie sagten ›ist‹.«

»Wie bitte?«

»Sie sagten, er ›ist‹ mit dem Fall betraut. Ich dachte, die Ermittlungen des FBI, in die Dorsey einbezogen war, wurden schon vor langer Zeit abgeschlossen. Haben Sie sich vielleicht nur falsch ausgedrückt?«

Er wirft mir über den Tisch hinweg einen Blick zu, bei dem ich mich glücklich schätze, dass ich nie in der Offensive gespielt habe. »Ich drücke mich sogar noch besser aus, als ich esse.« Das ist eine vielsagende Behauptung, denn gemessen an der Länge der Rechnung, die ich gerade bekomme, drückte sich selbst Winston Churchill nicht besser aus, als Hastings isst.

Als ich nach Hause fahre, versuche ich mich darauf zu konzentrieren, was diesen Fall einzigartig macht. In den meisten Fällen bin ich der Ansicht, dass mein Mandant zu Unrecht angeklagt wird und dass der wahre Verbrecher dort draußen frei herumläuft. Während das jetzt natürlich ebenfalls zutrifft, besteht das Problem darin, dass Lauries Verhaftung nicht allein auf einem Irrtum der Polizei beruht. Stynes Erscheinen in meinem Büro zeigt glasklar, dass ihr von Anfang an etwas angehängt werden sollte. Es ist wahrscheinlich, wenn auch nicht absolut sicher, dass derjenige, der hinter der Inszenierung steckt, und der Mörder ein und dieselbe Person sind.

Ich empfinde es als sehr hilfreich, mich mit Kevin zusammenzusetzen, und wir werfen uns einfach gegenseitig Ideen und Gedanken zu. Er hat einen scharfen Verstand, und obwohl ihn dieser Fall auch emotional berührt, behält er einen wesentlich kühleren Kopf als ich.

Wir führen an diesem Nachmittag eine solche Unterhaltung, obwohl wir uns nur mit Mühe verständigen können, da Edna im Hintergrund wie eine Irre in die Computertasten haut. Kevin merkt an, dass mich mein Instinkt hinsichtlich Stynes, der überhaupt nicht enttäuscht schien, als ich seinen Fall ablehnte, nicht im Stich gelassen hat. Er war nicht in meiner Kanzlei, um einen Anwalt zu engagieren; er war dort, um mir Informationen zu geben. Er hat darauf gesetzt, dass mein Glaube an seine Schuld mich dazu veranlassen würde, Garcia zu verteidigen.

»Also wurden zwei Leute hereingelegt«, sage ich. »Zuerst Garcia und dann Laurie. Aber Garcia war immer nur vorübergehend als Schuldiger eingeplant; er sollte nie verurteilt werden. Er diente bloß dazu, mich in den Fall hineinzuziehen.«

Kevin schüttelt den Kopf. »Das glaube ich nicht. Ich glaube, er diente dazu, Laurie in den Fall hineinzuziehen. Sie arbeitet für dich, also musstest du als Erster einbezogen werden.«

Sofort ist mir klar, dass er Recht hat und dass dies eine logische Folgerung mit sich bringt. »Das bedeutet, dass Garcia nicht zufällig ausgewählt wurde; er wurde ausgesucht, weil Laurie seit langem einen Groll gegen ihn hegt. Und das wird Dylan jetzt für seine Behauptung benutzen, sie habe Dorsey umgebracht und es Garcia anhängen wollen, um gleich zwei verhasste Leute aus dem Weg zu räumen.«

Er nickt. »Wir haben es mit einem ziemlich schlauen Kerl zu tun.«

»Zum Glück haben wir Edna die Dynamische auf unserer Seite.«

Nach einer Weile will Kevin gehen, und zusammen überzeugen wir Edna, ebenfalls aufzubrechen. Sie schwört, morgen ganz früh wiederzukommen, und ich versichere ihr, dass ich den Wecker stellen werde.

Laurie und ich essen zu Abend und versuchen unser Bestes, nicht über den Fall zu reden; dabei wissen wir beide ganz genau, dass wir an nichts anderes denken. Wir haben bisher noch kein richtiges Anwalt-Mandant-Gespräch geführt, und ich frage sie, ob wir heute Abend damit anfangen könnten. Sie ist einverstanden, und wir setzen uns mit einer Flasche Wein und leiser Musik im Hintergrund auf das Sofa. Was die Atmosphäre bei Besprechungen zwischen Anwalt und Mandant angeht, so habe ich schon weitaus Schlimmeres erlebt.

Ich erzähle ihr zunächst, dass es für uns wichtig ist, bei der Arbeit an ihrem Fall unsere private Beziehung außen vor zu lassen; nur so können wir möglichst objektiv und effektiv arbeiten. Sie muss darauf vorbereitet sein, dass ich sie wie jeden anderen Mandanten behandle.

Sie nickt. »Wir schlafen also nicht miteinander?«

»Aber klar doch«, erwidere ich. »Ich schlafe immer mit meinen Mandantinnen.«

Nachdem wir das geregelt haben, kommen wir zum ernsten Teil. Laurie weiß um die Bedeutung vollkommener Ehrlichkeit gegenüber dem eigenen Anwalt, aber da theoretisches Wissen und praktische Durchführung zwei verschiedene Dinge sind, mache ich mir die Mühe, sie daran zu erinnern.

Laurie erklärt mir, dass sie über Dorseys Verschwinden und den Mord nicht mehr weiß als ich. Da ich das als Tatsache hinnehme, versuche ich das Gespräch auf ihr Verhältnis zu Oscar Garcia zu lenken.

Laurie erzählt mir erneut die Geschichte der halbwüchsigen Tochter ihrer Freundin, die Garcia regelmäßig Drogen abkaufte, bevor sie von zu Hause wegrannte. Das alles habe ich zwar schon gehört, aber ich lasse sie reden. Oft ist es besser, einen Mandanten so lange wie möglich nicht zu unterbrechen; so bekomme ich mehr Informationen. Es ist merkwürdig, Laurie als Mandantin zu betrachten, aber allmählich gewöhne ich mich daran.

»Du hast neulich so eine Bemerkung gemacht«, sage ich. »Du wüsstest, was Oscar in letzter Zeit getrieben hätte.«

Sie nickt. »Ich hab von Zeit zu Zeit ein Auge auf ihn gehabt.«

»Was genau heißt das?«

»Das heißt, wenn ich Zeit hatte, habe ich ihn beobachtet, in der Hoffnung, er würde einen Fehler machen. Etwas, was ihn hinter Gitter bringt.«

»Du bist nicht mehr bei der Polizei, Laurie.«

»Nein, aber ich kenne dort noch ein paar Leute.« Sie sieht mir an, dass mir das Sorgen bereitet. »Andy, der Kerl ist ein widerlicher Mistkerl. Ich habe das Recht, ihn zu beobachten.«

»Hast du ihn bei irgendetwas erwischt?«

»Nichts, was ich beweisen könnte.«

»Wie sieht's mit persönlichen Kontakten aus? Hattest du welche?«

»Nein.«

Ich habe das Gefühl, sie verschweigt etwas, obwohl sie doch wissen muss, dass das keinen Sinn hat. Der Rest der Unterhaltung sieht eher so aus, dass sie versucht, Informationen von mir zu bekommen, und nicht andersherum. Sie will wissen, wie wir vorankommen, und auch wenn wir in der kurzen Zeit noch überhaupt nicht weitergekommen sind, versuche ich, zuversichtlich zu wirken. Mein Ziel ist es, ehrlich, aber nicht deprimierend zu klingen. Das ist in diesem Fall, zumindest im Moment, nicht einfach.

Am nächsten Morgen um sieben Uhr bin ich bereits aufgestanden und habe geduscht – und genau um die gleiche Zeit erscheint Edna. Ich sehe sie durchs Fenster; sie hat Donuts und Kaffee für die früh versammelten Presseleute mitgebracht und verteilt das alles jetzt. Anscheinend war eine Nachhilfe meinerseits in Sachen gute Beziehung zur Presse nicht notwendig; Wonder Woman ist selbst darauf gekommen.

Um neun Uhr erreicht mich ein Anruf aus der Geschäftsstelle des Gerichts, die mich darüber informiert, dass offiziell Anklage gegen Laurie erhoben wurde. Dylan hat schnell gearbeitet. Sie teilt mir auch mit, dass jetzt auch ein Prozessrichter ernannt ist und dieser mich in einer Stunde in seinem Büro erwartet. Ich will mich gerade über die Unzumutbarkeit einer derart eilig einberufenen Besprechung beschweren, als sie mir eröffnet, dass es sich bei dem Prozessrichter um Walter Henderson, auch »Richter Hackebeil« genannt, handelt.

Die Beschwerde bleibt mir im Hals stecken. Henderson hätte mich genauso gut innerhalb von zehn Minuten zu sich beordern und mich wegen Missachtung des Gerichts belangen können, wenn ich zu spät gekommen wäre. Er ist selbstherrlich, unangenehm und legendär schwierig für alle Anwälte, obwohl ich sicher bin, dass er Dylan mehr Angst einjagt als mir. Henderson war der Vorsitzende Richter im

Fall Miller, und ich war erfreut – oder besser gesagt verblüfft – angesichts der Kompetenz und Fairness, die er bei der Führung der Verhandlung an den Tag legte.

Bevor ich gehe, erinnert mich Laurie noch an ihre einzige Forderung: dass der Prozess so schnell wie möglich beginnen möge. Das ist eine sehr verbreitete Haltung unter den Angeklagten, besonders den zu Unrecht Angeklagten. Diese Erfahrung ist so anstrengend, beängstigend, so erniedrigend, dass das Bedürfnis, das Ganze so schnell wie möglich hinter sich zu bringen, überwältigend ist.

Als ich Hendersons Büro erreiche, ist Dylan bereits dort und kriecht dem Richter in den Arsch, indem er staunend bemerkt, wie viel Henderson bei irgendeiner Diät abgenommen hat. Die Anwälte versuchen instinktiv, Henderson in den Arsch zu kriechen, aber obwohl dieser Arsch tatsächlich während dieser Diät kleiner geworden ist, funktioniert die Taktik nicht. Richter Hackebeil respektiert keine arschkriechenden Anwälte. Er respektiert auch keine Staatsanwälte, Rechtsanwälte, herausragenden Anwälte, mittelmäßigen Anwälte oder überhaupt irgendwelche Anwälte.

»Guten Morgen, Herr Richter«, sage ich.

»Lassen wir den Smalltalk, meine Herren. Wir haben einen Prozess zu führen.«

»Ach«, sage ich, »ich dachte, wir würden wieder die Angeklagten austauschen.«

»Nein«, erwidert Dylan, »wir werden diese Angeklagte für lange Zeit wegsperren.«

Ich lache. »Dylan, ich werde Sie wegputzen.«

Henderson unterbricht das Geplänkel und ermahnt uns wegen unseres unprofessionellen Verhaltens. Dann holt er seinen Kalender hervor und eröffnet die Diskussion über einen Termin für den Prozessbeginn.

»Ich würde den vierzehnten Juli vorschlagen, Euer Ehren«, sagt Dylan.

»Das ist für die Verteidigung inakzeptabel, Euer Ehren. Wir möchten uns auf unser Recht auf ein schnelles Verfahren berufen. Wir denken da an Mitte Mai.«

Dylan ist sichtlich überrascht, hauptsächlich weil er weiß, dass Eile nicht in unserem Interesse liegt; es ist eine allgemein bekannte Tatsache, dass die Zeit der Verteidigung in die Hände spielt. Und außerdem hatte ich einem Termin am vierzehnten Juli bereits zugestimmt, als Oscar der Angeklagte war. Dylan hat jedoch keine andere Wahl, als unserer Forderung nachzukommen, da wir uns schlicht und einfach auf unser verfassungsmäßiges Recht berufen.

Dylan schätzt, dass die Staatsanwalt zur Vorbereitung des Prozesses vielleicht zwei Wochen braucht, und ich entgegne, dass ich bezweifle, überhaupt eine Verteidigung aufbauen zu müssen, aber wenn es doch so kommen sollte, würde eine Woche reichen.

Henderson studiert eingehend seinen Kalender und blickt uns dann an. »Mein Urlaub beginnt am achtundzwanzigsten Juni.«

Ich nicke. »Und ich hoffe, Euer Ehren werden eine schöne Zeit haben.«

Dylan bringt erneut die Freilassung auf Kaution zur Sprache, wie ich es erwartet hatte. Ich mache mir große Sorgen, dass Richter Hackebeil die Freilassung aufheben und Laurie ins Gefängnis stecken könnte.

»Ich hätte nicht so verfügt wie Richterin Timmerman«, sagt Henderson. »Ich habe kein gutes Gefühl bei dieser Entscheidung.«

»Die Entscheidung ist falsch«, stimmt Dylan zu. »Fast ohne Präzedenzfall in diesem Land.«

Es bringt mir nichts, mit Richter Hackebeil zu diskutieren; ich kann ihm nur noch ein weiteres Argument geben, das er in Betracht ziehen sollte. »Ich werde Richterin Timmermans Entscheidung nicht verteidigen, auch wenn ich offensichtlich darüber erfreut war. Aber es gibt neue Umstände, die es zu bedenken gilt.«

Er beäugt mich durch seine Brille. »Und die wären?«

»Ihre Anordnung wurde befolgt und es sind keine negativen Konsequenzen eingetreten. Miss Collins ist in sicherem Gewahrsam, wird elektronisch überwacht und ein Polizist steht vor dem Haus. Die Bevölkerung ist nicht gefährdet, wird es auch weiterhin nicht sein und es besteht keine Fluchtgefahr. Bei allem Respekt, Euer Ehren, die Anordnung von Richterin Timmerman aufzuheben würde niemandem nutzen, es würde allerdings Miss Collins' beträchtliche Fähigkeit, uns bei ihrer eigenen Verteidigung zu unterstützen, schmälern.«

Dylan diskutiert noch weiter herum, doch Richter Hackebeil hört gar nicht zu. Er wälzt die Angelegenheit in seinem Hirn. Mein Herz pocht so laut, dass ich befürchte, Henderson könne nichts anderes hören.

Schließlich, nach einer Zeit, die mir wie Monate vorkommt, nickt er. »Wenn sich die Umstände nicht ändern, bin ich dafür, die Anordnung von Richterin Timmerman bestehen zu lassen.« Dann schaut er mich an. »Sorgen Sie dafür, dass sich die Umstände nicht ändern.«

Henderson entlässt uns und ich gestatte mir im Gehen ein gönnerhaftes Lächeln für Dylan. Ich befinde mich auf einer Gewinnerstraße, die nicht unendlich sein wird, aber ich kann Dylan immerhin spüren lassen, dass ich es genieße.

Wie geplant wartet Kevin unten an der Treppe des Gerichtsgebäudes auf mich. Er führt mich in ein nahe gelegenes

Café, in dem ich Marcus Clark kennen lernen soll. Ich hatte Laurie und Kevin gebeten, jeweils eine Liste mit möglichen Detektiven aufzustellen, die in diesem Fall in unserem Team mitarbeiten könnten, und Marcus' Name war als einziger auf beiden Listen vertreten.

Marcus verspätet sich, und so nutzt Kevin die Zeit, um mich über seine Biographie zu informieren. Bald nachdem Marcus Detektiv geworden war, vertrat ihn Kevin bei einer Anklage wegen einer Tätlichkeit: Marcus hatte in einer Kneipenschlägerei einem Typen die Nase gebrochen. Kevin hat den Fall unter Berufung auf das Selbstverteidigungsrecht gewonnen, was er seitdem als einen seiner größten Siege betrachtet. Er erklärt mir, ich würde den Grund verstehen, sobald ich Marcus sähe.

Marcus betritt das Café wenige Augenblicke später, und mir sticht sofort ins Auge, was Kevin gemeint hat. Es ist nur schwer vorstellbar, dass Marcus in Notwehr gehandelt hat, denn es ist nur schwer vorstellbar, dass irgendjemand anscheinend so dumm gewesen ist, ihn anzugreifen.

Marcus ist ein dreißigjähriger Amerikaner afrikanischer Abstammung, etwa einsachtundsiebzig groß, mit einer so glänzenden Glatze, dass man damit Flugzeuge zur Landebahn leiten könnte. Sein Körper wirkt wie gemeißelt, die Muskeln sind so perfekt geformt, dass die Kleidung den Blick auf seinen Körper nicht zu beeinträchtigen scheint.

Doch Marcus' herausragendstes körperliches Merkmal ist sein drohender Gesichtsausdruck. Boxer wie Mike Tyson und Marvin Hagler waren dafür bekannt, ihre Gegner während der Anweisungen vor dem Kampf mit der Kraft und der Wut in ihren Blicken einzuschüchtern. Marcus lässt Tyson und Hagler wie Kermit und Miss Piggy aussehen.

Marcus nickt ein paarmal, während Kevin uns vorstellt,

doch erst nach ein paar Minuten gibt er seine bedeutsamen ersten Worte von sich.

»Ein Roggentoast.«

Die Kellnerin antwortet mit »Ja, Sir«, was die einzig angebrachte Antwort für Marcus zu sein scheint, egal was er verlangt. Ich nehme an, wenn es im Café keinen gegeben hätte, wäre die Kellnerin persönlich losgezogen, hätte einen Roggen gefangen und ihn eigenhändig erlegt.

Ich erkläre ihm Lauries Situation in groben Zügen, und als ich zum Ende komme, sagt er nur: »Sie ist ein guter Mensch.«

Heftig nickend stimme ich ihm zu, was ich auch getan hätte, wenn er gesagt hätte, die Erde wäre ein gleichschenkliges Dreieck. »Ja, ist sie, ein wirklich guter Mensch.«

»Ich nehme den Job«, sagt er, obwohl ich ihm noch gar kein Angebot gemacht habe. »Einhundert pro Stunde, plus Spesen.«

»Großartig«, erwidere ich. »Aber nur, damit es keine Missverständnisse gibt, erzählen Sie mir doch noch, wie Sie arbeiten?«

Er scheint nicht zu wissen, was ich meine. »Mein Stil?«, fragt er.

»Stimmt, genau. Ihr Arbeitsstil.«

Marcus wendet sich an Kevin. »Meint der das ernst?«

Kevin, der während des gesamten Gesprächs keine zwei Worte gesagt hat, ist überrascht, in diesem Moment angesprochen zu werden. Marcus und ich müssen warten, bis Kevin den anderthalbpfündigen Hamburger in seinem Mund zu Ende gekaut hat. Ich glaube, Kevin hamstert sogar Essen in seinen Backen, nur für den Fall, dass er hungrig werden sollte.

»Ich denke schon«, meint Kevin mit einem Schulterzucken – eine bemerkenswerte Aussage, auf die zu warten sich eindeutig gelohnt hat.

Marcus macht ihm das Schulterzucken nach und wendet sich wieder an mich. »Mein Arbeitsstil sieht so aus: Sie erzählen mir, was Sie wissen wollen, und ich finde es heraus.«

»Wie?« Sein Blick wird etwas fieser, und so schwäche ich die Frage ab. »Ich mein, so im Allgemeinen …«

»Ich stelle Leuten Fragen«, sagt er, »und sie beantworten sie. Mit mir lässt es sich wirklich leicht reden.«

Ich akzeptiere seine Erklärung, auch wenn ich persönlich mich lieber von der SS befragen lassen würde. Ich entschließe mich, ihn zu engagieren, aber das muss ich nicht verkünden, da er es bereits getan hat. Ich habe Vorbehalte, aber Kevin und Laurie empfehlen ihn nachdrücklich, und sie wissen in dieser Angelegenheit ebenso viel wie ich – Laurie sogar noch mehr.

Wir verabschieden uns herzlich und ergreifend von Marcus, und dann fahren Kevin und ich zu mir nach Hause. Wir stellen das Auto ab und Edna läuft uns schon entgegen.

»Ist dir auch aufgefallen, dass Edna in letzter Zeit vor Energie nur so strotzt?«

Noch bevor Kevin antworten kann, erreicht Edna das Auto. »Kommt rein, schnell.«

Der Ausdruck in ihren Augen sagt uns, dass sie uns nicht zur Gymnastik hereinbittet, sondern dass etwas nicht stimmt.

»Was ist los?«, frage ich noch auf dem Weg ins Haus.

»Das sollte Laurie euch selbst erzählen.«

Kevin und ich sprinten los, und Laurie steht bereits in der Haustür, als wir sie öffnen. Sie hält ihr Handy in einer sichtbar zitternden Hand.

»Ich hab gerade einen Anruf bekommen«, sagt sie mit ebenso zitternder Stimme.

»Von wem?«

»Alex Dorsey.«

Ich versuche, angesichts dieser Information nicht aus der Fassung zu geraten, und so führen Kevin und ich Laurie ins Wohnzimmer, damit wir reden können. Für derartige Situationen gibt es keine Regeln, aber ich habe instinktiv das Gefühl, dass Anrufe von kopflosen Mordopfern ruhig und rational betrachtet werden sollten.

Laurie erklärt, dass sie an ihr Handy gegangen sei und eine Stimme gehört habe, die sie als Dorseys wiedererkannt habe und die sagte: »Hallo, Laurie, hier ist Alex.«

Laurie sagt, sie sei in dem Moment zu verwirrt gewesen, um zu antworten, und Dorsey habe dann gesagt, es sei Zeit für die Rache und dass es ihr noch Leid tun werde, was sie ihm angetan habe, und ihre Stunde sei jetzt gekommen.

»Kannst du uns den genauen Wortlaut wiedergeben?«, frage ich.

Sie schüttelt den Kopf. »Nein, ich weiß nicht mehr, was er genau gesagt hat. Ich war ziemlich schockiert über seinen Anruf. Aber es kommt dem, was er gesagt hat, recht nahe.«

»Und was hast du darauf erwidert?«

»Dass es so nicht funktionieren würde, dass ihn jemand finden würde, dass er jetzt aufgeben sollte.«

»Und seine Antwort?«

»Er sagte nur noch ›Bis bald, Anfängerin‹ und legte auf.«

»Aber du bist dir sicher, dass er es war?«, frage ich.

Sie nickt. »So sicher wie nur was. Es klang genauso wie er, und er hat mich schon immer ›Anfängerin‹ genannt, weil er wusste, dass es mich nervte. Andy, ich verstehe das nicht. Die haben gesagt, sie hätten einen DNA-Test gemacht. Die Leiche sei mit Sicherheit die von Dorsey gewesen.«

Wir verbringen die nächste Stunde damit, zu überlegen,

wie wir mit der Sache umgehen sollen. Lauries Zeugenaussage bezüglich der Fakten hätte keine praktische Bedeutung. Wenn die Angeklagte verkündet, sie und nur sie allein wisse, dass das Opfer in Wirklichkeit am Leben ist, würde man ihre Aussage eindeutig als eigennützig und verdächtig ansehen. Außerdem besteht für sie keine Verpflichtung, das Geschehene zu melden; es ist nicht Sache der Verteidigung, der Staatsanwaltschaft Informationen zukommen zu lassen.

Aber es ist offensichtlich doch in unserem Interesse, den Anruf den Behörden mitzuteilen. Er wirft Fragen auf, die untersucht werden müssen. Kann der Anruf zum Beispiel zurückverfolgt werden? Wie konnte der DNA-Test falsch laufen? Wessen Leiche wurde in der Lagerhalle verbrannt? Wo ist Dorsey, und wie können wir die Polizei dazu bringen, jemanden zu suchen, den sie für tot hält?

Kevin ist der Meinung, dass wir sofort Dylan anrufen und auch den Richter über die Entwicklung in Kenntnis setzen sollten. Da bin ich anderer Meinung; Dylan wird unsere Behauptungen ins Lächerliche ziehen und diesbezüglich überhaupt nichts unternehmen. Für mich ist die Frage nur, ob wir uns an die Polizei oder die Presse wenden sollen. Bis zu diesem Punkt hat mir Lieutenant Sabonis keinerlei Grund gegeben, ihm zu misstrauen, also entschließe ich mich, mit der Polizei anzufangen. Die Presse haben wir dann immer noch an der Hand, falls Sabonis nichts unternimmt.

Wichtiger ist jedoch das, was wir durch diesen Anruf erfahren haben. Offensichtlich und am bedeutendsten ist, dass Dorsey lebt. Dass jemand Laurie den Mord an Dorsey anhängen will, wussten wir von Anfang an, aber jetzt wissen wir, dass Dorsey selbst dieser Jemand ist. Dorsey muss Stynes geschickt haben.

Dieser Anruf war jedoch unverschämt und zu selbstsicher

von Dorsey. Er zeigt uns auch, wie tief sein Hass gegen Laurie ist. Ihm reicht nicht der Triumph darüber, dass er ihr Leben zerstört; sie soll wissen, dass er höchstpersönlich derjenige ist, der es zerstört.

Ich rufe Sabonis an und bitte ihn, sich so schnell wie möglich mit mir wegen einer neuen Entwicklung zu treffen. Die Bitte überrascht ihn und ist ihm etwas unangenehm, da der normale Dienstweg für mich über Dylan führen würde.

»Diese Information ist zu wichtig, als dass sie begraben werden sollte«, sage ich. »Natürlich können Sie mit jedem darüber reden, nachdem ich es Ihnen erzählt habe, aber für mich ist es wichtig, dass Sie es direkt von uns erfahren.«

Er ist einverstanden, und ich bitte ihn, zu uns zu kommen, da Laurie alle relevanten Fragen beantworten kann, die er vielleicht noch haben könnte. Er sagt, er komme in zwanzig Minuten.

Ich nutze die Zeit, um Laurie zu instruieren, wie sie seine Fragen beantworten soll. Sie war bisher nur die Fragende, aber nie die Angeklagte, und ich erkläre ihr, dass sie warten soll, bevor sie irgendetwas beantwortet, damit ich genügend Zeit habe, um notfalls einzuschreiten. Es ist unangenehm für einen Verteidiger, wenn sein Mandant Fragen der Polizei beantworten muss, aber in diesem Fall ist es notwendig, sofern diese Fragen mit dem Anruf von Dorsey in Verbindung stehen.

Sabonis trifft fünf Minuten früher ein als erwartet. Ich danke ihm fürs Kommen und führe ihn ins Wohnzimmer, wo Laurie ihm von dem Anruf berichtet. Er hört schweigend und voller Respekt zu und gibt keinen Laut von sich, bis sie fertig ist.

»Ich nehme an, Sie haben den Anruf nicht mitgeschnitten?«, fragt er.

Sie schüttelt den Kopf. »Nein, er erreichte mich übers Handy.«

»Wer hat die Nummer?«

»Eine Menge Leute, hauptsächlich meine Freunde. Aber die Anrufe in meine Wohnung werden darauf umgeleitet.«

»Hatten Sie die Nummer schon, als Sie noch bei der Polizei waren? Ist sie in Ihrer Akte vermerkt?«

Sie nickt. »Ich denke schon.«

»Was meinen Sie, Nick?«, frage ich.

Er schweigt einen Moment lang und sagt dann: »Ich meine, Sie hatten Recht, sich damit nicht an Dylan zu wenden; er hätte Sie aus seinem Büro geworfen und Sie dabei auch noch ausgelacht. Meine Reaktion wäre bei typischen Mordverdächtigen die gleiche, aber Laurie ist nicht die typische Mordverdächtige.«

»Also«, frage ich, »werden Sie es als verlässliche Information behandeln und mich über das, was Sie erfahren, auf dem Laufenden halten?«

»Ich werde es als Information behandeln, der nachgegangen werden muss. Ob sie verlässlich ist oder nicht, muss noch geklärt werden. Ansonsten wissen Sie, dass es zu Dylans Aufgaben gehört, Sie auf dem Laufenden zu halten.«

»Er schlägt uns die Tür vor der Nase zu«, sage ich. »Ich werde zum Richter gehen müssen.«

»Das juckt mich nicht.« Mein Gefühl sagt mir, dass ihm das nur recht wäre; es könnte die Unannehmlichkeiten verringern, die er selbst im Umgang mit Dylan hat.

Sabonis versucht von seiner Anwesenheit zu profitieren, um Laurie weitere Fragen zu dem Fall zu stellen, da sie aber nichts mit dem Anruf zu tun haben, lasse ich sie nicht antworten. Er geht, und Kevin macht sich daran, unseren Antrag auf Aushändigung der Informationen der Staatsanwaltschaft bezüglich Dorseys Polizeiakte abzuändern und diese jüngste Entwicklung in die Ermittlungen einzubeziehen.

Ich hatte mir Gedanken darüber machen wollen, worauf ich Marcus am besten ansetze, doch der Anruf macht das überflüssig. Ich rufe ihn an und sage ihm, dass er seine Zeit darauf verwenden soll, alles nur Mögliche über Dorsey herauszufinden.

»Ich möchte, dass Sie seinen Kopf finden und mir sagen, ob da ein Körper dranhängt«, sage ich. Er brummt, aber ich glaube, es ist ein zufriedenes Brummen. Dabei belasse ich es.

Laurie dreht durch, aber nicht vor Angst. Es sind erst ein paar Tage, aber die Untätigkeit und Niedergeschlagenheit machen ihr wirklich zu schaffen. Jetzt, da sie weiß, dass Dorsey irgendwo da draußen ist und diese Tortur inszeniert, wird ihr Bedürfnis, loszuziehen und ihn zu suchen, überwältigend. Ich muss immer mehr Zeit darauf verwenden, sie entweder zu beruhigen oder ihr die Angst zu nehmen.

Eine angenehme Überraschung ereilt mich, als ich einen Anruf der FBI-Agentin Cindy Spodek entgegennehme, die sich als Mitarbeiterin von Darrin Hobbs vorstellt. Sackgassen-Hastings hat Wort gehalten und Hobbs, dem mit den Ermittlungen im Fall Dorsey betrauten FBI-Agenten, erzählt, dass ich ihn gern treffen würde, und Spodek ruft an, um mir mitzuteilen, dass Hobbs heute Nachmittag in seinem Büro in Manhattan ist. Ich hatte damit gerechnet, Wochen auf dieses Treffen warten zu müssen, und daher werde ich jetzt alles tun, um diesen Termin wahrzunehmen.

Es herrscht nicht viel Verkehr auf dem Weg in die Stadt, daher bin ich schon eine halbe Stunde vor unserem Termin um halb drei dort. Ich gehe dennoch hinein und werde von FBI-Agentin Spodek begrüßt, einer großen, attraktiven Brünetten Anfang dreißig. Sie setzt mich sehr kurz angebunden davon in Kenntnis, dass sich Special Agent Hobbs in einer Besprechung befindet und wir in Hobbs kleinem Konferenzraum vor seinem Büro warten können.

Wenn ich mich so umschaue, muss ich davon ausgehen, dass wir Besucher oft zuerst hier verweilen müssen, um uns beeindrucken zu lassen, denn der Raum ist ein Schrein zu Ehren von Special Agent Hobbs. Hastings hatte mir gesagt, Hobbs sei ein Star beim FBI, und die Zimmerdekoration hier macht das mehr als deutlich. Hobbs' Auszeichnungen und die Zeitungsausschnitte, in denen seine Heldentaten beschrieben werden, bedecken einen Großteil der Wände und fast alle Schrankflächen im Zimmer. Die übrigen noch freien Stellen werden von ähnlichen Lobpreisungen seiner Leistungen in Vietnam in Anspruch genommen. Angesichts all dieser heroischen Triumphe ist es erstaunlich, dass wir den Krieg nicht gewonnen haben.

»Sehr bescheiden«, sage ich.

»Er hat es verdient«, lautet die Antwort von Agent Spodek.

Anscheinend artet meine Zeit mit ihr in eine Gesprächsöde aus, also tische ich ihr sofort den Spruch auf, der das garantiert abwendet. »Übrigens, ich hab einen Golden Retriever aus der Todeszelle in einem Tierheim gerettet.«

»Wie schön für Sie«, sagt sie ohne Begeisterung und lässt mich nach den Gründen für den misslungenen Versuch forschen. Vielleicht muss Tara bei dem Spruch neben mir stehen oder vielleicht funktioniert er nur im Freien. Sicherlich sind da noch weiter gehende Nachforschungen nötig, aber im Moment nicke ich nur und schaue mich in dem Zimmer um.

Ich halte gerade eines der Fotos aus Vietnam in der Hand, als die Tür aufgeht und Hobbs hereinkommt. Er ist vermutlich so um die fünfzig, von der Größe her nicht sonderlich beeindruckend, aber voller Energie und gut in Form – einer von denen, die jeden Raum, in dem sie aufkreuzen, sofort dominieren. Er sieht mich mit dem Foto in der Hand.

»Das war eine gefährliche, aber aufregende Zeit«, sagt er. »Waren Sie auch dort?«

Ich war gute fünfzehn Jahre zu jung dafür, aber das erwähne ich nicht. »Nein, ich hab's verpasst«, sage ich und schnippe bedauernd mit dem Finger. »Mein Pech.«

»Es war kein Vergnügen, das können Sie mir glauben.«

Das wusste ich bereits, daher haut mich diese Offenbarung nicht um. Zumindest nicht so sehr wie sein Händedruck, der mich an Superman erinnert, als der gerade ein Stück Kohle so kräftig zusammendrückt, dass es zu einem Diamanten wird. »Darrin Hobbs.« Er lächelt. »Nett, Sie kennen zu lernen.«

Ich könnte warten, bis das Blut in meine Hand zurückkehrt, aber ich glaube nicht, dass er mich eingeladen hat, hier zu übernachten. »Andy Carpenter. Danke, dass Sie mir so schnell einen Termin gegeben haben.«

»Kein Problem.« Er schaut auf die Uhr. »Auch wenn ich nicht viel Zeit habe. Aber Hastings meinte, es sei wichtig.«

»Ist es auch. Ich vertrete die Frau, die des Mordes an Alex Dorsey angeklagt ist.«

Hobbs sieht hinüber zu Agent Spodek, so als merke er erst jetzt, dass sie überhaupt anwesend ist. »Wir kommen zurecht, Agent Spodek«, lautet sein Spruch, mit dem er sie hinausschickt.

Nachdem Spodek den Raum verlassen hat, greift Hobbs das Gespräch wieder auf, als sei sie nie da gewesen. Er schüttelt den Kopf und scheint sich an alte Zeiten zu erinnern. »Ein Mordfall Dorsey war schon immer zu erwarten gewesen.«

Ich nicke. »Aber meine Mandantin hat es nicht dazu kommen lassen.« Ich entschließe mich, ihm nicht die Tatsache mitzuteilen, dass Dorsey noch lebt und herumtelefoniert. Das hat nichts mit dem zu tun, was ich herausfinden will.

Er lächelt. »Und schon wieder ein unschuldiger Mandant … Was also wollen Sie von mir?«

»Ich weiß, dass Sie mit Dorseys Aktivitäten vor ein paar Jahren vertraut sind, als er fast von der Abteilung für Innere Angelegenheiten festgenagelt wurde. Ich weiß, dass Sie, oder zumindest das FBI, damals eingeschritten sind.«

»Das wissen Sie?« Er lächelt, scheinbar amüsiert.

»Wollen Sie etwas anderes behaupten?«

Fast scheint er das tun zu wollen, doch dann zuckt er ein wenig resigniert mit den Schultern. »Ach, was soll's, klar. Unter uns … genau so war es im Grunde genommen.«

»War Dorsey Ziel der Ermittlungen?«

»Auf keinen Fall. Wir hatten größere Fische zu fangen.«

»Und die waren?«

»Das geht Sie nichts an. Nächste Frage.«

»Dauern die Ermittlungen noch an?«

Sein Lächeln wird traurig. »Nein, ich wünschte, sie würden es. Die Sache mit Dorsey hat dem ein Ende gemacht – zu große Publicity.«

Sackgassen-Hastings hatte angedeutet, dass die Ermittlungen doch noch andauerten, aber Hobbs leugnet es. Könnte es etwa sein, dass Hobbs dem Verteidiger Andy Carpenter nicht traut?

Ich stelle weiterhin Fragen, und er lächelt und beantwortet sie weiterhin, gibt mir dabei jedoch absolut keine nützlichen Informationen. Vielleicht hat er solche Informationen, aber ich werde sie sicher nicht von ihm bekommen. Vielleicht hat er sie aber auch gar nicht.

Ich gehe nach etwa einer halben Stunde; Hobbs wünscht mir viel Glück und bietet mir an, zur Verfügung zu stehen, sollte ich in Zukunft noch weitere Hilfe benötigen. Ich mache mir in Gedanken eine Notiz: Wenn ich jemals wieder eine absolut unproduktive Besprechung haben will, die vollkommene Zeitverschwendung ist, dann werde ich ihn anrufen.

Zu Hause treffe ich auf Kevin, der mir berichtet, dass Dylan einige Informationen aus Dorseys Akte herausgerückt hat, auch wenn darin nichts enthalten ist, was mit Lauries Anschuldigungen gegen ihn oder mit den Ermittlungen der Abteilung für Innere Angelegenheiten zu tun hat.

Bevor wir die Informationen durchgehen, genießen wir das Essen, das Laurie vorbereitet hat. Da sie nicht viel zu tun hat, außer sich Sorgen zu machen, verbringt sie eine Menge Zeit in der Küche, und die Ergebnisse waren bisher immer herausragend. Heute gibt es Krabbensalat, gefolgt von Fusilli »Amatriciana«, gefolgt von frisch gebackenen Brownies. Das Essen ist absolut köstlich und ich kann Bissen für Bissen mit Kevin mithalten. Zum Glück haben wir auf einen zügigen Prozess gedrängt, sonst könnte man mir bei zu den Eröffnungsplädoyers »Goodyear« auf meinem Hintern malen.

Kevin und ich rollen uns anschließend ins Wohnzimmer, um die Informationen des Staatsanwalts über Dorsey durchzusehen. Sie bestehen im Grunde genommen aus einer chronologischen Biographie, dazu noch einer sehr positiven. Dorsey wuchs in Ohio auf und machte einen B.A.-Abschluss in Geschichte an der Ohio State University. Er meldete sich freiwillig für Vietnam, wo er recht lange diente, anscheinend eine Menge Kampfhandlungen miterlebte und mehrere Auszeichnungen erhielt. Er kehrte zurück und zog nach Paterson, wo er die Polizeiakademie besuchte. Sein Aufstieg bei der Polizei ging rasch und relativ ereignislos vonstatten.

Einige winzige Dinge waren ausgelassen, Banalitäten wie seine Verbindungen zum organisierten Verbrechen, die Ermittlungen der Abteilung für Innere Angelegenheiten und der darauf folgende Verweis, ebenso wie sein Verschwinden und die echte oder vorgetäuschte Enthauptung. Kevin wird unseren Antrag einreichen, um morgen Zugang zu diesen Fakten zu bekommen, denn es wird immer entscheidender, dass unserem Antrag entsprochen wird.

Als wir zum Ende kommen, klingelt das Telefon, und Laurie nimmt ab. Ich kann hören, was sie sagt, hauptsächlich ›Wie geht's?‹ und ›Es geht‹.

Nach etwa dreißig Sekunden legt Laurie den Hörer beiseite und sagt zu mir: »Es ist Nicole.« Sie redet von Nicole Carpenter, meiner Ehefrau für zwölf Jahre, von der ich erst vor wenigen Monaten geschieden wurde und die ich seitdem nicht mehr gesprochen habe.

Während ich zum Telefon gehe, werde ich mir der Einzigartigkeit dieser Situation bewusst. Ich habe gerade ein Gespräch zwischen meiner Exfrau, für deren Vaters Verurteilung wegen mehrfachen Mordes ich verantwortlich bin, und meiner derzeitigen Liebe, die einer Anklage wegen Mordes durch Enthauptung gegenübersteht, mit angehört. Ich weiß nicht, welche späteren Ziele in meinem Highschool-Jahrbuch angeführt waren, aber ich glaube nicht, dass etwas davon vorgesehen war.

»Hallo, Nicole«, lautet meine schlaue Eröffnungszeile.

»Hallo, Andy. Wie geht's dir?«

Diese herausragende Unterhaltung geht noch etwa eine Minute so weiter, während wir beide darauf warten, dass sie zu dem Grund ihres Anrufes kommt. Schließlich sagt sie, dass sie mit mir reden muss, persönlich, am besten gleich morgen früh.

Ich will mich nicht mit ihr treffen, ich hab keine Zeit, mich mit ihr zu treffen, man kann mich nicht zwingen, mich mit ihr zu treffen, auf keinen Fall werde ich mich mit ihr treffen, also sage ich ihr, dass wir uns um zehn Uhr zum Frühstück bei ihr in der Nähe treffen.

Wenn man Nicole sieht, könnte man nie erahnen, was für ein Jahr sie hinter sich hat. Sie wurde angeschossen und schwer verwundet von Leuten, die es auf mich abgesehen hatten, ihr Vater, ein US-Senator, wurde wegen mehrfachen Mordes verurteilt und ins Gefängnis gesteckt, und sie hat eine Scheidung durchgemacht. All dies geschah einer Frau, deren größte Enttäuschung zuvor – zumindest soweit ich weiß – darin bestanden hatte, bei einem überbuchten Flug nach Paris aus der ersten Klasse zu fliegen.

Sie sieht wunderbar aus, so knackig braun gebrannt, dass ihr Vater seine Strafe wohl im Oahu State Prison absitzt und sie viel Zeit mit Besuchen bei ihm verbringt. Sie umarmt mich kurz zur Begrüßung und dann gehen wir zu unserem Tisch.

Gott sei Dank scheint Nicole zu wissen, dass wir unseren ganzen sinnlosen Smalltalk gestern Abend am Telefon aufgebraucht haben, denn sie kommt direkt zur Sache.

»Mein Vater hat Krebs«, sagt sie.

»Das tut mir Leid«, sage ich.

Sie nickt. »Danke, aber ihm tut es überhaupt nicht Leid. Ach, ich nehme an, es tut ihm Leid, dass es kein tödlicher Herzinfarkt ist, aber alles, was ihn umbringt, kommt ihm gerade recht.«

Sie erzählt, das Gefängnis sei für Philip so grauenhaft, dass er lieber tot wäre. Was sie nicht erzählt, was wir aber beide wissen, ist die Tatsache, dass ich ihn dorthin gebracht habe. Das ist eine recht hohe Hürde, die wir überwinden müssten, um eine Freundschaft wiederaufzubauen, falls es das überhaupt ist, was wir hier gerade versuchen.

Ist es aber nicht. Nicole hat sich mit mir wegen der von Willie Miller eingereichten Klage gegen Victor Markhams Nachlassverwaltung und ihren Vater in Verbindung gesetzt. Durch seine tödliche Krankheit ist sie von der Klage noch unmittelbarer betroffen: Die Hälfte des Geldes, das Willie bekommt, wird direkt aus ihrem Erbe stammen.

»Ich habe Angst, Andy. Ich habe Angst, alles zu verlieren.«

»Nicole«, sage ich, »wir sollten diese Unterhaltung gar nicht führen. Damit schaden wir dem Prozess und sie ist vollkommen unangebracht und unmoralisch.«

»Ich habe schon so viel verloren.«

Ich weise sie nicht darauf hin, dass ihr Vater bemerkenswert reich ist und dass selbst das großzügigste vorstellbare Urteil der Geschworenen für Willie sie noch mit annähernd zweihundert Millionen Dollar zurücklassen würde. Sie muss das wissen; sie ist keine dumme oder naive Frau. Aber ihre Angst ist so übermächtig, dass sie sie vollkommen blind macht.

Ihr Flehen bringt mich in einen seltsamen moralischen Konflikt. Die Frage ist nicht, ob ich in Willies Namen weniger hartnäckig sein werde; das werde ich nicht. Aber die Tatsache, dass Nicole mir ihren verängstigten Zustand offenbart, verschafft mir einen klaren taktischen Vorteil. Wenn ich weiß, dass die Gegner so verängstigt sind, weiß ich auch, wie weit ich sie unter Druck setzen kann. Kann ich das aus meinem Hirn verbannen? Sollte ich das?

»Nicole, du schadest deiner Verhandlungsposition.«

Sie ist beleidigt. »Verhandeln? Machen wir das etwa gerade? Nach all den Jahren sind wir nichts weiter als Verhandlungspartner?«

»Nicole, rede über deinen Anwalt mit mir. Und ich rate dir, ihm zu erzählen, was du mir gerade erzählt hast. Das ist eine Information, die er haben sollte.«

Sie schüttelt ablehnend den Kopf. »Andy ...«

Ich unterbreche sie. »Es tut mir Leid, aber diese Unterhaltung ist zu Ende. Einer von uns wird jetzt gehen. Soll ich oder willst du?«

Sie sagt nichts mehr, sondern steht nur auf und geht hinaus. Ich warte noch fünf Minuten und mache dann das Gleiche.

Allmählich fühle ich mich mit meiner persönlichen Beziehung zu Lauries Fall wohler, und auf dem Weg zurück nach Hause kann ich mich auf diesen Fall konzentrieren wie auf jeden anderen. Ich sehe ihn als gedankliches Puzzlespiel an, das mit Strategie, Disziplin und Logik zusammengefügt werden muss. Vor allem mit Logik.

Eigentlich ist meine Art der logischen Annäherung hier angebrachter als in jedem anderen Fall, den ich bisher hatte. Ich betrachte jedes Detail, jedes Puzzlestück, als sei es geplant worden. In meinem Gedankengebäude gibt es keinen Platz für Zufälle oder auch Willkür. Jede Tatsache, egal wie geringfügig, muss mit dem Fall in Verbindung stehen und bedeutungsvoll sein. Natürlich, nach der Analyse erweist sich vieles dann doch als zufällig und/oder bedeutungslos, aber wenn ich einen Fall in Angriff nehme, hilft es mir, wenn ich vom Gegenteil ausgehe.

Zum Beispiel wurde Garcia als erster Verdächtiger der Polizei bewusst ins Spiel gebracht. Ich stimme mit Kevin überein, dass Garcia auserkoren wurde, um Laurie noch schuldiger wirken zu lassen, und Stynes wurde geschickt, um mich und Laurie in seine Verteidigung einzubeziehen, und damit das funktioniert, musste Garcia schuldig wirken. Wenn er zum Beispiel zur vermuteten Tatzeit auf einer Party oder mit einem Haufen Freunde in einem Restaurant gewesen wäre, hätte er nicht angeklagt werden können, und ich hätte mich nicht als sein Verteidiger aufgedrängt. Dorsey muss sich sicher gewesen sein, wo Garcia sich aufhält; das ist nicht dem Zufall überlassen worden.

Da Garcia zum Zeitpunkt des Mordes seine Zahlung an Petrones Männer tätigte, muss ich davon ausgehen, dass Petrone oder seine Untergebenen an dieser Verschwörung beteiligt waren. Garcia hatte gesagt, sie kämen normalerweise zu ihm, um sich ihr Geld zu holen, aber in jener Nacht war er zu ihnen zitiert worden. Ich glaube, wäre die Videoaufnahme aus dem Supermarkt nicht aufgetaucht, so hätte sich irgendeine andere Tatsache gefunden, die Garcia entlastet und den Weg für eine Anklage gegen Laurie frei gemacht hätte.

Die logische Schlussfolgerung aus alldem ist, dass Dorsey und Petrone, oder Leute, die für Petrone arbeiten, die Sache gemeinsam geplant haben. Aber warum? Dorsey profitiert offensichtlich davon. Er kann in aller Ruhe verschwinden, während er gleichzeitig Rache an Laurie übt. Aber was hat Petrone davon? Hat er irgendwelche Gründe, Laurie zu hassen? Wie profitiert er von Dorseys erfolgreicher Flucht?

Alle meine Fälle bestehen aus einer Aneinanderreihung von Fragen und Antworten. Zu Beginn gibt es wesentlich mehr Fragen, Antworten hingegen sind äußerst dünn gesät. Allmählich mehren sich die Antworten und die Fragen werden weniger. Neigt sich diese Waage zu meinen Gunsten, kann ich das Puzzle zusammensetzen und das Spiel gewinnen. Der erste Preis ist Laurie, die dann nicht den Rest ihres Lebens im Gefängnis verbringen muss.

Als ich das Haus erreiche, habe ich den Eindruck, als sei der Presseauflauf davor wesentlich größer geworden. Mindestens zwei zusätzliche Übertragungswagen stehen dort, die es mir fast unmöglich machen, in meine Einfahrt zu kommen. Ich bleibe hartnäckig, bis sie zur Seite fahren, denn ich weiß, wenn ich nachgebe und auf der Straße parke, kann ich meine Einfahrt für den Rest der Zeit vergessen.

Ich steige aus dem Auto und bin sofort von Reportern umringt, die mich allesamt fragen, ob Laurie tatsächlich behauptet, Dorsey sei noch am Leben und habe sie angerufen. Ich verweigere jeglichen Kommentar und schaffe es mit Mühe, durch die Horde hindurch ins Haus zu gelangen.

Laurie, Kevin und Edna sitzen im Wohnzimmer und sehen fern. Die wenigen Nachrichtensendungen am Nachmittag treten genüsslich Lauries Behauptung breit, mit Dorsey gesprochen zu haben. Trotz der ernsten Lage hat der Spott bereits begonnen. Ein amüsierter Nachrichtensprecher bemerkt, die DNA-Ergebnisse hätten bestätigt, dass es sich bei dem verkohlten, kopflosen Körper um Dorseys Leiche handelt, und höhnt dann scheinbar beleidigt: »Ich dachte, wir wären die einzigen Talking Heads hier.«

Laurie ist stinksauer über die Art und Weise, mit der sie behandelt wird, und das kann ich ihr nicht verübeln. Ich habe kaum Zweifel daran, dass Dylan die Geschichte an die Presse weitergegeben hat, und für ihn ist es ein PR-Erfolg. Ich hätte derjenige sein sollen, der es der Öffentlichkeit mitteilt. Dadurch, dass ich zugelassen habe, dass Dylan das Thema verbrät, wirkt Laurie a) verzweifelt, b) verrückt, c) schuldig, d) lächerlich und e) alles zusammen. Da die Öffentlichkeit per definitionem die Geschworenen stellt, sieht unsere Lage nicht besonders rosig aus.

Ich kann zu Henderson gehen und mich beschweren, und da

er nicht als der medienfreundlichste Richter bekannt ist, bringt er meiner Lage vielleicht sogar ein gewisses Mitgefühl entgegen. Aber es steht nicht in seiner Macht, das auszulöschen, was die Öffentlichkeit bereits weiß, also bliebe ihm nur die Möglichkeit, die Berichterstattung in den Medien für die Dauer des Verfahrens zu untersagen. Das zu unterstützen bin ich jedoch nicht bereit; ich glaube immer noch, dass es für uns im PR-Kampf mehr zu gewinnen als zu verlieren gibt. Nur habe ich in dieser Hinsicht bisher nicht gerade gute Arbeit geleistet.

Deshalb halte ich auf den Stufen zu meinem Haus eine Pressekonferenz ab. Ich will in aller Offenheit Lauries Behauptung bestätigen, dass Dorsey am Leben ist; zu diesem Zeitpunkt wäre nichts gewonnen, wenn wir es leugneten. Ich weise darauf hin, dass wir in keinerlei Weise versucht haben, uns durch diese Information einen Vorteil zu verschaffen. Wir haben uns einfach an die Polizei gewandt und um die Ermittlungen gebeten, die diese Entwicklung verdient. Statt sich darauf zu konzentrieren, hat diese es jedoch für angebracht gehalten, unsere Mitteilung an die Presse weiterzugeben.

»Das Büro des Staatsanwalts sucht nach Prozessvorteilen, nicht nach der Wahrheit«, fasse ich meinen Standpunkt zusammen.

Nachdem meine improvisierte Stellungnahme beendet ist, bitte ich um Fragen. Die erste kommt von einer Frau vom *Newark Star-Ledger*. Sie beginnt ihre Frage mit »Angenommen, Ihre Mandantin hat diesen Anruf bekommen …«

Ich unterbreche sie. »Sie hat den Anruf bekommen. Sie ist ein ehrlicher Mensch, wie Sie selbst noch erkennen werden. Erkannt haben sollten Sie allerdings bereits, dass wir nichts davon hätten, wenn wir uns so etwas ausdenken würden. Wir konnten überhaupt nicht davon ausgehen, dass die Polizei oder die Staatsanwaltschaft das ohne angemessene und objektive Beweise glauben würde. Wir hatten gehofft und erwartet, dass man nach solchen Beweisen suchen würde, anstatt einen Medienrummel zu veranstalten, der meine Mandantin ins Lächerliche ziehen soll.«

Ich nehme etwa fünf Fragen entgegen und sorge dafür, dass jede einzelne meiner Antworten einen Angriff auf die Staatsanwaltschaft enthält. Damit hoffe ich, die Auswirkungen der heutigen Enthüllung in den Abendnachrichten zu lindern, und sobald ich das Beste getan habe, was ich in dieser Hinsicht tun kann, gehe ich zurück ins Haus.

Einige Stunden später sitzen wir vor dem Fernseher und stellen fest, dass meine Attacken auf der Veranda einen Tick zu spät kamen. Laurie muss immer noch Angriffe und Hohn einstecken, und auch wenn meine Proteste Erwähnung finden, so werden sie doch nur kurz abgehandelt.

Laurie und ich sind bisher jeden Abend ziemlich früh ins Bett gegangen. Ihr kommt es so vor, als sei die Situation schlafend leichter zu ertragen. Wenn wir wach sind, wollen wir nicht immer nur über den Fall reden, aber es gibt absolut nichts anderes, auf das wir uns konzentrieren können. Also waren wir immer um zehn im Bett, und da ich nicht schlafen konnte, bin ich um Mitternacht oder später aufgestanden, um Strategien auszutüfteln und meine nächsten Schritte zu überlegen.

Heute Abend läuft es etwas anders. Heute Abend schlafen wir zum ersten Mal, seit dieser Alptraum begann, wieder miteinander. Laurie ergreift die Initiative, und es ist eine der leidenschaftlichsten Begegnungen, die ich je erlebt habe. Wir werden von einer *Titanic*-Stimmung übermannt, die sowohl furchterregend als auch herrlich ist. Und danach mache ich etwas, was ich nie für möglich gehalten hätte.

Ich schlafe die ganze Nacht durch.

Meine wichtigste Tätigkeit bei der Bearbeitung eines Falls ist das Fragenstellen. Ich stelle sie allen und jedem. Einige der Fragen sind sachkundig oder sogar scharfsichtig, aber viele von ihnen zielen ins Blaue. Ich hole mir so viele Antworten wie möglich und sichte sie in Gedanken. Manchmal nützt es, die Wahrheit zu finden, aber im ungünstigsten Fall hilft es mir einzig dabei, mir neue Fragen einfallen zu lassen, und das ist auch in Ordnung.

Unsere Lage in diesem Fall ist so schlecht, dass mir nicht einmal mehr Leute einfallen, denen ich Fragen stellen könnte. Ich werde in Oscars Wohngegend gehen und einige der Leute befragen, die Laurie dort gesehen haben wollen. Ich werde deren Geschichten mit Sicherheit nicht erschüttern können; Laurie hat zugegeben, dass sie dort war und ein Auge auf Garcia gehabt hat. Ich werde nur mal hören, ob sie etwas anderes wissen oder gesehen haben – etwas, was mir bei meinem Fall hoffentlich weiterhilft.

Ein früher Telefonanruf ändert meine Pläne für den Tag. Er kommt von einer Frau: »Mr Carpenter, ich weiß, dass Sie viel zu tun haben, aber ich habe Sie gestern Abend im Fernsehen gesehen und ich würde gern mit Ihnen über meinen Mann reden.«

»Wer ist Ihr Mann?«, will ich wissen.

»Alex Dorsey.«

Sie gibt mir eine Wegbeschreibung zu ihrer Wohnung, verbunden mit dem Hinweis darauf, dass sie erst seit einem Monat dort lebe und nicht sicher sei, ob die Beschreibung richtig ist. Wie sich herausstellt, war sie vollkommen korrekt, und so brauche ich etwa fünfzehn Minuten bis dort. Es wäre noch schneller gegangen, aber ich hatte Kevin um die Ecke parken lassen, bin hinten aus meinem Haus geschlichen und habe sein Auto genommen. Ich weiß nicht, was Dorseys Frau von mir will, aber ich will gewiss nicht, dass die Presse oder Dylan weiß, dass sie etwas von mir will.

Celia Dorsey wohnt in einem kleinen Wohnkomplex mit Gärten. Durchs Fenster sieht sie mich kommen, als ich aus dem Auto steige, und öffnet die Tür, noch bevor ich klingeln kann.

»Danke, dass Sie gekommen sind, Mr Carpenter. Bitte kommen Sie herein.«

Ich betrete eine Zweizimmerwohnung, die etwas größer als eine durchschnittliche Telefonzelle ist. Jeder Quadratzentimeter des Raumes ist voll gestellt mit Möbeln, Fotos und irgendwelchem Krimskrams. Sie hat gesagt, sie wohne erst seit kurzem hier, und doch sieht es bereits so aus wie in einer sorgfältig gepflegten Langzeitresidenz.

Sie ist eine zierliche Frau, zurückhaltend und ruhig. Ich kannte Alex Dorsey nicht besonders gut, aber ich hätte sie mir nie zusammen vorstellen können. Er war energiegeladen, schroff und dominierte jeden Raum, in dem er sich befand. Wenn man die beiden addierte und durch zwei dividierte, käme man wohl auf eine normale Persönlichkeit. So gesehen waren sie vielleicht wie füreinander geschaffen.

Sie bietet mir einen Kaffee an, und ich nehme an, hauptsächlich, weil ich das Gefühl habe, sie könne die Enttäuschung nicht verkraften, wenn ich nein sagte. Nachdem alles gerichtet ist, die Kaffeetassen auf den Untertassen stehen und wir auf ihrem Sofa sitzen, sagt sie: »Sie fragen sich sicherlich, warum ich Sie hierher gebeten habe.«

»Sie sagten, es ginge um Ihren Mann.«

Sie lacht traurig. »Ich bin mir nicht einmal sicher, ob er noch mein Mann ist.«

»Was soll das heißen?«

»Ich habe vor drei Monaten die Scheidung eingereicht. Die endgültigen Papiere sind gestern eingetroffen, aber ich weiß nicht, ob man sich von einem verstorbenen Ehepartner scheiden lassen kann. Natürlich gibt es inzwischen erhebliche Zweifel daran, dass mein Ehemann tatsächlich verstorben ist, wodurch die Sache wohl nur noch komplizierter wird.«

Sie fängt an zu weinen, ganz leise, so als fürchte sie, es könne mich stören, wenn sie ihre Emotionen ungehemmt herauslässt. Wahrscheinlich würde es mich tatsächlich stören, also warte ich einfach, bis sie fertig ist. Es dauert nur wenige Sekunden, bis sie fortfährt.

»Ich weiß, dass die Polizei Ihrer Mandantin nicht glaubt, aber ich schon. Mein Mann lebt.«

»Wie kommen Sie darauf?«, frage ich.

»Nun, zum einen kann ich ihn mir einfach nicht tot vorstellen.« Sie lächelt. »Aber Sie erhoffen sich wahrscheinlich etwas Konkreteres.«

»Ja.«

»Ich habe einmal gehört, wie er über die Vortäuschung seines Todes geredet hat.«

Yippieh! Endlich eine positive Entwicklung. »Wann?«

»Vor zwei Jahren, als von den Polizeikollegen gegen ihn ermittelt wurde.«

»Mit wem hat er geredet?«, frage ich.

»Da bin ich mir nicht sicher. Sie müssen das verstehen, so etwa in den letzten fünf Jahren unserer Ehe, und vielleicht schon lange davor, hat mir mein Mann eine Menge verschwiegen. In gewisser Weise war ich froh darüber; ich spürte, dass es da Dinge gab, von denen ich lieber nichts wissen wollte. Da war allerdings ein Mann, mit dem er sehr oft sprach, und er tat dann immer sehr geheimnisvoll. Aber ich hab ein paar Sachen mit angehört, unter anderem dieses Gespräch mit diesem Mann.«

»Woher wissen Sie, dass es ein Mann war?«

»Jetzt, wo Sie das fragen, bin ich mir auch nicht mehr so sicher. Aber er nannte diese Person immer ›Lieutenant‹, und auch wenn Frauen sicherlich diesen Dienstgrad und noch höhere bei der Polizei erreichen können, bin ich immer davon ausgegangen, dass es ein Mann war.«

Ausgehend von dem, was ich über Dorsey und die Polizei weiß, ist es wahrscheinlich, dass sie Recht hat.

»Was genau hat er gesagt?«

»Ich kann mich nicht mehr genau daran erinnern, aber es war so etwas wie: ›Wenn die mich nicht in Ruhe lassen, sehen sie mich nie wieder.‹ Und dann lachte er noch und sagte: ›Die werden meine Kiste verscharren und ich werde nicht drin sein.‹«

»Und Sie haben ihn nie danach gefragt?«

Sie schüttelt den Kopf. »Nein, aber es war einer der Vorfälle, die meine Einstellung zu unserer Ehe verändert haben. Dadurch drang es endlich in meinen Dickschädel, was mir die ganze Zeit schon hätte klar sein müssen: dass ich bereits seit sehr langer Zeit kein wichtiger Bestandteil seines Lebens mehr war. Damals schon hätte ich gehen sollen.«

»Aber das sind Sie nicht.«

»Nein, und als ich dann gegangen bin, hatte er unser ganzes Geld genommen.«

»Was hat er damit gemacht?«

Ein Lächeln, dieses Mal noch trauriger. »Ich wünschte, ich wüsste es. Aber wenn Sie dem Geld folgen, werden Sie Alex finden. Es ist eines der Dinge, die ihn antreiben.«

»Was treibt ihn sonst noch an?«, frage ich.

»Macht und Hass. Und wenn er Macht ausüben kann, um

es denen heimzuzahlen, die er hasst, hat er seinen Triumph. Ich nehme an, genau das muss Ihre Mandantin im Moment feststellen.«

»Darf ich fragen, was *Sie* antreibt?«

»Was meinen Sie damit?«, fragt sie.

»Warum haben Sie mich angerufen?«

Sie denkt einen Moment lang über meine Frage nach. »Alex hat die Jahre der Liebe und Loyalität, die ich ihm geschenkt habe, genommen und sie behandelt, als bedeuteten sie absolut gar nichts. Er hat Menschen verletzt, und ich habe daneben gestanden und zugesehen, bis ich selbst einer dieser Menschen wurde. Ich schäme mich dafür, wie ich mich verhalten habe, aber jetzt kann ich nicht mehr so weitermachen. Wenn es eine Möglichkeit gibt, wie ich Ihnen helfen kann, dann werde ich es tun.«

Zähigkeit und Entschiedenheit klingen in ihrer Stimme durch, die mich beeindrucken. Das hier ist eine zerbrechliche, verwundbare Frau, die ich bei mir im Schützengraben haben will, wenn der Krieg losgeht.

Bevor ich gehe, gibt Celia mir noch alle Bankbelege, die sie hat, damit ich versuchen kann, der Spur von Dorseys Geld zu folgen. Zu diesem Zweck lege ich noch einen Stopp in meiner Kanzlei ein und besuche den besten Geldverfolger, den ich kenne: Sam Willis.

Sam ist überrascht, mich zu sehen, und teilt mir mit, welch große Sorgen er sich um Laurie macht. Er nimmt an, ich sei vorbeigekommen, um herauszufinden, wie es mit ihm und Cousin Fred läuft, und so erzählt er mir, dass sie einen sehr guten Start hingelegt haben und dass ich schon bald noch reicher sein werde, als ich es jetzt schon bin. Fein, fein.

»Du musst jemanden für mich finden«, sage ich. »Oder zumindest sein Geld.«

Sams Laune bessert sich unmittelbar. Solche Aufgaben liebt er. »Wen?«

»Alex Dorsey«, antworte ich.

»Den toten Polizisten? Beziehungsweise den nicht-toten Polizisten?«

»Genau den.« Ich gebe ihm die Bankbelege, die ich von Celia bekommen habe, und er schaut sie sich ein paar Minuten an. Sein Gesichtsausdruck gleicht dem eines orthopädischen Chirurgen, der sich eine Computertomographie anschaut und seine jahrelange Erfahrung nutzt, um etwas darin zu erkennen, was mir nur Rätsel aufgibt.

»Dieser Typ war Polizist?«, fragt er.

Ich nicke. »Ja.«

»Das hier ist alles ziemlich raffiniert.«

Er ruft Barry Leiter aus dem anderen Büro zu sich und die zwei verschlingen emsig die Belege. Etwa alle zwanzig Sekunden gibt Barry ein »Wow!« von sich.

Ich freue mich, so viel Freude ins Leben der beiden zu bringen, doch allmählich werde ich etwas ungeduldig. »Wenn er sein Geld hin und her geschoben hat, könnt ihr herausfinden, wohin es letztendlich ging?«, frage ich.

»Bis zu einem gewissen Grad«, sagt Sam. »Wir können dir viel darüber erzählen, aber wir werden nicht die Stadt ausmachen können.«

»Warum nicht?«

Er zuckt mit den Schultern und stimmt das Lied von Simon and Garfunkel an: »Because each town looks the same to me, the movies and the factory. And every stranger's face I see reminds me that I long to be homeward bound.«

Es zeigt das Ausmaß meiner Verzweiflung, dass ich nun hier sitze und von einem zwanghaften Songredner abhängig bin. Aber ich lasse mich einfach nicht darauf ein.

»Wie lange werdet ihr dafür brauchen?«, will ich wissen.

»Ich werde es gar nicht machen. Morgen fliege ich in Urlaub. Barry wird sich darum kümmern.«

Ich wende mich an Barry. »Können Sie das?«

Er lächelt. »Sicher, Mr Carpenter. Kein Problem. Ich fange noch heute Abend zu Hause auf meinem Computer an. Das Ganze müsste morgen erledigt sein.«

Sam bemerkt meinen leicht besorgten Gesichtsausdruck und versichert mir, dass die Angelegenheit bei Barry mit Sicherheit in guten Händen ist. Außerdem wird Sam von seiner Reise aus anrufen und sich erkundigen, ob alles gut läuft.

»Wohin fliegst du?«, frage ich.

»Puerto Rico. Ein bisschen zocken … ein bisschen Sonne …«

Ich kann nicht aus meiner Haut. »So you're leaving on a jet plane? You don't know when you'll be back again?« John Denver lässt grüßen.

Er lächelt. »Oh, babe, I hate to go.«

Ich habe es satt, teures Essen in Pete Stantons Maul zu stopfen, aber ich muss mit ihm reden, also schlage ich ihm ein Treffen in einem Taco Bell vor. Er nennt mich »geiziges Arschloch«, aber da er eine genetische Schwäche für gegrillte gefüllte Burritos hat und ich ihm eine extragroße Pepsi verspreche, stimmt er schließlich zu.

Wir treffen uns um sechs Uhr, und um zwei Minuten nach habe ich ihn über meine Fortschritte aufgeklärt. Er erzählt mir, dass Sabonis Lauries Aussage bezüglich des Anrufs ernst nimmt und dass die Ermittlungen hinsichtlich Dorseys möglichen Aufenthaltsortes ebenso wie die der möglichen falschen Identifizierung der Leiche vorangehen.

»Wie viele Lieutenants gibt es bei der Polizei?«, frage ich.

»Warum? Willst du dich bewerben? Da musst du schon etwas weiter unten anfangen.«

»Komm schon … wie viele?«

Er denkt kurz nach. »Mit mir … sechs.«

»Sind das dieselben wie vor zwei Jahren, als gegen Dorsey ermittelt wurde?«

Er denkt etwas länger nach. »Na ja, damals gehörte Dorsey dazu. Und der Rest? Fast dieselben … Ich glaube, wir hatten damals fünf. Ich bin mir ziemlich sicher, dass McReynolds eine Zeit lang danach befördert wurde. Erzählst du mir jetzt, was du wissen willst?«

Ich nicke. »Ich habe Informationen, denen zufolge Dorsey mit einem anderen Lieutenant zusammengearbeitet hat. Die beiden sind nicht gerade für Wahrheit und Gerechtigkeit eingetreten. Hast du eine Ahnung, wer das gewesen sein könnte?«

»Nein.« Seine Antwort kommt etwas zu schnell, etwas abwehrend. »Das glaub ich nicht. Keiner aus der Gruppe.«

»Was ist mit Sabonis?«, frage ich.

Er schüttelt entschieden den Kopf. »Nick? Absolut unmöglich. Nick ist so ehrlich wie nur was. Da stehen die Chancen besser, dass ich es war.«

Als ich bei dem Thema nicht mehr weiterkomme, gehe ich zu etwas anderem über. »Sie haben die DNA der Leiche mit der von Dorsey verglichen. Woher haben sie die?«

»Was meinst du?«, fragt er.

»Na ja, ich zum Beispiel habe keine Flasche mit meiner DNA in meinem Arzneischrank stehen. Wie sind sie wohl an Dorseys gekommen?«

»Jeder Polizist muss beim Eintritt in den Dienst Blut zur Typisierung abgeben«, sagt er. »Ich nehme an, dass sie das benutzt haben.«

»Wo wird das aufbewahrt?«, will ich wissen.

Er zuckt mit den Schultern. »Weiß ich nicht. Vielleicht im Erste-Hilfe-Raum der Dienststelle, vielleicht im Labor.«

»Hätte jemand, hätte ein Polizist dort hineingehen können?«

»Du meinst, hätte Dorsey dort vor seinem Verschwinden hineingehen und sein Blut gegen das eines anderen austauschen können? Ich wüsste nicht, warum nicht. Besonders wenn es im Erste-Hilfe-Raum ist. Das ist kein Hochsicherheitstrakt.«

»Glaubst du, du könntest herausfinden, wo das Blut aufbewahrt wird?«

»Ich glaube, dass jeder mit einer Bestimmung auf diese schöne Erde geschickt wurde«, sagt er. »Meine besteht darin, jede Aufgabe zu erfüllen, die du mir erteilst.«

»Und du machst dich dabei ganz klasse.«

Ich komme gegen acht Uhr nach Hause, eine halbe Stunde später, als ich Laurie gesagt hatte. Sie hatte das Essen vorbereitet, und dass ich zu spät komme, machte das Kochen vermutlich schwierig, doch solche Dinge regen sie nicht auf. Allerdings wächst ihr Frust, weil sie bei ihrer Verteidigung nicht helfen kann, und dieser Frust verstärkt die Isolation. Das verstehe ich, aber ich kann nichts dagegen unternehmen.

Irgendwie leben wir eine seltsame Sitcom. Vielleicht sollte ich mich auf den Weg nach Hollywood machen und das Konzept irgendeinem Fernsehfritzen anbieten. »Es geht um zwei Leute, die sich entschließen, zusammen zu wohnen, und dann fangen sie an, sich gegenseitig auf die Nerven zu gehen. Aber sie kann nicht ausziehen, verstehen Sie, weil – und jetzt kommt's – weil sie diese Fußfessel trägt ...«

Eine Sache ist mir aufgefallen: Laurie und Tara sind richtig zusammengewachsen. Tara ist ständig an ihrer Seite und nimmt dankbar die Streicheleinheiten entgegen, die Laurie offensichtlich nur zu gern gibt. Tara scheint sich fast lieber in Lauries Nähe aufzuhalten als in meiner. Ein etwas weniger selbstsicherer Mensch als ich wäre eifersüchtig, aber ich sehe die Angelegenheit folgendermaßen: Wenn ich die Wahl hätte, mich entweder von Lauries oder von meiner Hand streicheln zu lassen, würde ich mich ohne zu überlegen für Lauries entscheiden. Warum sollte ich von einem so klugen Hund wie Tara etwas anderes erwarten?

Laurie und ich haben uns die Angewohnheit zugelegt, uns nach dem Abendessen ins Wohnzimmer zu setzen, damit ich sie über die Ereignisse des Tages informieren kann. Sehr oft weiß sie zwar schon vieles davon, da meine Kanzlei von meinem Haus aus arbeitet. Aber heute Abend erzähle ich ihr von Celia Dorsey und frage sie, ob sie eine fundierte Vermutung hat, wer der andere Lieutenant gewesen sein könnte, der mit Alex unter einer Decke gesteckt hat. Diese Annahme erscheint ihr ebenso unwahrscheinlich wie Pete.

Gegen zehn Uhr beenden wir unsere Unterhaltung und gehen nach oben ins Bett. Ich bin gerade am Einschlafen, als das Telefon klingelt.

Barry Leiters Stimme ertönt – etwas unsicher – am anderen Ende der Leitung. »Mr Carpenter? Hier ist Barry ... aus Sams Büro. Es tut mir Leid, dass ich Sie zu Hause störe, aber ich habe etwas herausgefunden, ich dachte ...«

Ich unterbreche ihn. »Haben Sie die Spur des Geldes verfolgen können?«

»Zum Teil, bis ich auf ein Hindernis gestoßen bin. Ich wollte mit Ihnen reden, bevor ich weitermache.«

»Worüber?«

»Diese Typen sind gut ... ich meine, richtig gut. Ich glaube ... na ja, die haben darauf gewartet, dass jemand versucht, dieses Geld aufzuspüren.«

Das sind keine besonders überraschenden Neuigkeiten: Nachdem wir wussten, dass Dorsey lebt, war vorherzusehen, dass wir versuchen würden, die Spur des Geldes zu verfolgen. »Woher wissen Sie das?«

»Sie können mir glauben, das sehe ich«, sagt er. »Aber das ist nicht das Merkwürdige. Merkwürdig ist, dass die darauf eingestellt waren, den Spürhund aufzuspüren. Ich dachte mir, dass sollten Sie wissen.«

»Ich weiß nicht einmal, wovon Sie überhaupt reden«, sage ich.

»Ich will damit sagen, dass die darauf vorbereitet waren, herauszufinden, wer dem Geld auf der Spur ist. Sie wissen, dass ich es bin.«

Nun bin ich hellwach und werde allmählich auch unruhig. »Haben Sie denen Ihren Namen und Ihre Adresse gegeben?«

Er lacht. »Mr Carpenter, nehmen Sie's mir nicht übel, aber wir leben im einundzwanzigsten Jahrhundert. Das bekommen die mit einem Tastendruck.«

Es ist erstaunlich, wie schnell sich Unruhe in Panik wandeln kann. »Wie lautet Ihre Adresse?«

»383 Vreeland Avenue.«

»Okay, Barry, schließen Sie Ihre Türen ab und machen Sie die Lichter aus. Ich komme sofort zu Ihnen. Lassen Sie niemanden außer mir herein.«

»Warum? Was ist los?«

»Machen Sie, was ich Ihnen gesagt habe.« Ich lege auf und ziehe mich an.

Laurie schläft und ich wecke sie. Sie merkt an meinem Tonfall, dass etwas nicht stimmt.

»Was ist los?«, will sie wissen.

»Ruf Pete Stanton an und sag ihm, dass in 383 Vreeland Avenue ein bewaffneter Einbruch stattfindet.«

»Findet er statt?«

»Nicht, wenn ich es verhindern kann.«

Ich renne hinaus zu meinem Auto. Ich kann richtig schnell laufen, wenn ich Angst habe, und im Moment laufe ich fast so schnell wie noch nie.

Barry wohnt von mir aus gesehen am anderen Ende der Stadt. Normalerweise brauchte ich zwanzig Minuten, aber es ist nichts los auf den Straßen und ich halte an keiner einzigen Ampel, also brauche ich fünfzehn. Es kommt mir vor wie eine Stunde.

Als ich in seine Straße einbiege, stelle ich erleichtert fest, dass die Polizei noch schneller war als ich, denn etwa ein halbes Dutzend Polizeiautos mit Blaulicht steht schon da. Ich sehe auch Pete vor Barrys Haus und fahre in die Einfahrt. Er wird stinksauer auf mich sein, aber das ist wesentlich besser als die Alternative.

Ich steige aus und gehe hinüber zu Pete. »Danke, dass ihr gekommen seid«, sage ich.

Er nickt. »Ich wünschte, es wäre ein paar Minuten früher gewesen. Kennst du das Opfer?«

Es kommt mir vor, als hätte jemand Barrys Haus hochgehoben und es auf meinen Kopf knallen lassen. Der Aufprall lässt mich im wahrsten Sinne des Wortes in die Knie gehen. »Sag das nicht, Pete. Sag nicht, dass es ein Opfer gegeben hat. Bitte …«

»Tut mir Leid, Andy … Der Typ, der in dem Haus gewohnt hat. Ihm wurde einmal in den Kopf geschossen.«

»O nein … nein …« Ich glaube nicht, dass ich das aushalte.

»Wir haben den Täter, Andy. Er liegt in der Küche auf dem Boden.«

Ich gehe langsam zum Haus. Pete ruft den Beamten zu, dass sie mich durchlassen sollen, und folgt mir dann. Es kommt mir vor, als brauchte ich eine Stunde bis zur Haustür, und dabei lebte Barry auf einem kleinen Grundstück.

Endlich erreichen wir die Küche. Überall ist Blut, offensichtlich von dem Mörder, dessen von Kugeln durchlöcherte Leiche auf dem Boden neben der Theke liegt.

»Kennst du ihn?«, fragt Pete.

Er liegt auf dem Bauch, den Kopf von mir abgewandt, also muss ich um ihn herum zur Theke gehen, um ihn besser zu sehen.

Es ist erstaunlich, wie wenig überrascht ich bin, dass ich in das mausetote Gesicht von Geoffrey Stynes blicke.

Pete tut das Naheliegende, indem er mich auffordert, ihm in allen Einzelheiten zu berichten, was ich über den Vorfall heute Abend weiß. Er fährt mich zur Dienststelle und beauftragt jemand anderen, meinen Wagen nachzubringen. Ich bitte ihn, jemand möge Laurie anrufen, um ihr zu erzählen, was passiert ist, und dann, glaube ich, sagt auf dem ganzen Weg keiner von uns mehr ein Wort.

In meinem Kopf schwirrt alles noch immer irgendwie verschwommen durcheinander, und die einzige Klarheit, die mich durch diesen Nebel erreicht, ist die Tatsache, dass ich für den Mord an Barry Leiter verantwortlich bin – so sicher, als hätte ich selbst abgedrückt. Ich habe diese Verrücktheit, diesen Irrsinn in sein dreiundzwanzig Jahre altes Leben gebracht, und er hat den Preis bezahlt.

Wir erreichen die Dienststelle und gehen in ein Verhörzimmer, damit Pete das Gesagte aufnehmen kann. Ich erzähle ihm alles, angefangen mit dem Augenblick, in dem Stynes meine Kanzlei betrat. Pete hebt die Augenbrauen, als er hört, dass der Tote Stynes war, der Mann, den er auf mein Geheiß hin versucht hatte zu finden.

Als ich fertig bin, habe ich einige Fragen an Pete. »Stynes wurde von einem Haufen Kugeln getroffen. Hat er sich widersetzt?«

Pete schüttelt den Kopf. »Er hat Selbstmord begangen.« Als er meinen überraschten Gesichtsausdruck sieht, erklärt er: »Wir hatten ihn sicher umstellt, ein halbes Dutzend Leute, die Waffen auf ihn gerichtet. Wir riefen ihm zu, er sah, wie es um seine Chancen stand, dann hob er seine Waffe, um zu feuern, und zwang uns so, ihn zu erschießen. Er musste wissen, dass er sterben würde, aber aus seiner Sicht war das wohl besser, als wenn wir ihn verhaftet hätten.«

»Wie kannst du dir da so sicher sein?«, frage ich.

»Ich hab seinen Blick gesehen«, antwortet er. »Der war nicht verängstigt – der war schon tot.«

Es ist fast zwei Uhr morgens, als ich die Dienststelle verlasse, nachdem ich Pete versichert habe, dass ich fahren kann. Er verspricht mir, mich über neue Erkenntnisse bezüglich Stynes auf dem Laufenden zu halten, und kündigt mir an, dass ich in den nächsten ein oder zwei Tagen wahrscheinlich noch mehr Fragen von Sabonis beantworten muss. Pete wird auch Sam ausfindig machen, ihm berichten, was passiert ist, und ihn fragen, wo Barrys Familie zu finden ist.

Laurie wartet auf mich, als ich nach Hause komme. Sie hat von Petes Assistenten gehört, was passiert ist. Die Taubheit, die ich bisher gefühlt habe, weicht, und der Schmerz wandelt sich von einem dumpfen Pochen in eine stechende Qual. Laurie hat tausend Fragen, stellt aber kaum welche. Sie hält mich nur im Arm, und Tara kuschelt sich an mich, bis es Morgen wird.

Ich fühle mich dadurch nicht besser, aber auch nicht schlechter. Schlechter kann ich mich überhaupt nicht fühlen.

Marcus Clark ängstigt Edna halb zu Tode, als er ins Haus kommt, um seinen ersten wöchentlichen Bericht abzuliefern. Ich versichere ihr, dass er auf unserer Seite ist, aber ich glaube, sie kann seine bedrohliche Erscheinung nicht mit der Tatsache in Einklang bringen, dass er einer der Guten ist.

Dann betritt Laurie das Zimmer und die Wandlung findet unmittelbar statt. Sie und Marcus umarmen sich herzlich, und er erkundigt sich nach ihrer Gesundheit, ihrer Stimmung, nach dem, was sie vielleicht brauchen könnte usw. Edna akzeptiert ihn widerwillig als einen von uns, auch wenn sie gelegentlich zu ihm hinüberäugt, so als wolle sie sichergehen, dass er sich nicht auf uns stürzt.

Marcus hat im Großen und Ganzen keinen Fortschritt gemacht, was in seinen Augen an sich schon ein Fortschritt ist. Er hat keine Spur von Dorsey gefunden, und da er felsenfest davon überzeugt ist, jeden finden zu können, betrachtet er sein Scheitern als sicheres Zeichen dafür, dass Dorsey tot ist.

»Aber ich hab mit ihm gesprochen«, merkt Laurie an.

»Oder mit jemandem, der versucht hat, so wie er zu klingen«, lautet Marcus' Replik.

Sie bleibt beharrlich. »Er war's.«

Sie diskutieren dieses unlösbare Problem noch so lange, bis Marcus schließlich die Möglichkeit einräumt, dass Dorsey tatsächlich lebt, allerdings mit einer Menge einflussreicher Hilfe im Rücken, die ihn vollkommen versteckt halten kann. Wir sind uns alle einig darin, dass nur jemand wie Dominic Petrone einen so großen Einfluss hat, aber Marcus glaubt nicht, dass Petrone Dorsey diesen Anruf hätte machen lassen. Das war die Tat eines Mannes mit einem starken persönlichen Motiv, und Petrone würde die Angelegenheit als rein geschäftlich betrachten.

Die Leiterin der Geschäftsstelle ruft an und teilt mit, dass Henderson Dorseys Akten gesichtet und einen Besprechungstermin morgen früh in seinem Büro angesetzt hat, um unseren Antrag auf Einsicht in diese Akten zu diskutieren. Richter Hackebeil erledigt diese Angelegenheiten gern ohne eine formelle Anhörung, und das kommt mir sehr entgegen. Ich bin froh, dass er den Termin nicht auf heute Morgen gelegt hat, denn ich habe die Besprechung mit Willie Miller und dem Anwalt, der die Parteien vertritt, gegen die wir geklagt haben.

Am leichtesten lässt sich Willies Reaktion auf seinen kommenden Reichtum dadurch veranschaulichen, wenn man erwähnt, dass er mich gebeten hat, ihn bei einem Mercedes-Händler abzuholen. Als ich eintreffe, steht er jedoch vor dem Laden und steigt gleich bei mir ein.

»Wieso warst du nicht drin und hast die Kutschen unter die Lupe genommen?«, frage ich.

»Man hat mich nicht ernst genommen. Die glauben nicht, dass ich mir so eine Rostlaube leisten kann. Zeigt mal wieder, wie viel Ahnung die haben.«

»Wie viel hast du auf deinem Konto?«, will ich wissen.

»Ich hab kein Konto«, sagt er und zeigt dann sein breites Lächeln. »Aber bald.«

Das Gespräch während der restlichen Fahrt zu dem Anwalt dreht sich um Laurie. Wie jeder andere, der sie kennt, macht Willie sich Sorgen, und er hat eine bessere Vorstellung als die meisten davon, wie ungerecht das Rechtssystem sein kann.

Wir erreichen die Kanzlei von Bertram, Smith und Cates, einer anerkannten Firma für Zivilprozesse in Teaneck. Ich habe einige Male mit Stephen Cates gesprochen, dem Anwalt der Beklagten, und er hat in Erwartung dieser Besprechung eine recht unverbindliche Haltung an den Tag gelegt.

»Wie ich hörte, wurden Sie von der Tochter eines meiner Mandanten kontaktiert«, sagt er und meint Nicole.

Ich nicke. »In der Tat.«

»Ich entschuldige mich dafür, dass Sie in diese Lage gebracht wurden. Natürlich hatte ich zuvor keine Ahnung davon.«

»Kein Problem«, sage ich.

Dann legt er los mit einer langatmigen Rede über die Haltung seiner Mandanten und ihren Wunsch, diese unselige Angelegenheit zu einem Ende zu bringen, oder zumindest einen Teil davon. Sie sähen ein, welch negative Auswirkungen ihr Handeln auf Willies Leben gehabt habe, und so hätten sie eine Formel ausgearbeitet, von der sie glauben, dass sie einen angemessenen finanziellen Ausgleich für das erlittene Unrecht schafft. Er ist so sehr damit beschäftigt, diese Formel zu erklären, dass er es versäumt, die Höhe des Ausgleichs zu erwähnen.

Nach zwanzig Minuten, die mir wie zwei Stunden vorgekommen sind, kommt er zum Schluss und fragt: »Haben Sie irgendwelche Fragen?«

Willie, der während dieser Vorstellung drei Orangen, zwei Äpfel, eine Banane und einen Haufen Weintrauben verdrückt hat, vergeudet keine Zeit. »Wie viel?«, fragt er.

Cates scheint Willies Geradlinigkeit etwas zu verwundern, entschließt sich aber, darauf einzugehen. »Wir denken an einen Betrag in der Gegend von 4,37 Millionen, ausgezahlt über einen Zeitraum von sieben Jahren.«

Willie spuckt angesichts der Absurdität des Angebots fast drei Weintrauben aus. »Das ist vielleicht die Gegend, in der Sie suchen«, sagt er. »Aber wir nicht. Wir gucken nach oben.« Mit »wir« meint Willie sich und mich, obwohl ich die Absicht habe, ihn als eigentlichen Unterhändler auftreten zu lassen. Er macht seine Sache gut, und ich verbringe die Zeit lieber damit, mich in Gedanken für den Mord an Barry Leiter zu verprügeln.

Doch Cates wendet sich an mich; anscheinend sucht er nach einem schwächeren Glied als Willie. »Wie genau sieht Ihre Position aus?«

Ich schaue zu Willie und er übergibt mir nickend das Wort. »11,7 Millionen, ausgezahlt über einen Zeitraum von fünf Minuten.«

Er zuckt nicht mit der Wimper. »Darf ich fragen, wie Sie auf diesen Betrag kommen?«

»Pure Intuition«, sage ich. »Wir halten es für einen fairen Betrag, und der ist als solcher nicht verhandelbar. Ich denke, wir könnten vor Gericht wesentlich mehr bekommen.«

»Verstehe. Ich werde das meinen Mandanten mitteilen.«

Ich sage zu ihm, dass das nett wäre, und nachdem Willie sich noch auf dem Weg nach draußen eine letzte Orange geschnappt hat, verabschieden wir uns.

Willie bittet mich, ihn bei seiner Freundin abzusetzen, die in einer eher heruntergekommenen Gegend von Paterson wohnt. Paterson ist eine Stadt mit über hunderttausend Einwohnern und kann es in jeder Hinsicht mit jeder anderen Stadt aufnehmen. Aber wenn jemand in dieser Gegend von »der Stadt« spricht, ist immer New York gemeint.

Wir sind etwa zehn Straßen von unserem Ziel entfernt, als wir fast einen frei herumlaufenden Hund anfahren. Er sieht aus wie eine Labrador-Mischung, mager, erschöpft und vom Leben auf der Straße verängstigt.

Dieser Beinahe-Unfall hat uns beide erschreckt. »Verdammt, das war knapp«, sagt Willie.

»Armer Hund. Die werden den einfangen und ins Tierheim stecken«, sage ich.

»Und dann?«

»Dann bringen sie ihn um.«

»Was?«, schreit Willie empört. »Halt sofort an!«

Ich habe kaum noch Zeit, an die Seite zu fahren, als Willie auch schon aus dem Auto springt, dem Hund die Straße entlang nachjagt und ruft: »Komm her, Hund!«

Der Hund stellt seine Intelligenz unter Beweis, indem er vor dem schreienden Willie davonläuft, also fahre ich mit dem Auto weiter vor, um ihm den Weg abzuschneiden. Ich springe aus dem Auto und mache mich daran, ihn zurück zu Willie zu jagen, aber wieder ist der Hund schlau genug und rennt in einen Hinterhof.

Die Jagd geht weiter, während Willie und ich die nächsten zwanzig Minuten damit verbringen, Straßen hoch und runter und in Hinterhöfe hinein und wieder hinaus zu rennen. Wir führen zahlreiche Manöver durch, um ihm den Weg abzuschneiden, aber er überlistet uns jedes Mal.

Das Training im Whirlpool von Vince Sanders' Fitnessclub hat mich auf diese Art des Joggens nicht so richtig vorbereitet. Ich schnappe nach Luft, und die Seitenstiche sind kaum noch zu ertragen, während Willie so tut, als sei das für ihn ein Spaziergang im Park.

Dann verliere ich sowohl Willie als auch den Hund aus den Augen, und so müssen die beiden das allein regeln. Ich gehe taumelnd ein paar Straßen entlang, in der Hoffnung, einen von ihnen zu finden, obwohl ich mich lieber sofort in ein Sauerstoffzelt gelegt hätte.

Und dann, am Ende eines Hinterhofs vor einer dreckigen Garage, entdecke ich Willie. Er sitzt auf dem Boden, gegen die Mauer gelehnt, und auf seinem Schoß der Hund, dem er sanft den Kopf streichelt. Sie wirken so entspannt, dass auf dem Bild nur noch ein Teich und eine Angelrute fehlen.

Als ich wieder atmen und laufen kann, gehen wir drei zurück zum Auto. Willie behält den Hund vorn auf dem Beifahrersitz auf dem Schoß und verkündet, das sei jetzt sein Hund und er trage – aus nahe liegenden Gründen – den Namen Cash. Ich versichere mich, dass der Hund kein Halsband und keine Marke trägt, womit die Wahrscheinlichkeit sinkt, dass irgendwo ein Besitzer nach ihm Ausschau hält.

Willie verspricht mir, in der Gegend Plakate mit einem Foto des Hundes aufzuhängen, aber ich bin mir nicht sicher, ob er das auch durchzieht. Egal. Ein Hund hat einen liebevollen Besitzer gefunden; es gibt Schlimmeres.

Ich kehre nach Hause zurück und stelle überrascht fest, dass mich dort Pete Stanton erwartet, um mich über die ersten Ergebnisse bei den Ermittlungen bezüglich Stynes zu informieren. Er hätte es auch telefonisch machen können, aber ich glaube, er wollte Laurie sehen und ihr zusätzliche moralische Unterstützung anbieten.

Der Bericht über Stynes ist von erstaunlicher Kürze. »Bisher scheint Stynes nicht existiert zu haben«, sagt Pete.

»Wovon redest du?«, frage ich.

Pete erzählt mir, dass sie seine Fingerabdrücke überall gegengecheckt haben, beim Militär, bei allen Bundes- und Staatsbehörden, und nichts dabei herausgekommen ist. Sie haben sein Foto an alle Polizeidienststellen des Landes mit dem Hinweis auf Vorrangigkeit herausgegeben, und das hat ebenfalls nichts ergeben.

»Wie ist das möglich?«, erkundige ich mich.

»Ich glaube nicht, dass es möglich ist«, sagt Pete. »So ein Typ muss irgendwo eine Akte haben, beim Militär gewesen sein oder einen Waffenschein beantragt haben – irgendwas. Wenn es keine Akte über ihn gibt, dann muss diese Akte vernichtet worden sein.«

»Von wem?«

Pete zuckt mit den Schultern. »Von irgendeinem Aktenvernichter – wie zum Teufel soll ich denn das wissen? Jedenfalls suchen wir weiter, aber ich glaube nicht, dass wir noch was finden.«

Pete geht, und ich verbringe den restlichen Abend damit, die Besprechung morgen in Hendersons Büro vorzubereiten, in der unsere Forderung nach allen Berichten über Dorsey diskutiert werden soll. Eine Abweisung dieses Antrags können wir uns keinesfalls leisten.

Der Morgen ist sonnig und hell, aber wie immer ist es in Hendersons Büro wolkig und dunkel. Wieder einmal ist Dylan vor Kevin und mir dort, und das ärgert mich. Der Richter sollte nicht mit einer Partei sprechen, wenn die andere abwesend ist. Ich könnte Richter Hackebeil in diesem Punkt belehren, ich kann mich aber auch dafür entscheiden, am Leben zu bleiben.

Mir wird sofort klar, dass ihre Vorbesprechung auf Hendersons Geheiß hin stattgefunden hat. »Mr Campbell hat sich entschlossen, sich Ihrem Antrag nicht zu widersetzen«, verkündet er.

»Gut«, sage ich.

»Sie werden die Akte heute bis zum Ende des Arbeitstages haben.«

»Gut«, sage ich.

»Das wäre alles, meine Herren.«

»Gut«, sage ich.

Dylan hat kein einziges Wort gesagt, und ich nur eines, obwohl das ein Wort ist, das mir gefällt, und ich durfte es gleich drei Mal sagen. Nach kürzester Zeit sitzen Kevin und ich wieder in meinem Auto.

»Was war das denn gerade?«, will Kevin wissen.

»Richter Hackebeil hat ihm anscheinend die Leviten gelesen, bevor wir kamen«, erkläre ich.

Kevin kann es nicht fassen. »Und Dylan hat einfach klein beigegeben?«

»Anscheinend wurden dir von Richter Hackebeil noch nie die Leviten gelesen. Bezüglich des Antrags nachzugeben war leicht; wenn Henderson richtig Druck gemacht hätte, hätte Dylan seinen Erstgeborenen geopfert.«

Ich rufe Edna an und erfahre, dass Marcus eine wichtige Nachricht hinterlassen hat, in der er mich bittet, ihn an einem bestimmten Ort in einer sehr heruntergekommenen Gegend der Stadt zu treffen. Kevin erklärt sich einverstanden, mich zu begleiten, und zwanzig Minuten später sind wir an der angegebenen Adresse, hinter der sich ein verlassenes Wohnhaus verbirgt. Es steht neben einem verlassenen Kino und gegenüber von einigen verlassenen Läden.

Wir steigen aus dem Auto und sehen uns um. Nach einiger Zeit hören wir eine Stimme.

»Hier oben.«

Aus einem der wenigen nicht mit Brettern vernagelten Fenster des Gebäudes schaut Marcus auf uns hinab. »Kommt hoch«, sagt er. »Fünfter Stock.«

Ich stöhne, da der Aufzug in diesem Haus wahrscheinlich nicht funktioniert, und nach der gestrigen Hundejagd habe ich immer noch Muskelkater und bin kaum wieder zu Atem gekommen. Aber zäh, wie ich nun einmal bin, marschiere ich ins Gebäude und stapfe zusammen mit Kevin mühsam die Treppen hoch.

Als wir den fünften Stock erreichen, weiß ich sofort, dass mich meine Intuition hinsichtlich des nicht funktionierenden Aufzugs nicht im Stich gelassen hat. Ich weiß es, weil über dem leeren Schacht ein Mensch hängt. Er hängt in einem Gurt, die Augen quellen ihm vor Angst hervor und sind doch auf Marcus gerichtet, der mit einem riesigen Messer daneben steht und anscheinend droht, den Gurt durchzuschneiden und den Mann fünf Stockewerke abwärts in den sicheren Tod zu schicken.

Ich bin sprachlos, doch Marcus wirkt ruhig und entspannt, so als träfen wir uns auf eine Piña Colada am Pool. Da er die gesellschaftlichen Umgangsformen vollkommen beherrscht, macht er die obligatorische Vorstellungsrunde. »Darf ich vorstellen, Andy Carpenter, Kevin Randall, und der hier heißt Arschloch. Arschloch, das sind Mr Carpenter und Mr Randall.«

Als ich hier eintraf, verstand ich zunächst nicht, wie ein Mensch über einen Schacht zu hängen kommt. Jetzt verstehe ich, dass die größte Schuld bei den Eltern liegt. Wenn man sein Kind Arschloch nennt, bleibt es mit größter Sicherheit nicht aus, dass ihm mit mangelndem Respekt begegnet wird, wenn es größer wird.

Marcus teilt uns mit, dass uns der hängende Mann etwas zu erzählen hat. Ich befürchte, Kevin könne einen Herzinfarkt bekommen, weil er dieser Szene beiwohnen muss, und ich fühle mich auch nicht so wohl dabei, also überzeuge ich Marcus, den Mann auf sicheren Grund und Boden zu bringen. Marcus willigt ungern ein, nachdem der Mann krächzend das Versprechen gegeben hat, ebenso freimütig zu sprechen, als wenn er hängen würde.

Als er erst einmal aus dem Schacht draußen ist, beruhigt sich der Mann etwas, und ich erfahre, dass er noch einen anderen Namen hat: Mitch. Mitch ist anscheinend ein Freizeit-Gauner, ein Teilzeit-Informant und ein Vollzeit-Schleimbolzen, der sein Ohr am Boden hält und hofft, so an Informationen zu kommen, die er verkaufen kann. Marcus, überzeugend, wie er nun einmal sein kann, hat Mitch dazu bewegt, uns ein paar kostenlose Informationen zu geben. Zu diesem Zweck hat er sogar den speziellen Gurt als Zeichen der Unterstützung für Mitch vorbereitet.

Mitch ist in der Lage, etwas Licht in Dorseys illegale Aktivitäten zu bringen, doch es ist ein etwas anderes Licht, als wir es uns ausgemalt hatten. Dorsey war, wie wir vermuteten, ausgiebig in die verbrecherischen Tätigkeiten Petrones involviert. Aber Mitch zufolge war Dorsey lediglich ein ziemlich überschätzter Kassierer von Schutzgeldern; die wahre Macht und die Protektion für Petrone gingen von einer Instanz aus, die auf der hierarchischen Leiter über Dorsey stand. Mitch weiß nicht, um welchen Mann oder welche Männer es sich dabei handelt, aber er ist sich sicher, dass Dorseys Hauptaufgabe darin bestand, Gelder einzutreiben und einen Großteil davon nach oben abzugeben.

Diese Informationen passen genau zu dem, was Celia über den anderen Lieutenant zu sagen hatte, mit dem Dorsey zusammengearbeitet hatte. Unabhängig davon, ob dieser Lieutenant in der Petrone-Hierarchie tatsächlich über Dorsey stand oder ob er lediglich neben ihm arbeitete, wird ganz klar, dass jemand bei der Polizei ein Interesse daran hat, Laurie verurteilt zu sehen.

Wir schicken Mitch weg, nachdem wir uns aufrichtig bedankt und ihn ermahnt haben, seine Augen und Ohren offen zu halten und Marcus wieder Bericht zu erstatten, sobald er etwas Neues erfährt. Er verspricht, dies zu tun, doch ich nehme eher an, dass Mitch sich dafür entscheiden wird, nicht in derselben Hemisphäre wie Marcus zu bleiben.

Richter Hackebeil ist ein Richter, dessen Anordnungen befolgt werden, und Dylan ist nicht darauf aus, der Anwalt zu werden, der diesen Trend durchbricht. Als Kevin und ich nach Hause kommen, sind die bisher fehlenden Teile von Dorseys Akte bereits eingetroffen, und so machen wir uns gleich daran, sie eingehend zu studieren.

Die interessante Zeit in Dorseys Akte fängt an mit Lauries Beschuldigungen gegen ihn. Ein Bericht der Abteilung für Innere Angelegenheiten bewegt sich zwar nicht ganz auf der gleichen Ebene wie die Warren-Kommission, die den Kennedy-Mord untersucht hat, bestätigt aber dennoch Lauries Anschuldigungen und weitet sie aus.

Dorsey machte auf mehreren Gebieten Geschäfte mit Dominic Petrone, hauptsächlich Kreditwucher, Prostitution und Drogenhandel. Seine Rolle bei diesen Machenschaften lag im Wesentlichen darin, für den Schutz – genauer gesagt die Abschottung – vor der Polizei zu sorgen. Gelegentlich war seine Rolle sogar noch aktiver und direkter, aber es ist klar, dass sein Wert für Petrone in seinen Möglichkeiten als Lieutenant der Polizei lag.

Das FBI ist in der Tat vor zwei Jahren eingeschritten, um Dorseys Kragen zu retten, und der Einschreitende war Special Agent Darrin Hobbs persönlich. Erstaunlicherweise hat Hobbs der Polizei nicht viel mehr Informationen gegeben als mir; er hat einfach nur gesagt, dass wichtige FBI-Ermittlungen beeinträchtigt würden, wenn man Dorseys Rolle öffentlich machte. Hobbs sagte, die Operation hätte nichts mit Dorsey selbst zu tun, sondern wäre »gegen Elemente des organisierten Verbrechens« gerichtet. Die Tatsache, dass die Behörden von Paterson bei diesem Einschreiten des Bundes klein beigaben, ist nichts, worauf sie stolz sein könnten, und darin liegt vermutlich auch die Ursache dafür, dass sie sich weigerten, die Information an mich weiterzugeben.

Als Gegenleistung für die unglaublich milde Strafe eines Verweises versprach Dorsey, in Zukunft von seinen unrechtmäßigen Aktivitäten die Finger zu lassen. Es gibt Hinweise darauf, dass er sein Versprechen hielt, aber nur für kurze Zeit. Vor etwa sechs Monaten merkte die Abteilung für Innere Angelegenheiten, dass er seine Machenschaften wieder aufgenommen hatte, und die Anschuldigungen wurden auch bestätigt.

Hobbs wurde auf die Situation hingewiesen, bevor etwas unternommen wurde, doch dieses Mal schritt weder er noch sonst jemand vom FBI ein. Dorsey sollte gerade verhaftet werden, als er verschwand, und eine Woche später wurde die Leiche, die man für Dorseys hielt, entdeckt.

Für uns ist es ziemlich deprimierend, die Informationen zu erhalten, die wir angefordert hatten, nur um nun herauszufinden, dass sie nicht besonders hilfreich sind. Sie eröffnen uns keine neuen zu ermittelnden Felder und keine auszuarbeitenden Strategien.

Der nächste Nagel in unserem juristischen Sarg ist ein Anruf von Nick Sabonis. Er informiert mich darüber, dass sie keinerlei Hinweise darauf finden konnten, dass Dorsey am Leben sein könnte. Die Ermittlungen werden zwar nicht als abgeschlossen erklärt, aber soweit es ihn und die Polizei angeht, ist Dorsey tot. Er gesteht zu, dass er damit nicht sagen will, Laurie lüge, sondern dass sie einfach von einem bluffenden oder irren Anrufer hinters Licht geführt worden sei.

Mein Frust erreicht den Siedepunkt. »Darf ich Ihnen eine Frage stellen, Nick? Wie kam es dazu, dass Sie Dorseys Fall übernommen haben?«

Er denkt einen Moment nach und überlegt, worauf ich mit der Frage hinauswill. »Warum? Glauben Sie, ich wäre dieser geheimnisvolle ›Lieutenant‹, der mit Dorsey zusammengearbeitet hat?«

»Irgendjemand war es«, sage ich. »Und an diesem Punkt bin ich nicht bereit, irgendjemanden auszuschließen.«

»Seien Sie vorsichtig, wen sie beschuldigen«, sagt er, und dabei ist sein Tonfall noch drohender als seine Worte.

»Beantworten Sie meine Frage, Nick?«

»Ich hab um den Fall gebeten.«

»Warum?«

»Ich mochte weder Dorsey noch das, was er tat. Aber Polizistenmörder mag ich noch weniger.«

Die Zeit kann einem ganz schön auf die Nerven gehen. Sie macht ständig, völlig und hinterhältig das genaue Gegenteil von dem, was man sich von ihr erhofft. Das ist eine Theorie von mir, und an der halte ich fest. Genau genommen ist es eine jener tiefgründigen Theorien, die aufzustellen ich in Situationen wie dieser in der Lage bin, zum Beispiel wenn ich wie jetzt im Bett liege, um drei Uhr morgens, und nicht schlafen kann.

Die Wochen, die diesem Prozess vorausgegangen sind, der später an diesem Morgen beginnen soll, sind ein perfektes Beispiel für meine Theorie. Für Laurie verging die Zeit quälend langsam, während sie auf den Tag wartete, an dem ihr Arrest zumindest teilweise aufgehoben und, noch wichtiger, ihre juristische Rehabilitierung näher rücken würde.

Für Kevin und mich näherte sich der heutige Prozesstermin wie ein rasender, außer Kontrolle geratener Güterzug. Wir haben jeden Augenblick eines jeden Tages mit dem Versuch verbracht, uns vorzubereiten und eine Verteidigung aufzubauen, auf die wir vertrauen konnten, und haben es doch nicht annähernd geschafft.

Gegen vier Uhr schlafe ich ein und wache um sieben auf, als das Adrenalin anfängt einzuschießen. Laurie scheint eher erwartungsvoll als nervös zu sein. Die Aussicht, tatsächlich aus dem Haus zu kommen, übt eine so anziehende Wirkung aus, dass sie zeitweise die natürliche Angst überdeckt, die sie fühlen sollte und wohl auch noch fühlen wird. Aber das ist in Ordnung; im Moment reicht meine Angst wieder einmal für uns beide.

Ein Gerichtsdiener holt Laurie um neun Uhr zum Gericht ab, und sie erlebt zum ersten Mal den mühsamen Gang durch die versammelten Presseleute vor der Tür. Die Fragen, die ihr zugerufen werden, beziehen sich hauptsächlich auf ihre Gefühle angesichts des beginnenden Prozesses. Einige fragen nach unserer persönlichen Beziehung, die in den letzten Tagen ordentliches Futter für die Presse geliefert hat. Es wurde offen darüber spekuliert, ob Laurie meine Ehe zerstört habe, und verhohlen kritisiert, dass wir unser Privatleben mit dem beruflichen verquicken.

Ich habe offen und direkt geantwortet, dass ich Laurie in der Tat liebe, und zwar seit dem Ende meiner Ehe, dass sie aber erst später meine Mandantin wurde. Für Laurie allerdings ist der Ansturm nur schwer zu ertragen, besonders da sie keine andere Wahl hat, als ihn zu ertragen.

Der Presserummel am Gerichtsgebäude ist noch wesentlich größer als zu Hause, aber wir erhalten gesondert Zutritt durch einen Hintereingang, um das Schlimmste zu umgehen. Schon bald sitzen wir am Tisch der Verteidigung, während Richter Hackebeil die Formalitäten der Prozesseröffnung durchgeht.

Neben mir am Tisch der Verteidigung sitzen Kevin und Laurie. Auf der anderen Seite des Ganges sitzt Dylan mit zwei weiteren Staatsanwälten. Er trägt seinen schönsten Sonntagsanzug; mich überrascht nur, dass er keine Blume am Revers trägt. Er strahlt Zuversicht aus – eine Zuversicht, von der ich wünschte, sie wäre fehl am Platze.

Ich habe mit zwei Beratern über die richtige Taktik bezüglich der Jury gesprochen, mich dann aber letztendlich doch entschlossen, die Auswahl der Geschworenen allein vorzunehmen. Eines der wenigen Dinge zu unseren Gunsten ist das Missverhältnis zwischen Lauries Erscheinungsbild und Auftreten auf der einen Seite und der Brutalität des Verbrechens auf der anderen. Die Berater waren der Ansicht, dass weibliche Geschworene wohl am wenigsten glauben könnten, Laurie sei zu so einer Tat fähig, aber ich bin anderer Meinung. Ich werde auf meine innere Stimme hören, obwohl es nett wäre, wenn mein Innerstes aufhören würde zu rumoren, damit ich diese Stimme auch wirklich hören kann.

Es ist quasi Allgemeinwissen, dass die Auswahl der Geschworenen die vielleicht wichtigste Prozessphase ist, in der Fälle gewonnen oder verloren werden können, noch bevor ein einziger Zeuge aufgerufen wurde. Theoretisch ist das zutreffend, doch in der Praxis ist es selten derart ausschlaggebend.

Kompetente Anwälte sind bei der Auswahl der Geschworenen ganz schön clever geworden, daher ist es sehr ungewöhnlich, dass eine Seite dadurch einen entscheidenden Vorteil herausschlagen kann. Das Ganze gleicht einem Footballspiel. Das Handwerk des Spiels, die taktischen Spielzüge, sind für den Erfolg eines Teams zwar ebenfalls maßgeblich, aber die modernen Trainerteams können mittlerweile im Voraus alles so gut einschätzen, dass eine Mannschaft für gewöhnlich auf anderen Gebieten einen Sieg herausholt.

Dylan nutzt jede sich bietende Möglichkeit, um Laurie als knallharte Ex-Polizistin darzustellen, während mein Streben darauf gerichtet ist, dass jeder sie als zerbrechliche Blume sieht. In Wirklichkeit ist sie beides, so dass unser kleines Spiel zu einer noch größeren Herausforderung ausartet.

Laurie kann es nicht ausstehen, wenn ich ein Verfahren als

Spiel bezeichne, aber so sehe ich es, und so muss ich es sehen, um mein Bestes zu geben. Und es ist tatsächlich insofern ein Spiel, als Strategie und Glück, Hochs und Tiefs, Ebbe und Flut, Gewinner und Verlierer mit von der Partie sind. Der Einsatz ist nicht das, was aus einem Spiel ein Spiel macht; man spielt, um zu gewinnen, und dann werden die Chips, entsprechend ihrem Wert, eingetauscht.

Um effektiv zu sein, muss ich den Fall entpersonalisieren und mich nur auf eine ordentliche Strategie und gewiefte Taktik konzentrieren. Darin liegt beim gegenwärtigen Fall meine größte Gefahr, abgesehen von der Tatsache, dass die Staatsanwaltschaft anscheinend eine wasserdichte Beweisführung vortragen wird. Ich muss mich ständig dazu zwingen, einen Schritt zurückzutreten und das Spiel objektiv zu betrachten, ohne die Menschen und den unglaublich hohen Einsatz zu sehen.

Ich habe Angst, dass ich nicht gut genug sein werde, um zu gewinnen, jedenfalls werde ich nicht gut genug sein, wenn ich Angst habe.

Henderson ist in guter Verfassung. Ich habe schon immer vermutet, dass er ein Messgerät für böse Blicke bei sich trägt. Je bedeutender die Gelegenheit, je folgenschwerer der Moment, umso böser und bedrohlicher ist sein Blick. Heute zeigt das Messgerät wohl etwa sieben an, das heißt, er könnte sicherlich einen Anwalt in Stücke reißen, würde aber vielleicht nicht noch darauf herumtreten. Ein Zeichen dafür, dass er diesen Prozess für wichtig hält. Wo er Recht hat, hat er Recht.

Nach etwa einer Stunde wendet sich Richter Hackebeil an mich. »Ist die Verteidigung bereit?«

»Ja, Euer Ehren«, lüge ich, und schon nimmt der Prozess *Staat New Jersey vs. Laurie Collins* seinen Lauf.

Einhundert mögliche Geschworene werden in den Saal

geführt, und Henderson hält seine Standardrede über die bedeutende Rolle und Leistung der Geschworenen für die Gesellschaft. Er dankt ihnen dafür, sich als gute Bürger erwiesen zu haben, aber er weiß genauso gut wie ich, dass sie hier sind, weil sie im Gegensatz zu der Mehrheit ihrer guten Mitbürger nicht mit einer Entschuldigung aufwarten konnten, die sie von ihrer Pflicht befreit hätte.

Den Geschworenen werden Fragebogen überreicht, auf denen viele Fragen zu beantworten sind, welche die Anwälte stellen werden. Damit sollen Wiederholungen reduziert und der Vorgang beschleunigt werden, denn durch die geschriebenen Antworten disqualifizieren sich bereits einige Leute, die wir dann nicht mehr befragen müssen.

Zweieinhalb Tage sind nötig, um zwölf Bürger plus vier Ersatzleute zu Geschworenen zu machen, die über Lauries Schicksal entscheiden werden. Sieben Männer, darunter drei Afroamerikaner und ein Latino, sowie fünf Frauen. In der Gruppe befindet sich kein Gehirnchirurg, aber für eine Jury sind sie meines Erachtens überdurchschnittlich intelligent und anscheinend unvoreingenommen. Das ist wichtig, denn sie müssen für unsere Verteidigung offen sein, falls uns noch eine einfallen sollte.

Der letzte Geschworene wird um drei Uhr nachmittags vereidigt, und Dylan geht auf Hendersons Vorschlag ein, die Eröffnungsplädoyers auf morgen früh zu verschieben. Das ist in Ordnung, die zusätzliche Zeit zur Vorbereitung kann ich gut gebrauchen. Ich bitte Kevin und Marcus, um sechs Uhr bei mir zu sein, damit wir noch einmal besprechen können, wo wir stehen und in welche Richtung wir schauen müssen.

Laurie macht etwas zu essen und setzt sich dann mit uns ins Wohnzimmer. Marcus ist sehr frustriert; er hat das Gefühl, noch nie so wenig getan zu haben, um einen Fall voranzubringen, und dabei ist es für ihn der wichtigste Fall, an dem er je gearbeitet hat. Stynes wahre Identität und seine Verbindung zum Mörder sind noch ein vollkommenes Rätsel, ebenso wie Dorseys Aufenthaltsort.

Ich bin enttäuscht, dass Laurie keine weitere Nachricht von Dorsey erhalten hat. Ich hatte gehofft, er habe das Bedürfnis, sie noch einmal zu kontaktieren, um weiter mit dem Messer in der Wunde zu stochern. Wir haben sogar ein kompliziertes Abhörsystem für ihr Handy installiert, damit wir ihn festnageln können. Aber wir haben kein Glück.

Marcus ist es gelungen, eine Liste vermisster Personen aufzustellen, bei denen es sich um die echte enthauptete Leiche aus dem Lagergebäude handeln könnte. Nachdem Größe, Gewicht und Zeit des Verschwindens in Betracht gezogen wurden, sind noch sieben Möglichkeiten übrig geblieben. Leider haben alle möglichen Überprüfungen keinerlei Verbindungen zwischen einem dieser Leute und Dorsey ergeben.

Marcus geht gegen neun Uhr und Kevin und ich besprechen dann noch einmal die Eckpfeiler meines Eröffnungsplädoyers. Nur ungern halte ich meine Plädoyers vorher schriftlich fest; selbst detaillierte Notizen scheinen meine Spontaneität und Effektivität einzuschränken. Also gehen wir die wichtigsten Punkte und Argumente durch, bis ich ihn nach Hause schicke.

Laurie und ich gehen gegen elf Uhr ins Bett, aber etwa eine Stunde liegen wir noch wach und unterhalten uns. Sie ist realistisch; sie weiß, wie schwierig die Situation ist. Die Anspannung, die mich ergriffen hat, ist überwältigend, und für sie muss es noch viel schlimmer sein. Zumindest habe ich noch eine gewisse Kontrolle über die Ereignisse der nächsten Wochen; sie jedoch kann nur zusehen und jegliche Konsequenzen hinnehmen, die diese Ereignisse mit sich bringen werden. Selbst Tara scheint nervlich angespannt zu sein und bellt – für sie untypisch – aus dem Fenster Geräuschen auf der Straße hinterher.

Nachdem Laurie und Tara eingeschlafen sind, kann ich mich auf Barry Leiter konzentrieren und meine nächtliche Selbstgeißelung vollziehen. Ich werde mich immer für den Mord an Barry verantwortlich fühlen und ich werde immer Recht haben.

Es ist wirklich eine lange Nacht.

Wir haben eisern die Fernsehberichterstattung zu dem Fall gemieden, und dieser Morgen stellt keine Ausnahme dar. Für Laurie ist es sehr schwer, Leute zu sehen, die sie unverhohlen als Mörderin bezeichnen, und die wenigen, die auf ihrer Seite stehen, bieten nur wenig Trost.

Heute allerdings wird sie das Eröffnungsplädoyer von Dylan hören, und das wird sicher weitaus schlimmer als alles, was sie im Fernsehen zu hören bekäme. Sie wird zuhören müssen, wenn er der Jury vorträgt, sie habe Alex Dorsey enthauptet und seine Leiche angezündet, und sie wird hören, dass er die Geschworenen bittet, sie für den Rest ihres Lebens ins Gefängnis zu schicken. Noch einmal sage ich ihr, was sie bereits weiß: dass sie stoisch und ungerührt dasitzen muss und keinerlei Reaktionen erkennen lassen darf.

Vor dem Gerichtsgebäude geht es heute noch chaotischer zu als sonst und drinnen ist die Anspannung beträchtlich gewachsen. All das ist auf die bevorstehenden Eröffnungsplädoyers zurückzuführen. Die Staatsanwaltschaft wird ihre Sicht des Verbrechens darstellen und den Geschworenen erklären, was genau sie beweisen will. Sie verspricht ihnen nur das, was sie glaubt auch liefern zu können, und das ist in diesem Fall recht viel.

Bevor Richter Hackebeil die Geschworenen zu den Eröffnungsplädoyers hereinbringen lässt, fragt er, ob es noch irgendwelche Verfahrensfragen zu besprechen gebe. Wir haben meinen Namen auf unsere Zeugenliste gesetzt, da ich der Einzige bin, der zu meiner Besprechung mit Stynes aussagen kann. Dylan versucht Henderson davon zu überzeugen, meine Aussage nicht zuzulassen, da Stynes für den Fall nicht relevant sei. Strenge Verfechter der ungeschriebenen Regeln juristischer Ethik rümpfen bei Anwälten, die bei einem Prozess gleichzeitig als Zeuge auftreten, die Nase und fordern, möglichst keine solchen Fälle anzunehmen. Aber verboten ist es nicht und ich gebe nicht nach.

Ich erhebe mich und erwidere, dass Stynes sehr wohl relevant sei, dass er eigentlich der einzige Grund dafür gewesen sei, dass Laurie sich draußen am Stadion aufgehalten habe. Henderson beschließt, seine Entscheidung zurückzustellen, bis die Verteidigung mit der Befragung ihrer Zeugen beginnt, und dann ruft er die Geschworenen herein.

Anwälte, Sie sind dran.

»Meine Damen und Herren«, beginnt Dylan in einem Tonfall, der seiner Traurigkeit darüber, dass wir alle überhaupt hier sein müssen, Ausdruck verleiht, »im Laufe der nächsten Wochen werden Sie verschiedene Ansichten über die Ereignisse, die uns heute hierher geführt haben, vernehmen. Aber lassen Sie mich eine Tatsache gleich von vornherein klarstellen.«

Er geht hinüber zum Tisch der Verteidigung, stellt sich einen guten Meter von Laurie entfernt hin und zeigt mit dem Finger auf sie. »Das hier ist die Person, die vor Gericht steht. Über die Taten dieser Person sollen Sie urteilen. Nun, dass mag Ihnen jetzt offensichtlich vorkommen, aber schon bald nicht mehr. Denn Mr Carpenter wird sich erheben und versuchen, aus Alex Dorsey die vor Gericht stehende Person zu machen. Genau, er wird aus dem Opfer den Verbrecher machen und aus dem Verbrecher das Opfer.

Lassen Sie sich nicht hinters Licht führen. Mr Carpenter wird sich ein paar Zaubertricks einfallen lassen, bei denen der Magier Houdini vor Neid erblassen würde. Sie werden zusehen, wie er einen Mann von den Toten auferstehen lässt, Sie werden schockiert sein, wenn er einen Ermordeten zu einem Verschwörer macht, der sich große Intrigen ausgedacht hat, und Sie werden mit dem Kopf schütteln, wenn er für seinen nächsten Zaubertrick eine brutale Mörderin in eine unschuldige, gequälte Frau verwandelt.

Das alles wird erstaunlich und gleichzeitig amüsant sein, aber barer Unsinn. Denn zum Glück wird es auch Fakten geben, die selbst ein Zauberer wie Mr. Carpenter nicht verschwinden lassen kann, und jeder dieser Fakten für sich wird Sie zu der Schlussfolgerung führen, dass Laurie Collins einen brutalen Mord an Lieutenant Alex Dorsey vom Paterson Police Department begangen hat.«

Er zeigt wieder auf Laurie. »Sieht nicht wie eine Mörderin aus, oder? Nicht so wie jemand, den Sie sich unter einer Person vorstellen, die einen Menschen enthaupten und den Körper anzünden könnte. Allein diese Vorstellung scheint unseren Verstand schon fast zu überfordern. Aber ich habe schon Anklage gegen viele grauenhafte Verbrecher erhoben, meine Damen und Herren, und ich kann Ihnen nur eines sagen: Es gibt sie in allen Größen und Formen. Ich habe Mütter gesehen, die ihre Kinder umgebracht haben, ich habe Schüler gesehen, die ihre Freunde umgebracht haben, und keiner von ihnen sah wie ein Mörder aus.

Laurie Collins war Polizeibeamtin, bevor sie nach einem Streit mit Alex Dorsey den Dienst quittierte. Sie hegte einen

Groll gegen ihn und gegen einen anderen Mann, Oscar Garcia. Also tüftelte sie den Plan aus, Lieutenant Dorsey umzubringen und Mr Garcia diesen Mord in die Schuhe zu schieben. Zwei Fliegen mit einer Klappe. Und fast hätte es funktioniert.«

Er schüttelt den Kopf, sowohl um der Wirkung willen als auch, um seinem eigenen Staunen angesichts der Schamlosigkeit von Lauries Verbrechen Ausdruck zu verleihen, und wiederholt dann: »Fast hätte es funktioniert.«

Dylan kommt nun zum Kern seiner Darstellung und beschreibt das Verbrechen und wie es laut Staatsanwaltschaft begangen wurde. »Und ich sage Ihnen heute, wir werden keine Behauptung aufstellen, die wir nicht beweisen können. Keine einzige. Wenn Richter Henderson Sie in Ihre Beratung entlässt, dann mit der Einsicht, dass wir nicht nur ohne jeden begründeten Zweifel, sondern ohne jeglichen Zweifel bewiesen haben, dass Laurie Collins eines der abscheulichsten Verbrechen begangen hat, die dieses County jemals gesehen hat. Und ich weiß, ja, ich bin mir absolut sicher, dass Sie die Angeklagte ihrer gerechten Strafe zuführen werden.«

Ein Blick zu Kevin sagt mir, dass er meine Einschätzung teilt und Dylan sehr gute Arbeit geleistet hat. Das Plädoyer war klar, präzise, überzeugend und die Geschworenen hörten die ganze Zeit aufmerksam zu. Zudem untermauerte es die Schuldvermutung.

Es ist eine weitverbreitete Legende, dass die Verfassung jedem die Unschuldsvermutung zugesteht. In der Realität ist das blanker Unsinn. Die Geschworenen kommen herein und sind überzeugt, dass der Angeklagte aller Wahrscheinlichkeit nach schuldig ist, sonst stünde diese Person doch gar nicht vor Gericht.

Das führt direkt zu der zweiten Legende, der zufolge der

Staatsanwaltschaft die Beweislast zukommt und die Verteidigung gar nichts beweisen muss. Die Last liegt jedoch voll und ganz bei der Verteidigung, angefangen beim Eröffnungsplädoyer, in dem mit aller Macht die Schuldvermutung der Staatsanwaltschaft angegriffen und gleichzeitig in die Köpfe der Geschworenen eingehämmert werden muss, dass dieser Angeklagte vielleicht doch – o Wunder! – unschuldig sein könnte. Wenn die Verteidigung diese Last nicht richtig zu schultern weiß, wird der Angeklagte die folgenden Jahre von Blechtellern essen.

Henderson fragt mich, ob ich mein Eröffnungsplädoyer jetzt halten oder lieber warten möchte, bis die Befragung der Zeugen der Staatsanwaltschaft abgeschlossen ist. Da brauche ich nicht zu überlegen; es ist an der Zeit, dass die Geschworenen merken, dass der Prozess kein Spaziergang für Dylan wird.

»Meine Damen und Herren Geschworenen«, fange ich an, »das war wirklich eine tolle Ansprache, oder? Dieser Mr Campbell weiß sich wirklich auszudrücken.«

Ich schaue Dylan an. »Ich bin ein derart großer Bewunderer seiner Wortgewalt, dass ich gern noch mehr von ihm vorlesen möchte, wenn Sie gestatten. Ich werde ihn wörtlich zitieren, damit ich auch ja nichts falsch wiedergebe.«

Ich gehe hinüber zum Tisch der Verteidigung und Kevin gibt mir einen Zettel. »Es geht los … das sind Worte von Mr Campbell über diesen Fall«, sage ich und fange an zu lesen. »›Euer Ehren, der Staat New Jersey wird beweisen, dass der Angeklagte am 13. Mai dieses Jahres in Paterson, New Jersey, böswillig und vorsätzlich Mr Alex Dorsey, einen Lieutenant des Paterson Police Department, getötet hat.‹«

Ich gebe Kevin den Zettel wieder und wende mich an die Geschworenen. »Etwas trockener formuliert als seine eben gehaltene Rede, aber es fasst die Angelegenheit ziemlich gut zusammen, nicht wahr? Der Angeklagte hat Alex Dorsey getötet. So einfach ist das.«

Ich gehe hinüber und zeige auf Laurie. »Das einzige Problem ist nur, das hier ist nicht der Angeklagte, von dem er gesprochen hat. Er hat von einem Mann namens Oscar Garcia gesprochen, und Mr Campbell sagte zum damaligen Zeitpunkt, Oscar Garcia sei des Mordes an Alex Dorsey schuldig, ohne jeden begründeten Zweifel. Und jetzt sagt er, Oscar Garcia sei unschuldig und Laurie sei dieses Verbrechens schuldig, ebenfalls ohne jeden begründeten Zweifel.

Jetzt stehen wir also vor einem Rätsel: Wie viele Leute, die nicht unter einer Decke stecken, können ohne jeden begründeten Zweifel desselben Verbrechens schuldig sein, bevor diese Zweifel vollkommen begründet werden?«

Ich schaue Dylan an und schüttle den Kopf, so als stimmten mich seine Missetaten traurig. »In unserem Rechtssystem sollte sich ein Staatsanwalt seiner Sache sicher sein, bevor er Vorwürfe dieser Art erhebt, und Mr Campbell hat behauptet, sich sicher zu sein, dass Oscar Garcia schuldig sei. Er lag damals vollkommen falsch, dennoch bittet er Sie zu glauben, dass er jetzt richtig liegt. Und er fordert Sie auf, eine Person aufgrund dieses Glaubens für den Rest ihres Lebens hinter Gitter zu schicken.

Damals sagte ich, dass er sich irrt, und damit habe ich Recht behalten. Und ich sage Ihnen, dass er sich jetzt wieder irrt, und Sie werden bald sehen, dass ich auch diesmal Recht behalte.

Aber wenn der Staat New Jersey eine Mordanklage erhebt, wie unbegründet sie auch sein mag, muss sie hieb- und stichfest untermauert werden. Schauen wir uns also einmal an, was Mr Campbell Sie glauben machen möchte. Er behauptet, Miss Collins habe zwei Jahre lang einen Groll gegen Mr Dorsey gehegt, obwohl sie in der ganzen Zeit nicht einmal versucht hat, ihm irgendwelchen körperlichen Schaden zuzufügen. Dann findet die Polizei heraus, dass sie mit ihren Beschuldigungen gegen ihn Recht gehabt hatte, und er sieht sich gezwungen, sich aus dem Staub zu machen. Und genau das war laut Mr Campbell der Zeitpunkt, den Miss Collins wählte, um ihre Tat zu begehen. Sie hat ihn gefunden, als die gesamte Polizei dazu nicht in der Lage war, und dann hat sie ihn brutal ermordet, obwohl ihr absolute Genugtuung und Rache sicher gewesen wären, wenn sie ihn einfach der Polizei übergeben hätte.

Ergibt nicht allzu viel Sinn, oder?«

Ich rede noch eine Zeit lang weiter, stelle Lauries Verdienste als Polizistin heraus und rühme ihren außergewöhnlichen Charakter. Kevin und ich haben darüber diskutiert, ob wir bereits ins Eröffnungsplädoyer unsere Überzeugung aufnehmen, dass Dorsey noch am Leben ist. Kevin ist dagegen und ich bin unschlüssig, doch dann entscheide ich mich, es durchzuziehen.

»Ich habe vor einiger Zeit etwas über begründete Zweifel gesagt. Ich sagte, dass Sie schon bald bis zu den Knien in begründeten Zweifeln dahingehend waten, ob Miss Collins tatsächlich Alex Dorsey ermordet hat. Aber ich gehe noch einen Schritt weiter. Sie werden begründete Zweifel bekommen, ob Alex Dorsey überhaupt ermordet wurde.

Denn, meine Damen und Herren, es ist sehr gut möglich, dass das Mordopfer in diesem Fall quicklebendig ist und sich über uns alle ins Fäustchen lacht.«

In einem Prozess zählt jede Minute. Ich versuche zu vermeiden, Zeit mit irgendetwas zu vergeuden, was nicht direkt mit unserer Verteidigung zu tun hat. Dafür ist eine gewisse Selbstdisziplin vonnöten, die ich nicht gerade im Übermaß habe, aber ich kann sie abrufen, wenn ich sie brauche.

Meistens lese ich dann. Immer wieder lese ich jeden einzelnen Zettel, den wir zu dem Fall haben, egal wie unbrauchbar er scheint. Manchmal merke ich, dass die Bedeutung einer Sache erst nach dem dritten oder vierten Lesen klar wird.

Ich ordne diese Sachen nach Themen, und dann schiebe ich die Mappen hin und her und gehe sie durch, wann immer ich die Zeit dazu finde. Heute Abend nehme ich mir die Mappe »Morgige Zeugen« mit ins Wohnzimmer, die Kevin während des Prozesses täglich auf den neuesten Stand bringt. Ich lege auch die Stynes-Akte dazu, da ich sie eine Zeit lang nicht durchgegangen bin.

Dylan wird morgen Zeugen aufrufen, von denen zwar keiner Laurie belasten wird, die aber »das Fundament legen« werden für spätere Zeugen, die genau das tun werden. Ich gehe die Aussagen der von der Staatsanwaltschaft aufgerufenen Zeugen durch und plane in groben Zügen mein Kreuzverhör. Großen Schaden werde ich der Anklage damit nicht zufügen können, aber es ist wichtig, dass ich meine Argumente vorbringe, damit die Geschworenen sehen, dass die Staatsanwaltschaft kein unaufhaltsamer Güterzug ist.

Die Akte über Stynes ist kurz und deprimierend. Wir haben den vollständigen Polizeibericht über den Mord an Barry Leiter und über die ergebnislosen Bemühungen, Stynes' wahre Identität aufzuklären. Bei der Lektüre verspüre ich den mittlerweile vertrauten schmerzhaften Stich, dass wir die wahren Schuldigen, die Leute, die Stynes mit dem Mord an Barry beauftragt haben, wahrscheinlich nie kennen lernen werden.

Die Berichte von den einzelnen Beamten, die in jener Nacht am Tatort in Barrys Haus waren, entsprechen im Großen und Ganzen dem, was mir Pete erzählt hat. Stynes sorgte im Grunde für seinen eigenen Tod, indem er nach seiner Waffe griff, als er von Beamten, die ihre Waffen auf ihn richteten, vollkommen umstellt war. Das Problem ist nur, dass niemand – und dazu gehöre mit Sicherheit auch ich – sagen kann, warum.

Der Obduktionsbericht über Stynes ist interessant, aber letztendlich nicht weiter erhellend. Er wurde von elf Kugeln getroffen, von denen sechs bereits tödlich gewesen wären. Der Gerichtsmediziner beschreibt Stynes als jemanden in außerordentlich guter körperlicher Verfassung, fast ohne Körperfett. Allerdings schreibt er gleichzeitig, dass Stynes' Körper »über sein offensichtliches chronologisches Alter hinaus abgenutzt« war. Es gab beträchtliche Schäden an den Knie-, Ellbogen- und Schultergelenken, ebenso wie eine ungewöhnlich große Anzahl von alten Narben und Narbengewebe. Dieser Kerl hat nicht viel Zeit an einem Schreibtisch verbracht. Der Gerichtsmediziner vermerkt sarkastisch, dass Stynes ein einziges Tattoo am rechten Arm aufwies, an so ziemlich der einzigen Stelle seines Körpers, die unbeschädigt geblieben war.

Ich bin gerade fast mit der Akte durch, als Laurie gemeinsam mit ihrer Verbündeten Tara hereinkommt. »Und, wie läuft es?«, fragt Laurie.

Es ist wahrscheinlich das tausendste Mal, dass sie mir seit dem Beginn dieses Alptraums diese Frage stellt, und meine Eingeweide ziehen sich jedes Mal zusammen. Sie will von mir hören, dass ich gerade auf etwas gestoßen bin, einen Durchbruch geschafft habe, der uns einen schnellen, endgültigen und aufsehenerregenden Sieg bescheren wird.

»Wir kommen voran«, sage ich wenig begeistert und versuche zu überhören, wie ihr Herz in die Magengrube plumpst. »Es ist ein Prozess.«

»Ich weiß, Andy, ich weiß, dass es ein Prozess ist«, sagt sie und lässt ihren Frust ein wenig heraushängen. »Du hast es mir schon hundertmal gesagt, dass es ein Prozess ist, und ich hab's jetzt kapiert. Es ist ein Prozess.«

Ich kann sauer werden, einen Streit anfangen, und wir können der Beschreibung unserer seelischen Verfassung »unglücklich« und »verletzt« hinzufügen, was sich herrlich an »deprimiert« und »frustriert« anreiht. Stattdessen lege ich den Arm um sie und ziehe sie an mich.

»Zwei Dinge kann ich mit Sicherheit sagen. Erstens, das hier ist kein Prozess im eigentlichen Sinne. War es nie und wird es auch nie sein. Im Jurastudium ist es das Erste, was sie dir sagen: Wenn Sie mit Prozessen zu tun haben wollen, studieren Sie Betriebswirtschaft.«

Sie lächelt, und ich sehe, wie ihr Ärger verfliegt. »Du sagtest, du könntest zwei Dinge mit Sicherheit sagen. Was ist das andere?«

»Dass wir gewinnen werden. Ich müsste dich anlügen, wenn ich sagen würde, ich wüsste genau, wie wir das machen, aber wir werden gewinnen.«

Sie setzt zu einer Frage an, besinnt sich dann aber anders und legt den Kopf auf meine Schulter. Ich weiß, dass sie nicht voll und ganz an das glaubt, was ich sage, aber ich hoffe, das kommt noch. Es ist eine Art Prozess.

Dylans erster Zeuge ist ein vierzehnjähriger Junge, einer aus der Gruppe, die in jener Nacht den Rauch aus dem Lagergebäude kommen sah und die Feuerwehr gerufen hat. Dylan braucht zwanzig Minuten für ihn, obwohl er es in zwei hätte machen können, und da der Junge nicht einmal die Leiche gesehen hat, schenke ich mir das Kreuzverhör.

Als Nächster ist ein junger Polizeibeamter an der Reihe, Ricky Spencer, dem als Erstem klar wurde, dass dort eine Leiche kokelte.

»War Ihnen sofort klar, dass es sich um eine Leiche handelte?«, fragt Dylan.

»Na ja, es war dunkel, und richtig sicher war ich mir nicht. Ich konnte keinen Kopf … kein Gesicht sehen.« Die Erinnerung scheint ihn aufzuwühlen, was wohl den meisten so gehen würde. »Als ich meine Lampe darauf richtete, gab es keinen Zweifel mehr.«

»Abgesehen von der Tatsache, dass dort eine Leiche brannte, ist Ihnen sonst an dem Feuer irgendetwas aufgefallen?«

Spencer nickt. »Ja. Das Feuer schien auf die Leiche begrenzt zu sein, und gute drei Meter entfernt stand ein fast leerer Benzinkanister. Allem Anschein nach handelte es sich um Brandstiftung, und die Leiche war das einzige Ziel.«

»Können Sie uns sagen, ob anschließende Tests ergeben haben, dass die gleiche Flüssigkeit, die sich in dem Kanister befand, auch für das Feuer verantwortlich war?«

»Ja, das war so. Ich habe die Berichte gelesen.«

Ich könnte Einspruch erheben, weil es sich um Hörensagen handelt, aber die Fakten stimmen, und Dylan könnte dieselben Informationen durch andere, gewichtigere Zeugen einbringen.

Ich erhebe mich zum Kreuzverhör. »Officer Spencer, es muss in jener Nacht in dem Lagergebäude ein entsetzliches Erlebnis für Sie gewesen sein.«

Er nickt zögernd. Dylan hat ihn vor dem bösen Verteidiger gewarnt, aber diese Frage scheint recht harmlos zu sein. »War es. Ich hab noch nie …« Er hält inne. »Das war es.«

»Sie sagten, ›Ich hab noch nie …‹ Meinten Sie, Sie hätten so etwas noch nie gesehen?«

Er ist überrumpelt und nickt nun schüchtern. »Nein, noch nie.«

»Aber Sie waren nicht so entsetzt, dass Ihre Erinnerungen vielleicht darunter gelitten haben könnten, oder?«, frage ich.

»Nein, Sir. Ich erinnere mich sehr gut an alles.«

Ich nicke. »Wunderbar. Also, bevor Sie wussten, dass dort eine Leiche brannte, für was hielten Sie es? Hatten Sie irgendeine Vermutung?«

Er denkt nach. »Na ja, ich dachte, es könnte eine Matratze sein. Oder vielleicht ein altes Sofa. Das klingt jetzt ziemlich grässlich, aber …« Er beendet seinen Satz nicht.

»Nein, das ist schon in Ordnung. Ich bin mir sicher, dass das jeder hier versteht.« Ich blicke zu den Geschworenen hinüber, und sie teilen sichtlich mein Mitgefühl für das, was dieser junge Mann durchgemacht hat. »Sie sagten«, fahre ich fort, »es schien eine Matratze zu sein oder ein Sofa … Was auch immer da brannte, war also recht groß?«

»Ja, der Mann war ziemlich groß.«

»Gut. Und der Benzinkanister – stand der neben der Schubkarre?«

»Ich hab keine Schubkarre gesehen«, sagt er.

»Wirklich? Aber wo war dann die Trage?«

»Da war keine Trage.«

Jetzt zeige ich deutlich meine Verwunderung. »Und was ist mit einem Einkaufswagen oder irgendeinem Karren?«

»Nein.«

»Mal sehen, ob ich das verstehe. Mr Campbell sagte in seinem Eröffnungsplädoyer, dass der Mord hinter dem Hinchcliffe Stadium begangen und die Leiche dann in das Lagerhaus gebracht wurde. Wenn das stimmt, wollen Sie dann behaupten, dass jemand die Leiche in das Lagerhaus getragen hat?«

»Es ist möglich.«

»Wie weit war die Leiche von der nächsten Tür entfernt?«

»Etwa zehn Meter«, sagt er.

Ich dränge ihn weiter in die Ecke. »Der Mörder ist also jemand, der stark genug ist, das Gewicht von etwas, was so groß ist wie ein altes Sofa, zehn Meter weit zu tragen?« Ich stelle mich neben Laurie, um es noch absurder erscheinen zu lassen, dass jemand von ihrer Statur so etwas getan haben könnte.

»Ich nehme an, der Mörder hatte irgendeinen Karren, den er dann mitgenommen hat, als er gegangen ist. Oder als sie gegangen ist.«

»Warum hätte *er* dann den Benzinkanister dort lassen sollen?«, frage ich.

Dylan erhebt Einspruch, da der Zeuge keinesfalls die Beweggründe des Mörders kennen könne, und Richter Hackebeil gibt dem statt.

»Haben Sie irgendwelche Reifenspuren gesehen oder irgendwelche Abdrücke, die nicht von menschlichen Füßen stammen?«

»Nein, aber das sollten Sie die Leute von der Spurensicherung fragen.«

Ich lächle, denn ich weiß, dass es keinerlei solche Spuren gab. »Oh, das werde ich. Glauben Sie mir, das werde ich.«

Dylan stellt noch ein paar Fragen und versucht, den Schaden zu reparieren, den ich vielleicht angerichtet habe.

»Officer Spencer, wissen Sie, um was für einen Bodenbelag es sich in diesem speziellen Lagergebäude handelt?«

»Ich denke, es ist Zement.«

»Sie würden also nicht davon ausgehen, dass eine Trage oder ein Karren irgendeine Spur hinterlässt?«

»Ich denke nicht, nein.«

Dylan entlässt ihn, und nachdem Henderson die Sitzung auf morgen vertagt hat, mache ich mich auf den Weg nach Hause zu dem, was in der nächsten Zeit unsere abendliche Routine sein wird. Kevin, Laurie und ich essen gemeinsam und reden über die heutigen Ereignisse im Gericht. Marcus wird sich zu uns gesellen, sobald er uns etwas Neues mitteilen kann, was hoffentlich bald sein wird. Nach dem Essen setzen wir uns ins Wohnzimmer, wo wir unsere Pläne und Strategien besprechen, und dann lassen mich die beiden allein mit meiner Lektüre und meinen Vorbereitungen auf die Zeugen des nächsten Tages. Es ist eine Schinderei, aber die Erfahrung zeigt, dass es mir hilft.

Es ist elf Uhr, und ich sitze umgeben von Papierkram auf dem Sofa, als Tara ins Zimmer kommt. Sie läuft zu mir herüber und bleibt etwa einen Meter entfernt stehen, so als warte sie darauf, dass ich sie zu mir rufe.

»Mir ist schon klar, dass du nur hier bist, weil Laurie schläft«, sage ich.

Sie antwortet, indem sie auf das Sofa springt, sich aber fünfzehn Zentimeter von mir entfernt hinsetzt. »Ich brauche zwei Hände zum Lesen, kann dich also auf keinen Fall streicheln«, sage ich.

Sie legt den Kopf zur Seite, so als wundere sie sich über das, was ich gesagt habe. Es sollte hier einmal gesagt werden, dass Tara den Kopf so süß zur Seite legt wie kein anderer Hund. Wenn das »Kopf-zur-Seite-Legen« in den achtziger Jahren eine olympische Disziplin gewesen wäre, hätten selbst die ostdeutschen Kampfrichter ihr eine Zehn gegeben.

Taras nächste Schritte bestehen darin, näher zu rücken, sich an mich zu kuscheln und den Kopf auf meinen Oberschenkel zu legen. Es ist ein unverhohlener Versuch, Streicheleinheiten zu ergattern, das erkenne ich aus meilenweiter Entfernung. »Netter Versuch«, sage ich, »aber es funktioniert nicht.«

Sie leckt mir die Hand, also verbringe ich die nächste Stunde damit, zu lesen und sie zu streicheln, bis wir beide einschlafen.

Ich treffe mich am nächsten Morgen um neun Uhr mit Kevin im Gericht, und wieder besprechen wir, wie wir mit Nick Sabonis umgehen werden, dem ersten Zeugen, der Laurie mit dem Verbrechen in Verbindung bringen wird. Es ist wichtig, dass wir seine Aussage richtig zerpflücken.

Dylan lässt ihn erzählen, wie er in der Mordnacht ins Lagergebäude gerufen wurde und welche Maßnahmen er ergriffen hat. Sie entsprechen der polizeilichen Routine und sind korrekt, und das ist auch in Ordnung so, denn sie haben nichts mit Laurie zu tun.

Dann kommt Dylan zum Kernstück der Zeugenaussage, zu dem Nachmittag, an dem Laurie auf meine Bitte hin die Beweisstücke ausfindig machen sollte, von denen Stynes behauptet hatte, er habe sie hinter dem Hinchcliffe Stadium liegen lassen.

»Sie war gerade mal ein paar Sekunden dort, als sie schon auf die Kleidung und das Messer zuging«, sagt Nick.

»Es hatte also den Anschein, als wüsste sie, wo die Sachen waren?«, fragt Dylan.

»Kam mir so vor«, bestätigt Nick.

»Konnten Sie bestimmen, wem die Kleidung gehörte?«

»Es war die Kleidung der Angeklagten, Miss Collins.« Ich könnte diesen Punkt anfechten, aber die Staatsanwaltschaft hat Gewebeproben und Kaufbelege, es wäre also verlorene Liebesmüh, beweisen zu wollen, dass es nicht Lauries Sachen waren, zumal sie es ja tatsächlich waren.

»Und die Blutflecken? Stammte das Blut von der Angeklagten?«

»Nein, der DNA-Bericht zeigte, dass es sich um das Blut von Alex Dorsey handelte.«

Dylan hakt noch den Benzinkanister ab, der in Lauries Garage gefunden wurde, und führt dann Oscar Garcia als weitere Komponente ein, indem er Nick berichten lässt, welchen Groll Laurie gegen Oscar hegte. Er wird diese Aussage später noch durch weitere Zeugen ergänzen, die bestätigen, dass Laurie Dorsey verabscheute, und die berichten, sie in der Nähe von Oscars Wohnung gesehen zu haben.

Dylan, und Kevin wohl auch, scheinen überrascht zu sein, dass ich nicht häufiger Einspruch erhebe, da ein Großteil des Ganzen auf Hörensagen beruht, aber ich habe das Gefühl, dass den Geschworenen dennoch klar wird, dass all diese Informationen der Wahrheit entsprechen. Ich will nicht den Eindruck erwecken, als wolle ich die Wahrheit verbergen, zumal ich das gar nicht kann.

Dylan beendet seine Befragung von Sabonis und überlässt ihn mir. Ich bin schon immer der Ansicht gewesen, dass ein Prozess erst mit einem streitbaren Kreuzverhör beginnt. Wenn das stimmt, dann geht jetzt der Vorhang auf.

»Lieutenant Sabonis, Sie kannten Alex Dorsey ziemlich gut, nicht wahr?«

»Wir haben zusammen gearbeitet.«

»Das wäre eine sehr gute Antwort, wenn die Frage lauten würde: ›Wie haben Sie und Alex Dorsey gearbeitet?‹ Sie könnten sagen: ›Wir haben zusammen gearbeitet‹, und wir würden weitermachen. Das Problem ist, und ich hoffe, dieses Problem taucht nicht öfter auf, dass meine Frage anders lautete.« Ich mache eine kurze Pause. »Bin ich zu schnell für Sie?«

Dylan erhebt gegen meinen Ton Einspruch, doch Sabonis lässt die Beleidigung an sich abprallen. Er ist ein erfahrener Zeuge und lässt sich von mir nicht zu einem Streit provozieren.

»Als Sie in jener Nacht also die Leiche sahen, waren Sie da entsetzt, dass dieser Mensch, mit dem Sie gearbeitet hatten und den Sie so gut kannten, tot war?«

»Ich wusste nicht, dass er es war. Er war enthauptet worden und sein Körper war stark verbrannt.«

Ich nicke. »Der Zustand der Leiche ließ eine Identifizierung also nicht zu?«

»Nicht durch mich. Die DNA-Tests waren dazu nötig.« Sabonis' selbstzufriedener Gesichtsausdruck zeigt mir, dass er froh ist, die DNA erwähnt zu haben. Zweifellos denkt er, dass dadurch meine Fragen nach der Leiche unwichtig erscheinen.

»Ja«, sage ich, »dazu kommen wir noch. Wenn es also keine späteren Tests gegeben hätte, wüssten wir immer noch nicht, um welchen armen Kerl es sich handelte?«

»Er trug diesen besonderen Ring, den ich im Leichenschauhaus bemerkt habe. Ich hatte Alex früher schon mit diesem Ring gesehen.«

»Sie wollen doch damit nicht etwa sagen, dass Sie die Leiche eines Mannes anhand eines Fingerringes identifizieren können, oder?«

»Ich will damit sagen, dass es sich dadurch mit wesentlich höherer Wahrscheinlichkeit um ihn handelte.«

Ich nehme den Ring, den Dylan als Beweisstück eingereicht hat, und gebe ihn Nick. »Erkennen Sie diesen hier als den Ring wieder, den er in jener Nacht trug?«

Er nickt. »Ich denke schon, ja.«

»Würden Sie ihn sich bitte anstecken?«

Nick steckt sich den Ring an den Finger und schaut zu mir auf, als warte er auf den nächsten Befehl.

»Alex, wir haben uns solche Sorgen um Sie gemacht«, sage ich und streiche mir betont erleichtert über die Stirn. »Es wurde behauptet, Sie seien tot.«

Henderson ruft mich zur Ordnung, noch bevor Dylan Einspruch erheben kann.

»Es tut mir Leid, Euer Ehren«, sage ich und wende mich wieder an Sabonis. »Sie *sind* doch Alex Dorsey, oder?«, frage ich.

Dylan springt auf. »Einspruch, Euer Ehren, das ist schikanös. Der Verteidiger weiß genau, wer der Zeuge ist.«

»Stattgegeben«, sagt Richter Hackebeil und bohrt einen Blick durch meine Stirn. »Seien Sie vorsichtig, Mr Carpenter.«

Unerschrocken, oder nur zum Teil erschrocken, versuche ich es noch einmal. »Wird es dadurch, dass Sie diesen Ring tragen, wahrscheinlicher, dass Sie Alex Dorsey sind?«

Dylan erhebt Einspruch, den Richter Hackebeil dieses Mal abweist.

»Nein, wird es nicht.«

»Aber wenn man den besonderen Ring von Alex Dorsey dieser sonst unmöglich zu identifizierenden Leiche ansteckte, wäre es eine gute Methode, um Sie glauben zu machen, dass er es sei, nicht wahr?«

»Es gibt keinerlei Hinweise darauf, dass das geschehen ist. Außerdem haben wir die Ergebnisse des DNA-Tests.«

Jetzt bin ich derjenige, der sauer wird. »Nun haben Sie die DNA schon zweimal erwähnt, so wie es Mr Campbell von Ihnen verlangt hat. Hat er Ihnen einen Lutscher versprochen, wenn Sie alles tun, was er Ihnen sagt?«

Sabonis' Augen blitzen wütend auf, was allein die Frage schon wert war, auch wenn Henderson dem unmittelbaren Einspruch von Dylan stattgibt.

Ich ändere das Tempo und gebe im Schnellfeuer einige Fragen auf ihn ab. »Haben Sie den DNA-Test durchgeführt, Lieutenant?«

»Nein.«

»Sind Sie ein Sachverständiger in Sachen DNA?«

»Nein.«

»Würden Sie ein Stück DNA erkennen, wenn es hier in diesen Saal hereinspazieren, sich auf den Tisch der Staatsanwaltschaft stellen und singen würde: ›Was für ein Strang bin ich?‹«

Dylan erhebt erneut Einspruch und ich mache weiter. Ich springe gern von einem Thema zum anderen, um den Zeugen nicht wieder ins Gleichgewicht kommen zu lassen. »Sie sagten, Miss Collins mochte Oscar Garcia nicht, sie habe einen Groll gegen ihn gehegt. Wissen Sie, warum?«

»Mir wurde gesagt, Garcia habe die Tochter einer Freundin von ihr zu Drogen verführt.«

»Wann?«

»Da bin ich mir nicht ganz sicher. Ich glaube, vor etwa zwei Jahren.«

»Hat Mr Garcia je Anzeige erstattet, weil Miss Collins ihn angegriffen hat? Versucht hat, ihn umzubringen?«

»Nein.«

»Sie trug also zwei Jahre lang diesen Groll mit sich herum, hat ihm aber nie den Kopf abgeschnitten? Hat ihn nie angezündet?«

»Nein.«

Ich bleibe an ihm dran. »Wurde Oscar Garcia während dieser zwei Jahre bewacht? Hatte man eine Streife abgestellt, um sicherzugehen, dass Miss Collins nicht an ihn herankam?«

»Er stand nicht unter Polizeischutz.«

»Wissen Sie, ob Miss Collins einen Waffenschein hat?«

Er nickt. »Hat sie.«

Ein schneller Angriffswechsel. »Wie kam es, dass Sie vor Ort waren, als Miss Collins auf dem Gelände hinter dem Hinchcliffe Stadium auftauchte?«

»Wir hatten eine Information erhalten, die sie mit dem Mord an Dorsey in Verbindung brachte. Wir ordneten eine Beschattung an und folgten ihr zum Stadion«, sagt er.

Ich gebe mich überrascht angesichts seiner Antwort, obwohl ich es natürlich nicht bin. »Eine Information von wem?«

»Von einem anonymen Anrufer.«

Ich nicke. »Sie sagten zuvor aus, dass Sie von einem anonymen Anrufer die Information erhielten, die Oscar Garcia mit dem Mord in Verbindung brachte. Schaut etwa eine ›Anonyme-Anrufer-Fee‹ auf den Fall herab?«

Dylan erhebt Einspruch und Richter Hackebeil gibt dem statt; es wird langsam zur Routine.

Ich formuliere die Frage anders. »Gingen Ihre ermittlerischen Bemühungen so weit, dass Sie neben dem Telefon saßen und darauf warteten, dass irgendjemand Sie anonym anrief?«

»Es ist nicht ungewöhnlich, solche Informationen zu erhalten. Die Leute wissen oft einiges, wollen ihre Identität aber nicht offenbaren.«

»Und manchmal entsprechen diese Informationen der Wahrheit und manchmal nicht?«

»Ja.«

»Lieutenant Sabonis, ich habe Sie gebeten, sich vor Ihrer Aussage heute die interne Polizeiakte von Miss Collins anzusehen.«

»Ja, das habe ich gemacht.«

»Danke. Würden Sie den Geschworenen bitte erzählen, wie oft *Detective* Collins, was sie damals war, irgendeiner Art von Gewalttätigkeit im Dienst überführt wurde?«

»Nie, soweit ich sehen konnte.«

»Wurde sie jemals angeklagt, aber für unschuldig befunden?«

»Nein.«

»Steht in ihrer Akte irgendetwas, was im Entferntesten darauf hingedeutet hätte, dass sie zu einer so brutalen Tat wie diesem Mord in der Lage wäre?«

Sabonis blickt mich ruhig an. Er ist stinksauer, und er könnte jetzt irgendetwas daherreden, aber das macht er nicht. »Nein, da ist nichts.«

Damit beende ich das Kreuzverhör, und Dylan versucht, die Löcher zu stopfen, die ich gerissen habe. Danach unterbrechen wir für die Mittagspause, und Laurie, Kevin und ich haben in Bezug auf die Aussage von Sabonis ein recht gutes Gefühl. Wir haben bedeutende Zweifel in einer Frage geweckt, bei der automatisch schon Zweifel bestehen müssten: bei der Frage, ob jemand wie Laurie ein derart entsetzliches Verbrechen begangen haben kann.

Kevin und ich bereiten uns noch schnell auf Dylans nächste Zeugin vor. Es ist die Leiterin des Polizeilabors, Phyllis Daniels, die zur DNA-Typisierung aussagen wird. Sie soll uns helfen, Zweifel an der Verlässlichkeit der DNA-Beweise zu säen, und ich glaube, unsere Chancen stehen gut. Marcus hat uns – mit etwas inoffizieller Hilfe von Pete Stanton – einige gute Informationen bezüglich der Laborpraktiken geliefert, die mir dabei helfen werden.

Vor zwanzig Jahren war Phyllis Daniels eine einfache Polizeilaborantin, die Weitblick besaß und die unglaublichen Möglichkeiten erkannte, welche die damals noch in den Kinderschuhen steckende Methode der DNA-Analyse für die Gerichtsmedizin in sich barg. Erfolgreich entwickelte sie sich zur Expertin und stieg rasch auf, zumindest so rasch, wie es einer Wissenschaftlerin im Paterson Police Department möglich ist.

Ich bin Phyllis schon bei anderen Fällen begegnet. Sie kann langatmig berichten und stolz ihr Wissen zur Schau stellen, aber ihre grundsätzliche Kenntnis und ihre Ehrlichkeit werden stets deutlich. In Dylans Händen ist sie eine herausragende Zeugin und hinterlässt bei niemandem auch nur den geringsten Zweifel daran, dass die DNA der Leiche vollkommen mit der übereinstimmt, die im Polizeilabor mit »Dorsey« beschriftet war. Diese Aussage ist keine Überraschung, und ich habe auch nicht die Absicht, daran zu rütteln.

»Miss Daniels, Sie sagten aus, dass die Blutprobe von Lieutenant Dorsey in Raum 21 des Polizeilabors aufbewahrt wurde. Wie wird dieser Raum bewacht?«

»Es sitzt ständig eine Person an einem Empfangstisch vor dem Eingang zu dem Raum. Vierundzwanzig Stunden am Tag.«

»Ist diese Person bewaffnet?«

»Nein, es ist der Job eines Zivilisten. Aber jeder, der hineingeht, muss sich in die Liste eintragen.«

»Wissen Sie, ob das bei der Asservatenkammer genauso gehandhabt wird?«

»Nein«, sagt sie. »Vor der Asservatenkammer sitzt ein bewaffneter Beamter.«

»Ein bewaffneter Beamter wird also als wirksamer eingeschätzt als ein Zivilist, der aufpasst, dass sich jeder einträgt.«

»Das würde ich sagen, ja.«

»Wer darf den Raum betreten, nachdem er sich eingetragen hat?«

»Polizeibeamte, die Zugang zu dem Material in dem Zimmer brauchen.«

»Danke«, sage ich. »Sie sagten also aus, dass die DNA des Bluts, das als Lieutenant Dorseys beschriftet war, mit der der Leiche in diesem Fall übereinstimmte. Richtig?«

»Ja.«

»Lassen Sie mich eine Hypothese aufstellen. Wenn das Blut in dem Labor ausgetauscht oder falsch beschriftet worden wäre und somit gar nicht Lieutenant Dorseys gewesen wäre, dann wäre die Leiche auch gar nicht seine gewesen. Richtig?«

»Das ist mit Sicherheit korrekt. Aber ich hab das Glasfläschchen selbst gesehen, als ich den Test durchführte.«

Ich lege als Beweisstück eine Liste mit Personen vor, die im Labor gewesen waren, und bitte sie, einen speziellen Abschnitt daraus vorzulesen. Es wird deutlich, dass Alex Dorsey in den drei Wochen vor seinem Verschwinden zweimal im Labor war.

»Es ist nichts Ungewöhnliches daran, dass er dort war«, sagt sie. »Die Beamten gehen ständig dort hinein.«

»Wenn er mit der Absicht hineingegangen wäre, seine Blutprobe gegen eine andere auszutauschen, hätte er das tun können?«

»Ich nehme an, das ist möglich«, lautet ihre widerwillige Antwort.

»Wäre die Annahme *begründet*, dass er es getan haben könnte?«, frage ich. Es ist ein bedeutungsschweres Wort, denn wenn ich begründete Zweifel daran wecken kann, dass es sich um Dorseys Blut gehandelt hat, haben wir es geschafft. Wie soll Dylan beweisen, dass Laurie Dorsey ermordet hat, wenn er nicht einmal ohne jeden begründeten Zweifel beweisen kann, dass Dorsey tot ist?

»Ich bin nicht sicher, ob ich das beantworten kann«, ringt sie sich als Zugeständnis ab.

»Und wenn Sie hören sollten, dass Lieutenant Dorseys Frau aussagt, er habe geplant, seinen eigenen Tod vorzutäuschen? Wäre es dann begründet zu glauben, er könnte das Blut ausgetauscht haben?«

»Ich nehme an, das wäre es.«

»Danke. Nur damit wir uns richtig verstehen: Wenn das Blut ausgetauscht worden wäre, wenn es nicht Dorseys Blut gewesen wäre, dann würde das bedeuten, dass es sich nicht um die Leiche von Dorsey handelt? Richtig?« Ich wiederhole mich absichtlich.

»Ja.«

Ich entlasse sie aus dem Zeugenstand, und ich kann kaum mein Bedürfnis unterdrücken, »Spiel, Satz und Sieg« zu rufen. Wir haben einen ungeheuer erfolgreichen Tag hinter uns, und der Beweis dafür steht Dylan ins Gesicht geschrieben.

Draußen verharre ich noch lange genug, um eine Mini-Pressekonferenz abzuhalten, während der ich mir etwas Schadenfreude zugestehe. Die Fragen zeigen, wie erfolgreich unser Tag wirklich war, denn die Journalisten wollen wissen, ob Henderson die Klage abweisen wird, sobald die Staatsanwaltschaft mit ihren Zeugen fertig ist. Ich glaube nicht, dass er das tun wird, werde aber sicher nichts unternehmen, um die Spekulationen darüber zu unterbinden.

Wir führen wie gewohnt unsere abendliche Besprechung durch, und ich versuche mein Bestes, um die Begeisterung der Gruppe zu zügeln. Laurie und Kevin verstehen vollkommen, dass wir heute eine Schlacht gewonnen haben, dass der endgültige Sieg dieses Krieges aber nur von den Geschworenen verkündet werden kann. Dennoch haben wir uns so an deprimierende Neuigkeiten gewöhnt, dass es nur menschlich ist, wenn wir bei positiven überreagieren.

Laurie bringt beim Essen einen Toast auf ihren »wunderbaren Anwalt« aus, und da es sicher Unglück bringt, einen Toast auf eine so offensichtliche Wahrheit abzulehnen, stimme ich ein. Ich bringe noch einen Toast auf Barry Leiter aus – auch als ernüchternde Maßnahme. Kevin ist so glücklich, wie ich ihn noch nie gesehen habe, und ich brauche eine Weile, bis ich sie beide so weit beruhigt habe, dass wir uns an die Vorbereitungen für die morgigen Zeugen machen können.

Gerade als ich glaube, ihr Wachsamkeits- und Frustrationslevel angesichts der vor uns liegenden Aufgaben wieder hoch genug geschraubt zu haben, taucht Willie Miller auf. Er erklärt, eigentlich habe er anrufen wollen, ob es in seinem Fall bereits ein Gegenangebot gegeben habe (hat es nicht), doch als er die guten Neuigkeiten über den Prozess im Radio gehört hätte, habe er sich entschlossen vorbeizukommen. Und bei ihm ist Cash, der Wunderhund.

Cash begleitet Willie überallhin, und Willie hat entschieden, dass Cash der schlaueste und erstaunlichste Hund in der Geschichte des Universums ist. Da es eine bekannte Tatsache ist, dass Tara der schlaueste und erstaunlichste Hund in der Geschichte des Universums ist, finde ich seine Behauptung überzogen, aber ich lasse ihm seine glückselige Unwissenheit. Außerdem ist Cash ein ziemlich toller Hund, und Tara scheint ihn zu mögen.

Leider bringt Willie auch seinen ansteckenden Enthusiasmus mit. Ohne überhaupt nur die geringste Ahnung zu haben, gaukelt er Laurie voller Zuversicht vor, dass sie nur noch Tage von ihrer Rehabilitierung trennen. In seinem Elan macht er so ziemlich all meine Bemühungen zunichte, die Gruppe wieder zu vorsichtigem Denken zu bewegen. Gerade als Laurie die Partyhütchen herausholen will, kann ich Willie überzeugen, Cash und Tara zum Spielen in den Garten mitzunehmen, damit wir drinnen weiterarbeiten können.

Willie ist so gnädig, schnappt sich ein paar Tennisbälle und eine Frisbeescheibe und führt die Hunde nach draußen in den Garten. Kevin und ich führen uns die Akten zu Gemüte, doch wenige Minuten später sehe ich, dass Laurie aus dem Fenster schaut und missbilligend den Kopf schüttelt.

»Schau mal, was die mit meinem Gemüsebeet machen.«

Ich seufze und gehe ans Fenster. Cash ist hinten im Garten und gräbt wie wild in Lauries Gemüsebeet herum. Ich finde das nicht besonders schlimm. »Scheint, als würden wir wieder Basilikum kaufen, so wie alle anderen Stadtmenschen.«

»Komm schon, Andy. Ich hab eine Menge Arbeit in den Garten gesteckt«, beschwert sich Laurie.

Ich ärgere mich über die Unterbrechung, habe aber kaum eine andere Wahl, als mich um diese Gemüsekrise zu kümmern. Ich sage Kevin, dass ich gleich wiederkomme, und gehe hinaus in den Garten.

Als ich aus dem Haus trete, stelle ich überrascht fest, dass Willie bereits auf mich zukommt und ungewohnt aufgewühlt aussieht. Er hält Cash am Halsband fest, und an Cashs Schnauze sehe ich noch den Dreck vom Graben im Beet.

»Andy«, sagt Willie, »du bewegst deinen Hintern am besten mal ganz schnell hierher.«

Meine erste Intuition – besser gesagt, Panik – sagt mir, dass etwas ist mit Tara passiert ist. Doch Willie dreht sich um und rennt zurück in den Garten, wo Tara steht und aussieht wie immer.

Willie zeigt auf die Stelle, an der Cash gebuddelt hat, und ich sehe, warum er so aufgewühlt ist. Etwas ist dort vergraben, in einer durchsichtigen Plastiktüte und gut erhalten.

Der Kopf von Alex Dorsey.

Solange ich lebe, werde ich wohl keinen so widerlichen Anblick mehr ertragen müssen wie diesen abgetrennten Kopf in dieser Plastiktüte. Ich schaue nur einmal hin, aber er wird sich für immer in mein Gedächtnis einprägen.

Ich drehe mich um und gehe zurück zum Haus, nachdem ich Willie gebeten habe, im Garten zu bleiben und das Gelände zu sichern. Ich gehe hinein, erzähle Laurie und Kevin, was ich gesehen habe, und dann sitzen wir im Grunde genommen nur sprachlos da, während wir auf Pete warten.

Innerhalb von fünf Minuten sieht es so aus, als wäre ein Polizeikongress auf meinem Rasen einberufen worden. Pete ist da, ebenso wie Nick Sabonis und so ziemlich jeder andere Polizist jeden Ranges. Dylan taucht ebenfalls auf und benimmt sich, als wäre er zuständig. Sein Blick ist finster und ernst in dem Versuch, seine absolute Freude angesichts dieser überraschenden Wende zu verbergen.

Ich erzähle Nick, was passiert ist, und leugne wahrheitsgemäß jegliche Kenntnis darüber, wie der Kopf dorthin kam. Ich erinnere mich, dass Tara einige Abende zuvor aus dem Fenster hinaus in Richtung Garten gebellt hat, und das könnte der Zeitpunkt gewesen sein, als der Kopf dort vergraben wurde. Sie glauben mir nicht, und sie unternehmen nicht einmal den Versuch, Laurie zu befragen, da sie zweifellos wissen, dass ich es nicht erlauben würde.

Die Kriminaltechniker verbringen ein paar Stunden da draußen, und die Detectives schwärmen aus, um meine Nachbarn zu verhören. Der Kopf wird tatsächlich in einem Krankenwagen abtransportiert, obwohl ich glaube, dass es zu spät ist, um ihn noch zu retten. Ich kann nicht für die Rettungssanitäter sprechen, aber ich würde mit ihm sicherlich keine Mund-zu-Mund-Beatmung durchführen.

Bevor Nick geht, sagt er uns noch, dass der Gerichtsmediziner den Kopf noch am Abend untersuchen wird, und Kevin fährt hinunter zum Leichenschauhaus, um die Ergebnisse dieser Untersuchung zu bekommen. Nachdem alle gegangen sind, bleiben Laurie und ich noch auf, um auf seinen Anruf zu warten.

Der Anruf von Kevin kommt nach weniger als einer Stunde. »Wir haben ein Problem«, sagt er. »Die offizielle Feststellung lautet, dass der Kopf von der Leiche im Lagergebäude stammt, und das heißt natürlich, dass der Todeszeitpunkt derselbe ist. Er sagt auch, dass der Schnitt von hinten vorgenommen wurde, der Mörder sich also wahrscheinlich an ihn herangeschlichen hat.«

Mehr Informationen hat er nicht und ich stelle nur wenige Fragen. Wir sind uns beide darüber im Klaren, dass unser Fall einem Scherbenhaufen gleicht. Unser ganzer Erfolg hat sich bisher darauf gestützt, den Boden für die begründete Annahme zu bereiten, dass Dorseys Tod nur vorgetäuscht und die Leiche im Lagerhaus vielleicht gar nicht seine war. Wir haben damit unsere Glaubwürdigkeit bei den Geschworenen riskiert, der daraus folgende Verlust dieser Glaubwürdigkeit ist verheerend, und wahrscheinlich ist es unmöglich, sich davon zu erholen.

Ebenso katastrophal ist Lauries Behauptung, Dorsey habe sie angerufen – lange nach seinem inzwischen bewiesenen

Tod. Die Geschworenen können jetzt die logische Schlussfolgerung ziehen, dass sie in dieser Angelegenheit gelogen hat, und somit können sie alles andere, was Laurie oder ihr Anwalt sagt, ebenfalls anzweifeln.

Es ist eine Katastrophe.

Ich erzähle Laurie, was wir erfahren haben, und sie nimmt die Neuigkeiten ruhig entgegen, fast mit einem Gefühl der Resignation. Sie ist intelligent genug, um zu wissen, was es für unseren Fall bedeutet und was Dylan mit dieser Enthüllung anstellen wird.

Erst als wir ins Bett gehen, offenbart sie mir, worüber sie nachgedacht hat. »Andy, warum fragst du mich eigentlich nicht, ob ich es getan habe?«

»Laurie …«, fange ich an, aber sie unterbricht mich.

»Du sagst, dass alles in dem Fall perfekt zu unserer Behauptung passt, dass mir der Mord angehängt werden soll. Würde es nicht noch perfekter passen, wenn ich es wirklich getan hätte?«

»Laurie, diese Unterhaltung lohnt sich nicht. Wir müssen uns darauf konzentrieren, was wichtig ist. Ich weiß, dass du es nicht getan hast.«

»Woher?« Ihr Blick bohrt sich wie ein Laserstrahl in mich hinein.

Ich seufze – eine Taktik, die sich gegen Laserstrahlen als elendig nutzlos erweist.

»Andy«, beharrt sie, »woher weißt du, dass ich nicht schuldig bin?«

»Weil ich dich kenne.«

Sie schüttelt den Kopf. »Das reicht nicht«, sagt sie. »Ich will Fakten hören – Fakten, die dir meine Unschuld beweisen.«

Ich werde sie nicht abschütteln können, da kann ich genauso gut mitspielen. »In Ordnung. Hast du Stynes geschickt, um mich zu engagieren?«

Ich mache weiter, noch bevor sie antworten kann; die Fragen sprudeln in einem Schwall heraus und kein Staatsanwalt kann Einspruch erheben. »Hast du dich selbst geschickt, um deine eigenen blutbefleckten Klamotten zu finden? Hast du mich gebeten, Garcia zu vertreten? Hast du Barry Leiter ermordet? Die verdammten Fakten sind auf unserer Seite, Laurie. Nur bin ich der Einzige, der sie kennt.«

Einen Moment lang sagt sie nichts, dann: »Danke dafür. Wir schaffen es.« Sie küsst mich, dreht sich um und schläft.

Frauen.

Ich bin in letzter Zeit im Schlafen nicht so gut wie früher, und diese Nacht ist noch härter als die meisten anderen. Statt Schafe zu zählen, zähle ich Beweise und wende meine »Nichts-ist-Zufall-Theorie« auf die neuesten Ereignisse an.

Ich hatte mich schon immer gefragt, warum jemand ein Opfer enthaupten und sich dann die Mühe machen sollte, die Leiche anzuzünden. Im Licht der heutigen Ereignisse kann ich nun die Vermutung anstellen, dass es getan wurde, damit wir einen Grund hatten anzuzweifeln, dass es sich bei der Leiche überhaupt um Dorsey handelte.

Das wäre durch die Enthauptung allein nicht gelungen, da es sehr wohl Kennzeichen am Körper gegeben haben könnte, die Dorsey identifizierbar gemacht hätten. Vielleicht Narben, vielleicht ein besonderes Tattoo.

Ich springe aus dem Bett, renne hinunter ins Büro und wühle dann hektisch in den Akten herum, bis ich auf die Stynes-Akte stoße. Ich finde, wonach ich suche: den Obduktionsbericht. Und, noch wichtiger: die Obduktionsfotos.

Der Leichenbeschauer hatte ein Tattoo auf Stynes' Körper

erwähnt und jetzt suche ich es auf den Fotos. Tatsächlich, da ist es, auf dem rechten Unterarm, wie der Beschauer gesagt hatte. Aber selbst mit meinem Vergrößerungsglas ist es zu klein, als dass ich Einzelheiten erkennen könnte.

In einem entscheidenden Moment im Prozess gegen Willie Miller hatte ich Vince Sanders gebeten, die ausgefeilten technischen Möglichkeiten seiner Redaktion zu nutzen, um ein Foto zu vergrößern und so ein Nummernschild entziffern zu können. Er hatte sich deswegen ziemlich angestellt, und da war es sechs Uhr abends gewesen. Jetzt ist es zwei Uhr morgens. Ich werde ihn anrufen, aber wenn er die ausgefeilten technischen Möglichkeiten hat, mich übers Telefon umzubringen, wird er es tun.

Ich rufe Vince zu Hause an und er antwortet nach dem dritten Klingeln. »Was zum Teufel willst du?«, lauten seine ersten Worte.

»Woher wusstest du, dass ich es bin?«, frage ich, obwohl mir klar wird, dass er eine Anruferkennung haben muss.

»Nächste Frage«, sagt er abweisend.

»Würdest du dich mit mir in der Redaktion treffen? Ich weiß, dass es spät ist, aber ich brauche deine Hilfe.«

»Nicht so viel Hilfe, wie du brauchtest, wenn ich mich mit dir in der Redaktion treffen würde«, motzt er.

Ich spiele meine einzige Trumpfkarte aus. »Vince, es könnte entscheidend für Lauries Verteidigung sein.«

»Zwanzig Minuten«, sagt er. »Fahr über die Market Street.«

»Warum?«

»Wenn du an die Ecke Market und Madison Street kommst, dann siehst du schon, warum«, sagt er und legt auf.

Ich ziehe mich schnell an, schreibe noch eine Nachricht für Laurie, falls sie aufstehen sollte, und fahre los. Da mir mein Leben lieb ist, halte ich an dem Donuts-Shop an der

Ecke Market und Madison Street an. Und da das Treffen nur zwanzig Minuten dauern soll, nehme ich sechs gefüllte und sechs glasierte Donuts mit.

Die Tatsache, dass sich Vince mit mir um diese Uhrzeit trifft, spiegelt seine Gefühle für Laurie wider. Vince Sanders, Pete Stanton, Kevin Randall, Marcus Clark, Andy Carpenter – wir alle wissen, wer Laurie ist und wie sie ist. Und wenn wir irgendeinen Einfluss haben, dann wird sie keinen einzigen verdammten Tag im Gefängnis verbringen.

Vince stopft sich einen Donut in den Mund, nimmt das Foto und bringt es in einen Raum voller großer Maschinen und Leute, die sie bedienen. Nach wenigen Minuten ist die Sache anscheinend erledigt, und er bringt das vergrößerte Foto zu mir und legt es auf den Tisch.

Das Tattoo auf Stynes' Arm ist jetzt mindestens dreimal so groß wie auf dem Original. Ich bin nicht sicher, was ich mir erhofft habe, wahrscheinlich einen Namen oder irgendetwas, was einen Hinweis auf seine Identität geben könnte. Es ist immer noch schwer zu erkennen, und es scheint nicht so, als würden meine Hoffnungen erfüllt werden.

»Was zum Teufel ist das?«, frage ich.

Vince schüttelt angewidert den Kopf. »Was bist du denn, etwa einer von diesen Mistkerlen, diesen Hippies, Drückebergern, Liberalen, Defätisten, Angsthasen oder Pazifisten?«

Ich nicke. »So in etwa …«

»Das sind gekreuzte Pfeile. Dein Junge war bei den Special Forces der Armee. Hat seine Zeit mit dieser Elitetruppe im schönen Vietnam verbracht.«

Wenn das wahr ist, könnte es hilfreich sein. »Bist du sicher?«

Vince schnaubt verächtlich und zeigt auf sein rechtes Knie. »Klar bin ich mir sicher. Wenn dieses hinterhältige

Knie nicht wäre, hätte ich an seiner Seite gegen die Kommunisten gekämpft.«

Ich zeige auf sein anderes Knie. »Ich dachte, dein linkes Knie war das hinterhältige.«

Er nickt ohne ein Anzeichen von Verlegenheit. »Das ist Teil des Hinterhalts.«

Ich bedanke mich bei Vince, und in einer untypisch großzügigen Geste bietet er mir auf dem Weg hinaus noch einen gefüllten Donut an. Dicke Menschen sind einfach netter.

Ich fahre nach Hause, gönne mir noch drei Stunden Schlaf und stehe um sechs Uhr auf, um Kevin anzurufen. Ich erzähle ihm, dass wir Stynes, oder wie auch immer er in Wahrheit hieß, über seine Armeeakte finden müssen.

»Kein Problem«, sagt er. »Ich rufe meinen Schwager an.«

Wie sich herausstellt, ist Kevins Schwager Lieutenant Colonel Franklin Prentice, stationiert in Fort Jackson, Carolina. Kevin versteht sich nicht nur hervorragend mit ihm, er hat ihm in der Vergangenheit auch ein paar Gefallen juristischer Natur erwiesen, für die sich Lieutenant Colonel Prentice nur zu gern erkenntlich zeigen würde. Ein Glücksfall – der erste, den wir in diesem Fall haben.

Wir einigen uns darauf, dass Kevin den Tag damit verbringen wird, dieser Spur nachzugehen, und das Geschehen im Gerichtssaal in meine bislang unfähigen Hände legt. Und wenn es darum geht, einen Prozesstag zu verpassen, ist der heutige so gut wie jeder andere.

Dylan ist durch die Neuigkeiten des Vorabends ermutigt und strotzt vor Tatendrang. Bevor die Geschworenen hereingeführt werden, informiert er Richter Hackebeil über die Entwicklung und bittet um Erlaubnis, sowohl die Liste der Zeugen als auch die Reihenfolge, in der sie aufgerufen werden, zu ändern. Er will sicherstellen, dass die Geschworenen sofort Kenntnis vom Desaster der Verteidigung erhalten. Ich erhebe Einspruch, habe aber kein erfolgreiches Gebet auf Lager, und so lässt Henderson mich abblitzen.

Dylan ruft den Beamten auf, der gestern Abend zuerst bei meinem Haus eintraf und der beschreibt, was sich ereignet hat. Die Geschworenen wirken nicht besonders überrascht, was darauf hinweist, dass sie die wiederholten Ermahnungen des Richters außer Acht gelassen haben und die Medienberichterstattung über den Fall nicht wie verlangt ignoriert haben. Der Fund von Dorseys Kopf auf meinem Grundstück war heute Morgen auf allen Titelseiten.

Als Nächster steht auf Dylans Liste ein Nachbar von mir, Ron Shelby, der halb zögerlich aussagt, Laurie in meinem Garten graben gesehen zu haben. Ich beginne mein Kreuzverhör damit, ihm das Zugeständnis abzuringen, dass er nur gesehen hat, wie sie Samen säte und keine Köpfe.

Dann frage ich: »Erinnern Sie sich daran, wann Sie die Angeklagte im Garten graben gesehen haben?«

Er denkt einen Augenblick nach. »Sicher bin ich mir nicht. Vielleicht vor ein paar Monaten. Es ist schwer, sich daran zu erinnern. Schließlich kam es mir damals nicht ungewöhnlich vor.«

»War es am Tag?«, frage ich.

»Ja, sicher. Und ich arbeite während der Woche, also muss es am Wochenende gewesen sein.« Er versucht zu helfen.

»Benahm sich Miss Collins heimlichtuerisch? So als wollte sie etwas verbergen?«

Er schüttelt den Kopf. »Nein, sie hat mir zugewinkt, und dann haben wir uns etwas unterhalten.«

»Benahm sie sich in irgendeiner Weise merkwürdig? Hatten Sie das Gefühl, dass irgendwas nicht stimmte?«

Shelby merkt, worauf ich hinauswill. »Nein, Sir. Sie war so nett wie nur was. Sie ist wirklich ein netter Mensch.«

Dylan erhebt Einspruch und Henderson lehnt ihn ab. Ich schließe meine Befragung mit einer Hypothese ab. »Mr Shelby, wenn Sie versuchten, etwas ganz Wichtiges zu verstecken, glauben Sie, Sie würden das am helllichten Tag am Wochenende machen, wenn Sie jeder in der Nachbarschaft sehen könnte?«

Shelby sagt aus, dass er es keinesfalls so machen würde, und ich entlasse ihn. Ich habe einen kleinen Fortschritt errungen, der Dylan nicht allzu sehr zu beunruhigen scheint, hauptsächlich, weil sein nächster Zeuge der Gerichtsmediziner Dr. Tyler Lansing ist.

Dr. Lansing nähert sich seiner Pensionierung, die abschließt, was man nur als durch und durch herausragende Karriere beschreiben kann. Er hat zweifellos mehr Zeit in Gerichtssälen verbracht als ich, und wenn es so etwas gibt wie einen wahrhaft unerschütterlichen Zeugen, dann ist er es.

Dylan lässt ihn seine Erkenntnisse referieren bezüglich des Todeszeitpunktes und der Wahrscheinlichkeit, dass der abgetrennte Kopf und die verbrannte Leiche zusammengehören. Dr. Lansing erwähnt auch die Tatsache, dass der Mörder von hinten zugeschlagen hat, was es für die Geschworenen glaubhafter macht, dass Laurie es getan haben könnte, ohne dass sie Dorsey zunächst überwältigen musste.

Jeder im Gerichtssaal mit genug Hirn im Kopf weiß, dass seine Aussage präzise und korrekt ist, und die Geschworenen würden zweifellos über jeden die Nase rümpfen, der sie etwas anderes glauben machen wollte. Das ist in Ordnung, denn ich bin nicht so dumm, es zu versuchen.

»Dr. Lansing«, beginne ich, »Sie sagten aus, dass der Kopf,

der gestern Abend ausgegraben wurde, vor fast drei Monaten von seinem Körper abgetrennt wurde.«

Er nickt. »Das ist richtig.«

»War das Gesicht als das von Alex Dorsey erkennbar?«

»Ja, das war es.«

»Warum war die Verwesung so wenig vorangeschritten?«

»Er war in einer luftdichten Verpackung aus Plastik vergraben«, sagt er.

»In einer Plastiktüte?«

»Nein, da hat sich jemand wesentlich mehr Mühe gegeben. Es handelte sich um eine dicke Plastikfolie, die an der Kante entlang geklammert und versiegelt war.«

»Der Zweck dieser Mühe wird also der gewesen sein, die Verwesung zu verhindern? Den Kopf zu erhalten?«

Dylan erhebt Einspruch. »Euer Ehren, man kann wohl kaum erwarten, dass der Zeuge weiß, welchen Zweck der Mörder dabei verfolgt hat.«

»Stattgegeben«, sagt Richter Hackebeil.

Ich versuche es noch einmal. »Wissen Sie, welche andere Wirkung, abgesehen von der besseren Konservierung, eine solche Plastikverpackung sonst noch haben könnte?«

Er zuckt mit den Schultern. »Sie würde den Inhalt sauber halten.«

»Würde er bei alldem erkennbar bleiben?«

»Ja, sicher.«

»Lassen Sie mich das zusammenfassen, und sagen Sie mir, ob Sie mir zustimmen. Der Mörder hat die Leiche enthauptet und dann verbrannt, was zur Folge hatte, dass die Identität fraglich war. Dann verpackte der Mörder den Kopf luftdicht in Plastikfolie und erhielt somit dessen Identität. Trifft das so zu?«

»Ja.«

»Und die Leiche wurde an einem Ort zurückgelassen, der nicht mit der Angeklagten in Verbindung gebracht werden kann, während der Kopf an einem Ort vergraben wurde, der direkt mit ihr in Verbindung steht?«

Dylan erhebt Einspruch, da diese Frage nicht auf die Fachkenntnisse des Gerichtsmediziners abziele. Henderson gibt dem statt, aber den Punkt habe ich gemacht. Trotzdem versuche ich auch noch, das Spiel für mich zu gewinnen.

»Dr. Lansing, wie gut kannten Sie Miss Collins, als sie noch im Polizeidienst stand?«

»Recht gut, würde ich sagen.«

»Schien Sie Ihnen eine gute Polizistin zu sein? Eine intelligente Polizistin?«

Er nickt. »Soweit ich mit ihr zu tun hatte, ja.«

»Angenommen, sie hat einen normal funktionierenden Verstand und eine gute Kenntnis der polizeilichen Arbeit, würden Sie da nicht sagen, dass die Theorie der Staatsanwaltschaft bezüglich ihrer Taten sie als selbstzerstörerisch und dumm erscheinen ließe?«

Dylan erhebt Einspruch, doch Henderson lässt die Frage zu. »Es sähe so aus. Auf der anderen Seite würde ich sagen – auch wenn das nicht zu meinem Fachgebiet gehört –, dass manche Leute, die schreckliche Verbrechen begehen, gefangen und bestraft werden wollen.«

»Gut«, sage ich. »Da sind wir uns einig.«

Er ist überrascht. »Ach ja?«

»Ja. Wir sind uns darin einig, dass wer auch immer es war, erreichen wollte, dass Laurie Collins gefangen und bestraft wird.«

Lieutenant Colonels haben ein großes Potential an Arbeitskräften, das sie mobilisieren können, wenn sie etwas erledigt haben wollen. Deshalb kann Kevins Schwager, Lieutenant Colonel Prentice, ihm auch schon sechs Stunden nach unserer Anfrage die Informationen liefern.

Da alle Unterlagen zur Feststellung der Identität von Stynes auf geheimnisvolle Weise gelöscht wurden, ließ unser Lieblings-Lieutenant-Colonel seine Speichellecker Stynes' Gesicht mit allen bekannten Angehörigen der Special Forces zur Zeit des Vietnamkriegs vergleichen. Ein übereinstimmendes Foto wurde gefunden, und Stynes' wahrer Name lautet Roger Cahill. Er war Sergeant in der 307. Division der Delta Company und diente drei Jahre lang in Vietnam, wo er sich auszeichnete und drei Medaillen verliehen bekam.

Kevin bat Prentice zudem, einen Militärbericht über Alex Dorsey zu organisieren, aber leider waren Dorsey und Cahill nicht in derselben Division. Auf den ersten Blick stimmt nichts in den Unterlagen über Stynes/Cahill mit denen von Dorsey überein, aber wir setzen Marcus auf den Fall an, damit er vielleicht doch noch etwas ausgraben kann. Unter dem Strich haben wir neue Informationen, wissen aber noch nicht genug, um daraus Nutzen zu ziehen.

Ich rufe bei Darrin Hobbs an, dem Special Agent des FBI, der meine früheren Versuche, Informationen über die Verwicklung des FBI in die Angelegenheit Dorsey zu bekommen, abgeschmettert hatte. Mir wird mitgeteilt, er befinde sich in einer Besprechung, und so habe ich schließlich Agent Cindy Spodek am Apparat, Hobbs Untergebene, bisher bestens bekannt als die Person, die erfolgreich meinem Konversationscharme widerstand, als wir uns das letzte Mal trafen.

Dieses Mal ist sie nicht ganz so reserviert, aber ich bin auch nicht so hartnäckig. Eigentlich ist es mir egal, ob sie mich mag oder nicht; ich brauche lediglich Informationen. Ich erzähle ihr, was ich über Cahill erfahren habe und dass ich Einblick in die Ermittlungsakten des FBI haben möchte, um zu sehen, ob er darin auftaucht, entweder unter dem Namen »Cahill« oder unter »Stynes«.

Zu meiner Überraschung scheint es sie zu interessieren, was ich erzähle, und sie stellt einige klärende Fragen. Aber schließlich sagt sie: »Sie verstehen, dass ich die Herausgabe von vertraulichen Unterlagen nicht veranlassen kann. Das muss Special Agent Hobbs entscheiden.«

Genau das hatte ich erwartet. »Wann kann ich mit ihm sprechen?«

»Ich rede noch heute mit ihm.«

Ich gebe ihr meine Telefonnummer und sage, dass ich auf seinen Anruf warten werde.

»Einer von uns wird Sie zurückrufen«, sagt sie. »Aber ich muss Ihnen sagen, dass ich glaube, Sie sollten möglichst anderen Spuren nachgehen. Das ist nicht die Art von Informationen, die Special Agent Hobbs gern herausgibt.«

Erneut bitte ich darum, dass er mich zurückrufen möge, und sie verspricht, ihr Bestes zu tun. Sie scheint meiner Bitte gegenüber aufgeschlossen zu sein, kennt aber den Menschen, für den sie arbeitet. Mein Gefühl sagt mir, dass sie Recht hat, und ich bezweifle, dass ich von ihm hören werde.

Es dauert nur zehn Minuten, bis ich eines Besseren belehrt werde. Das Telefon klingelt und Hobbs persönlich ist am Apparat.

»Andy? Hier ist Darrin Hobbs. Worum geht's, Sie brauchen noch mehr Informationen?« Er klingt freundlich, aber eilig, so als hätte er wirklich viel zu tun, nähme sich aber ein paar Sekunden Zeit, um diese Nervensäge loszuwerden.

»Stimmt«, sage ich. »Es ist ein neues Teil dieses Puzzles aufgetaucht. Ein Typ namens Cahill.«

»Nie von ihm gehört«, sagt er abweisend.

»Das ist nicht der einzige Name, den er benutzt. Ich muss wissen, ob er bei Ihren Ermittlungen in Sachen Petrone und Dorsey aufgetaucht ist.«

»Diese Straße ist gesperrt. Das habe ich Ihnen doch schon gesagt.«

Der Kerl geht mir auf die Nerven, aber es würde sich nicht auszahlen, wenn ich ihn mir zum Feind machte. »Ja, sagten Sie«, erwidere ich, »aber ich hoffe, Sie denken noch einmal darüber nach.«

Er lacht kurz auf angesichts der Absurdität meiner Hoffnung. »Das wird nicht passieren.«

Es ist sinnlos, um den heißen Brei herumzureden. »Hoffentlich sieht der Richter das anders.«

Die Temperatur seiner Stimme fällt in Bruchteilen einer Sekunde um zwanzig Grad. »Ich weiß nicht, wie viel Sie über mich wissen, Carpenter, aber wenn Sie nur das Geringste wissen, dann wissen Sie zumindest, dass man mir nicht drohen kann.«

»Ich verteidige meine Mandantin«, bemerke ich mit verärgertem Tonfall.

»Schön für Sie.« *Klick.*

Innerhalb von dreißig Sekunden, nachdem er aufgelegt

hat, wendet sich mein Ärger von Hobbs, dem aufgeblasenen Arschloch, ab und richtet sich gegen Carpenter, den idiotischen, kontraproduktiven Verteidiger. Ich habe gerade endgültig den einzigen Typen vergrault, der Informationen haben könnte, die für Laurie vielleicht hilfreich wären.

Gut gemacht, Andy.

Ich rufe Kevin an und übertrage ihm die Aufgabe, einen Antrag vorzubereiten, damit Henderson Hobbs zwingt, die Ermittlungsakten des FBI auszuhändigen. Kevin macht das gern; solche Anträge gehören zweifellos zu seinen Stärken, und diese Arbeit wird ihn auch davor bewahren, morgen im Gerichtssaal anwesend sein zu müssen. Es wäre deprimierend, mich noch einen Tag dabei zu beobachten, wie ich die juristische Rope-a-dope-Taktik verfolge, indem ich mich zurücklehne, während Dylan mit den Zeugen auf uns eintrommelt.

Doch eigentlich ist diese Rope-a-dope-Analogie nicht ganz zutreffend.

Muhammed Ali nutzte sie in seinem Kampf gegen George Foreman mit Absicht. Ich nicht.

Ali hatte eine Strategie. Ich nicht.

Hinter Ali stand die Menge und rief: »Ali bomaye! Ali bomaye!«, was übersetzt so viel heißt wie: »Ali, bring ihn um! Ali, bring ihn um!« Ich habe die Presse hinter mir, die Kommentare schreibt, im Fernsehen höhnt und dabei im Wesentlichen sagt: »Carpenter, du bist ein Trottel! Carpenter, du bist ein Trottel!«, was übersetzt so viel heißt wie: »Carpenter, du bist ein Trottel! Carpenter, du bist ein Trottel!«

Dylans erster Schlag des Tages wird von einem Nachbarn Oscar Garcias ausgeführt, der berichtet, Laurie mehrere Male in der Nähe von Oscars Wohnung herumhängen gesehen zu haben. Ich mache darauf aufmerksam, dass »Wohnungsherumhängen« keinen Straftatbestand darstellt, es bleibt aber ein wirkungsvolles kleines Teil in Dylans Puzzle.

Als Nächster ist Lauries ehemaliger Partner bei der Polizei, Detective Stan Naughton, dran. Er wirkt so, als sei er gerade lieber ganz woanders, und gelegentlich schaut er zu Laurie hinüber mit einem Blick, der sich dafür entschuldigt, was sein Mund gerade sagt.

Naughton erzählt die Geschichte von Oscar, der die Tochter von Lauries Freundin mit Drogen versorgt hat, und von Laurie, die entschlossen war, Oscar dafür dingfest zu machen. Die Aussage sorgt für ein dickes, fettes Motiv, zumindest was die ursprünglichen Bemühungen angeht, Oscar den Mord an Dorsey anzuhängen.

Da Naughton der Verteidigung offensichtlich wohlgesonnen ist, ist es für mich ein Leichtes, ihn im Kreuzverhör dorthin zu führen, wohin er sowieso schon will. Ich nehme mir dafür Zeit und ermuntere ihn, über Lauries herausragende Leistungen bei der Polizei zu reden, über sein Gefühl, dass sie ein vernünftiger, anständiger Mensch ist, der Gewalt verabscheut und der nie auch nur annähernd irgendeine Art von Brutalität im Dienst an den Tag legte.

Kevin taucht mit dem Antrag in der Hand auf, und ich teile Richter Hackebeil mit, wir hätten eine wichtige Angelegenheit vorzubringen. Wir reichen den Antrag ein, übergeben Dylan eine Kopie und Henderson setzt die mündliche Erörterung auf morgen früh um neun Uhr an.

Kevin und ich werden heute Abend lange an unserer Position bezüglich des Antrags arbeiten. Wir werden Richter Hackebeil davon überzeugen müssen, dass die Rolle von Stynes/Cahill für den Fall relevant ist und eine glaubwürdige Alternative zu Lauries Schuld darstellt. Gleichzeitig werden wir ihn auch glauben machen müssen, dass es zumindest eine begründete Chance gibt, dass die FBI-Akten Informationen enthalten, die Laurie entlasten könnten.

Ich treffe vor Kevin zu Hause ein, und Edna überreicht mir die Post, die sich in den letzten drei Tagen angesammelt hat. Es handelt sich überwiegend um Aufforderungen zu wohltätigen Spenden, und mich überfällt ein kurzzeitiges Schuldgefühl, weil ich meine philanthropischen Stümpereien während des Prozesses vernachlässigt habe.

Ein Umschlag von Stephen Cates ist auch dabei, dem gegnerischen Anwalt in der Zivilklage von Willie Miller. Er ist überraschend dick, und als ich ihn öffne, sehe ich, warum. Ein einseitiger Brief ist an ein langes juristisches Dokument geheftet. In dem Brief wird mitgeteilt, dass sie unseren Forderungen zugestimmt haben und dass sie – sobald Willie die beigefügte Abfindungsvereinbarung unterschrieben hat – einen Scheck in der Höhe von 11,7 Millionen Dollar ausstellen werden.

Ich freue mich riesig für Willie, doch ich bin so von dem Prozess vereinnahmt, dass ich die Sache zunächst als störende Ablenkung ansehe. Dennoch wäre es Willie gegenüber nicht fair, ihn nicht sofort darüber zu unterrichten, und so bitte ich Edna, ihn anzurufen und herzubestellen.

Willie trifft so schnell ein, dass ich das Gefühl habe, er muss draußen vor dem Haus auf den Anruf von Edna gewartet haben. Wie immer ist er in Begleitung von Cash, der sich vermutlich freut, noch einen Kopf ausgraben zu dürfen.

»Was ist los?«, fragt Willie.

»Wir haben eine offizielle Antwort von der anderen Partei erhalten.«

»Ach ja?«, fragt er nervös. »Hast du ein Bier?«

»Du willst ein Bier, bevor du ihre Antwort hörst?«

»Jedes Mal wenn ich eine gute Neuigkeit in meinem Leben erhalten hab, hatte ich ein Bier in der Hand. Jedes einzelne Mal.«

»Wirklich?«, frage ich nach. »Und was war in dem Moment, als die Geschworenen dich für nicht schuldig befunden und dich aus der Todeszelle geholt haben?«

Dieser Moment war ihm entfallen. »Okay, vergiss das Bier. Was haben sie gesagt?«

Ich halte die Abfindungsvereinbarung in die Höhe. »Wenn du dieses Schriftstück unterzeichnest, geben Sie dir einen Scheck von über elf Millionen Dollar.«

Willie sieht mich an und sagt etwa zwanzig Sekunden lang gar nichts. Dann beugt er sich hinunter, hebt Cash hoch und hält ihn sich direkt vors Gesicht. »Hab ich's dir nicht gesagt? Hab ich's dir nicht gesagt?«

Und dann fängt er an zu weinen. Kein großes Geschluchze, sondern aufrichtiges Schniefen und eindeutige Tränen. Cash scheint sich weitaus weniger aufzuregen und ist sich zweifellos darüber im Klaren, dass er weg von dem Leben auf der Straße und dem Müllfraß ist und eine Zukunft voller Designerkekse vor sich hat.

Willie wendet sich wieder mir zu und möchte anscheinend seine Reaktion erklären. »Das macht es nicht wieder gut, was ich durchgemacht hab, weißt du? Aber es ist schon verdammt gut.«

Ich hatte Willie schon vor langem gesagt, dass ich seinen Fall für zehn Prozent übernehmen würde, was weitaus weniger als üblich ist. Und selbst damit habe ich mit diesem einen Fall mehr verdient als in meiner gesamten juristischen Laufbahn davor.

Der Gedanke bringt mich zum Lachen und ich wende mich Kevin zu. »Ist dir klar, dass wir gerade über eine Million Dollar an Provision verdient haben?«

»Was soll das heißen, ›wir‹?«

»Du bekommst die Hälfte«, antworte ich.

Ehrlich, wie er ist, sagt Kevin: »Andy, du zahlst mir hundertfünfzig pro Stunde.«

Ich schüttle den Kopf. »Nicht bei diesem Fall. Für diesen Fall bekommst du eine halbe Million. Du kannst dir diese dreifach beladbaren Waschmaschinen und Trockner kaufen, auf die du ein Auge geworfen hast.« Ich drehe mich zu Edna um. »Und Sie bekommen zweihundert.«

»Dollar?«, fragt sie.

»Tausend«, antworte ich.

Laurie betritt das Zimmer, und ich gebe ihr den Rest, den sie für ihre Anwaltskosten anlegen kann. Innerhalb kürzester Zeit lachen wir alle, hemmungslos, und genießen eine kurze, aber willkommene Auszeit von dem anhaltenden Druck, dem wir seit Monaten ausgesetzt sind.

Edna ruft Cousin Fred an und macht Termine für Willie und für sich selbst, um über die Anlagemöglichkeiten ihres unverhofften Geldsegens zu reden. Kevin und ich ziehen uns ins Wohnzimmer zurück, um die morgige Anhörung vorzubereiten. Angesichts dessen, was uns dazu einfällt, hätte ich Kevins halbe Million lieber Henderson anbieten sollen.

Im Gericht gesellen sich Darrin Hobbs, Cindy Spodek und Edward Petersen zu uns, der Bundesanwalt, der die Position des FBI vertritt. Hobbs, der sicher noch wütend über meine vermeintliche Drohung ist, genau das zu tun, was ich nun getan habe, indem ich ihn hierher vor Gericht zitieren ließ, ignoriert mich völlig. Spodek tut es ihm gleich, zweifellos, um dem Beispiel ihres Chefs zu folgen.

Richter Hackebeil erteilt zunächst mir das Wort und ermahnt mich gleichzeitig, mich kurz zu fassen, da er bereits unsere Antragsunterlagen gelesen hat. Ich berichte, was ich über Dorseys Verwicklungen in das organisierte Verbrechen und die Einmischung des FBI in die Untersuchung der Abteilung für Innere Angelegenheiten zu seinen Gunsten weiß. Dann erzähle ich von Cahill/Stynes, angefangen mit seinem Besuch in meiner Kanzlei, seinem »Geständnis« bezüglich der blutigen Kleidung hinter dem Stadion bis zu seinem Mord an Barry Leiter.

Meine Geschichte halte ich für faszinierend, wenn nicht gar zwingend, allerdings für recht schwach hinsichtlich der Relevanz für die FBI-Akten. Die eigentliche Wahrheit ist schwer zu verbergen: Wir haben keine Ahnung, was in diesen Akten steht, und dass wir ihre Herausgabe fordern, ist nichts weiter als ein blindes Stochern im Nebel.

Dylan erkennt schnell, worum es sich handelt: »Euer Ehren, das ist blindes Stochern im Nebel«, sagt er. »Der Verteidiger erzählt uns eine unbestätigte Geschichte, die der Verteidigung helfen soll. Selbst wenn das Gericht sie für bare Münze nehmen sollte, was ich mit Sicherheit nicht empfehle, besteht hier einfach keine Verbindung zu dieser FBI-Untersuchung.«

Henderson wendet sich dann Peterson zu, dem Regierungsanwalt, der eine Darstellung von Special Agent Hobbs präsentiert, der zufolge nichts in den Akten bezüglich Dorsey steht, was für eine der beiden Parteien in diesem Fall nützlich wäre, und dass auch Cahill/Stynes überhaupt nicht erwähnt wird. Peterson gibt sich große Mühe zu betonen, dass Hobbs ein vielfach ausgezeichneter Militäroffizier ist, der ähnliche Lorbeeren in seiner Laufbahn beim FBI geerntet hat. Es sollte laut Peterson keine Veranlassung geben, sein Wort in Frage zu stellen.

Peterson ist damit noch nicht am Ende. »Die Einzelheiten

in der Akte sind von geringer Tragweite für diesen Prozess«, sagt er. »Die unbedeutenden Enthüllungen darin hätten keinerlei Auswirkungen auf diesen Fall, sie herauszugeben könnte jedoch weitreichende Folgen für andere Fälle haben. Diese Ermittlungen müssen per definitionem in Verschwiegenheit gehüllt werden; für viele, die mit uns kooperieren, ist diese Verschwiegenheit eine Bedingung. Wenn dieses Vertrauen missbraucht wird, könnten die negativen Auswirkungen auf zukünftige Ermittlungen katastrophal sein.«

Henderson, Gott segne ihn, scheint ungerührt. »Wir reden nicht davon, den Inhalt in der *New York Times* zu veröffentlichen«, sagt er, »wir reden davon, dass ich mir das Material in meinem Kämmerchen anschaue, um zu entscheiden, ob sich darin für diesen Fall beweiserhebliche Tatsachen finden.«

»Bei allem Respekt, Euer Ehren«, entgegnet Peterson, »Agent Hobbs hat ausgesagt, dass dem nicht so ist.«

»Und er mag Recht haben. Aber er ist ein Kriegsheld, kein Richter. Was die Sache recht gut ausgleicht, denn ich bin ein Richter und kein Kriegsheld. Ich gehe davon aus, dass Sie die Akte mitgebracht haben?«

Peterson nickt. »Wie Sie angeordnet haben, Euer Ehren.«

»Gut. Geben Sie sie mir und ich schaue sie durch.«

Peterson nickt nur resigniert, während Hobbs sich umdreht und hinausgeht, mit Spodek im Gefolge. Es ist ein Sieg für uns, aber ob er sich als ein bedeutungsvoller Sieg erweist, hängt davon ab, was Richter Hackebeil in der Akte finden wird.

Dylan muss noch für den letzten Schliff sorgen, bevor er die Darstellung seiner Sicht des Falles beendet. Dies geschieht mit Hilfe von Tatsachenzeugen, die im Großen und Ganzen unstrittig die Informationen liefern werden, welche die Theorien der Staatsanwaltschaft abrunden und unterstützen.

Als Erster ist der Beamte an der Reihe, der den anonymen Anruf entgegengenommen hat, in dem die Polizei über Oscar Garcias Schuld informiert wurde, was sich jedoch letztendlich als falsch erwiesen hat.

Das Band wird im Gerichtssaal abgespielt, aber ich habe es natürlich schon oft gehört. Es handelt sich um eine Frauenstimme, die mit Hilfe eines Computers oder sonst irgendeiner elektronischen Technik verzerrt wurde. Dylans Theorie zufolge war Laurie die Anruferin, und er begründet seine Behauptung mit dem Hinweis darauf, dass die Anruferin Oscar als »Täter« bezeichnete. Diesen Terminus würde laut Dylan wahrscheinlich ein Polizist oder eine ehemalige Polizistin wie Laurie benutzen.

Ich habe einen Sachverständigen geladen, der aussagen wird, dass die Computertechnik zur Verzerrung von Stimmen so weit entwickelt ist, dass die Originalstimme zu einer Frau, einem Mann oder einer quakenden Ente gehören könnte. Es lohnt sich nicht, die Zeugin der Staatsanwaltschaft zu diesem Zeitpunkt dazu zu vernehmen, also entlasse ich sie ohne Kreuzverhör aus dem Zeugenstand.

Als Nächster ist der Polizeibeamte dran, der im Zuge einer Hausdurchsuchung Dorseys Waffe in Oscars Wohnung fand. Da Oscar entlastet und Laurie in der Nähe von Oscars Wohnung gesehen wurde, stützt dies die Theorie, dass sie – als Bestandteil ihrer Strategie, dem armen Oscar den Mord anzuhängen – die Waffe dort versteckt hat.

Wieder kann ich nur wenig mit diesem Zeugen anfangen, außer ihn bestätigen zu lassen, dass Lauries Fingerabdrücke nirgends in der Wohnung gefunden wurden. Ich bin mir sicher, dass die Geschworenen Laurie, die ehemalige Polizistin, als zu gewieft ansehen, als dass sie irgendwelche Abdrücke hinterlassen würde, also erreiche ich nicht viel.

Der Aufmarsch geht weiter mit Rafael Gomez, einem Polizeibeamten, der den Benzinkanister in Lauries Garage gefunden hat und der aussagt, dass der Benzin-Propan-Rückstand darin der Mixtur entspricht, die benutzt wurde, um Dorseys Leiche in Brand zu setzen. Auch wenn das zweifellos zutrifft, gibt mir seine Aussage zumindest die Möglichkeit, ein paar Punkte zu landen.

»Officer Gomez, wurden irgendwelche Fingerabdrücke auf dem Benzinkanister gefunden?«

»Nein, Sir. Abgewischt.«

»Wirklich? Sie glauben also, dass sie dumm genug war, dieses schrecklich belastende Beweisstück in ihrer eigenen Garage zu lassen, aber klug genug, um die Fingerabdrücke abzuwischen?«

»Na ja …«

Er ist unsicher, also nutze ich meinen Vorteil. »Vielleicht dachte sie sich, die Polizei würde nicht herausfinden, wem die Garage gehört?«

Er denkt einen Augenblick nach und liefert dann eine ziemlich gute Antwort. »Vielleicht hat sie sie nicht abgewischt. Vielleicht trug sie Handschuhe. Um kein Benzin an die Finger zu bekommen.«

»Ist es gefährlich, das Benzin anzufassen?«, frage ich.

»Nein, aber manche Leute …«

Ich unterbreche ihn, und Dylan erhebt keinen Einspruch, obwohl er es müsste. »Wo haben Sie die Handschuhe gefunden?«

»Wir haben keine Handschuhe gefunden.«

»Aber Sie sagten, Sie hätten das gesamte Grundstück abgesucht«, erinnere ich ihn.

»Richtig, aber es wurden keine Handschuhe gefunden. Vielleicht hat sie sie weggeworfen, damit wir sie nicht finden.«

»Vorausgesetzt, Miss Collins würde sich der Handschuhe entledigen, den Benzinkanister aber behalten?«

»Ich kann nicht sagen, was sie tun würde«, lautet seine recht kraftlose Antwort.

»Würden Sie das tun?«, beharre ich.

»Ich würde niemanden umbringen.«

»Das haben Sie und Miss Collins gemeinsam«, sage ich. »Keine weiteren Fragen.«

Mit Officer Gomez habe ich genau das getan, was ich mit vielen von Dylans Zeugen getan habe, nicht mehr und nicht weniger. Ich habe gezeigt, dass Lauries Verhalten nach dem Mord, falls sie die Dinge getan hätte, die Dylan ihr andichtet, unlogisch gewesen wäre. Das Problem ist nur, dass die Geschworenen keine Veranlassung haben, von jemandem, der einen Polizeibeamten enthauptet und dann angezündet hat, logisches Verhalten zu erwarten. Unterm Strich sage ich: »Sie kann dieses seltsame Verbrechen nicht begangen haben, denn wenn sie es getan hätte, dann wäre ihr anschließendes Verhalten doch wohl ziemlich merkwürdig gewesen.« In diesem Fall jedoch passt merkwürdiges Verhalten perfekt zu dem Verbrechen und könnte eher als Hinweis auf die Schuld angesehen werden, als dass es entlastend wirkt.

Dylans letzter Zeuge ist der pensionierte Captain Ron Franks von der Polizei in Paterson, Dylans wahrscheinlich bester Freund im Dienst. Obwohl Franks mehr als ein Jahr vor dem Beginn der Ermittlungen durch die Abteilung für Innere Angelegenheiten, die Laurie ins Rollen gebracht hatte, in Pension ging, ruft Dylan ihn als Zeugen auf, um die positive Seite des Opfers darzustellen.

Das ergibt Sinn. Wir haben Dorsey so gut es ging schlecht gemacht, und Dylan weiß sicherlich, dass dies ein bedeutender Bestandteil unserer Verteidigung sein wird. Je schlimmer Dorsey dargestellt wird, umso weniger fühlen sich die Geschworenen wohl gezwungen, seinen Mord zu rächen.

Frank ist nur fünfzehn Minuten im Zeugenstand, doch er redet herzlich und bewundernd von Dorseys Jahren im Dienst der Öffentlichkeit, sowohl beim Militär als auch besonders bei der Polizei.

Mein Kreuzverhör ist kurz und konzentriert sich auf die Tatsache, dass Frank weder etwas über die Ermittlungen der Abteilung für Innere Angelegenheiten noch über die Tatsachen, die Dorsey zur Flucht veranlasst haben, weiß. Der Mann scheint ein aufrichtiger Freund von Dorsey gewesen zu sein, und ich hätte nichts davon, ihn anzugreifen.

Dylan beendet die Befragung seiner Zeugen, ich beantrage die Abweisung der Klage und Henderson weist meinen Antrag ab. Da es spät und noch dazu Freitagnachmittag ist, entlässt er die Geschworenen ins Wochenende und teilt mir mit, dass ich am Montagmorgen mit den Zeugen der Verteidigung beginnen kann. Leider meint er damit diesen kommenden Montag.

Gerade als wir mit einem von Lauries köstlichen Abendessen beginnen wollen, erreicht uns ein Anruf, der mit Sicherheit das Potential hat, es zu ruinieren. Er kommt aus dem Büro von Henderson, das eine Konferenzschaltung zwischen Dylan, Henderson und mir einrichten will. Dylan ist bereits in der Leitung, aber ich bin nicht in der Stimmung für Smalltalk, also warte ich einfach auf Richter Hackebeil.

Nach einigen Minuten ist Seine Majestät ebenfalls in der Leitung. »Meine Herren, ich habe eine Entscheidung hinsichtlich des Antrags der Verteidigung getroffen, und ich dachte mir, Sie sollten unmittelbar Kenntnis davon erhalten, damit Sie Ihre Vorbereitungen für die Verhandlung am Montag entsprechend treffen können.«

Er macht eine Pause, aber weder Dylan noch ich sagen ein Wort, und so fährt er fort. »Ich habe das Material des FBI gründlich studiert und bin zu dem Schluss gekommen, dass es keine neuen oder für diesen Fall relevanten Informationen enthält. Lieutenant Dorsey wird nur am Rande erwähnt und Mr Cahill oder Stynes überhaupt nicht. Es gibt außerdem keinen einzigen Hinweis auf einen anderen Lieutenant der Polizei, der mit Mr Dorsey zusammengearbeitet haben könnte.

Daher habe ich entschieden, dass die Beweiskraft dieser Unterlagen für unseren Prozess letztendlich gleich null und es sicherlich nicht wert ist, eine Ermittlung des FBI zu beeinträchtigen. Noch Fragen?«

Dylan, der Sieger, antwortet zuerst. »Von meiner Seite nicht, Euer Ehren. Ich denke, Sie haben die richtige Entscheidung getroffen.«

»Das beruhigt mich«, antwortet Henderson trocken. »Mr Carpenter?«

»Schönes Wochenende, Euer Ehren.«

Die Abweisung dieses Antrags stellt keine große Überraschung dar. Wir haben keine andere Wahl, als die Sache abzuhaken, und so arbeiten Kevin und ich bis fast elf Uhr an unserer Verteidigungsstrategie. Wir haben vor, morgen den ganzen Tag zu arbeiten und dann Sonntag freizumachen, um uns vor dem Beginn der Schlacht etwas auszuruhen.

Laurie schläft bereits, als ich ins Bett gehe, und ich beuge mich zu ihr hinunter und küsse sie behutsam auf die Stirn. Meine Sorge um sie ist fast überwältigend. Wir begeben uns bald auf die Zielgerade und sie hat kein besonders gutes Pferd unter sich.

Gerade döse ich weg, als das Telefon klingelt und ich sofort hellwach aufschrecke. Als ich das letzte Mal einen Anruf um diese Uhrzeit erhielt, wurde die Kette von Ereignissen in Gang gesetzt, die zum Tod von Barry Leiter führte. Mich überkommt zunächst der Wunsch, das Telefon einfach klingeln zu lassen, doch dann zwinge ich mich abzuheben.

»Hallo?«

Die Stimme am anderen Ende erkenne ich sofort – sollte ich auch, denn ich habe sie heute schon mehrere Male gehört. Es ist die mit Hilfe eines Computers verzerrte Stimme einer Frau, die in dem anonymen Anruf Oscar Garcia des Mordes an Dorsey bezichtigte.

»Mr Carpenter, Sie schauen nicht in die richtige Richtung.«

Das sind natürlich keine aufregenden Neuigkeiten. »Wohin sollte ich denn schauen?«, will ich wissen.

»Nach Vietnam. Dort fing es an. Dort werden Sie die Verbindung finden.«

»Verbindung zwischen wem? Dorsey und Cahill?«

Keine Antwort, und voller Verzweiflung fürchte ich, dass sie auflegt. »Kommen Sie, bitte«, sage ich, »was ist mit Vietnam? Ich brauche mehr, um weiterzumachen.«

Wieder keine Antwort; vielleicht ist sie ja auch gar nicht mehr in der Leitung. Dann antwortet sie zögernd, so als sei sie sich nicht sicher, ob sie mir noch mehr erzählen sollte. »Reden Sie mit Terry Murdoch.«

»Wer ist er? Wo ist er?«

Klick.

Ich lege gar nicht erst auf, sondern wähle direkt Kevins Nummer.

»Hallo?«, antwortet er ohne auch nur die Spur von Schläfrigkeit in seiner Stimme.

»Um welche Uhrzeit geht man als Lieutenant Colonel zu Bett?«, frage ich.

Kevin steht um sechs Uhr morgens vor der Tür, um unser Wochenende einzuläuten. Er teilt mir mit, dass er seinen Schwager zwar erst an diesem Morgen anrufen wollte, er aber nicht widerstehen konnte und ihn schon vergangene Nacht kontaktiert hat. Das war großartig, denn so wurde die Angelegenheit schon ins Rollen gebracht.

Lieutenant Colonel Prentice hat sich bereits mit dem Archiv in Fort Monmouth in Verbindung gesetzt und sie angewiesen, unsere Ermittlungen nach besten Kräften zu unterstützen. Er hat uns dort eine Kontaktperson beschafft, Captain Gary Reid, der sich um uns kümmern wird.

Laurie steht gerade auf, als Kevin und ich nach Fort Monmouth abfahren wollen. Sie freut sich über die Neuigkeiten und die damit verbundenen Möglichkeiten und staunt, dass so viel passiert ist, während sie geschlafen hat. Ich sehe ihr an, es bringt sie fast um, dass sie uns heute nicht begleiten kann, aber sie ist gezwungen, es uns zu überlassen.

Fort Monmouth liegt an der Küste von New Jersey und ist umgeben von Strandorten. Wir sind früh losgefahren, um dem Verkehr in Richtung Strand zu entkommen, aber das ist eigentlich nur möglich, wenn man im Februar losfährt.

Dieses Phänomen hat mich schon immer zum Staunen gebracht. Die Leute setzen sich in der größten Sommerhitze in ihr Auto und schleichen zwei oder drei Stunden lang vor sich hin, nur um das Recht wahrzunehmen, einen Nachmittag in steinigem Dreck unter unzähligen krebserregenden Strahlen zu schmoren, zu schwitzen und zu verbrennen. Ihre einzige Zuflucht ist das Wasser, das am besten als eiskaltes, salziges Pissoir bezeichnet werden kann. Dann können sie – falls sie sich nicht den Tag über mit klebriger Schmiere eingefettet haben – zwei oder drei Stunden auf der Fahrt nach Hause zusehen, wie ihre Haut Blasen wirft.

Wie Sie vielleicht gemerkt haben, bin ich eher der Typ, der den Ozean als halb leer betrachtet.

Wir treffen in Fort Monmouth ein, wo nur das Schild »U.S. Army« am Eingangstor darauf hinweist, dass es sich um einen Militärposten handelt. Es ist im Grunde genommen ein Bürokomplex aus unscheinbaren Backsteingebäuden mitten in einer Wohngegend. Auf jeden Soldaten, den wir herumlaufen sehen, kommen drei oder vier zivile Angestellte. Kevin, der über viele seltsame Kenntnisse verfügt, erzählt mir, dass das Fort hauptsächlich mit Elektronik zu tun hat und dass seine Schule für Militärgeistliche vor kurzem nach Maryland verlegt wurde.

Wir gehen zum Hauptgebäude, wo Captain Reid auf uns wartet. Er ist die Personifizierung des geschniegelten Soldaten und sieht aus, als hätte er seine Uniform bügeln lassen, während er drinsteckte. Er teilt uns in aller Offenheit mit, dass der Befehl von Lieutenant Colonel Prentice recht klar war: Er soll tun, was immer nötig ist, um uns unsere Ermittlungen zu erleichtern. Das ist gut, denn hier haben wir zweifellos einen Mann vor uns, der Befehle ausführt.

Captain Reid weist uns vier junge Unteroffiziere zu, die alles tun werden, was wir wollen. Das verleiht mir das Gefühl von Macht; ich bin versucht, sie nach Guatemala Bay zu schicken, um die Otter zu retten. Aber zuerst zum wichtigeren Teil: Wir bitten um alle Militärakten, die es in Verbindung mit Dorsey und Cahill gibt, ebenso wie um eine Suche nach allen Unterlagen über einen gewissen Terry Murdoch, mit dem einzigen Hinweis, dass er jemand gewesen sein muss, der während des Vietnamkrieges gedient hat.

Nach wenigen Augenblicken sichten und vergleichen wir die militärische Vergangenheit von Dorsey und Cahill. Die Akten sind recht detailliert und listen fast auf täglicher Basis jedes Lob, jeden Auftrag, jede Mitteilung auf, sogar jedes Wehwehchen, das sie gehabt haben.

Sicher gibt es Übereinstimmungen. Beide waren in den Special Forces der Army, beide durchliefen eine Ausbildung für die Infanterie und beide galten als herausragende Soldaten, die längere Zeit in Vietnam dienten. Dorseys Zeit dort begann zwei Monate nach der von Cahill, was bedeutet, dass sich ihr Aufenthalt dort lange Zeit überschnitt.

Leider gibt es jedoch keine offensichtliche Verbindung. Die zwei Männer kamen aus unterschiedlichen Gegenden des Landes, gingen auf verschiedene Schulen, wurden an unterschiedlichen Standorten im Staat ausgebildet und waren in Vietnam unterschiedlichen Divisionen zugeteilt. Es gibt keinen Hinweis darauf, zumindest keinen für uns ersichtlichen, dass sie sich kannten. Mit Sicherheit steht da nichts, was die Ursache für ihr Ableben sein oder uns sagen könnte, inwiefern ihr Tod all diese Jahre danach in Zusammenhang steht.

Captain Reid kommt mit den Militärakten von zwei Männern und einer Frau herein, die allesamt Terry Murdoch heißen. Sie alle haben in Vietnam gedient, aber nur einer der

Männer war zur gleichen Zeit dort wie Cahill und Dorsey. Er war ebenfalls in den Special Forces, gehörte der Infanterie an und wurde vielfach ausgezeichnet, aber wieder gibt es keine offensichtliche Verbindung zu den anderen. Murdoch verließ die Army 1975, und wie bei Cahill und Dorsey hat die Army anschließend seine Spur verloren.

»Haben Sie irgendeine Ahnung, wo wir ihn jetzt finden könnten?«, frage ich Reid.

»Wir haben darüber keine Informationen«, sagt er, »aber wir verfügen über einige Quellen, auf die wir zurückgreifen können, wenn es absolut notwendig ist.«

So rätselhaft und ominös, wie er sich ausdrückt, habe ich Angst, ihn zu fragen, wovon er redet, denn falls er es mir erzählen sollte, müsste er mich vielleicht anschließend umbringen. Kevin ist auch nicht der Mutigste; im Moment würde er den Mund nicht einmal aufmachen, wenn ich ihm eine Himbeertasche anbieten würde.

»Lieutenant Colonel Prentice deutete an, dass alles möglich sei«, sage ich.

Reid lächelt. »Ja, das deutete er an.«

Reid geht, nachdem er vorgeschlagen hat, wir möchten doch hinüber in die Messe gehen – eine passendere Bezeichnung für diese Einrichtung kann es gar nicht geben – und dort zu Mittag essen. Ich nehme mir nur einen Kaffee und beobachte dann, wie selbst Kevin stark gefordert ist, als er nach etwas Essbarem sucht. Schließlich nimmt er sich einen Teller mit etwas, das aussieht wie gebackenes Linoleum. Er steckt Dinge in seinen Magen, die ich nicht einmal in eine Mülltonne stecken würde.

»Nicht schlecht«, sagt er und zieht los, um noch über einen Nachschlag zu verhandeln. Der Mann an der Essenausgabe ist einverstanden; ich bin sicher, dass es das erste Mal ist, dass er mit der Bitte um Nachschlag konfrontiert wurde. Kevin hat gerade die zweite Portion verputzt, als ein Soldat hereinkommt und uns zurück zu Captain Reid zitiert.

»Haben Sie genug zu essen bekommen?«, fragt Reid uns, als wir zurückkehren.

»Ich würde sagen, wir beide hatten so viel, wie wir wollten«, antworte ich.

»Gut. Terry Murdoch hat der Army nicht gerade Ehre erwiesen, seit er ins Zivilleben gewechselt ist.«

»Was meinen Sie damit?«, frage ich.

»Er sitzt gerade in Lansing.«

Lansing ist ein Bundesgefängnis in Pennsylvania, weniger als hundert Meilen von hier entfernt. »Weshalb sitzt er?«

»Fälschung«, sagt er. »Fünfundzwanzig bis lebenslang, die fünfundzwanzig Minimum muss er absitzen.«

»Und das heißt, er kommt erst raus, wenn er fünfundsiebzig Jahre alt ist. Können Sie uns hineinbringen, damit wir mit ihm reden können?«

Reid zögert. »Lieutenant Colonel Prentice hat nichts davon gesagt, dass wir bei Verantwortlichen eines Bundesgefängnisses Fürsprache einlegen sollen.«

»Das ist ihm sicher nur entfallen«, sage ich und wende mich dann Kevin zu. »Er ist dein Schwager, warum rufst du ihn nicht kurz an und fragst ihn?«

Captain Reid schüttelt mit Autorität den Kopf. Eigentlich macht er alles mit Autorität. »Wird nicht nötig sein«, sagt er. »Wann wollen Sie dorthin?«

Es ist schon spät und wir haben noch nichts für den nächsten Prozesstag vorbereitet. Außerdem brauche ich etwas Zeit, um darüber nachzudenken, wie ich das Gespräch mit Murdoch angehen soll, also sage ich: »Wie wär's mit morgen, später Nachmittag?«

Reid nickt. »Abgemacht. Er wird Sie erwarten. Ob er mit Ihnen redet oder nicht, entscheidet er.«

Reid sagt mir noch, dass ich nicht zögern soll, mich an ihn zu wenden, falls ich noch etwas benötigen sollte, und bevor wir gehen, teste ich dieses Angebot noch, indem ich ihn frage, ob wir Kopien der Akten von allen drei Männern haben könnten. Wenige Augenblicke später halte ich sie in Händen. Diese Art von Macht ist so berauschend, dass ich den Entschluss fasse, Lieutenant Colonel zu werden, wenn ich groß bin.

Wir kommen nach Hause, und nachdem wir Laurie erzählt haben, was wir in Erfahrung bringen konnten, machen Kevin und ich uns an die Vorbereitung auf unsere eigenen Zeugen. Edna ist da und sorgt dafür, dass wir Stifte, Papier, Kaffee und alles andere haben, was wir vielleicht gebrauchen könnten. Wenn das Ganze mal vorbei ist, werde ich mir etwas Zeit nehmen und über die Tatsache nachdenken, dass Edna tatsächlich am Wochenende arbeitet.

Der schwierigste Teil der Vorbereitung liegt in unserer Ansicht begründet, dass ein bedeutender Teil der Verteidigung sich auf die Verbindung zwischen Dorsey, Cahill und Murdoch beziehen wird, wir aber noch nicht wissen, wohin uns das führt. Wir werden während der Befragung unserer Zeugen vielleicht sogar etwas Zeit schinden müssen, während wir die Punkte miteinander verbinden. Eines unserer Probleme ist, dass Richter Hackebeil noch nie besonders viel von Zeitschinderei gehalten hat.

Um unsere Zeit optimal zu nutzen und so zu tun, als sei ich ein hohes Tier, erkläre ich mich bereit, sechstausend Dollar auszugeben, um mit einem gecharterten Privatflugzeug nach Lansing zu fliegen. Dass jemand so viel Mühe und eine so große Ausgabe auf sich nimmt, wird Murdoch sicher den Neid des gesamten Zellenblocks einbringen.

Ich lasse Edna das Flugzeug reservieren, und da ich mich so auf den Fall konzentriere, läuten bei mir keine Alarmglocken, als sie mich fast beiläufig fragt: »Wie viel wiegen Sie?«

Als ich das Gerät, das sie gechartert hat, am nächsten Morgen sehe, wird mir die Bedeutung von Ednas Frage klar, und sofort wünsche ich mir, ich hätte mehr in Vince' Fitnessstudio trainiert. Aber Clyde, der Pilot, scheint ein recht netter Kerl zu sein, und er schwört, dass wir es ohne Probleme schaffen werden, also steige ich ein.

Ich genieße den Flug über alle Maßen, die ersten entspannenden Augenblicke seit einiger Zeit. Clyde überlässt mir das Steuer, und im Geiste schieße ich etwa dreißig russische MiGs ab und zeige auf anachronistische Weise diesen »dreckigen Kommunistenschweinen«, wie amerikanische Genialität und Tapferkeit aussehen.

Als wir auf einem kleinen privaten Flughafen nicht weit entfernt von Lansing landen, teilt die Bodenkontrolle dem Piloten mit, dass das Gefängnis jemanden geschickt hat, der mich abholen soll. Der gute alte Captain Reid hat wirklich Einfluss.

Ein Auto fährt direkt vor dem Flugzeug vor, als wir auf dem Rollfeld anhalten. Ich steige aus und werde von einem dünnen, blassen Typen begrüßt, der einen weichen Händedruck hat und sich tatsächlich als »Larry aus Lansing« vorstellt. Sofort denke ich dabei an eine Sport-Talkshow im Radio: »Hallo, hier ist Larry aus Lansing … ich ruf zum ersten Mal an … äh … was glaubt ihr, wie die Mets in diesem Jahr abschneiden werden?«

Ich sage Larry, dass ich gleich zu Murdoch fahren will, doch er erwidert: »Der Gefängnisdirektor hat mich geschickt, um Ihnen zu sagen, dass es da ein Problem gibt.«

Oh-oh. »Was für ein Problem?«

»Er hat sich vergangene Nacht umgebracht. Hat sich in seiner Zelle die Kehle durchgeschnitten«, sagt Larry aus Lansing mit der Art von Leidenschaft, die normalerweise der Lektüre des Telefonbuchs vorbehalten ist.

Die Nachricht ist gleichzeitig erschütternd, frustrierend und doch auch eine weitere Bestätigung dafür, dass wir auf der richtigen Spur sind. Ich lasse mich von Larry aus Lansing zum Gefängnis fahren, einer Ansammlung von grauen Gebäuden, umgeben von Stacheldraht, mitten im Niemandsland.

Der Gefängnisdirektor heißt Graig Grissom und sieht genauso aus und klingt auch so wie Eddie Albert in *Die Kampfmaschine.* Als wir uns begrüßen, ist es sofort ersichtlich, dass er den Tod von Murdoch nicht allzu sehr betrauert; außerdem habe ich nicht das Gefühl, dass er die Nacht mit Grübeleien über die Grabrede verbracht hat. Seine ernsteren Gedanken gehen nur so weit: »Solche Dinge passieren. Man versucht, sie zu verhindern, aber sie passieren.«

Ich ziehe Grissom die Einzelheiten aus der Nase. Der Aufseher hat Murdoch in der verschlossenen Zelle aufgefunden, als er in der vergangenen Nacht seine Runde gemacht hat. Der Arzt schätzt, dass er seit mindestens einer Stunde tot war.

»Woher hat er das Messer gehabt?«, frage ich.

Er scheint überrascht. »Wer?«

»Murdoch.«

»Sie glauben, er hat sich das Messer beschafft?«

»Larry sagte, es handele sich um Selbstmord. Er habe sich die Kehle durchgeschnitten«, sage ich.

Grissom schüttelt traurig den Kopf. »Larry ist nicht gerade der hellste unserer Köpfe. Wie viele Selbstmörder schneiden sich die Kehle von einem Ohr zum anderen durch und halten dann immer noch das Messer fest in der Hand, nachdem sie verblutet und zu Boden gefallen sind?«

»Also ist jemand mitten in der Nacht in seine verschlossene Zelle eingedrungen und hat ihn umgebracht? Das hier ist ein Hochsicherheitsgefängnis, oder?«

Er nickt. »Deshalb haben sie ihn ja auch nicht während des Essens in der Kantine aufgehängt.« Er merkt, dass ich immer frustrierter werde. »Hören Sie, das hier sind keine Pfadfinder. Wir haben hier Mörder, also haben wir auch Morde. Wir geben unser Bestes, aber so ist es nun mal.«

»Wurde ihm gesagt, dass ich komme?«

Grissom nickt. »Ich selbst habe es ihm gesagt. Die Vorstellung schien ihm zu gefallen. Vielleicht jemand anderem weniger.«

»Hat er irgendwelche Telefonate geführt?«

»Schwer zu sagen«, sagt er. »Wir überwachen die Münztelefone, aber sie können sich Handys beschaffen.«

»Handys im Gefängnis?«

Er zuckt mit den Schultern. »Sie haben Geld oder andere Sachen, mit denen sie handeln; sie können sich hier drinnen alles beschaffen, was sie wollen. Stellen Sie es sich vor wie in alten Zeiten, eine Rückkehr zum Tauschhandel.«

Grissom lässt auf meine Bitte hin die Akte von Murdoch holen und berichtet mir, dass er längere Zeit wegen Geldfälschung abzusitzen hatte. Nur ein unglaublich großes Pech führte zu seiner Verhaftung. In seinem Haus hatte es in seiner Abwesenheit gebrannt, und als die Feuerwehr einbrach, rettete sie unter anderem Druckplatten mit dem amerikanischen Präsidenten drauf. Sein Anwalt hatte argumentiert, die Beweisstücke dürften nicht zugelassen werden, da die Feuerwehrleute keinen Durchsuchungsbefehl gehabt hätten, aber der Richter hatte zu Recht entschieden, dass sie gute Gründe hatten, das brennende Gebäude zu betreten.

Ich komme auf den Mord an Murdoch zurück und frage: »Werden Sie Ermittlungen durchführen?«

Er lacht kurz auf und nickt dann. Ich habe das Gefühl, die Ermittlungen werden wohl nicht mit aller Härte durchgeführt werden, und herauskommen wird dabei auch nichts. Ebenso wenig, wie bei meinem Gespräch mit Gefängnisdirektor Grissom herauskommen wird. Ich hoffe, Burt Reynolds kommt hierher, stellt ein Footballteam zusammen und verpasst ihm einen Tritt in den Hintern.

Ich lasse mich von Larry aus Lansing zurück zu Clyde, dem Piloten, fahren, damit ich meinen neuen Frust an diesen dreckigen Kommunistenschweinen auslassen kann.

Kevin rufe ich schon mal an, erzähle ihm, was passiert ist, und bitte ihn, Marcus damit zu beauftragen, alles über Terry Murdoch herauszufinden. Als ich nach Hause komme, gehe ich als Erstes noch einmal die Armeeakten durch und suche nach einer Verbindung, irgendeiner Verbindung, aber da ist einfach keine.

Kevin und ich beenden unsere Vorbereitung für die morgigen Zeugen, und dann gehen Laurie und ich früh zu Bett. Die letzten Wochen haben wir Unterhaltungen über den Fall so ziemlich aus dem Schlafzimmer herausgehalten – mehr um unserer Schlaflosigkeit zu entgegnen als aus irgendeinem anderen Grund.

Aber heute Abend bricht Laurie dieses ungeschriebene Gesetz. »Ich will aussagen«, sagt sie.

»Das weiß ich. Aber wir sind einfach noch nicht so weit, um diese Entscheidung zu treffen.«

»Ich bin so weit und ich habe sie getroffen. Ich werde nicht ins Gefängnis gehen, ohne meine Geschichte erzählt zu haben. Du sollst es jetzt wissen, damit du es einplanen kannst.«

»Betrachte es als eingeplant«, erwidere ich etwas gereizt. Ich muss mich auf die morgigen Zeugen konzentrieren und nicht auf eine Entscheidung, die jetzt – egal was meine Mandantin dazu sagt – hypothetisch und verfrüht ist.

Das Problem ist nur, dass ihr Entschluss jetzt in meinem Kopf ist und ich die nächste Stunde darüber nachdenke. Wie jeder andere Verteidiger auf diesem Planeten hole ich meine Mandanten nur sehr ungern in den Zeugenstand. Zu viel kann dabei einfach falsch laufen, und es gibt nicht genug Argumente, um dieses Risiko zu rechtfertigen.

Der wichtigste Grund dafür, Laurie nicht aussagen zu lassen – abgesehen von den unübersehbaren Falltüren bei einem solchen Vorgehen –, ist der, dass sie keine Beweise vorzubringen hat. Sie hat ja nicht einmal ein Alibi für die Nacht; sie kann nur all das sagen, was sie nicht getan hat. »Ich hab ihn nicht umgebracht, ich hab es nicht Oscar angehängt, mir gehört der Benzinkanister nicht, usw. usf.« All das sind eigennützige Aussagen, die für die Geschworenen keine Rolle spielen und es auch nicht sollten. Die Wahrheit ist, dass ich alles Positive, was sie über die Tatsachen des Falls zu sagen hätte, mit Hilfe anderer Zeugen einbringen kann, ohne sie einem vernichtenden Kreuzverhör ausliefern zu müssen.

Für eine Aussage von Laurie spricht im Moment nur, dass wir damit den Geschworenen einen Eindruck von ihr verschaffen könnten. Von Anbeginn an bestand ein Missverhältnis zwischen Lauries Persönlichkeit und dem Verbrechen, das ihr zur Last gelegt wird. Dylans Aufgabe, selbst mit den überwältigenden Fakten zu seinen Gunsten, bestand zunächst darin, die Geschworenen glauben zu machen, dass

Laurie zu einer solchen Tat fähig ist. Je besser sie sie kennen lernen, umso schwerer wird es für sie, das zu glauben.

Falls Laurie aussagen sollte, wird sie die letzte Zeugin sein, die wir aufrufen. Der morgige Vormittag wird wesentlich weniger dramatisch verlaufen, aber es ist wichtig, dass wir einen richtigen Start hinlegen. Würde man die Geschworenen jetzt befragen, da bin ich mir ganz sicher, würden sie für eine Verurteilung stimmen. Und das bedeutet, dass wir zwölf ehemals unvoreingenommene Köpfe zurückgewinnen müssen.

Während die Staatsanwaltschaft ihre Argumentation Stein für Stein in logischer Reihenfolge aufeinander aufbaut, zielt mein Verteidigungsstil eher darauf ab, willkürlich Pfeile abzuschießen und herumzuspringen, damit sie nicht wissen, aus welcher Richtung der nächste Angriff kommt.

Unser erster Zeuge ist Lieutenant Robert Francone, der Beamte, der die Ermittlungen der Abteilung für Innere Angelegenheiten gegen Dorsey geleitet hat. Da Celia Dorsey mir erzählt hat, ihr Mann habe mit einem unbekannten Lieutenant unter einer Decke gesteckt, ist für mich im Moment jeder mit diesem Dienstgrad ein Verdächtiger. Francone ist allerdings rundum über jeden Zweifel erhaben, und Pete Stanton teilt diese Ansicht.

Ich lasse Francone die Einzelheiten der Ermittlungen darlegen. Er ist nicht feindselig, nur zögerlich, da er der Ansicht ist, das Material sei nicht für die Öffentlichkeit bestimmt. Dennoch kommen die Informationen über Dorsey letztendlich ans Tageslicht und ergeben das Bild eines korrupten Polizisten, der an die Verbrecher, die zu bekämpfen er geschworen hatte, Informationen verkauft und von ihnen profitiert. Wie Richter Henderson zu einem früheren Zeitpunkt des Verfahrens angeordnet hat, werden die Verbrecher hier nicht namentlich genannt.

»Miss Collins hat mit ihrem ursprünglichen Bericht über Dorsey also Recht behalten?«

Er nickt. »Ja, auch wenn sie nur an der Oberfläche gekratzt hat. Das meiste kam durch unsere nachfolgenden Ermittlungen heraus.«

»Hielten Sie es für gerechtfertigt, dass er lediglich einen Verweis für sein Verhalten bekam?«, frage ich.

»Das gehört nicht unbedingt zu meinem Gebiet. Meine Aufgabe ist es nur, die Tatsachen darzulegen.«

»Lassen Sie mich die Frage also anders stellen. Waren Sie überrascht, als er lediglich einen Verweis erhielt?«

»Ja.«

»Die Leute, mit denen Dorsey Geschäfte machte, die Verbrecher, von denen Sie gesprochen haben, würden Sie die eines Mordes für fähig halten?«

Er bejaht die Frage schnell, noch bevor Dylan Einspruch gegen meine unerlaubte Frage erheben kann. Da die Geschworenen die Antwort ohnehin gehört haben, ziehe ich die Frage zurück.

Ich bringe Francone noch zu der Aussage, dass es über Laurie in all ihren Dienstjahren keinerlei Beschwerden gegeben hat, und übergebe ihn dann an Dylan.

»Lieutenant Francone«, fängt Dylan an, »von diesen angeblichen Verbrecherbanden, mit denen Alex Dorsey Ihrer Meinung nach zusammengearbeitet hat, hat ihm von denen Ihres Wissens jemand jemals einen Schaden zugefügt?«

»Nicht, dass ich wüsste.«

»Und beide Seiten befanden sich in einer Art Partnerschaft, profitierten voneinander, ist das richtig?«

»Ja.«

Dylan stellt ihm dann noch ein paar Fragen zu der Art von Gewalt, die das organisierte Verbrechen gewöhnlich anwendet, und er sagt, dass Enthauptungen und Verbrennungen von Leichen überaus untypisch seien.

Dylan entlässt den Lieutenant aus dem Zeugenstand und ist zufrieden, dass er der Staatsanwaltschaft wenig Schaden zugefügt hat. Er hat Recht: Wir konnten lediglich aufzeigen, dass Dorsey kein Chorknabe war und sich mit gefährlichen Leuten eingelassen hat. Es gibt absolut keine Hinweise darauf, dass diese Leute etwas mit Dorseys Tod zu tun hatten, aber leider jede Menge Hinweise dafür, dass es Laurie war.

Als Nächste ist Celia Dorsey dran – inzwischen eine weniger wichtige Zeugin, als sie es gewesen wäre, wenn wir noch behaupten könnten, Dorsey sei am Leben. Ihre Aussage ist die Selbstbezichtigung einer Frau, die weggeschaut hat, während ihr Mann in ein Leben voller Verbrechen und Gewalt abstieg.

Mit leiser Würde redet sie über ihr gemeinsames Leben, über seine wachsende Geheimnistuerei, die Gespräche mit dem ominösen anderen Lieutenant, die sie mit angehört hat, und darüber, dass er ihr Geld mitgehen ließ, als er verschwand.

»Und seit etwa einer Woche vor dem Mord war er verschwunden?«, frage ich.

»Ja.«

»Hat die Polizei nach ihm gesucht?«

Sie nickt. »Ja. Ich hab ihnen gesagt, ich wüsste nicht, wo er sei. Und sie würden ihn auch nicht finden, wenn Alex nicht gefunden werden wollte.«

»Warum haben Sie das gesagt?«

»Er war zu schlau. Und er prahlte immer damit, dass er verschwinden könnte, dass er sich so gut tarnen könnte, dass man ihn nicht sehen würde. Er meinte, er hätte das in Vietnam gelernt.«

»Aber wer immer ihn getötet hat, hat ihn dann doch gefunden«, bemerke ich.

Sie schüttelt den Kopf. »Das glaube ich nicht. Ich glaube, wer immer ihn getötet hat, war niemand, vor dem er sich versteckte. Es muss jemand gewesen sein, dem er vertraute.«

Dylan erhebt Einspruch, weil es sich um Spekulationen handelt, und Henderson gibt dem Einspruch statt.

»Was haben Sie sonst noch von ihm darüber gehört, wie er vielleicht verschwinden würde?«

»Er sagte, er würde seinen Tod vortäuschen. Dass man vielleicht seinen Sarg beerdigen würde, er aber nicht darin wäre.«

Ich habe mit Kevin darüber diskutiert, ob wir Celias Geschichte über den »vorgetäuschten Tod« vorbringen sollen, und wir sind zu dem Schluss gekommen, dass es notwendig ist, wenn auch aus keinem anderen Grund, als die Geschworenen wissen zu lassen, dass wir uns die Geschichte nicht aus den Fingern gesaugt haben.

Ich überlasse sie Dylan, der sie recht behutsam behandelt, dabei aber deutlich macht, dass sie keine wirkliche Kenntnis davon hat, was mit Dorsey geschehen ist, sondern nur Theorien aufstellt.

Richter Henderson entlässt die Geschworenen in die Mittagspause, nach der wir selbst auch eine Pause bekommen. Einer der Geschworenen ist krank geworden, entweder handelt es sich um einen üblen Magen-Darm-Virus oder um eine Lebensmittelvergiftung. Henderson schickt alle für den Rest des Tages nach Hause und gibt uns somit dringend benötigte zusätzliche Zeit für Vorbereitungen. Ein wichtiger Bestandteil unserer Verteidigungsstrategie liegt nun in der Hoffnung darauf, dass die Krankheit des Geschworenen ansteckend ist.

Aber ich muss davon ausgehen, dass der schlimmstmögliche Fall eintritt, und zwar, dass die anderen Geschworenen gesund bleiben. Daher muss ich mich heute Abend auf die morgigen Zeugen vorbereiten, und das bedeutet, dass ich einen quälend langweiligen Abend vor mir habe.

Die zwei Zeugen, zu denen wir morgen wahrscheinlich kommen werden, sind ein Sachverständiger für Blutspritzer und ein pensionierter Gerichtsmediziner. Ihre Zeugenaussagen, die hoffentlich bedeutungsvoll sein werden, werden auch staubtrocken sein, und Kevin muss mich dazu zwingen, dass ich mich auf die Feinheiten konzentriere. Er kennt sich in diesen Sachen besser aus als ich, und ich biete ihm an, zumindest einen der Zeugen zu übernehmen, doch er findet, ich hätte eine gute Beziehung zu den Geschworenen aufgebaut, und wenn man einen anderen Anwalt auftreten lässt, sei es auch nur für einen Zeugen, könnte es diese Chemie beeinträchtigen.

Erst um fast elf Uhr hat er das Gefühl, dass ich die Thematik so sicher beherrsche, dass er nach Hause fahren kann. Ich bin nicht müde, also führe ich mir wie fast jeden Abend Unterlagen zu Gemüte, die ich bereits unzählige Male durchgegangen bin und die ich nun noch einmal durchgehe.

Es ist ein seltsam entspannender Teil meiner Routine. Ich nehme mir ein Glas Wein und die Unterlagen mit ins Wohnzimmer, und Tara gesellt sich widerwillig zu mir aufs Sofa. Ich hoffe, etwas Bedeutungsvolles zu entdecken, erwarte es aber nicht, da ich diese Dinge vorher schon so oft durchgegangen bin. Wenn ich also auf ein Juwel stoße – wunderbar. Wenn nicht, dann sind meine Erwartungen ohnehin so niedrig, dass ich nicht enttäuscht bin.

Die heutige unbeschwerte Lektüre gilt den einzelnen Militärakten der kürzlich ermordeten Partner der Vietnam-Firma von Dorsey, Cahill und Murdoch. Es muss einfach eine Verbindung zwischen diesen Männern bestehen; die sich hinter einem Sprachverzerrer versteckende anonyme Informantin hat sicherlich Recht.

Ich frage mich, ob sie weiß, dass sie allein durch die Nennung von Murdochs Namen seinen Tod verursacht hat.

Ich bin gleichzeitig vollkommen mächtig und vollkommen blind.

Die Liebe zum Detail in den Akten ist außergewöhnlich. Meine zugegebenermaßen wenig sachkundige Vorstellung von der militärischen Erfahrung in Vietnam umfasst Dschungel, Napalm, Landminen, Scharfschützen und gewagte Hubschraubereinsätze. Angesichts dieser Berichte jedoch müssen die Hälfte unserer Leute dort Schreibkräfte gewesen sein. Jedes Wehwehchen, jede erbrachte Leistung bei Übungen, jedes berichtete Erspähen des Feindes, jede Bewegung, die sie gemacht haben müssen – alles wurde pflichtbewusst festgehalten.

Ich fange mit Dorseys Akte an und greife mir willkürlich Einzelheiten aus seiner Zeit in Vietnam heraus. Die vergleiche ich dann mit den beiden anderen, in der Hoffnung, dass sich irgendetwas überschneidet. Wenn Dorsey zum Beispiel zum Impfen ins Krankenhaus ging, schaue ich nach, ob Cahill oder Murdoch am gleichen Tag dort waren. Ihre Begegnung kann kurz gewesen sein und in diesen Berichten belanglos erscheinen, aber sie könnte irgendwie die katastrophalen Ereignisse ausgelöst haben, die uns dahin geführt haben, wo wir heute sind.

Ich bin bei meinem vierten Glas Wein und Tara ist schon vor langem mit einem Kauknochen halb im Maul eingeschlafen, als mir etwas auffällt. Obwohl die Chronologie von Dorseys Aufenthalt in Vietnam elf eng beschriebene

Seiten umfasst, steht auf Seite neun ein Eintrag mit dem Datum 11. August 1972, und der nächste Eintrag hat das Datum 4. Februar 1973. Die beiden Einträge beschreiben anscheinend vollkommen gewöhnliche Ereignisse, und es gibt keinen Hinweis auf einen Grund für dieses Loch von sechs Monaten.

Mein Puls fängt an zu rasen, als ich nach Cahills Akte greife und die Seiten mit dem gleichen Zeitabschnitt aufschlage. Tatsächlich, in dieser Zeit sind auch hier keine Einträge gemacht worden, und Murdochs Akte stimmt wie erwartet in dieser Hinsicht mit den beiden anderen überein. Ich bin so aufgeregt, dass ich Tara abgeklatscht hätte, lägen ihre Pfoten nicht unter ihrem Kinn und schliefe sie nicht.

Ich kann die Neuigkeit nicht für mich behalten, und so wecke ich Laurie, um ihr zu erzählen, was ich entdeckt habe. Ihre Reaktion gleicht der meinen: Sie versteht, dass dies der Durchbruch sein könnte, nach dem wir gesucht haben, und doch weiß sie genau, dass wir keine Ahnung haben, was wohl dahinter stecken mag.

Ich rufe im Büro von Captain Reid in Fort Monmouth an, obwohl ich weiß, dass er nicht dort ist, aber ich hinterlasse ihm eine Nachricht mit der Bitte, mich morgen früh so bald wie möglich zurückzurufen. Ich lege auf, gehe nach oben ins Schlafzimmer und erreiche kaum die obersten Stufen, als das Telefon klingelt.

»Hallo?«

»Hier ist Captain Reid. Was kann ich für Sie tun?«, sagt er mit seinem schneidigen, professionellen Ton.

Es erstaunt mich, dass er mich so schnell zurückgerufen hat, und ich entschuldige mich für die späte nächtliche Störung. Er reagiert gar nicht darauf, und so komme ich schnell zu dem Grund meines Anrufes, indem ich ihm die

Zeitlücke von sechs Monaten in den Akten aller drei Männer beschreibe.

Seine Antwort kommt nach einer merklichen Verzögerung, und als er spricht, vernehme ich bei ihm zum ersten Mal einen zögerlichen, unsicheren Unterton. »Es gibt eine Menge von möglichen Erklärungen. Die Aktenführung in Kriegszeiten war nicht die sorgfältigste, und …«

Mein Schwachsinnsmelder schlägt so laut Alarm, dass ich fürchten muss, meine Nachbarn würden aufgeweckt. »Captain Reid«, unterbreche ich ihn, »es ist von entscheidender Bedeutung, dass ich an die Wahrheit herankomme, und zwar sehr schnell. Ich glaube, dass das, was ich entdeckt habe, sehr wichtig sein kann, und ich brauche Ihre Hilfe, indem Sie es mir erklären. Bitte.«

Noch eine Pause, und dann ist seine Stimme leiser und sogar noch ernster. »Ich war nicht in Vietnam, was ich Ihnen also erzähle, ist nichts, was ich aus persönlicher Erfahrung weiß. In Bezug auf Ihren Fall sollten Sie es lediglich als sachkundige Spekulationen betrachten.«

»Schön.«

»Es mag nicht wahr sein, und selbst wenn es wahr ist, trifft es vielleicht nicht auf diesen bestimmten Fall zu. Verstehen Sie das?«

»Ja.«

»Ich brauche Ihr Wort darauf, dass Sie nie enthüllen werden, von wem Sie diese Informationen haben.«

»Sie haben mein Wort.« Hoffentlich ist diese Präambel zu Ende, bevor die Geschworenen ein Urteil fällen.

»Mir wurde berichtet, dass die herausragendsten Mitglieder der Special Forces, oft aus verschiedenen Divisionen, zusammengeholt und in kleinen Gruppen losgeschickt wurden, um hinter den feindlichen Linien zu operieren. So wie das Schlachtfeld in Vietnam aussah, wäre es wohl richtiger zu sagen, ›von Feinden umgeben‹ und nicht hinter ihren Linien.«

»Auf welche Art und Weise sollten sie operieren?«, frage ich.

»Auf jede Art und Weise, die sie für angebracht hielten«, sagt er. »Es gab keine Regeln, keine Einschränkungen. Ihre Mission lautete, Chaos und Zerstörung anzurichten, mit allen Mitteln, die ihnen angemessen erschienen.«

»Musste irgendwie Rechenschaft abgelegt werden?«, möchte ich wissen.

»Ich bin nicht sicher, ob Sie verstehen, was ich sage. Während der Zeit, in der die Männer dort operierten, existierten sie nicht. Existenz ist eine Voraussetzung für Rechenschaftsberichte, meinen Sie nicht?«

Ich fürchte, die Antwort auf meine nächste Frage zu kennen. »Gibt es irgendeine Möglichkeit für mich, an Beweise, schriftliche Beweise, dafür heranzukommen, dass diese Männer zusammen in einer dieser Gruppen waren?«

Wieder zögert er. »Ich bezweifle, dass selbst Lieutenant Colonel Prentice diese Information beschaffen könnte.«

Ich bedanke mich bei Reid und warne ihn vor, dass ich mich vielleicht noch einmal bei ihm melden werde. Dann verbringe ich die nächste Stunde damit, über das nachzugrübeln, was ich gerade erfahren habe, und zu überlegen, wie ich noch mehr erfahren könnte.

Ich habe keinen konkreten Beweis dafür, dass diese drei Männer zusammen in Vietnam tätig waren, und doch bin ich sicher, dass es so war. Aber selbst wenn ich es beweisen kann, was dann? Inwiefern lässt es Laurie in den Augen der Geschworenen weniger schuldig am Mord an Alex Dorsey erscheinen?

Leider sehen nicht nur die Augen der Geschworenen klar und deutlich, ihre Mägen sind auch gesund, und so wird der Prozess um neun Uhr morgens fortgesetzt.

Jedes erdenkliche Thema, jedes einzelne, zieht einen Klüngel von Sachverständigen hinter sich her. Und die Orte, an denen sich diese Sachverständigen herumtreiben, sind die Gerichtssäle von Amerika.

Unser erster Zeuge heute ist Dr. Brian Herbeck, allgemein anerkannt als die bedeutendste Kapazität in Sachen Blutspritzer. Wir zahlen ihm zehntausend Dollar, damit er sein Wissen mit den Geschworenen teilt, die erfahren werden, wie viel er verdient, und die ihn zweifellos dafür verabscheuen werden.

Nachdem ich Dr. Herbecks beachtliche Kenntnisse als Sachverständiger dargelegt habe, lasse ich ihn das blutbefleckte Kleidungsstück von Laurie untersuchen, das hinter dem Hinchcliffe Stadium gefunden wurde. Er hat es natürlich schon vorher untersucht, und wir haben genau einstudiert, was er zu sagen hat.

Dr. Herbeck beschreibt in qualvollen Einzelheiten das Muster der Blutspritzer sowohl vorne als auch hinten auf der Bluse. Seiner Ansicht nach stimmen sie genau überein, was bedeutet, dass die Bluse vielleicht Laurie gehören mag, dass aber weder sie noch jemand anders die Bluse getragen hat, während sie voll gespritzt wurde. Das Blut wurde auf der Vorderseite aufgetragen und verursachte die Flecken auf der Rückseite durch den Kontakt der beiden Stoffflächen. Wenn in der Bluse eine Person gesteckt hätte, so behauptet er, hätte das Blut die Rückseite nie erreicht.

Es ist eine logische, wenn auch langweilige Darstellung, und als sich Dylan zum Kreuzverhör erhebt, wirkt er fast amüsiert, so als wenn er und die Geschworenen sich nun mal mit solchen Exzentrikern abgeben müssten und es genauso gut mit einem Lächeln tun könnten.

Dylan scheint auf diesem Gebiet gut geschult worden zu sein, und sein Kreuzverhör ist beeindruckend. Er führt den guten Doktor noch einmal über die Kleidung, Fleck für Fleck, und weist genau auf die Stellen hin, die nicht so genau übereinstimmen. Dr. Herbeck hat Antworten auf jede einzelne von Dylans Fragen, aber als alles vorüber ist, finden die Geschworenen mit Sicherheit keinen einzelnen Bestandteil der Aussage besonders überzeugend.

Alles in allem ist es ein deprimierender Vormittag. Meine Hoffnungen beschränken sich allmählich fast ausschließlich auf die Ermittlungen, die wir außerhalb des Gerichtssaals im Zusammenhang mit den Erlebnissen der drei Männer in Vietnam durchzuführen versuchen. Ermittlungen, die möglicherweise ins Nichts führen.

Kevin, Marcus und ich essen zusammen Mittag in der Cafeteria des Gerichts, und sie berichten mir von den gemachten beziehungsweise nicht gemachten Fortschritten. Kevin hat mit dem Lieutenant Colonel gesprochen, der Captain Reids Ansicht geprüft und bestätigt hat, dass die Information nicht erhältlich ist. Marcus hat etwas über die Verbrechen erfahren, die Murdoch ins Gefängnis gebracht haben, aber das scheint nicht viel Licht auf unseren Fall zu werfen.

Nachdem Kevin seine Mahlzeit aufgegessen hat, macht er sich noch über die Reste auf Marcus' und meinem Tablett her. Er will wohl gerade die Leute an den Nebentischen fragen, ob sie ihren Teller noch leer essen, als Pete Stanton zu uns kommt. Er war oben in einem Gerichtssaal gewesen, um in einem anderen Fall auszusagen, und will nur kurz hören, wie wir vorankommen, und uns moralische Unterstützung zusagen.

»Es hat schon glücklichere Tage im Land der Verteidigung gegeben«, sage ich.

Er nickt und lässt eine verbale Spitze los. »Vielleicht solltest du lieber Kevin weitermachen lassen.«

»Das könnte helfen«, entgegne ich. »Aber was wir wirklich brauchen, ist ein Blödmann wie du, der die Kreuzverhöre durchführt.«

Uns beiden ist klar, dass dieses Geplänkel nur halbherzig geführt wird, und so erkundigt er sich nach Laurie. Er ist ein großartiger Freund und eine wichtige Stütze für sie gewesen, wofür sie und ich ihm für immer dankbar sein werden. Ich erzähle ihm, dass es ihr recht gut geht und sie stärker ist als ich. Beide Aussagen sind im Wesentlichen wahr.

Am anderen Ende des Raumes sitzt Nick Sabonis, der gerade mit dem Mittagessen fertig ist. Nick und ich haben noch nicht wieder miteinander geredet, seit er im Zeugenstand gesessen hat, obwohl sich unsere Wege mehrere Male gekreuzt haben. Ich habe das Gefühl, Nick hat mir noch nicht verziehen, dass ich angedeutet habe, er könnte möglicherweise der geheimnisvolle Lieutenant sein, von dem Celia Dorsey gesprochen hat.

»Ich bin gleich wieder da«, sagt Pete und steht auf. »Ich muss kurz mit Nick reden.«

Ich weiß nicht genau, warum mich der Schlag dieses Mal trifft, aber das tut er, genau zwischen die Augen.

»Was hast du gesagt?«, frage ich, obwohl ich genau weiß, was er gesagt hat.

»Ich hab gesagt, ich muss mit Nick reden.«

»Ruf ihn zu uns«, sage ich. »Bitte.«

Ich weiß nicht, ob Pete, Kevin und Marcus der merkwürdige Tonfall meiner Stimme auffällt, aber das ist mir egal; ich konzentriere mich voll auf Pete und Nick.

»Hey, Nick«, ruft Pete hinüber und winkt. »Komm mal kurz her, ja?«

Nick schaut herüber, etwas zögerlich, und will offensichtlich nicht gern in eine unangenehme Situation mit dem Feind, sprich: uns, geraten.

Doch meine Gedanken sind schon woanders, ich wende mich Kevin zu und zerre ihn fast von seinem Stuhl. »Komm mit, wir müssen etwas bereden.«

Auf dem Weg zu den Telefonapparaten erzähle ich Kevin, was mir gerade klar geworden ist. Wir rufen Captain Reid an, der wie gewohnt sofort an den Apparat kommt.

Ich komme sofort auf den Punkt. »Captain Reid, wir brauchen eine Liste von allen Lieutenants der Special Forces, die zur selben Zeit wie Dorsey, Cahill und Murdoch in Vietnam waren.«

Er bricht nicht in Gelächter aus, was ich als gutes Zeichen ansehe. Nach einigen Augenblicken sagt er: »Es wird eine gute Stunde dauern.«

Ich dachte, er würde eine Woche sagen, also bin ich begeistert. »Können Sie mir die Liste ins Gericht faxen?«

»Geben Sie mir die Nummer.«

Das mache ich, und die Liste trifft eine Stunde und fünf Minuten später ein. Sie ist fünf Seiten lang, und auf Seite zwei befindet sich der Name, der alles umstürzen wird.

Ich habe noch nie zuvor eine Überwachung durchgeführt, und ich bin nicht sicher, ob dies überhaupt eine ist. Die obligatorischen Donuts und den Kaffee habe ich dabei, aber ein Funkgerät, in das ich »Zehn an Vier« sagen kann, habe ich nicht. Ich sitze einfach in meinem Auto vor dem örtlichen Büro des FBI, verdrücke Donuts und höre mir eine CD der Eagles an, während ich mich bereithalte, um jeden Moment abzutauchen, damit ich nicht gesehen werde.

Gerade läuft der Song »Life in the Fast Lane« zum vierten Mal, als Agent Cindy Spodek gegen Viertel vor sieben herauskommt. Sie geht zu ihrem Parkplatz und fährt los. Ich lasse sie etwas Abstand gewinnen und folge ihr dann geschickt, ohne dass sie mich entdecken kann. Man könnte denken, ich hätte mein ganzes Leben lang nichts anderes getan. Zehn an Vier.

Sie führt mich über die George Washington Bridge, über den Palisades Interstate Parkway und in den Bezirk Rockland hinein. Rockland liegt auf der Seite von New Jersey am Hudson River, gehört aber zum Staat New York. Es liegt nicht viel weiter weg von Manhattan als der nördliche Teil von New Jersey oder als Westchester County, ist aber fast ebenso schön und weitaus günstiger.

Inständig hoffe ich, dass Agent Spodek nach Hause fährt und nicht zu einem Abendessen, einer Autorenlesung, einem

Schießstand oder was immer FBI-Agenten abends so tun mögen. Diese Überwachung ist ermüdend, und ich möchte unbedingt mit ihr reden.

Sie verlässt den Highway und fährt in einen kleinen Ort namens Pomona. Es ist eine Wohngegend, und da sie sich vielleicht ihrem Zuhause nähert, folge ich ihr in etwas geringerem Abstand. Es wäre mehr als ärgerlich, wenn ich sie jetzt verlieren würde.

Nach wenigen Minuten fährt sie in die Einfahrt eines kleinen Holzhauses. Auf der Straße spielen Kinder, aber keines von ihnen beachtet ihr Eintreffen. Mir wird bewusst, dass ich keine Ahnung habe, ob sie Kinder hat, ob sie verheiratet ist oder allein stehend. Für meine eigenen begrenzten Zwecke wäre es mir lieber, wenn sie allein wohnte, denn ich möchte nicht, dass sie auf andere Leute Rücksicht nehmen muss, wenn sie meine Bitte hört.

Ich parke auf der Straße direkt vor ihrem Haus, und sie schaut in meine Richtung, als ich aussteige. Ich glaube, einen Anflug von Panik in ihrem Blick zu erkennen, oder vielleicht ist es auch Wut, oder aber ein Wimpernschlag. So gut bin ich im Blickedeuten nicht.

Sie marschiert direkt auf mich zu. »Was zum Teufel machen Sie hier? Ich will Sie nicht in der Nähe meines Hauses sehen.«

Sie glaubt, das könnte mich einschüchtern; sie weiß nicht, dass Frauen mir so etwas schon mein ganzes Leben lang gesagt haben. »Ich hatte gehofft, wir könnten unsere Unterhaltung fortsetzen«, sage ich.

»Und welche Unterhaltung sollte das sein?«, fragt sie herausfordernd.

»Die über Terry Murdoch.«

Dieses Mal bin ich mir sicher, dass der Blick panikerfüllt

ist, aber sie weicht nicht zurück. »Ich habe keine Ahnung, wovon Sie reden. Wenn Sie jetzt bitte …«

Ich unterbreche sie. »Wussten Sie, dass Terry Murdoch tot ist? Jemand hat ihn umgebracht, um ihn davon abzuhalten, mit mir zu reden.«

Sie sackt leicht in sich zusammen und schließt die Augen. »Oh, Gott …«

»Kann ich hereinkommen?«, frage ich.

Sie antwortet nicht, sondern nickt nur resignierend, dreht sich um und geht zur Haustür. Ich folge ihr hinein. Eine erfolgreiche Überwachung für die Guten nimmt ihren Lauf.

Kaum sind wir im Haus, da fragt sie mich: »Wie haben Sie es herausgefunden?«

Ich möchte ihr nicht wahrheitsgemäß sagen, dass ich mir nicht einmal ganz sicher war, richtig zu liegen, bis ich ihre Reaktion auf die Nachricht von Murdochs Tod sah. Also sage ich einfach: »Dorseys Frau erzählte, dass er jemanden ›Lieutenant‹ nannte. Ich ging davon aus, dass es sich um jemanden bei der Polizei handelte, bis mir klar wurde, dass Dorsey selbst Lieutenant war und sich Leute mit dem gleichen Dienstgrad nicht so ansprechen.«

Einen Moment lang warte ich noch, bis ich die Bombe explodieren lasse. »Es muss Dorseys vorgesetzter Offizier in der Armee gewesen sein, von der Sondereinheit, in der er zusammen mit Murdoch und Cahill war. Wie sich herausstellt, war Ihr Chef Hobbs Lieutenant in Vietnam, zur gleichen Zeit wie Dorsey, womit die Wahl logischerweise auf ihn fällt. Außerdem bezeichnete die anonyme Anruferin Garcia als ›Täter‹ – ein Wort, das Sie benutzen würden.«

Sie zeigt sich überhaupt nicht überrascht; sie hat mit dieser Wahrheit seit langem gelebt. »Das können Sie nicht beweisen. Niemand kann das.«

»Ich muss es nicht beweisen«, erwidere ich. »Ich muss lediglich ein Licht darauf werfen.«

»Ich kann Ihnen nicht helfen«, sagt sie.

»Sie sind die Einzige, die mir helfen *kann*. Und Sie haben es bereits versucht. Aber jetzt muss es in der Öffentlichkeit geschehen. Keine Anrufe mehr, keine verzerrte Stimme mehr.«

Sie lächelt angesichts meiner Naivität. »Haben Sie eine Vorstellung davon, was es bedeutet, sich öffentlich gegen einen Mann wie Darrin Hobbs zu stellen? Wissen Sie, was die mit mir anstellen werden?«

Ich nicke. »Laurie Collins stand vor zwei Jahren mit Dorsey vor der gleichen Entscheidung. Sie wusste, dass es schlimm werden würde, und es wurde noch schlimmer, als sie es sich je hätte ausmalen können. Es könnte ihr Leben zerstören, aber sie würde es jederzeit wieder tun.«

Sie redet leise, so als rede sie eigentlich nur mit sich. Ich habe das Gefühl, als habe sie diese Unterhaltung schon einige Male mit sich selbst geführt. »Mein ganzes Leben lang wollte ich FBI-Agentin werden.«

Ich schüttle den Kopf. »Ich kenne Sie nicht, aber ich wette, Sie wollten nicht, dass es so wird. Ich glaube nicht, dass Sie so damit leben können, mit diesem Wissen …«

»Aber ich sage Ihnen doch, ich habe keine Beweise dafür, dass Ihre Mandantin unschuldig ist. Ich habe überhaupt keine Informationen über sie.«

»Das weiß ich.« Ich spüre, dass sie schwächer wird, und ich werde hier bleiben, betteln, flehen und überzeugen, bis sie nachgibt. Es ist realistisch betrachtet die einzige Chance dafür, dass Laurie nicht ins Gefängnis muss. »Ich will nur die Informationen, die Sie über Hobbs haben.«

Sie nickt. »Davon habe ich eine Menge.«

Ich mache eindeutig Fortschritte, und ich möchte besonders behutsam mit dem sein, was ich sage, damit ich es nicht vermassle. »Würden Sie mir davon erzählen?«

Seufzend gesteht sie ihre Niederlage ein. »Haben Sie Hunger? Das wird eine lange Nacht werden.«

»Je länger, umso besser«, sage ich. »Außerdem hab ich im Auto vier Überwachungsdonuts gegessen.«

»Was ist ein Überwachungsdonut?«

Und diese Frau will FBI-Agentin sein? J. Edgar Hoover würde sich im Grabe umdrehen, wenn er das hören könnte. »Das ist ein Fachausdruck«, sage ich. »Das können Sie nicht verstehen.«

Die nächsten drei Stunden sind die aufregendsten, die ich je angezogen mit einer Frau verbracht habe. Cindy hat dank ihrer günstigen Position als Untergebene und Fußabtreter eine Studie von Hobbs angefertigt und sie hat einiges gegen ihn in der Hand.

Von seiner hohen Stellung beim FBI aus hat er hauptsächlich ehemaligen Angehörigen seiner Elite-Einheit Schutz gewährt, die sich auch im Heimatland zusammengetan hatten. Mindestens vier Männer, wahrscheinlich mehr, unterstanden Hobbs, obwohl es schwieriger Ermittlungen bedürfen wird, noch mehr zu finden.

Alle waren in verschiedene verbrecherische Aktivitäten verwickelt, immer noch unter Hobbs' Kommando. Aber sein Schutzmantel bedeckte nicht alles. Dorsey zum Beispiel zog zu viel Aufmerksamkeit auf sich, und Hobbs konnte ihm den Ärger nicht mehr vom Hals halten, ohne sich selbst zu gefährden. Murdoch hatte das Pech, dass seine Druckplatten von der Feuerwehr gefunden wurden, und die Sache wurde so schnell publik, dass Hobbs nicht mehr einschreiten konnte.

Im Grunde kann Cindy beweisen, was Hobbs getrieben hat – abgesehen von einigen eklatanten Lücken, vor allem dem Mord an Dorsey. Sie glaubt, dass Hobbs Dorsey entweder selbst ermordet hat, oder dass er – was wahrscheinlicher ist – Cahill damit beauftragt hat, doch der Beweis, der Laurie entlasten könnte, existiert einfach nicht.

Als ich Cindys Haus um elf Uhr verlasse, habe ich bereits einen Plan im Kopf. Ich rufe Kevin an und erzähle ihm die Neuigkeiten, dann gebe ich ihm eine Liste mit Vorladungen, die zugestellt werden müssen. Ich sage ihm auch, dass er Captain Reid anrufen und um besondere Hilfe bitten soll. Wenn wir überhaupt noch eine Chance haben wollen, den Karren aus dem Dreck zu ziehen, dann müssen wir jetzt damit anfangen.

Laurie erwartet mich noch hellwach, als ich nach Hause komme; sie wäre bis November aufgeblieben, wenn ich nicht gekommen wäre. Sie verschlingt, was ich zu sagen habe, und will, dass ich ihr genau erzähle, was wir jetzt unternehmen werden. Ich beschreibe es so gut wie möglich, aber in vielerlei Hinsicht werden wir nur auf das Geschehen reagieren können, und sie wird mir einfach vertrauen müssen.

Wir legen uns um zwei Uhr schlafen und stehen um halb sieben auf. Ich muss mich darauf vorbereiten, heute eine andere Rolle zu spielen. Ich habe einen Großteil meines Lebens als Erwachsener in Gerichtssälen zugebracht, aber heute werde ich zum ersten Mal Zeuge sein.

Kevin und ich treffen uns im Coffee Shop, um meine Aussage im Schnelldurchlauf vorzubereiten, da wir gestern Abend keine Zeit dazu hatten. Was ich von Cindy Spodek erfahren habe, verändert unsere Zielsetzung für meine Aussage. Anstatt die wesentlichen Grundlagen unserer Verteidigung darzulegen, muss ich nun vielmehr die Geschworenen vorbereiten und ihnen helfen, das zu verstehen, womit sie später konfrontiert werden.

Dylan erhebt erneut Einspruch gegen meine Aussage und Henderson lässt ihn abblitzen. Kevin lässt mich in Grundzügen meine Beziehung zu Laurie schildern, von unserem ersten Treffen bis heute. Ich gebe unsere Liebesbeziehung offen zu; die Geschworenen wissen ohnehin Bescheid, und es ist besser, sie freiwillig zuzugeben, als dass Dylan sie scheinbar aufdeckt.

Nach fünfzehn Minuten kommen wir zum Kern dessen, was ich hier zu sagen habe. Ich rede von dem Tag, an dem Stynes in meine Kanzlei kam, beschreibe meinen Konflikt durch die Schweigepflicht als Anwalt, meine daraus folgende Entscheidung, Oscar zu verteidigen, und meinen Entschluss, Laurie zum Stadion zu schicken, um das zu finden, von dem ich dachte, es handle sich um Stynes' Kleidungsstück.

»Haben Sie Stynes je wiedergesehen?«, fragt Kevin.

Ich nicke, und zum ersten Mal laufe ich Gefahr, die Konzentration und die Kontrolle über meine Gefühle zu verlieren. »Ich bat einen jungen Mann, mir bei der Suche nach Alex Dorsey zu helfen. Sein Name war Barry Leiter, und als bekannt wurde, dass er mir half, erschoss Stynes ihn in seinem Haus. Die Polizei tötete Stynes am Tatort, aber es war zu spät, um Barry noch zu helfen.«

Nach einigen weiteren Fragen verständigen Kevin und ich uns durch Blickkontakt darauf, dass wir die Tatsachen erwähnt haben, die die Geschworenen hören sollten. Er setzt sich und lässt Dylan auf mich los.

»Mr Carpenter«, fängt er an, »hat irgendjemand außer Ihnen Stynes' Geständnis gehört?«

»Nein.«

»Haben Sie ihn jemals vorher getroffen?«

»Nein, habe ich nicht.«

»Kam er auf Empfehlung eines anderen zu Ihnen?«

»Nein.«

»Er kam also aus heiterem Himmel in Ihre Kanzlei und erzählte Ihnen eine Geschichte, die Sie jetzt den Geschworenen erzählen. Eine Geschichte, die rein zufällig gegen die Schuld Ihrer Mandantin spricht. Gegen die Schuld Ihrer Geliebten. Wollen Sie uns das damit sagen?«

»Ja, das will ich damit sagen.«

»Das ist die Frau, mit der Sie den Rest Ihres Lebens verbringen wollen?«

Kevin erhebt wegen mangelnder Relevanz Einspruch, aber Henderson lässt mich antworten.

»Und ob ich das will.«

»Und das wäre schwierig, wenn sie ins Gefängnis käme?«, fragt er.

»Das wäre es. Und deshalb bin ich froh, dass die Wahrheit auf ihrer Seite ist.«

Dylan erhebt Einspruch, und Kevin und er streiten sich eine Weile am Richtertisch darüber. Als sie fertig sind, lässt Dylan von diesem Thema ab und konzentriert sich auf meine Beziehung zu Oscar Garcia. Seiner Ansicht nach war ich alles andere als eifrig in meiner Verteidigung von Oscar, und so fragt er mich nach meiner Unfähigkeit, an die Videoaufnahmen des Supermarktes heranzukommen. Damit impliziert er in aller Deutlichkeit, dass ich Oscar den Wölfen zum Fraß vorwerfen wollte, um Laurie aus allem heraushalten zu können.

Dylan fragt: »Wenn Mr Garcia verurteilt worden wäre, dann wäre Miss Collins wahrscheinlich nicht angeklagt worden. Ist das richtig?«

»Das kann ich nicht beantworten. Sie sind derjenige, der Menschen ohne Rücksicht auf die Fakten anklagt, also wollen Sie vielleicht nach mir dazu aussagen.«

Die Geschworenen lachen, was mir gefällt, Dylan aber rasend macht. Wir führen unseren Ringkampf noch eine Weile fort, aber er scheint sogar noch glücklicher darüber zu sein, mich endlich entlassen zu können, als ich es bin, aus dem Zeugenstand zu kommen.

Die Aussage verlief sehr gut. Wir haben die Geschichte über Stynes erzählt, ohne offenbaren zu müssen, was wir über seine militärische Verbindung zu Dorsey wissen, sogar ohne offenbaren zu müssen, dass sein wahrer Name Cahill lautet. Je weniger davon herauskommt, bevor Hobbs in den Zeugenstand tritt, umso besser. Das heißt, falls wir Hobbs in den Zeugenstand bekommen.

Morgen wird der entscheidendste Tag des gesamten Prozesses sein, und Kevin und ich gehen unsere Strategie bis nach Mitternacht durch. Marcus ruft an und teilt uns mit, dass die Vorladungen zugestellt worden sind und dass Hobbs stinksauer war, eine erhalten zu haben. Marcus hat diese persönlich zugestellt. Er fand, das Ausmaß von Hobbs' Ärger sei ziemlich witzig gewesen; die Tatsache, dass Hobbs aller Wahrscheinlichkeit nach eine Tötungsmaschine der Special Forces ist, hat ihn nicht eingeschüchtert. Falls ich jemals jemanden treffen sollte, der Marcus einschüchtert, werde ich sehr viel Angst vor dieser Person haben.

Einfach ausgedrückt: Wir müssen Hobbs im Zeugenstand schlecht aussehen lassen. So schlecht, dass der Verdacht auf ihn fällt und nicht länger auf Laurie. Wir können nicht beweisen, dass er jemanden umgebracht hat, aber wir können einige andere Tatsachen beweisen, und der Trick wird darin bestehen, dass wir ihn dazu bringen, einen Meineid zu leisten, indem er diese Tatsachen leugnet. Es ist riskant; wenn er unsere Strategie durchschaut, kann er einfach die Tatsachen eingestehen und sie – ohne großen Schaden zu nehmen – erklären. Damit wäre unsere Verteidigung erledigt.

Und das heißt, damit wäre Laurie erledigt.

Dylan schäumt vor Wut, als ich im Gericht eintreffe. Er wurde mit einem ganzen Zimmer voll von potentiellen Zeugen konfrontiert, die wir vorgeladen haben und von denen keiner auf unserer Zeugenliste stand. Das bedeutet, dass er sich auf keinen von ihnen vorbereiten konnte.

Diese Gruppe von Zeugen besteht aus vier Angehörigen des Paterson Police Department, einschließlich Pete Stanton, sowie drei FBI-Agenten. Zwei von diesen Agenten sind Darrin Hobbs, der dies als Zumutung empfindet, und Cindy Spodek, die insgeheim in unsere Strategie eingeweiht ist und die ihrer wichtigen Rolle darin nervös entgegensieht.

Bevor die Geschworenen hereingerufen werden, erhebt Dylan Einspruch gegen das Erscheinen der Zeugen, da wir sie nicht auf unsere Liste gesetzt haben und ihre Aussagen außerdem nicht relevant seien. Richter Hackebeil ist einverstanden, sich unsere Argumentation in diesen Belangen anzuhören, und ich schlage vor, dass die Zeugen selbst die Argumentation auch mit anhören können, ebenso wie die einzelnen folgenden Zeugenaussagen, sollten sie zugelassen werden. Dylan stimmt zu, wie ich es erhofft und erwartet hatte.

Wenn wir diese Zeugen nicht aufrufen dürfen, sind wir am Ende. »Euer Ehren«, sage ich, »diese Leute standen nicht auf unserer Zeugenliste, weil sie gegenbeweisliche Aussagen machen werden – Aussagen, die insbesondere Gegenbeweise für die Aussage von Captain Franks liefern werden.«

Henderson misstraut meinem Motiv in dieser Sache gründlich, denn es ist sicher übertrieben, einen relativ harmlosen Zeugen wie Franks zu widerlegen. »Mir war nicht bewusst, dass es sich bei Captain Franks um einen solch mächtigen Zeugen handelt, noch dass er in diesem Fall eine so bedeutende Rolle spielt«, bemerkt er trocken.

»Bei allem Respekt, Euer Ehren, ich bin anderer Meinung. Er beschrieb Dorsey als jemanden, dessen Leben in der Blüte seiner Jahre kurz vor Erreichen der Seligsprechung beendet wurde. Ich glaube, dass diese Zeugen ein wahrhaftigeres Bild malen werden, und es ist wichtig, dass die Geschworenen diese Wahrheit erfahren.«

»Das ist eine Verzögerungstaktik, Euer Ehren«, wirft Dylan ein. »Und noch dazu ein Versuch, das Wasser zu trüben und dem Opfer die Schuld in die Schuhe zu schieben. Ich bitte Sie dringend, dies nicht zuzulassen.«

Ich melde mich wieder zu Wort, noch bevor Richter Hackebeil irgendetwas Negatives an uns richten kann; bei diesem Punkt kann ich nicht passiv bleiben. »Euer Ehren, es ist durchaus möglich, dass nicht alle diese Zeugen notwendig sein werden. Und wenn Sie zu dem Schluss kommen, dass ich keine bedeutenden und relevanten Tatsachen vorbringe, können Sie mich mit einer Verfügung im Laufe des Verfahrens stoppen.«

Richter Hackebeil starrt ein weiteres Loch in meine Stirn. »Soll das heißen, dass Sie sich an meine zukünftigen Verfügungen halten werden? Sieht so Ihre Vorstellung eines Zugeständnisses aus?«

Er hat mich ertappt; ich muss lächeln. »Nein, Euer Ehren.

Dass soll heißen, dass Sie feststellen werden, dass ich niemals die Zeit des Gerichts verschwenden würde.«

Henderson lässt die Zeugen aussagen und hält mich an der kurzen Leine, indem er verkündet, dass er dies nicht in die Länge ziehen wird, wenn er das Gefühl hat, dass es sich wiederholt. Er betont auch noch einmal ausdrücklich, dass ich Hobbs' Anwesenheit nicht für den Versuch missbrauchen darf, über die Hintertür an den FBI-Bericht zu kommen, den er bereits für das Verfahren ausgeschlossen hat. Ich gebe mich entsetzt, allein bei dem Gedanken daran.

Ich habe allerdings noch eine andere Bitte an Henderson. »Euer Ehren, falls wir Special Agent Hobbs aufrufen sollten, würde ich ihn gern als Zeugen der Gegenseite einstufen. Er hat sich während des gesamten Verfahrens der Verteidigung gegenüber feindselig verhalten.«

Einen Zeugen als gegnerisch oder feindlich einzustufen erlaubt es mir, ihn zu befragen, als führe ich ein Kreuzverhör, und so habe ich die Möglichkeit, Suggestivfragen zu stellen. Zu diesem Zeitpunkt erscheint die Bitte weder Henderson noch Dylan allzu bedeutend und ihr wird ohne Einspruch stattgegeben. Da ich bekommen habe, was ich brauche, rufe ich nun zufrieden FBI-Agent Albert Connolly auf.

Connolly ist in dem FBI-Bericht als einer der Agenten erwähnt worden, die mit der Beschattung von Petrones Leuten und damit auch von Dorsey beauftragt waren. Es gibt eigentlich nichts, was ich von Connolly wissen will; ich befrage ihn nur, damit Hobbs nicht merkt, dass er das eigentliche Ziel ist. Wenn Hobbs die gleichen Fragen gestellt werden wie schon zuvor Connolly, ist es weniger wahrscheinlich, dass er merkt, dass wir ihm eine Falle stellen.

Während also Hobbs und Cindy Spodek von den Zuschauerplätzen aus zusehen, lasse ich Connolly sich vorstellen und ihn seine Rolle in den Ermittlungen gegen Petrone beschreiben.

Mit einem kurzen Blick zu Richter Hackebeil sage ich zu Connolly: »Ich bin nicht an den Einzelheiten Ihrer Ermittlungen interessiert. Ich versuche nur zu erfahren, was Sie über Lieutenant Dorsey wussten und welchen Eindruck Sie von ihm hatten. Verstehen Sie das?«

»Ja, Sir«, antwortet er.

»Gut. Kannten Sie Lieutenant Dorsey oder hatten Sie irgendeinen Kontakt zu ihm, bevor Sie ihm im Rahmen dieser Ermittlungen begegneten?«

»Nein.«

»Hatten Sie während der Ermittlungen die Gelegenheit zu persönlichen Gesprächen mit ihm?«

»Nein.«

Ich lasse ihn von seinen Beobachtungen im Zusammenhang mit Dorsey während dieser Ermittlungen berichten. Meine Fragen sind kurz und verlangen nach ebenso kurzen Antworten, denn die Gefahr, dass Henderson einschreitet, ist sehr groß.

Connolly sagt aus, dass er wirklich nicht viel Gelegenheit hatte, Dorsey zu beschatten, und er über seine Aktivitäten auch nicht viel wusste. Dorsey hatte eindeutig mit Mitgliedern des organisierten Verbrechens zu tun, und zwar auf eine Art und Weise, die seine Chefs bei der Polizei nicht gutgeheißen hätten.

»Kennen Sie einen Mann namens Roger Cahill, der sich auch als Geoffrey Stynes ausgegeben hat?«

»Nein, kenne ich nicht.«

Ich entlasse Connolly aus dem Zeugenstand, doch Dylan verzichtet auf ein Kreuzverhör. Stattdessen bittet er um eine Unterredung am Richtertisch, während der er Henderson erneut auffordert, »dieser unproduktiven Verschwendung der Zeit des Gerichts« ein Ende zu bereiten. Da Hobbs uns nicht hören kann, verspreche ich, dass ich vier der heute vorgeladenen sieben Zeugen nicht aufrufen werde und nach zwei weiteren Zeugen, den Agenten Hobbs und Spodek, fertig sein werde. Henderson akzeptiert den Kompromiss und ich rufe Darrin Hobbs in den Zeugenstand.

Ich kann an null Fingern abzählen, wie oft ich gesehen habe, dass Zeugen bewusst sich selbst belastende Aussagen machen. Wie herrlich wäre es, wenn die Prozesse so wären wie der in dem Film *Eine Frage der Ehre.* Ich könnte Jack Nicholson in den Zeugenstand holen, damit er mich anschreien kann, »Sie können die Wahrheit nicht ertragen!«, und dann in einem Wutausbruch seine eigene Schuld gesteht. Aber so viel Glück werde ich nie haben – natürlich auch nicht hier und heute mit Hobbs. Er wird sich nur belasten, wenn er nicht merkt, dass er es tut; er wird sich der Gefahr nur ausliefern, wenn er sich nicht darüber im Klaren ist, dass diese Gefahr existiert.

»Guten Morgen, Agent Hobbs.«

»Guten Morgen.«

»Wie ich schon Agent Connolly sagte, bin ich nicht an den Einzelheiten Ihrer Ermittlungen interessiert. Ich versuche nur zu erfahren, was Sie von Lieutenant Dorsey wussten und welchen Eindruck Sie von ihm hatten. Verstehen Sie das?«

»Das verstehe ich.«

»Sie haben die Ermittlungen geleitet, in die Lieutenant Dorsey einbezogen war. Ist das richtig?«

»Er war eine Randfigur.«

»Verstehe. Kannten Sie Lieutenant Dorsey oder hatten Sie irgendwelchen Kontakt zu ihm, bevor Sie ihm im Rahmen dieser Ermittlungen begegneten?«

Hobbs zuckt nicht einmal mit der Wimper; der Mistkerl lügt wie gedruckt. »Nein.«

»Hatten Sie während der Ermittlungen Gelegenheit zu persönlichen Gesprächen mit ihm?«

»Nein.«

»Und seitdem?«

»Nein.«

Ebenso wie Connolly stelle ich auch Hobbs einige kurze Fragen zu Dorseys Aktivitäten während der Ermittlungen. Meine letzte Frage lautet: »Kennen Sie einen Mann namens Roger Cahill, der sich auch als Geoffrey Stynes ausgegeben hat?«

»Nein, kenne ich nicht. Nur das, was Sie mir erzählt haben und ich in der Zeitung gelesen habe.«

»Danke«, sage ich. »Keine weiteren Fragen.« Am liebsten möchte ich hinzufügen, »Jetzt hab ich dich, du Mistkerl«, aber ich halte mich zurück.

Dylan verzichtet erneut auf das Kreuzverhör, und ich überrasche ihn und Hobbs mit der Bitte an Henderson, Hobbs möge sich weiter zur Verfügung halten, um an diesem Vormittag erneut aufgerufen werden zu können. Ich sehe einen sorgenvollen Ausdruck über Hobbs' Gesicht huschen, aber er hat immer noch keine richtige Ahnung von dem Grab, das er sich gerade selbst geschaufelt hat.

»Die Verteidigung ruft Cindy Spodek in den Zeugenstand.«

Cindy erhebt sich und geht nach vorn, wobei sie auf dem Weg an Hobbs vorbeikommt und ihm direkt in die Augen schaut. Wenn er vorher noch nicht wusste, dass er Probleme hat, dann müsste er es jetzt wissen.

»Agent Spodek«, fange ich an, »wer ist Ihr unmittelbarer Vorgesetzter beim FBI?«

»Special Agent Darrin Hobbs.«

»Der Mann, der vor Ihnen im Zeugenstand war?«

»Ja.«

»Waren Sie während seiner Aussage im Gerichtssaal anwesend?«

»Ja, war ich.«

Aus den Augenwinkeln sehe ich, dass Hobbs auf der Hut ist und genau zuhört. »Haben Sie die Aussage von Special Agent Hobbs in ihrer Gesamtheit verfolgt?«

»Ja, habe ich.«

»Hat er, Ihres Wissens nach, die Wahrheit gesagt?«

»Nein, hat er nicht.«

Dylan und Hobbs springen gleichzeitig auf. Als Dylan steht, erhebt er schreiend Einspruch. Als Hobbs steht, weiß er nicht, was er tun soll, und so schaut er sich mit verwundertem Gesichtsausdruck um und setzt sich wieder.

Henderson ruft uns zu sich an den Richtertisch, um über Dylans Einspruch zu reden. Dylan schäumt vor Wut, und da uns die Geschworenen nicht hören können, lässt er seinen Dampf ab. »Euer Ehren, Carpenter macht diesen Gerichtssaal zum Gespött der Leute.«

Ein Gespräch mit Richter Hackebeil anzufangen, indem man ihm sagt, sein Gerichtssaal werde zum Gespött der Leute, ist keine schlaue Strategie. Er hat sich den Namen Hackebeil nicht verdient, indem er die Anwälte mit Samthandschuhen anfasst, und es ist möglich, dass wir noch eine Enthauptung vor uns haben. Ich stehe einfach nur daneben, artig und vollkommen unschuldig.

Dylan wird sofort klar, was er gesagt hat, und so zieht er den Schwanz ein. »Ich entschuldige mich, Euer Ehren, aber diese Taktik ist wahrhaft tadelnswert.«

»Welche Taktik meinen sie, Dylan?«, frage ich mit zuckersüßer Stimme.

Dylan lässt sich nicht auf eine Unterhaltung mit mir ein; er redet nur mit Henderson. »Euer Ehren, die Verteidigung hat Agent Hobbs unter einem Vorwand aufgerufen.«

»Welchen Vorwand meinen Sie, Dylan?«, säusele ich.

Henderson richtet seinen wütenden Blick nun auf mich. »Ich würde sagen, es ist an der Zeit, dass Sie uns mal verraten, wohin das hier führen soll, denn sonst werde ich Sie davon abhalten, uns irgendwohin zu führen.«

Ich nicke. »Euer Ehren, ich sagte, ich würde diese Zeugen, einschließlich Hobbs, hinsichtlich ihrer Kenntnisse über Dorsey befragen. Das habe ich getan. Ich gebe zu, ich hatte den Verdacht, dass Hobbs lügen würde, aber ich konnte es nicht mit Sicherheit behaupten, bis er es wirklich tat. Diese Lügen haben, so werde ich noch zeigen, direkte und entscheidende Auswirkungen auf diesen Fall.«

»Er zweifelt die Glaubwürdigkeit seines eigenen Zeugen an«, beschwert sich Dylan.

»Meines eigenen gegnerischen Zeugen.«

Ich weiß, dass Henderson verärgert über mich ist. Er hat das Gefühl, ich habe das Gericht für meine eigenen Zwecke manipuliert, und das habe ich auch. Aber ich habe nicht gelogen, und es gibt keinen rechtlichen Grund für ihn, mir die Fortsetzung des Verhörs zu verbieten.

»Mr Carpenter, ich werde Ihnen gestatten fortzufahren, aber seien Sie sehr vorsichtig. Wenn ich das Gefühl habe, dass Sie diesem Gericht gegenüber nicht ehrlich sind, werden Sie sich in sehr unglücklichen Umständen wiederfinden.«

»Ja, Euer Ehren, das verstehe ich.«

Ich bereite mich darauf vor, die Befragung von Cindy fortzuführen, die stoisch auf ihrem Zeugenstuhl gesessen und zweifellos ihre Karriere vor ihrem geistigen Auge ablaufen gesehen hat. Hobbs hat sie die ganze Zeit über wütend angestarrt und versucht, sie einzuschüchtern. Keine Chance.

»Agent Spodek, Sie sagten, Special Agent Hobbs habe in seiner Aussage nicht die Wahrheit gesagt.«

»Er hat gelogen, ja.«

»Welcher Teil war eine Lüge?«

»Fast alles, nachdem er seinen Namen genannt hat.«

Die Geschworenen lachen, doch Spodek verzieht keine Miene. Die Frau ist hart im Nehmen.

»Ich gebe es mit meinen Worten wieder, aber Special Agent Hobbs behauptete, nie Kontakt zu Lieutenant Dorsey gehabt zu haben. Entsprach diese Aussage der Wahrheit?«

»Nein, ich wurde mindestens ein halbes Dutzend Mal Zeugin ihrer Treffen.«

»Wie kam es dazu?«

»Für gewöhnlich waren wir mit unserem Auto unterwegs, arbeiteten an einem Fall, und dann hielten wir an einem anscheinend zuvor vereinbarten Treffpunkt an. Lieutenant Dorsey war dann dort und sie unterhielten sich.«

»Konnten Sie von den Unterhaltungen etwas mit anhören?«

Sie nickt. »Teile von zwei Gesprächen.«

»Worum ging es dabei?«

»Sie redeten über Lieutenant Dorseys Aktivitäten mit bestimmten verbrecherischen Gestalten. Wie Lieutenant Dorsey vor der Verfolgung durch die örtlichen Behörden geschützt werden könnte.«

»Machte Lieutenant Dorsey sich diesbezüglich Sorgen?«, frage ich.

»Große Sorgen.«

Ich werfe einen kurzen Blick zu Hobbs hinüber, der wie ein Neuling im Theaterkurs wirkt, dem gerade vom Lehrer gesagt wurde, wie er »Empörung darstellen« soll. Das Witzige daran ist, dass er glaubt, dies sei der schlimmste Teil. Warte nur ab.

»Agent Hobbs sagte auch, er habe Roger Cahill nicht gekannt. War das ebenso eine Lüge?«

»Mit Sicherheit.« Sie erzählt von zwei Treffen, die er mit Cahill hatte, auch wenn sie seinen Namen erst erfuhr, als sie nach dem Mord an Barry sein Bild in der Zeitung sah. Das war ein Hauptgrund dafür, dass sie mich wegen Murdoch anrief – ein weiterer Mann, von dem sie wusste, dass sich Hobbs mit ihm getroffen hatte, bevor er ins Gefängnis kam.

Ich lasse sie noch etwas mehr über Hobbs meineidige Aussage berichten und frage sie dann, ob sie etwas über den ersten anonymen Anruf weiß, in dem der Polizei Garcia als Mordverdächtiger genannt wurde.

»Ja«, sagte sie. »Dieser Anruf kam von mir.«

»Warum?«

»Agent Hobbs hat mich angewiesen. Er sagte, er habe Informationen darüber, dass Garcia schuldig sei, wolle aber nicht, dass das FBI hineingezogen werde.«

»Wissen Sie, warum er den Anruf nicht selbst gemacht hat?«

»Nein, weiß ich nicht.«

»Wollte er möglicherweise, dass der Anruf von einer Frau kam, damit die Staatsanwaltschaft es der Angeklagten zur Last legen konnte?«

Dylan erhebt Einspruch und Henderson gibt dem statt. Ich teile dem Richter mit, dass ich Hobbs erneut aufrufen möchte, und Dylan behält sich sein Kreuzverhör von Cindy vor, bis Hobbs fertig ist. Dylan ist schlau genug, um zu wissen, dass er in ein Minenfeld läuft, und er hofft, dass Hobbs ihm zumindest eine Landkarte zur Verfügung stellen wird.

Hobbs betritt wieder den Zeugenstand – als ein Mann mit wesentlich weniger Zuversicht und Selbstvertrauen als beim letzten Mal.

»Agent Hobbs«, lege ich los, »ich gehe davon aus, dass Sie der Aussage von Agent Spodek aufmerksam zugehört haben?«

»Ja.«

»Möchten Sie daher Ihre frühere Aussage revidieren?«

»Möchte ich nicht.«

»Wäre es also korrekt, wenn ich sagte, Sie behaupten, Agent Spodek habe selbst die Unwahrheit gesagt?«

»Sie hat das Blaue vom Himmel heruntergelogen.«

»Haben Sie eine Vorstellung, warum sie das tun sollte?«

»Agent Spodek ist eine verbitterte Frau von äußerst geringer Kompetenz. Ich habe in Betracht gezogen, die Beendigung ihrer Tätigkeit für das FBI zu empfehlen. Ich nehme an, sie ist sich dessen bewusst und hat zu einem Präventivschlag gegen mich ausgeholt.«

»Also lügt sie und nicht Sie, Agent Hobbs?«

Er nickt. »Sie lügt und ich nicht.«

»Sie kannten also weder Alex Dorsey noch Roger Cahill?«

»Nein, ich kannte sie nicht.«

In diesem Moment betritt wie zuvor vereinbart Captain Reid in Uniform den Gerichtssaal. Er geht zu Kevin, flüstert ihm etwas ins Ohr und reicht ihm einen Zettel. Kevin schaut darauf, lächelt und deutet Captain Reid an, sich zu den anderen Zeugen zu setzen. Dann kommt Kevin zu mir herüber und tut so, als flüstere er mir etwas zu. Hobbs beobachtet dies alles mit kaum verhohlenem Entsetzen.

»Special Agent Hobbs, waren Sie in den Special Forces der Army in Vietnam?«

Hobbs antwortet nicht. Ich sehe deutlich, so als würde ich sein Hirn mit Hilfe einer Computertomographie betrachten, wie krampfhaft er überlegt.

»Haben Sie meine Frage nicht gehört?«

Das veranlasst ihn, sich seinem gegenwärtigen Dilemma zu stellen. Er ist sicher, dass Reid eindeutige Beweise für seine militärischen Beziehungen zu Cahill und Dorsey geliefert haben muss. Wenn er diese leugnete, würde er einen noch offensichtlicheren Meineid leisten als zuvor.

»Waren Sie in den Special Forces in Vietnam?«

»Ja.«

»Hatten Sie den Dienstgrad First Lieutenant?«

»Ja.«

»Hatten Sie das Kommando über eine kleine geheime Einheit, die hinter den feindlichen Linien operierte?«

»Das ist vertraulich.«

»Ich denke, dieser Krieg ist vorbei, Agent Hobbs. Standen Roger Cahill und Alex Dorsey unter Ihrem Kommando?«

Seine Antwort ist leise, so als hoffte er, niemand würde sie hören. »Ja.« Das folgende Stimmengewirr auf den Zuschauerrängen und den Geschworenenbänken zeigt uns, dass alle es laut und deutlich vernommen haben.

»Sie kannten sie also? Hatten Kontakt zu ihnen?«

»Ja.«

»Somit hatte Agent Spodek Recht? Sie haben zuvor gelogen, als Sie den Kontakt zu ihnen leugneten?«

»Mir war nicht klar, dass Sie über die Zeit in der Army sprachen. Ich dachte, Sie meinten eher kürzlich, während der Ermittlungen.«

»Das ist eine weitere Lüge, nicht wahr, Agent Hobbs?«

»Nein, ist es nicht.«

»Mal sehen, ob ich Sie richtig verstehe«, sage ich. »Sie

kannten sie in der Army, hatten aber seither keinen Kontakt?«

Er nickt. »Ja, das ist richtig.«

»Sie sagen das in voller Kenntnis der Gesetze bezüglich Meineids in diesem Staat?«

»Ja.«

Ich bringe als Beweismittel ein Tonband ein, das von Cindy zur Verfügung gestellt wurde. Es ist beim FBI üblich, alle Telefonate in den Büros der Agenten aufzunehmen, um die Agenten zu schützen und bei Ermittlungen helfen zu können. Da sie dachte, sich vielleicht selbst schützen zu müssen, hatte Cindy ein Band mit einem der Gespräche zwischen Hobbs und Dorsey an sich genommen, und ich spiele es nun dem Gericht vor.

Es ist ein verheerender Beleg für die Zusammenarbeit von Dorsey und Hobbs, und obwohl Hobbs sich auf dem Band nicht direkt mit irgendwelchen Straftaten in Verbindung bringt, zweifelt im Saal niemand mehr daran, dass er in seiner Aussage heute mehrfach einen Meineid geschworen hat.

Ich frage Hobbs, ob Murdoch in seiner Einheit gewesen sei und ob er wüsste, dass Murdoch vor kurzem ermordet wurde. Er bestätigt die Verbindung zu ihm in der Army, leugnet jedoch, etwas von dem Mord zu wissen. Kein einziger Mensch im Raum glaubt ihm.

Ich bin fertig, und Dylan führt nicht einmal mehr ein Kreuzverhör mit dem Wrack, das einst Special Agent Hobbs war. Er hat eine totale Niederlage erlitten, der Mann ist zerstört.

Hahaha.

Die Stimmung während unserer abendlichen Besprechung ist gedämpft. Wir nähern uns dem Ende; die einzige Frage, die wir vor den Schlussplädoyers noch entscheiden müssen, ist die, ob Laurie in den Zeugenstand tritt.

Laurie möchte es immer noch, ist aber angesichts der heutigen positiven Entwicklung offen für Argumente. Kevin und ich teilen ihr die wichtigsten mit: Es gibt wirklich nichts, was sie noch hinzufügen könnte, und die Gefahren sind enorm.

Ich sehe mich gezwungen, sie darauf hinzuweisen, dass wir zwar heute richtig gut gewesen sind, wir uns aber immer noch in einer sehr prekären Lage befinden. Die Geschworenen könnten sehr wohl der Ansicht sein, dass unsere gesamte Verteidigung, die sich auf Hobbs, Dorsey und Cahill konzentrierte, interessant, aber unerheblich ist. Die einzigen greifbaren Beweise im Mordfall Dorsey zeigen noch immer auf Laurie, und die Geschworenen könnten dieser Beweislast unter Umständen folgen – sie sind wahrscheinlich sogar geneigt, es zu tun.

Die Diskussion ist sehr lebhaft und endet schließlich damit, dass Laurie unserer Einschätzung vertraut und sich einverstanden erklärt, nicht auszusagen. So können wir uns auf das Schlussplädoyer konzentrieren, das in diesem Fall noch wichtiger werden wird als gewöhnlich. Es wird unsere Aufgabe sein, der Jury verständlich zu machen, dass es sehr wohl eine Rolle spielt, was wir gesagt haben, und dass es zumindest begründete Zweifel an der Schuld Lauries weckt.

Die Medien berichten ausführlich über den Prozess, und es wird in aller Öffentlichkeit spekuliert, ob als Nächstes gegen Hobbs Anklage wegen Meineids erhoben wird. Der Leiter des FBI selbst hat eine Erklärung abgegeben, in der er sagt, dass Hobbs vorläufig beurlaubt wird und sowohl Ermittlungen des Bundes als auch des Staates eingeleitet wurden. Das ist eine Genugtuung, aber nur ein schwacher Trost, wenn es nicht zu Lauries Freispruch führt.

Wieder im Gericht, verkünden wir als Erstes, dass die Verteidigung die Befragung ihrer Zeugen beendet hat, und Dylan teilt Richter Henderson mit, dass er bereit ist, sein Schlussplädoyer zu halten.

»Meine Damen und Herren Geschworene«, fängt er an, »ich stand zu Beginn des Prozesses hier und sagte Ihnen, die Beweise würden deutlich machen, dass Laurie Collins den Mord an Alex Dorsey begangen hat. Ich sagte Ihnen, dass die Verteidigung alle möglichen Tricks anwenden würde, um Sie vom Gegenteil zu überzeugen, doch dass Sie sich auf die Tatsachen konzentrieren sollten.

Meine Botschaft an Sie heute hat sich nicht geändert. Die Beweise wurden vorgelegt, die Tatsachen sind eindeutig. Die Verteidigung war sogar noch illusorischer, als ich es erwartet hatte, und präsentierte uns eine wilde Geschichte von Vietnamveteranen, abgekarteten Spielen und Verschwörungen.

Dabei wurde aufgezeigt, dass ein FBI-Agent gelogen hat. Das bestreite ich nicht, wir haben es alle mit eigenen Ohren gehört. Aber was bedeutet das für diesen Fall? Es wurden keinerlei Beweise vorgelegt, die ihn mit dem Mord in Verbindung bringen, über den Sie hier urteilen sollen. Als Angestellter des FBI hatte er nicht das Geringste mit diesem Fall zu tun; er wurde von der Polizei von Paterson bearbeitet. Auch hat hier niemand ausgesagt, dass er einen Groll gegen diese Angeklagte hegte. Warum sollte er ihr den Mord angehängt haben? Es ergibt überhaupt keinen Sinn.

Ja, Agent Hobbs hat gelogen, vielleicht um seine Scham darüber zu verbergen, dass er sich mit Verbrechern und mit einem auf Abwege geratenen Polizisten abgab. Es ist interessant, es ist ärgerlich und es wird untersucht werden, aber es hat nichts – und ich wiederhole: absolut nichts – mit dem Mord an Alex Dorsey zu tun.

Die Staatsanwaltschaft hat ihre Sicht der Dinge bewiesen, und zwar ohne jeden begründeten Zweifel, und ich bitte Sie, Laurie Collins des Mordes an Lieutenant Alex Dorsey für schuldig zu befinden.«

Ich stehe auf, um unser Schlussplädoyer zu halten, und mir ist vollkommen klar, dass wir einen hohen Berg zu erklimmen haben. In einer perfekten Welt möchte ein Anwalt die zwingenden Beweise, die er im Laufe des Prozesses vorgelegt hat, noch einmal darlegen und zusammenfassen. Da dieser Fall in einer nicht so perfekten Welt verhandelt wird, habe ich nun die Aufgabe, zu erklären, was zum Teufel unsere Beweise damit zu tun haben.

»Meine Damen und Herren, es gibt absolut nichts in der Vergangenheit von Laurie Collins, nicht das winzigste Anzeichen dafür, dass sie irgendwie zu einer so brutalen Tat wie dem Mord an Alex Dorsey fähig wäre. Im Gegenteil, ihr ganzes Leben hat sie in den Dienst des öffentlichen Wohls und der Gerechtigkeit gestellt.

Der Staatsanwalt sagt, sie habe es getan, und er beruft sich auf bestimmte Beweise. Ich sage, der Mord sollte ihr angehängt werden, und dieselben Beweise wurden zu diesem Zweck konstruiert.

Aber Mr Campbell weist den Gedanken an ein Komplott zurück, kurz nachdem er Ihnen erzählt hat, dass er zunächst Oscar Garcia dieses Verbrechens angeklagt hat, weil dieser Opfer eines Komplotts geworden war! Es war möglich, dass ein Komplott gegen Mr Garcia geschmiedet wurde, aber gegen Miss Collins war es nicht möglich? Warum erklärt er uns das nicht?

Und schauen wir uns doch mal an, was er dazu zu sagen hat. Er sagt, dass Miss Collins den Mord Garcia anhängen wollte, um so einen Groll auszuleben, den sie seiner Meinung nach gegen ihn hegte. Aber eine Agentin des FBI, Cindy Spodek, sagte aus, dass der anonyme Anruf, in dem Garcia beschuldigt wurde, von ihr kam. Miss Collins hatte damit nichts zu tun. Mr Campbell hat sich in dieser Sache geirrt, so wie er sich in vielerlei Hinsicht in diesem Fall irrt.

Und damit komme ich zu Special Agent Hobbs. Sogar Mr Campbell gibt zu, dass Hobbs einen Meineid geleistet hat. Nun weiß ich nicht genau, was Mr Hobbs getan hat, und auch nicht, warum er es getan hat, aber ich werde Ihnen eine Theorie anbieten. Sie mag stimmen, sie mag falsch sein, vielleicht liegt die Wahrheit aber auch irgendwo dazwischen.

Ich glaube, die Beweise belegen, dass Hobbs eine besondere Truppe geleitet hat, die so ziemlich der Truppe ähnelte, die er in der Army angeführt hatte. Ich glaube, diese Männer erreichten Positionen, dank derer sie das System missbrauchen und Verbrechen begehen konnten, und Hobbs befand sich in der Position, um sie zu beschützen und einen ordentlichen Teil ihrer Gewinne einzustecken.

Dorsey hat er ebenfalls beschützt, nur dass er an einen Punkt kam, an dem er ihn nicht mehr beschützen konnte. Dorsey wollte nicht ins Gefängnis und drohte Hobbs, ihn zu entlarven. Dorsey kann sehr wohl vorgehabt haben, seinen eigenen Tod vorzutäuschen, aber das reichte Hobbs nicht, und entweder hat er ihn umgebracht oder er hat ihn von Cahill umbringen lassen. Und als Murdoch mit mir reden wollte, hat Hobbs ihn ebenfalls ermorden lassen.

Bevor er Dorsey umbrachte, hat er ihn entweder durch einen Trick dazu gebracht oder ihn dazu gezwungen, eine Nachricht an Miss Collins aufzunehmen, die er dann bei einem Telefonanruf an sie abspielte, um uns glauben zu lassen, Dorsey sei am Leben. Denn als tatsächlicher Mörder, der die Aufmerksamkeit von sich ablenken wollte, hatte Hobbs ein sehr großes Interesse daran, dass Miss Collins verurteilt wurde.

Nun, wie gesagt, dies ist nur eine Theorie, obwohl ich sie angesichts der vorliegenden Tatsachen für plausibel halte. Müssen Sie nicht zugeben, dass es möglich ist? Ich glaube, das müssen Sie. Können Sie ohne jeden begründeten Zweifel sagen, dass ich mich irre? Ich glaube nicht.

Einer der vielen ungewöhnlichen Aspekte in diesem Fall ist die Tatsache, dass der Anwalt der Angeklagten gleichzeitig ein bedeutender Zeuge der Verteidigung war. Ich habe mich dorthin gesetzt und Ihnen erzählt, dass mir Roger Cahill den Mord gestanden hat und mir von der blutigen Kleidung hinter dem Stadion erzählt hat – Kleidung, bei der es sich um seine handeln sollte. Ich habe Ihnen auch erzählt, dass ich Miss Collins dorthin geschickt habe, um die Kleidung zu suchen.

Wenn ich die Wahrheit gesagt habe, ist Miss Collins unschuldig. So einfach ist das. Sie können mir glauben oder auch nicht, aber können Sie ohne jeden begründeten Zweifel sagen, dass ich gelogen habe? Ich glaube nicht. Und wenn Sie das nicht können, müssen Sie für den Freispruch stimmen.

Ich kenne Laurie Collins sehr gut, wahrscheinlich besser als jeden anderen Menschen auf der Welt. Sie könnte einen solchen Mord ebenso wenig begehen, wie sie aufstehen und aus dem Fenster fliegen könnte.

Der Mord an einem Menschen, unabhängig von seinem Tun im Leben, ist eine Tragödie. Bitte vergelten Sie diese Tragödie nicht dadurch, dass Sie Miss Collins zu einem weiteren Opfer machen. Sie ist unschuldig und sie musste durch die Hölle gehen. Ich bitte Sie, das Richtige zu tun und Laurie Collins ihr Leben zurückzugeben.«

Als ich mich umdrehe und zurück zu Laurie an den Tisch der Verteidigung gehe, erlebe ich einen vollkommen eigennützigen Augenblick. Mir wird bewusst, dass das Leben, für das ich gekämpft habe, ebenso sehr Lauries wie auch mein eigenes ist.

Ich kann mir einfach nicht vorstellen, mein Leben zu leben, während Laurie im Gefängnis dahinvegetiert. Es wäre ein unvergleichlich grausames Dasein, und das Wissen, dass zwölf Fremde es zur Realität werden lassen können, bohrt sich mir panisch in die Magengrube.

Kevin und Laurie geben mir die Hand und flüstern mir zu, dass ich wunderbar gewesen sei, doch die Geschworenen sitzen ungerührt da, sehen weder mich noch Laurie, noch sonst jemanden an. Ich möchte zu ihnen gehen und sie schütteln, bis sie verstehen, wer die Guten sind. Und ich möchte mir ihre Gesichter einprägen, damit ich jeden einzelnen von ihnen aufstöbern, ihre hässlichen Köpfe abtrennen und ihre stinkenden Körper in Brand setzen kann, sollten sie die Frau, die ich liebe, verurteilen.

Richter Henderson verliest ihnen seine Version des Rechts, die – wenn man seine einstündige Rede zusammenfasst – im Grunde genommen besagt: »Wenn Sie sie ohne jeden begründeten Zweifel für schuldig halten, dann stimmen Sie für schuldig.« Er entlässt sie in ihre Beratungen, obwohl sie ihm mitteilen, dass es schon spät sei und sie am nächsten Morgen mit ihrer Arbeit beginnen werden.

Kevin kommt am Abend wieder vorbei, hauptsächlich aus Gewohnheit, denn es gibt nun nichts mehr, was wir noch tun können. Ich verspüre das dringende Bedürfnis, meinem gewohnten Stil des Wartens auf ein Urteil nachzugehen, der darin besteht, vollkommen allein zu sein (abgesehen von Tara), mich jedem gegenüber vollkommen abscheulich zu verhalten, der diese Einsamkeit stört, und vollkommen abergläubisch zu sein.

Allein sein kann ich nicht, zumindest nicht in meinem Haus, da Laurie dort für die Dauer des Verfahrens festsitzt. Abscheulich will ich mich nicht verhalten, da sie zweifellos größere Qualen erleidet als ich. Also kann ich nur abergläubisch sein, und das werde ich dann sicher ausgiebig sein.

Ich weiß, wir sollten es tun, aber wir sind physisch nicht in der Lage, die Berichterstattung über die Urteilsfindung zu ignorieren. Einige der Kommentatoren räumen uns eine anständige Chance ein, aber die meisten denken, dass wir wahrscheinlich verlieren werden, wenn die Geschworenen sich strikt an das Gesetz halten. Alle sind sich darin einig, dass es für uns vollkommen aussichtslos gewesen wäre, hätte Hobbs sich nicht als Bösewicht entlarvt.

Größte Übereinstimmung in der Einschätzung besteht darin, dass es für uns nur besser werden kann, je länger die Beratungen dauern. Wenn die Geschworenen unsere Theorien über Hobbs als irrelevant abtun, werden sie schnell für eine Verurteilung stimmen. Wenn sie gewillt sind, sie zu akzeptieren oder zumindest über sie nachzudenken, wird es wesentlich länger dauern. Klar, diese »Je-länger-desto-besser-Theorie« lässt die Wahrscheinlichkeit außer Acht, dass wir alle bald einen Herzinfarkt erleiden und an Stress sterben, während wir auf die Rückkehr der Geschworenen warten.

Um neun Uhr frühstücken wir, als sich Lauries und mein Blick begegnen und uns klar wird, dass sich die Geschworenen genau in diesem Moment treffen, um mit der Entscheidung über ihr Schicksal zu beginnen. Allein schon beim Gedanken daran verschlucke ich mich an meinem Pfannkuchen.

Es klingelt an der Tür und wir erhalten eine Express-Lieferung. Sie kommt von der gegnerischen Anwaltskanzlei in der Klage von Willie Miller, und in dem Umschlag steckt ein Barscheck über mehr als elf Millionen Dollar. Da zweihunderttausend Dollar davon Edna gehören, freut sie sich über alle Maßen, ihn zur Bank bringen zu dürfen.

Ich rufe Willie und Kevin an, um ihnen die Neuigkeit mitzuteilen. Willie erzählt mir, dass er einen Entschluss gefasst habe, was er mit einem Teil des Geldes anstellen will. Ich gehe davon aus, dass er eine Yacht kaufen will, auf der er um die Innenstadt herumschippern kann, aber er hat etwas anderes vor.

»Es ist eine Investition«, sagt er. »Aber die wirft kein Geld ab.«

»Das ist bei den meisten Investitionen so«, sage ich. »Nur normalerweise weiß man das nicht vorher.«

»Ich möchte, dass du dich mit der Hälfte beteiligst«, sagt er.

Ich bin nicht gerade in der Stimmung, um über diesen Wahnsinn jetzt nachzudenken, also sage ich: »Nach dem Prozess reden wir mit Cousin Fred darüber.«

Kevin kommt gegen Mittag vorbei, und zusammen mit

Laurie und Edna sitzen wir herum und warten auf den Anruf, von dem wir hoffen, dass er noch eine Weile nicht kommt. Irgendwann stehe ich auf und öffne ein Fenster; heiß ist es nicht, ich muss nur den Druck herauslassen.

Um halb vier geht Edna ans Telefon und teilt mir nervös mit, dass Rita Golden, die Geschäftsstellenleiterin, in der Leitung ist. Es kommt mir vor, als brauchte ich anderthalb Stunden, um die zweieinhalb Meter zum Telefon zu gehen. Es könnten viele andere Dinge als ein Urteil Grund für ihren Anruf sein. Die Geschworenen könnten eine Aussage noch einmal lesen wollen, einer von ihnen könnte krank sein, sie könnten die Beratungen für heute beenden, usw., usf. Ich wäre mit allem einverstanden.

»Hallo?«, lautet meine schlaue Begrüßung.

»Andy«, sagt Rita, »es gibt ein Urteil. Henderson möchte alle um fünf Uhr hier haben.«

»In Ordnung«, sage ich, und sie gibt mir noch ein paar weitere Anweisungen. Ich lege auf, drehe mich um und teile die Neuigkeit Laurie, Kevin und Edna mit. Sie alle haben an unserer Diskussion teilgenommen, in der wir auf lange Beratungen gehofft haben, aber niemand verleiht dem Pessimismus Ausdruck, den wir nun alle empfinden.

»Wann müssen wir los?«, fragt Laurie.

»In etwa einer Stunde«, sage ich, bevor ich die Bombe explodieren lasse, die Rita soeben auf mich abgeworfen hat. »Laurie, du sollst ein paar Sachen zusammenpacken. Nur für den Fall …« Ich beende den Satz nicht, denn es hätte wohl so geklungen wie: »Nur für den Fall, dass dies für immer die letzte Nacht gewesen ist, die du außerhalb des Gefängnisses verbracht hast.«

Laurie nickt und geht ins Schlafzimmer, um einen Koffer zu packen. Kevin hat kein Wort gesagt; er fühlt genau das

Gleiche wie ich. Ein Gefühl der Machtlosigkeit und Angst. Die Machtlosigkeit kommt von dem Bewusstsein, dass unsere Chance, die Geschehnisse zu beeinflussen, vorüber ist, und die Angst kommt von dem Wissen, dass über die Geschehnisse bereits entschieden wurde.

Wirklich erdrückend daran ist, dass wir beide das Gefühl haben, verloren zu haben.

Die Situation vor dem Gerichtsgebäude ist chaotisch, aber wir werden hindurchgeführt und kommen gerade noch rechtzeitig in den Gerichtssaal. Seit dem Telefonanruf von Rita hatte ich das Gefühl, alles in Zeitlupe zu beobachten und gleichzeitig zu merken, dass alles mit Hochgeschwindigkeit geschieht.

Laurie hat kein Wort gesagt, seit wir das Haus verlassen haben; ich weiß nicht, wie sie diesem Druck standhält. Kevin hat optimistische Einzeiler von sich gegeben, von denen er selbst keinen einzigen wirklich glaubt. Unter dem Strich jedoch ist es egal, wie wir alle uns benehmen oder was wir fühlen; die Entscheidung ist gefallen, und in wenigen Momenten müssen wir irgendwie damit umgehen, so oder so.

Richter Hackebeil kommt herein, gibt einen ernsten, warnenden Hinweis von sich, um Tumulte nach der Verlesung des Urteils zu unterbinden, und ruft dann die Geschworenen herein. Ihre Gesichter sind finster, ausdruckslos; ihre Blicke sind sowohl von der Verteidigung als auch von der Staatsanwaltschaft abgewendet.

Laurie lehnt sich zu mir herüber und flüstert mir ins Ohr: »Andy, danke. Egal was passiert, du hast eine erstaunliche Arbeit geleistet. Und ich liebe dich mehr, als du dir vorstellen kannst.« Ich weiß nicht, was ich auf eine so liebevolle und großzügige Bemerkung antworten soll, also lasse ich es.

Henderson weist den Obmann an, dem Gerichtsdiener

den Zettel mit dem Urteil zu übergeben, den er dann der Assistentin des Richters übergibt.

Henderson sagt: »Die Angeklagte möge sich erheben.«

Laurie steht schnell, fast trotzig, auf. Kevin und ich sind den Bruchteil einer Sekunde später auf den Beinen, und ich greife nach Lauries Hand. Ich bin nicht sicher, welche von beiden zittert.

Die Assistentin schaut zum ersten Mal auf das Blatt Papier und scheint einige Augenblicke lang für sich zu lesen, so als wolle sie die Einzige neben den Geschworenen sein, die weiß, wie das hier ausgeht. Kein anderes Geräusch ist im Saal zu vernehmen, und ihre Worte ertönen so klar, als hörte ich sie durch ein Stethoskop. Ich weiß, dass ich auf meinen Beinen stehe, aber ich spüre sie nicht.

»Wir, die Geschworenen, befinden in dem Fall *Staat New Jersey gegen Laurie Collins* die Angeklagte Laurie Collins des Mordes für – nicht schuldig.«

Ich bin mir sicher, dass auf den Zuschauerrängen Tumult herrscht, ich bin sicher, dass Dylan wütend sein muss, und ich bin sicher, dass Henderson mit seinem Hammer auf den Tisch eindrischt, aber ich merke nichts von alldem. Ich bin mir nur einer Dreier-Umarmung zwischen Laurie, Kevin und mir bewusst, einer so festen Umarmung, dass ich glaube, sie werden uns in dieser Position aus dem Saal schleppen und uns in einem Krankenhaus auseinander schweißen müssen.

Laurie sagt uns beiden, dass sie uns liebt, und Kevin sagt mit Tränen in den Augen immer wieder: »Besser geht es nicht mehr.« Er irrt sich; es wäre noch besser, wenn Barry Leiter am Leben wäre, um das alles zu sehen.

Aber das hier ist schon verdammt gut.

Henderson bedankt sich bei den Geschworenen, entlässt Laurie aus der Haft und schließt die Sitzung. Dylan kommt herüber und gratuliert uns überraschend großzügig, bis Laurie mitgenommen wird, um rasch einigen Papierkram zu erledigen.

Als sie zurückkommt, hat sie ein Lächeln im Gesicht und keine Fesseln an den Füßen.

Sie sieht großartig aus.

Laurie lehnt mein Angebot ab, in irgendeinem Inselparadies einen Weg-von-allem-Urlaub zu machen. Zu diesem Zeitpunkt beinhaltet ihre Vorstellung vom Paradies ein Leben ohne Fußfesseln zu führen, ungestraft einkaufen zu gehen und jeden Dienstag, Donnerstag, Samstag und Sonntag in ihrem eigenen Haus zu schlafen.

Ich habe Edna einige Wochen freigegeben und habe noch nicht einmal die Akten und anderen Utensilien zurück in meine Kanzlei geschafft. Wenn ich nach dem Fall Willie Miller sechs Monate brauchte, um wieder auf den Arbeitsmodus umschalten zu können, dann rechne ich dieses Mal mit sechs Jahrzehnten.

Die Pressekonferenz nach dem Prozess war anstrengend und wieder wurde mir der Heldenstatus verliehen. Überraschenderweise hat das bis jetzt nicht nachgelassen, wenn auch das Augenmerk jetzt stärker auf Darrin Hobbs gerichtet ist. Täglich dringen neue Enthüllungen von den Ermittlungen durch, und es scheint, als hätten sogar acht ehemalige Army-Kameraden unter seiner Leitung und Protektion Straftaten ausgeführt. Seine Verhaftung und die Erhebung einer Anklage gegen ihn scheinen unvermeidbar.

Ich habe von Cindy Spodek gehört; sie wird von der Presse als Heldin gefeiert, aber die meisten Kollegen zeigen ihr die kalte Schulter. Sie hat mir erzählt, dass das Gefühl der Erleichterung überwiegt, und ich weiß genau, wovon sie redet.

Der stets unberechenbare Willie Miller hat mit augenscheinlicher Lässigkeit auf seinen plötzlichen Reichtum reagiert und geht damit sowohl verantwortlich als auch vorsichtig um. Fred hat einen Großteil des Geldes investiert und etwas davon für Willie beiseite gelegt, damit er damit ein bisschen Spaß haben kann. Wie sich herausstellt, sieht Willies Vorstellung von Spaß so aus, dass er sich einen Volvo kauft, weil er in den *Consumer Reports* gelesen hat, dass es ein wirklich sicheres Auto sein soll.

Willie, bist du das? Willie?

In wenigen Minuten werde ich mir persönlich den neuen Willie anschauen können, da er vorbeikommt, um mich abzuholen und um mit mir das anzuschauen, was – wie er sagt – unsere neue gemeinsame Investition sein wird. Er will eine Überraschung daraus machen, aber ich gehe davon aus, dass sie nicht allzu förmlich geraten wird, da er vorschlägt, dass ich Tara mitnehme.

Willie fährt vor und ich steige in den beigefarbenen Volvo ein. Tara springt auf den Rücksitz zu Cash und ich setze mich nach vorn. Nachdem er mich angewiesen hat, mich anzuschnallen, fährt Willie los.

Nach etwa fünfzehn Minuten halten wir vor einem verlassenen, baufälligen Gebäude, an dem ein altes Schild darauf hinweist, dass hier einmal die Haledon Hundepension gewesen ist.

»Komm mit«, sagt Willie und steigt aus, noch bevor ich ihm sagen kann, dass dies keine gute Investition sei und ich, selbst wenn es das wäre, keine Hundepension leiten möchte.

Willie lässt Tara und Cash aus dem Auto und sie gehen

mit uns zur Tür. Sie ist verschlossen, doch das ist für Willie kein Problem, denn er holt einen Schlüssel aus der Tasche und öffnet die Tür.

»Du hast einen Schlüssel?«, lautet meine scharfsinnige Frage.

»Das sollte ich wohl. Mir gehört das alles hier. *Uns* gehört das alles hier.« Eine Katastrophe zeichnet sich ab.

Wir gehen hinein, und wenig überrascht stelle ich fest, dass sich in der baufälligen Hundepension eine baufällige Hundepension befindet.

»Was meinst du?«, fragt Willie mit einem zuversichtlichen Strahlen.

Ich entschließe mich zur Direktheit. »Ich meine, dass du den Verstand verloren hast.«

Er ist überrascht und verletzt. »Warum? Ich dachte, du liebst Hunde.«

»Tue ich auch. Aber ich will kein Geld von Leuten nehmen, damit die ihre Hunde in Käfige sperren können, während sie in Urlaub fahren.«

Er lacht. »Dafür hältst du das hier?« Er zeigt auf Tara und Cash. »Schau sie dir an, Mann. Tara sollte in einem Tierheim umgebracht werden, und Cash wäre Geschichte, wenn sie ihn gefangen hätten.«

Ich verstehe nichts. »Ja und?«

»Und *wir* sind jetzt das Heim«, sagt er. »Komm schon, Mann. Wir retten Hunde aus anderen Heimen, von der Straße, egal woher, und dann kümmern wir uns um sie, bis wir ein neues Zuhause für sie gefunden haben. Das wird eine von diesen gemeinnützigen Angelegenheiten, wie eine Stiftung oder so.«

Endlich habe ich ihn verstanden. »Verdammt«, sage ich voller Staunen und Bewunderung.

»Und ich werde diese Einrichtung leiten«, sagt er. »Das wird mein Job.«

Ich strecke die Hand aus und schüttle seine. »Und ich werde dein Partner sein.«

Willie und ich verbringen die nächsten paar Stunden damit, über unsere zukünftige Partnerschaft zu reden. Wir besprechen, was wir mit dem Haus machen sollen, wie wir uns um die Hunde kümmern werden, dass wir dann auch tierärztliche Unterstützung brauchen usw.

Ich habe den Großteil eines Jahres gebraucht, um eine Wohltätigkeitsorganisation zu finden, die ich meine eigene nennen kann, und Willie hat sich nur eine Woche, nachdem er sein Geld bekommen hat, selbst eine ausgedacht. Ich werde meine bedürftigen Otter nicht vergessen, aber ich freue mich aufrichtig, dieses Projekt zu haben. Ich freue mich sogar noch mehr darüber, dass Willie einverstanden ist, wenn wir es die Tara-Stiftung nennen. Cash scheint es nichts auszumachen.

Ich komme nach Hause und rufe Laurie an, um ihr von dem Unterfangen zu berichten, aber sie ist nicht zu Hause, und so hinterlasse ich ihr die Nachricht, dass sie mich zurückrufen soll. Da heute Donnerstag ist, werde ich sie heute Abend nicht sehen. Ich habe keine Ahnung, wo sie ist. Ich bin nicht eifersüchtig oder unsicher, aber ich frage mich, was sie davon halten würde, eine Fußfessel zu tragen, damit ich ihr Tun überwachen kann.

Zum ersten Mal seit Monaten rufe ich Danny Rollins an und platziere eine Wette auf die Mets gegen die Braves. Ich bestelle mir eine Pizza, nehme mir ein Bier aus dem Kühlschrank, setze mich mit Tara aufs Sofa und schaue mir das Spiel an. Das Leben läuft wieder in normalen Bahnen, und das Letzte, woran ich mich erinnere, bevor ich eingeschlafen bin, ist ein Homerun von Mike Piazza im vierten Inning.

Als ich aufwache, ist der Fernseher aus, allerdings auch alle Lampen. Zuerst denke ich an einen sommerlichen Stromausfall aufgrund des übermäßigen Gebrauchs von Klimaanlagen bei dem heißen Wetter. Aber dann sehe ich draußen eine funktionierende Straßenlaterne, also muss der Ausfall auf das Haus beschränkt sein.

Verärgert stehe ich auf und will nach meiner Taschenlampe suchen. Ich höre Tara hinten im Haus bellen. Es ist ungewöhnlich, dass Tara bellt, und es gibt immer einen Grund. Das letzte Mal war es ein auf meinem Grundstück vergrabener Kopf. Sofort bin ich nicht mehr verärgert, sondern verängstigt, denn ich weiß, dass Tara niemals eine herausgesprungene Sicherung als Grund zum Bellen ansehen würde.

Intuitiv weiß ich plötzlich, was los ist.

Darrin Hobbs.

Ich gehe in Richtung Telefon, bin aber nicht überrascht, als ich feststelle, dass es zusammen mit dem Strom lahmgelegt wurde. Mein Handy ist im Auto, und meine Chancen, dorthin zu gelangen, sind nicht besonders gut.

Ich höre, dass Tara vom anderen Ende des Hauses ins Zimmer kommt. Ich könnte sie so als Wache benutzen, aber ich weiß, dass Hobbs nicht zögern würde, sie zu erschießen.

»Hey, Mädchen. Komm her«, flüstere ich.

Sie kommt zu mir, ich greife nach ihrem Halsband, beschwatze sie und zerre sie gleichzeitig zum Schrank. Ich öffne die Schranktür und schubse sie hinein, um dann die Tür so leise wie möglich hinter ihr zu schließen. Sie fängt wieder an zu bellen, aber es ist dumpf, und sie ist so ziemlich aus der Schusslinie.

Jetzt sind nur noch Hobbs und ich da. Eine Killermaschine der Special Forces von Angesicht zu Angesicht mit einem untrainierten Schisser-Anwalt. Ich denke nicht ans Gewinnen; ich denke ans Abhauen – ans Überleben.

Ich versuche, aus dem Raum zu schleichen und es bis zur Hintertür des Hauses zu schaffen. Das ist in der Dunkelheit sehr schwer und es muss vollkommen lautlos geschehen.

»Jetzt bist du dran, du Arschloch.«

Hobbs Stimme ertönt im Dunkeln, doch plötzlich ist es nicht mehr vollkommen dunkel. Der Strahl einer Taschenlampe leuchtet langsam im Haus hin und her. Ich ducke mich hinter dem Sofa, als der Strahl näher kommt, aber ich bin mir darüber im Klaren, dass ich irgendwann gefunden werde. Und sobald ich gefunden bin, werde ich umgebracht.

Ich empfinde größere körperliche Angst als jemals zuvor in meinem Leben, aber aus irgendeinem Grund ist es keine lähmende Angst. Mein Verstand ist vollkommen klar, meine Sinne sind aufs äußerste geschärft, und ich versuche, mir eine Überlebensstrategie einfallen zu lassen.

Und dann wird mir klar, dass die Stille nicht meine Verbündete ist – sie ist seine. Ich brauche Lärm, Unruhe, alles, was Aufmerksamkeit auf sich zieht und ihn veranlasst, sich schneller und unvorsichtiger zu bewegen. Wenn er sich Zeit nehmen und mich systematisch aufspüren kann, dann wird er es tun.

Ich schaue vorsichtig hinter dem Sofa hervor und folge dem Strahl der Taschenlampe. Jetzt erkenne ich, wo das Fenster ist, greife nach einer Vase und werfe sie in diese Richtung. Ich habe gut gezielt und die Vase kracht durch die Scheibe.

Hobbs dreht sich zum Lärm um, ich nehme einen Briefbeschwerer und werfe ihn gegen eine Lampe, die umfällt und zu Bruch geht. All das macht einen Riesenradau, aber nicht genug. Ich schreie los, »Hilfe! Ruft die Polizei!«, so laut ich nur kann, und schleiche dabei von einem Versteck zum anderen.

Der Lichtstrahl fällt einmal auf mich, während ich gerade meinen Standort wechsle, und Hobbs feuert auf mich, obwohl das Geräusch wohl von einem Schalldämpfer erstickt wird. Die Kugel saust an mir vorbei, zerbricht aber noch ein Fenster. Gut.

Ich bin in der Nähe des Flurs, als sich mir eine Gelegenheit bietet. Ich werfe einen Teller in den Flur, und Hobbs geht in Richtung Tür, ohne zu wissen, dass ich dort bin. Die Ironie des Schicksals will es, dass ich ihn dank seiner Taschenlampe sehe, aber er mich nicht. Als er näher kommt, springe ich auf das Licht zu und werfe mich so heftig wie möglich auf Hobbs.

Ich lande auf ihm und höre ihn fluchen. Die Taschenlampe fällt zu Boden und wirft einen Lichtschein auf uns, während wir miteinander kämpfen.

Kämpfen ist vielleicht nicht der richtige Ausdruck dafür. Ich werde zu einem Wahnsinnigen, der sich verzweifelt an ihn klammert und versucht, Schläge auszuteilen, während er sich nur von mir zu trennen versucht, damit er mich auseinander nehmen kann. Oder mich erschießen kann, falls er noch die Waffe in der Hand hat.

Wir fallen über einen Tisch, doch er schafft es, einen Moment lang Abstand zu gewinnen und mir einen schmerzhaften Schlag auf die Stirn zu verpassen. Ich stürze mich wieder vor, rapple mich auf und schlage blind so hart wie nur möglich zu. Der Schlag sitzt, ein stechender Schmerz rast durch meine Hand, als ich treffe, und wir landen in einer Vitrine voller Porzellan und Glas, die mit einem Lärm zu Boden geht, der vielleicht lauter ist als alles, was ich je zuvor gehört habe.

Ich habe das Gefühl, ihn schwer getroffen zu haben. Meine Hand schmerzt und ist nass von etwas wie Blut, entweder seinem oder meinem eigenen. Ich sammle meine Kräfte, um es noch einmal zu versuchen, während ich mich auf seine Konter vorbereite. Aber er rächt sich nicht, greift mich nicht an, bewegt sich nicht, und mir wird klar, dass ich ihn bewusstlos geschlagen habe.

Plötzlich bewegt sich die Taschenlampe, erhebt sich aus eigener Kraft und verwundert mich, da Hobbs doch zu meinen Füßen liegt.

»Andy, bist du in Ordnung?«, sagt Laurie mit einem so wundervoll klingenden Satz, wie ich ihn noch nie vernommen habe.

»Ich glaube schon. Es ist Hobbs. Ich hab ihn k.o. geschlagen.«

Ich kann ihr Grinsen im Dunkeln fast sehen. »Dann hätte ich ihn also gar nicht erschießen müssen?«

Sie richtet die Lampe auf Hobbs' Gesicht, und dort ist ein sauberes kleines Loch in seiner Stirn, das wohl nicht von meiner Faust stammt.

»Nein, das hast du schon richtig gemacht. War aber gar nicht nötig. Ich hab meinen rechten Haken benutzt. Der Schlag, gegen den es keine bekannte Verteidigung gibt.«

Ich gehe zu ihr, und wir umarmen uns, obwohl ich merke, dass sie immer noch die Waffe in der Hand hält, nur für den Fall … »Wieso bist du hierher gekommen?«, frage ich.

»Pete hat mich angerufen und mir erzählt, dass sie Hobbs verhaften wollten, er sich aber aus dem Staub gemacht hat. Pete hat versucht, dich anzurufen, aber dein Telefon funktionierte nicht. Ich hab mir Sorgen gemacht und da bin ich hergefahren.«

»Und du hast nicht geglaubt, dass ich das allein in den Griff bekomme?«, frage ich gespielt beleidigt.

Plötzlich ist das Haus von dem Licht durchflutet, das die Streifenwagen vor dem Haus hereinstrahlen. »Anscheinend hatte Pete da auch so seine Zweifel«, sagt sie.

Ich lasse Tara aus dem Schrank, während Laurie nach draußen geht, um Pete und die Beamten hereinzulassen. Damit habe ich etwa sechzig Sekunden Zeit, um mir eine Geschichte auszudenken, die mich als Held dastehen lässt.

Die Zeit reicht nicht.

Kaum zu glauben, wie weit Willie und ich in nur sieben Wochen vorangekommen sind. Die Renovierungsarbeiten am Gebäude sind fast abgeschlossen, wir haben zwei feste Mitarbeiter engagiert und wir haben die tierärztliche Versorgung sichergestellt. Willie war erstaunlich konzentriert und motiviert, und ich hatte das Gefühl, er fing fast an zu weinen, als ich ihm sagte, ich würde ihn als Vorsitzenden der Tara-Stiftung sehen wollen.

Laurie geht es großartig. Dass sie mir das Leben gerettet hat, hat die emotionale Rechnung ausgeglichen und es ihr ermöglicht, ihre überschwänglichen Danksagungen dafür, dass ich sie aus dem Gefängnis herausgehalten habe, einzustellen. Ich habe mich entschlossen, nicht weiter auf diesem Punkt herumzureiten, dass ihr Einschreiten nicht nötig gewesen wäre und dass weder Hobbs noch sonst jemand diesen rechten Haken überlebt hätte.

Cousin Fred ist öfter in der Kanzlei als ich und berät Edna und Kevin bei ihrer Geldanlage. Laurie ist nicht mehr davon begeistert, ihren Anteil von der Einigung im Fall Willie Miller für ihre Anwaltskosten ausgeben zu müssen, und sie hat sich über die Rechnungen beschwert.

Ich habe ihr gesagt, dass die Rechnungen gerechtfertigt sind, und ich dachte schon, sie hätte es akzeptiert, doch dann hat sie mir nur ihre eigenen Rechnungen vorgelegt. Auf den ersten Blick erscheinen sie unfair. Zwanzigtausend für einen Pfannkuchen kommen mir überhöht vor, aber ich könnte damit leben, wenn sie mir nicht auch noch die Pfannkuchen von Kevin in Rechnung stellen würde.

Von ihrem Preis für Basilikum ganz zu schweigen.

Danksagung

Wie gerne würde ich behaupten, dass ich beim Schreiben dieses Buches keinerlei Hilfe beansprucht hätte, doch zu viele Menschen wissen es besser. Daher danke ich in keiner bestimmten Reihenfolge:

All den großartigen Leuten bei Warner, einschließlich – aber sicherlich nicht ausschließlich – Jamie Raab, Bob Castillo, Elizabeth Hickmann und Kristen Weber. Ein ganz besonderer Dank gilt Sara Ann Freed, der einzigen Lektorin, die ich je haben möchte, und Susan Richman, einer wunderbaren Publizistin, die irgendwie die Zeit dafür findet, sich mit meinen geistlosen Anfragen zu befassen. Jeder unerfahrene Romanautor sollte sich glücklich schätzen, mit solchen Menschen zusammenarbeiten zu dürfen.

Meinen herausragenden Agenten – Robin Rue in Sachen Buch und Sandy Weinberg in Filmangelegenheiten. Abgesehen davon, dass es ein Vergnügen ist, mit ihnen zusammenzuarbeiten, haben sie meine Fehler ertragen und es dennoch geschafft, wirklich alles richtig zu machen.

George Kentris aus Findlay, Ohio, einem tollen Anwalt für Strafrecht und Freund, der meine juristischen Wissenslücken füllt. Und Sie können mir glauben, ich habe viele solcher Lücken.

Ed und Pat Thomas von Book Carnival in Orange, Kalifornien, die erstaunlich hilfsbereit und mir stets eine große

Stütze waren, indem sie großzügig ihr Wissen und ihren Rat angeboten haben.

All denen, die das Buch in seinen ersten Entwürfen gelesen haben. Dazu gehören – und ich hoffe, dass ich niemanden vergessen habe – Debbie Myers, Mike, Sandi, Rick, Lynn, Ross, Heidi, Adam, Eden, Todd und Bree Rosenfelt, Betsy Frank, Art Strauss, Emily Kim, Greg Creed, George Kentris, Joe Cugini, Amanda, Sharon und Mitchell Baron, Jerry Esbin, Norman Trell, Al und Nancy Sarnoff, James Patricof, Nancy Carter, Holly Sillau und die gesamte wunderbare Familie Heller.

Debbie Myers, der ich die nächsten 200 Seiten Dank sagen könnte, und es wäre noch immer nicht genug. Die Gewissheit, dass ich den Rest meines Lebens mit ihr verbringen werde, erfüllt mich jeden Tag aufs Neue mit Glück.

Ich bin all denen dankbar, die mir per Mail ein Feedback zu *Klarer Fall* gegeben haben. Bitte tun Sie dies wieder über meine Website: www.davidrosenfelt.com